精原
讀典

汉语言文学原典精读系列

顾问　贾植芳　王运熙　章培恒　裘锡圭

主编　陈思和　汪涌豪

世说新语精读

骆玉明／著

復旦大學出版社

总　序

　　任何一门学科都有其必须研读的经典,作为该学科全部知识的精华,它凝聚着历代人不间断的持续思考和深入探索。这种思考和探索就其发端而言通常极为艰苦,就其最终的指向而言又经常是极其宏大的,所以能进入到人们的生活,对读过并喜爱它的人们构成一种宝贵的经验;进而它还进入到文化,成为传统的一部分。又由于它所讨论的问题大多关涉天道万物之根本,社会人生的原始,且所用以探讨的方法极富智慧和原创的意味,对人的物我认知与反思觉解有深刻的启示作用和范式意义,所以它又被称为"原典"或"元典"。原者,源也;元者,始也、端也,两者的意思自来相通,故古人以"元犹原也,其义以随天地终始也",又说"故元者为万物之本,而人之元在焉",正道出了经典之构成人全部成熟思考与心智营造的基始特性。

　　汉语言文学这门学科自然也有自己的经典或原典。由传统的文史之学、词章之学的讲求,到近代以来西学影响下较纯粹严整的学科意识的确立,它一直在权衡和汰洗诸家之说,在书与人与世的激荡互应中寻找自己的知识边界。从来就是这样,对有志于这门学科的研究者来说,这些经过时间筛汰的经典是构成其全部学问的根柢,所谓入门正,立意高,全基于对这种根柢的掌握。就攻读汉语言文学专业的学生而言,虽然没有这样严格的要求,更不宜过分强调以究明一字或穷尽一义为终身的志业,但比较系统地了解这些经典的基本内容,深入研读其中重要的部分,做到目诵意会,心口相应,从而初步掌握本专业的核心知识以为自己精神整合和基础教养的本原,应该说是当然和必需的事情。

　　再说,汉语言文学学科有其特殊性。它所具有的社会功能许多时候并不是用职业培养一句话就可以概尽的。对大多数从学者而言,它是一种根本性和基础性的人文精神的培养。它以润物无声的方式渗透到人的日常生活,并从人立身行事的根本处体现出自己的价值。受它的滋养,学生日后在各自的领域内各取所需,经营成家,并不一定以汉语言文学的某部分专门知识安身立命,因此,它尤注意远离一切实用主义和技术主义的诱引,并不放弃对知觉对象的本质体认和根源性究问。那么,从哪里可以得到这种本质上的体认,并养成根源性究问的习惯呢? 精读原典,细心领会,就是一条切实可行的路径。

　　然而,受历史条件和社会需求变化的影响,还有陈旧的教学观念的束缚,长期以来,我们只注重史迹的复现、概念的宣教和理论的灌输,一个中文系学生(其他文科专业的学生大抵同此)应该具备怎样的知识结构和基本教养,并未被当作重要的问题认真讨论过。课程设置上因人而来的随意,课程分布上梯次递进的失序,使这一学科科学完整的知识体系和结构位序至今还不能说已经成形,更不要说其自在性和特殊性的绾聚与凸现了。也就是说,它的课程安排在一定程度上是随机的偶合的,因此既不尽合理,带连着学科品性也难称自觉与独立。在这样情况下,要学生由点及面,由浅入深,形成对汉语言文学相关知识的完整认识几无可能。即使有大体上的认知,也终因缺乏作品或文本的支撑而显得肤泛不切,不够深入。

　　正是鉴于这种情况,三年前,我们开始在中文系本科教学中实施精读经典作品的课程改革。调整和压缩一些传统课程的课时,保证充足的时间,让学生在大学的前两年集中精力攻读一二十种经典原著。具体做法是选择其中重要的有特色的篇目,逐字逐句地细读,并力求见迩知远,举一反三,然后在三四年级,再及相关领域的史的了解和理论的训练。有些比较抽象艰深的知识和课程被作为选修课,甚至放在研究生阶段让学生修习。我们希望由这种"回到读书"的提倡,养成学生基本的专业教养。有感于脱离作品的叙述一直占据讲坛,而事实是,历史线索的了解和抽象义理的铺排都需要有大量的作品阅读做支撑,没有丰富的阅读经验,很难展开深入有效的学习,学生普遍认同了这样的教改,读书的积极性得到了很大的调动,有的就此形成了明确的专业兴趣与方向。在此基础上,我们进而再引导他们"回到感性",在经典阅读中丰富对人类情感与生存智慧的体验与把握,最终"回到理性"、"回到审美",养成清明完密的思辨能力,以及关心人类精神出路和整体命运的宽广心胸,关注一己情趣陶冶和人格修炼的审美眼光,由此事业成功,人生幸福。我们认为这样的教育理念,庶几比较切近"通识教育"和"全人教育"的本义。

现在,我们把集本系老中青三代教师之力编成的原典精读教材,分三辑、每辑十种成系列推出,意在总结过往的教学实践,求得更大更切实的提高。教材围绕汉语言文学专业所涉及的"中国古代文学"、"中国现当代文学"、"文艺学"、"汉语言文字学"、"语言学理论"、"比较文学"和"古典文献学"等七大学科点,选择三十种最具代表性的经典作品做精读,其中既有中国古代重要的文史哲著作,这些著作不仅构成整个中国文学的言说背景,本身就极富文学性,同时也包括国外有关语言学和文学理论方面的经典著作。如此涵括古今,兼纳中外,大概可以使中文学科的专业知识有典范可呈现,有标准可考究。

在具体的体例方面,教材不设题解,以避免预设的前见有可能影响学生自主的理解;也不作注释,不专注于单个字词、典故或本事的说明,而将之留给学生课前的预习。即使必须解释,也注意力避"仅标来历,未识手笔"的贫薄与单窘,而着重隐在意义的发微与衍伸意义的发明。也就是说,但凡知人论世,不只是为了获得经典的原义,还力求与作者"结心"和"对话"。为使这种发微与发明确凿不误,既力避乾嘉学者所反对的"因后世之空言,而疑古人之实事","后人所知,乃反详于古人"的主观空疏,又不取寸步不遗不明分际的单向格义,相反,在从个别处入手的同时,还强调从汇通处识取,注意引入不同文化、不同知识体系的思想观念和解说方法,以求收多边互镜之效。即使像文本批评意义上的"细读"(close reading),也依所精读作品性质的不同而适当地吸取。尤其强调对经典作品当代意义与价值的抉发,从而最大程度地体现阐幽发微,上挂下连,古今贯通,中外兼顾的特色。相信有这种与以往的各类作品选相区隔的文本精读做基础,再进而系统学习文学史、语言学史以及文学、美学理论等课程,能使本专业的学生避免以往空洞浮泛的知识隔膜,从而对理论整合下的历史与实际历史之间的矛盾有一份自己的理解,进而对历史本身有一种"同情之了解",并从内心深处产生浓郁而持久的"温情与敬意"。

如前所说,原典精读教材的编写目的,是为了给汉语言文学专业的学生提供一个基础教养的范本,它们应该是这个专业的学生知识准入的基本条件和底线。但是"应该"与"能够"从来是一对矛盾。如何使教材更准确简切地传达出经典的大旨,如何在教学过程中让学生真正得体新生命,得入新世界,是我们大费踌躇的问题。好在文学的本质永远存在于文学作品的影响过程中,学术的精神也永远存在于学术著作的解读当中。既如此,那么从原典出发,逐一精读,既沉潜往复,复从容含玩,应该不失为一种合理可行的思路。

我们期待基于这种思路的努力能得到丰厚的报偿,也真诚地欢迎任何为完善这一思路提出的建议与批评。

目　录

导

论

一、《世说新语》的成书

《世说新语》是一部古代意义上的"小说"书，产生于南朝刘宋时代，内容主要记述从东汉末到东晋上层社会名士的言行。

此书的编撰者，自《隋书·经籍志》以来，历代书目均题为刘义庆（403—444）。他是刘宋的宗室，曾封临川王。书的具体编撰年代不是很清楚，研究者各有不同的看法，折衷各家的意见，大概是在宋文帝元嘉十五、十六年（438、439）前后。元嘉九年至十六年四月，刘义庆任荆州刺史，元嘉十六年四月至十七年十月，刘义庆任江州刺史，均是以宗室藩王的身份坐镇长江中游重地，下属有颇具规模的幕僚机构，这应是他编撰或主持编撰书籍最为合适的时期。

据史籍记载，除《世说新语》外，著录在刘义庆名下的著作还有七种，其中包括《刘义庆集》八卷，人物传记性质的《徐州先贤传》十卷、纂辑总集《集林》一百八十一卷，志怪小说《幽明录》二十卷等。上述各书均已亡佚，不过《幽明录》残存数量较多，鲁迅《古小说钩沉》辑有二百六十五条。在论及魏晋小说时，人们习惯按照鲁迅的方法将之分为"志人小说"和"志怪小说"两类，在前一类中，《世说新语》的地位固然无可比拟，在后一类中，《幽明录》亦具有很高的价值。所以，刘义庆就成为中国小说史上的重要人物。

南朝时代上层社会有崇文的风气，一些政治地位显赫的人物——尤其王室成员，喜欢招聚文士、编撰书籍。这往往不仅是出于个人的兴趣爱好，同时还有标榜风雅、博取美誉的用意。这些书籍虽然只署他们的姓名，通常却是在其周围文士的参与下完成的，署名者在编撰过程中到底起多大作用，一般也说不大清楚。所以梁朝的萧绎（先为湘东王，后即帝位，史称梁元帝）在他的《金楼子》序中，特地声明此书是其亲自撰作，并未借用他人之力。关于刘义庆，《宋书》本传说他"爱好文义，才词虽不多，然足为宗室之表"，这是一种中等的评价。同传又说他"招聚文学之士，近远必至"。在刘义庆任荆州、江州刺史期间,其幕中著名文士先后有陆展、何长瑜、袁淑、鲍照等。这些人均为当世才俊,而袁、鲍尤为杰出。《宋书·袁淑传》称袁"博涉多通,好属文,辞采遒艳,纵横有才辩",至于鲍照,那更是中国文学史上一流的诗人兼骈文高手,其才华不必多说。根据上述情况,人们多认为《世说新语》是由刘义庆和周围文士共同编撰的。如清初毛际可在《今世说序》中便说:"予谓临川宗藩贵重,赞润之功,或有藉于幕下袁、鲍诸贤。"鲁迅在《中国小说史略》中也提出:"《宋书》言义庆才词不多而招聚文学之士,远近必至,则诸书成于众手,未可知也。"这种推测是合情合理的,但无论如何,它又终究只是推测而已。要具体说到在《世说新语》的编撰过程中刘义庆本人的作用如何,他周围文士究竟有哪些人分别在何种程度上参与了此事,已经无法考证。

《世说新语》也并非完全出于刘义庆等人的新创,它是在汇辑以前的文献资料的基础上编撰成的。

与《世说新语》成书有关的前源文献有多种,其中关系最为密切的是与之性质相同的记载人物逸事的小说,其中裴启的《语林》和郭澄之的《郭子》尤为重要。裴启字荣期,河东人,据檀道鸾《续晋阳秋》载,他于晋哀帝隆和年间(362—363)"撰汉魏以来迄于今时言语应对之可称者,谓之《语林》"。其书问世后一度非常流行,但因谢安指责它纪事不实,遂废而不行。《语林》散佚已久,鲁迅《古小说钩沉》有辑录,在此基础上,周楞伽辑注为《裴启语林》一书,共存一百八十五条。这些佚文中曾被《世说新语》采用的为六十四条,占总数三分之一强。郭澄之字仲静,太原阳曲人,生活于东晋末年,曾做过刘裕(后来的宋武帝)的相国参军。所著《郭子》亦散佚已久,鲁迅《古小说钩沉》辑有八十四条,其中七十四条为《世说新语》所采用,比例非常之高(统计数据参刘强博士论文《世说学引论》之《〈世说新语〉前源文献考索》)。由于《语林》和《郭子》并未完整存世,《世说新语》中到底有多少条出于此二书,仍是无法确定的。

各种史书亦是《世说新语》的重要资料来源。这里有少部分出于《汉书》、《三国志》等所谓"正史",而大部分则出于"杂史"。《隋书·经籍志》述杂史兴盛之由,谓:"灵、献之世,天下大乱,史官失其常守。博达之士,愍其废绝,各记闻见,以备遗亡。是后群才景慕,作者甚众。又自东汉已来,学者多钞撮旧史,自为一书,或起自人皇,或断之近代,亦各其志,而体制不经。”这里指明杂史是从东汉末开始兴盛起来的。大概而言,杂史与由史官在朝廷指使下修撰的官方性质的史书不同,它更多表现了撰者个人的思想与趣味,体制也较为自由和多样化。

　　和“杂史”相类者有“杂传”。自《史记》以纪传体构撰史书以来,人物传记一直是史书的重要组成部分,其本身却并不构成一种独立的著作类型。到了魏晋时期,开始出现大量各种形态的具有独立性的传记作品,这在《隋书·经籍志》中被归为史部杂传类,它也成为《世说新语》重要的资料来源。杂传的分类很多,区分的方法也不甚严格。简要地说,首先有一种是单个人物的传,为了与史传相区别,它被称为“别传”。章宗源《隋书经籍志考证》从《世说新语》注、《三国志》注及多种类书中共收辑有一百八十四家别传,其作者以魏晋人为多。另一种是包含多个人物的传记,主要有以下几类:(一)家传,以家族为单元,现知最早为曹操所撰曹氏《家传》;(二)高士、名士传,记述为世人所称誉的人物,如袁宏《名士传》、皇甫谧《高士传》;(三)地域人物传,记述某一特定地域内著名人物之事迹,如《汝南先贤传》之类。

　　《世说新语》采用的文献资料主要出于上述志人小说、杂史、杂传三类著作,此外虽然也有一些,但已是散碎而不太重要的了。由于《世说新语》广泛采用已有之文献,鲁迅《中国小说史略》直称其书“乃纂辑旧文,非由自造”。这样说大概而言也不算错,但需要注意到的是:其一,《世说新语》的编撰者对所采用的“旧文”是经过一定处理的。对有些资料,编撰者作了删削、润饰一类的加工,有些资料虽然几乎是照录原文(以《郭子》和《语林》中的为多),但这也是因为它们符合编撰者基本的标准。所以,尽管《世说新语》取材的来源广泛,全书却具有大体统一的文字风格。其二,《世说新语》编撰者按照自身的趣味和立场,将各种资料分为三十六个门类来编排,形成了一个从各个方面来观察、描述历史人物的系统,这和单纯汇辑资料也显然不同。总之,《世说新语》的基础虽然是“纂辑旧文”,但是对原始资料并非无准则地收录和随意地汇辑,而是经过一定的选择、修饰,重新整理编排而成的,所以它能够成为一部具有显著特色和独特文化价值的著作。

二、《世说新语》的性质与门类设定

历代重要书目在著录《世说新语》一书时，通常都是将它归在子部小说类，仅有个别例外是将它分归史部的；通行的文学史也都是把它作为古代小说来分析。所以，关于《世说新语》的性质问题应该说没有多少争议。本《导论》一开始就说《世说新语》是一部古代意义上的'小说'书"，亦已就此作了简要的交代。但刘义庆他们在编撰这部书时，大概并没有一种明确的目录学意义上的归类意识，而且古人所谓"小说"较之今日作为文学分类之一的"小说"概念，其涵义也要宽泛得多；所以用普通的小说观念来看待它，难以确切地理解这部在中国文化史上具有特殊意义的典籍。

《世说新语》的性质与它的书名有关联，而《世说新语》的书名又存在一些问题。我们需要首先在这方面作一些解说。

《世说新语》始见著录于《隋书·经籍志》，称为"《世说》"而并无"新语"两字；五代所修《旧唐书·经籍志》和北宋所修《新唐书·艺文志》也沿袭了这样的书名。但这并不表明《世说新语》的原名是《世说》。我们现在可以看到的最早的《世说新语》文本是原藏于日本京都东寺的唐写本残卷，该写本在卷末所题书名为《世说新书》；唐段成式《酉阳杂俎》引"王敦澡豆"故事，亦称出于《世说新书》，这表明在唐代《世说新书》这一书名是比较通行的。所以余嘉锡认为此书的原名应为《世说新书》，而《隋志》以下著录为《世说》实为简称（《四库提要辨证》），他的这一看法受到多数研究者的赞成。

而《世说新语》这一名称也出现得相当早，根据有二：唐初著名史学家刘知幾在《史通》一书中尽管多用《世说》为书名，却也有一处清楚地说到"近者宋临川王刘义庆著《世说新语》"云云；唐刘肃著《大唐新语》，该书的原名据作者在自序中提及为《大唐世说新语》，这明显是效仿《世说新语》的。

大概地推断，本书的原名可能是《世说新书》，但因其记名士谈论的内容最多，很快就有了《世说新语》的异名；同时又以《世说》为简称。而北宋末人汪藻所撰《世说叙录》言及北宋初各种本子皆题作《世说新语》，则表明此书名至北宋初已经开始成为通用名称，并最终成为定名。

不管刘义庆等人编撰之书原名为《世说新书》还是《世说新语》，从语法结构上说，"世说"应是书名的核心词，"新书"或"新语"则是对前者的修饰和限定。

古代以"说"命名的著作常常与"小说"有某种亲缘关系，如《汉书·艺文志》著录的十五家小说中，以"说"命名的即有《伊尹说》、《鬻子说》、《黄帝说》、《封禅方说》、《虞初周说》五种；《韩非子》的内外《储说》及《说林》多有寓言故事，汉代刘向所著《说苑》也完全是借遗闻轶事转入议论。"说"作为一种边界不很确定的文体，通常有论述某种道理的内容，但并不推重单纯的逻辑推理，而喜好借故事来达到"说"的目的。这一类"说"，即使具有浓厚的政治和道德意味，也包涵了一定的文学因素；而政治和道德意味愈淡薄，则愈近于"小说"。

那么，《世说新语》书名中的"世说"两字，其字面意义应该是"世间众说"，亦即"关于人世生活的各种道理的解说"。当然这里的"解说"并不是抽象的论析，它是通过人物故事来呈现的。

余嘉锡先生注意到，在刘义庆之前，刘向已著有名为《世说》的书。《汉书·艺文志》儒家类著录"刘向所序六十七篇"，注云："《新序》、《说苑》、《世说》、《列女传颂图》也。"余氏认为，刘义庆《世说新书》之命名，实与之有关：

> 刘向校书之时，凡古书经向别加编次者，皆名"新书"，以别于旧本。故有《孙卿新书》、《晁氏新书》、《贾谊新书》之名。……刘向《世说》虽亡，疑其体例亦如《新序》、《说苑》上述春秋，下纪秦汉。义庆即用其体，托始汉初，以与向书相续，故即用向之例，名曰《世说新书》，以别于向之《世说》。

余先生的意见总体上说很值得重视，但有些地方却推衍有过。刘义庆的《世说新书》固然很可能有仿照《世说》的用意，但说它"托始汉初，以与向书相续"，恐怕是将两者的关系拉得太紧了。此书在内容方面一个醒目的特点是集中叙述自东汉末至东晋的人物故事,而这一时段又并非随意截取,它自具一种明显的时代特色;虽然书中也有少数几条涉及这以前的历史,然殊为寥寥,似为无意间羼入之文,或体例不甚严格的表现。总之,假令刘向《世说》的内容确如余氏推测是"下纪秦汉"(指秦汉之际),则刘义庆《世说新书》怎么也不能理解为是有意与之"相续"的。进一步说,刘义庆等人在其书名中特标"新书"二字,若说是为了与刘向之书相区别,自然情理可通,但其意义恐怕首先不在于此。在刘义庆那个时代,《世说新语》即《世说新书》的"新"是十分突出的,一方面,书中许多人物生活年代离编撰者并不很远,同时他们的形象和精神面貌亦与历来载籍所见者不同。所以,所谓"新书",主要应该从书本身所体现的时代风貌与趣味之"新"来理解。

刘向的《世说》,一般认为已亡佚,但向宗鲁的研究结论则认为它就是今所传《说苑》,并非二书,《汉书·艺文志》注中的"说苑"二字系妄加(《说苑校证》)。这一问题此处暂且不论,但不管怎样,向宗鲁认为刘义庆《世说新语》的体例仿自《说苑》,乃是事实,将二者加以比较,仍可感受到《世说新语》即《世说新书》之为"新"。

《说苑》的情况,《四库全书总目》概括为"其书皆录遗闻轶事足为法戒之资者",更简单说就是通过讲故事来寓教训。全书按二十门类编排:君道、臣术、建本、立节、贵德、复思、理政、尊贤、正谏、敬慎、善说、奉使、谋权、至公、指武、丛谈、杂言、辨物、修文、反质。粗看起来,《世说新语》同它确实非常相像;后者也是分若干门类"录遗闻轶事",而且也以两字标目,有些门类又很相似,如"德行"与"贵德","政事"与"理政"等等。但在这种相似之下二者的不同也十分明显:《世说新语》虽然对所记人事不无褒贬,却并不以道德教训为最高目的;相应的,《世说新语》的三十六门中,具有政治和道德色彩的门类较少,而体现人物品格、性情与趣味的门类较多;同样原因,《世说新语》在纪录遗闻轶事之后,不再附以作者的议论。关于《世说新语》门类的设定后面还将作进一步的分析,这里只是通过比照,说明它的一个特点:在著作模式上它是源于子书的,尤其接近儒家借故事以说理的类型,所以其关注人类社会生活的态度与前者仍然有相通之处;但另一方面,和《说苑》的经术化特征不同,《世说新语》的精神内核是玄学清谈,它的写作立场也由《说苑》式的道德教化转移到表现人性的丰富形态,这当然会使人耳目一新。

此外,前面我们说到《世说新语》是采辑旧文编理成书的,它的性质和特点当然会受到其前源文献的制约和影响。而这里非常值得强调的一点是:作为《世说新语》主要资料来源的三类著作,即逸事小说、杂史、杂传,都是魏晋时代新兴的著作类型,都具有相当浓厚的时代色彩;宋世去晋未远,从那些新型著作中采辑资料编撰成的书称为"世说新书"不也是很适宜的吗?

还有一个有趣的问题:《世说新语》所记都是历史上著名人物的故事,作为其主要资料来源的杂史和杂传在目录学上都是属于史部的,其书中的不少内容也被直接移录到《晋书》的人物传记里,为什么绝大多数学者还是将它视为"小说"呢?这就牵涉到《世说新语》与史籍的关系。

古代——至少唐传奇问世以前——所谓"小说"的概念,既不表示"有意识虚构"的意味,同时也并不严格要求真实可信。就像我们日常所谓"传说",它有可能是真的,也有可能是假的。于是在小说和史之间就很容易形成一种边界模糊的交错地带。《世说新语》就生长于这种交错地带。要说它的小说特征,不仅仅表现在许多生动有趣的小故事不具史料价值也无从考实,譬如郑玄家婢引《诗》之事,正如余嘉锡所言,"既不能悬断其子虚,亦何妨姑留为佳话",更表现在它的某些态度恰与史家之立场相背。如:其一,它哪怕是记述谢安这样的重要历史人物的事迹,也是关注其风采器度、人格魅力胜于关注其政治业绩。其二,当前源文献中某些源于史学传统的因素不利于文字表达的简洁明快、不利于描绘生动的人物形象时,通常会遭到编撰者的洗削。如《言语》篇之"满奋畏风"故事源出《语林》,原文末了有一句"或曰是吴质侍魏明帝坐",这本是史家求信实而存异说的作风,在本书中却被毫不容情地删去了(关于《世说新语》如何站在文学的立场处理原始材料,刘强的博士论文《世说学引论》中有深入而充分的分析)。

但同时值得提醒的是:如果我们因此而认为《世说新语》只是"文学"而缺乏史学意义,那也是大错特错。这不仅仅因为它的许多小故事与重要的历史背景相关联,可说是微波之下有巨流,更因为《世说新语》总体上有描绘出魏晋时代士族社会精神风貌的意图;它的故事或真或伪或无从辨其真伪,但这些故事却能够反映出特定的历史氛围。所以,《世说新语》虽具有小说的特点,却仍然带着史的色彩。

总之,结合子书和史书的传统,以人物故事为中心,用富于艺术性的语言反映一个特殊历史阶段中特定社会阶层的精神风貌,是《世说新语》显著的特点;它既非史书,又和普通意义上的小说有所不同。

《世说新语》共分三十六门,为了能够说明问题,我们且不避繁琐,将各门的名目抄录如下:德行、言语、政事、文学(以上为上卷);方正、雅量、识鉴、赏誉、品藻、规箴、捷悟、夙惠、豪爽(以上为中卷);容止、自新、企羡、伤逝、栖逸、贤媛、术解、巧艺、宠礼、任诞、简傲、排调、轻诋、假谲、黜免、俭啬、汰侈、忿狷、谗险、尤悔、纰漏、惑溺、仇隙(以上为下卷)。

《世说新语》门类的设定和全书的结构并不是十分严格,有些研究者将全书三十六门解说为具有深意的体系,颇为迂曲。很明显的例证,是各门的分量极不均衡,像“赏誉”一门有一百五十六则,而“自新”一门仅有二则,殊不成比例。可以推测,在编纂之初,全书的门类并未严格确定,到了成书时,为了凑足三十六门(三十六是古人惯用的一个数字),才临时添加了“自新”一门或类似的数门。否则,将寥寥两则单立为一门实不可理解。而从故事的分类来看,也不见得是精心思考的结果,一则故事放在哪一门往往也只是大概合适就行,有不少则后人觉得归类不妥,认为换一个门类更相称。另外有一点需要说明:汪藻《世说叙录》提及,本书另有三十八篇、三十九篇的本子,但汪氏已明言多出者皆为后人所增;南宋绍兴八年董弅刻本跋语中还提及有一种四十五篇的本子,则显然是将原书重新分拆的结果。《世说》原本为三十六篇(门),应无可疑,日本所存唐写本残卷的形态也可以间接地说明这一点。

三十六门的排列顺序有什么讲究呢?大概说来,这里存在一种可以说是“价值递减”的趋势,即排列在前的门类褒意较明显,排列靠后的门类常带有贬意。如开头的德行、言语、政事、文学四门,即所谓“孔门四科”(《论语·先进》记孔门几位重要弟子各有所长,将诸人分隶于四科之下,后来遂有“孔门四科”之说),表明了对儒学传统的尊重。但这并不意味着《世说新语》是以儒学为内核的,实际上,不仅仅在其他门类中人物褒贬之尺度每有与儒家标准明显相违的情况,就是前四门中,这种情况也并不少见。而前面所谓

"价值递减",也并不是一条严格的规则,像"惑溺"门列在倒数第二,但其中七则故事倒有五则是颇有趣味的,就是拿古人的标准看也不能算是关于"劣迹"的记载。这显示了编撰者较富于宽容性的态度。有人过分夸大《世说新语》的儒家立场,这完全不符合事实。

由于《世说新语》全书不以政治与道德为中心,不以寓教训为目的,对人物的褒贬也不持苛严的标准和冷峻的态度,人自身得以成为它的中心;人的更具有内在性的、因而也是更具有个性特点的东西,诸如品格、性情、趣味、智慧、素养乃至癖好和缺陷,得到了全面的关注。当然,《世说新语》所记录的只限于一个特殊社会阶层的生活情状,但在这个范围之内,编撰者终究是注意到了人性的丰富多彩和它在多种意义上的合理性。研究者常常说到魏晋时代"人性觉醒"、"个性解放"的现象,这在《世说新语》中是有充分反映的。至于对书中三十六门的设定,虽然后人可以提出许多批评意见,但值得注意的是它显示出对人的多视角的观察,在当时出现,不仅面目新鲜,《世说新语》也正是因此而显得趣味盎然,令人喜爱。

三、《世说新语》的注及传世版本

刘孝标的《世说新语注》和裴松之的《三国志注》、郦道元的《水经注》、李善的《文选注》并列为"四大古注"。这些注不仅具有很高水准,而且由于它们所引用的古籍大量亡佚,其本身已成为重要的文献,所以价值并不低于原书。

刘孝标(462—521)名峻,以字行。他是南朝梁代一位以博闻周览著称的学者,有"书淫"之目。刘氏在《世说新语注》中自叙己见时,言必称"臣",可见此书系奉梁武帝敕旨所撰;余嘉锡《世说新语笺疏》根据其仕历情况,考证他作注的年代当为天监六年、七年(509、510)之间,这大概是不错的。其实在刘孝标之前,《世说新语》已有南齐人敬胤所作注,但在刘注问世以后,敬胤注即湮没无闻(今仅存四十条残文),这也表明了刘注的权威地位。

作为一部记述历史上著名人物之言行的书，《世说新语》不是普通意义上的小说，它本身具有史料价值；而广采旧文编理成书的特点，使得它难免有疏漏、舛误之处。刘孝标是位严谨的学者，他主要是把《世说新语》作为一部历史著作来看待并为它作注的。

刘注征引之广博是一个引人注目的特点，叶德辉《世说新语注引用书目》序云："凡得经史别传三百余种，诸子百家四十余种，别集二十余种，诗赋杂文七十余种，释道三十余种。"据此，刘注引书约有近五百种。但刘孝标并非一味逞博，随意罗列材料，《世说新语注》同时还以体例严整、考订精审见长。除了注明出典、解释词语这一类最基本的注释工作外，刘注还在两个重要的方面花费了很大精力：一为补充史实，原书中一些因过于简单而显得突兀的人物故事，由于注的补充而变得背景明白、脉络清楚；一为纠正纰缪，原书中一些讹误的传闻，由于注的辨析而得到澄清。当然，如果是纯出于虚构的小说，就谈不上从史实上加以"补充"和"纠正"的问题，但《世说新语》的性质较为复杂，其价值也是多方面的，因而刘孝标的《世说新语注》站在历史学者立场上所做的工作也是完全有必要的。还有一点需要说明的是：即使纯粹从文学的角度来看，刘注也有它不可忽视的价值，因为有些人物故事，注所引用的材料比原文更为生动，如《言语》篇中祢衡击鼓的故事就是显著的一例。

《隋书·经籍志》关于《世说新语》的著录云："《世说》八卷，宋临川王刘义庆撰；《世说》十卷，刘孝标注。"由此可见，此书最初有注本与非注本两种版本。但在后来的流传过程中，显然是因为人们越来越意识到原文离不开注，不带刘孝标注的《世说新语》很快就消失了。

现存最早的唐写本《世说新语》残卷起于《规箴》第十，终于《豪爽》第十三，卷末题"世说新书卷第六"。这个本子虽说残存内容很有限，却仍然非常重要。它保存了刘注十卷本的版本形态；将残卷与今本相比较，又可以知道今本的分篇、各篇所包含的则数以及篇和则的次序应与古本相去不远，但刘孝标注却已经过删削。这一珍贵的残卷由罗振玉于民国初年影印传布，解放后国内多种影印本《世说新语》也都将它作为附录。

上面所谓"今本"指的是在宋代形成的一种三卷本，它是北宋初做过宰

相的著名文士晏殊对以前的版本加以处理的结果。绍兴八年董弅刻本题跋
云：“右《世说》三十六篇，世所传釐为十卷。……后得晏元献公手自校本，尽
去重复，其注亦小加翦截，最为善本。”晏本原本不传，但传流较早的几种南
宋刻本均是出于这一版本的。其中最为重要的为前面提及的绍兴八年董弅
刻本，有原刻本藏于日本，国内有影印本；其次有宋孝宗淳熙十五年陆游刻
本，原刻不存，但明嘉靖间吴郡袁尚之嘉趣堂重雕本大致保存了宋本的面
貌，书分三卷，每卷又分上下，《四部丛刊》据以影印，故流播尤广；又有淳熙
十六年湘中刻本，此本曾为清初徐乾学传是楼所藏，清人沈宝砚曾用此本与
袁氏嘉趣堂本对校并作《校记》，但原本不知何故竟不知去向。至于其他各
种后出版本甚为纷繁，无法一一涉及。王能宪《世说新语研究》一书于版本
搜罗与考订方面用力甚勤，足资参考。

四、《世说新语》的思想与艺术价值

　　一部著作能够被称为经典，必须是在民族的文化史上具有特殊的并且
是不可替代的价值，容载了丰富且具有重要意义的文化信息，并对民族文化
的发展产生过不可忽视的影响。

　　《世说新语》是一部采辑旧义编理而成的书，内容又只是分门罗列篇幅
短小的人物故事乃至名流的片言只语，它何以可置于经典之列呢？简单地
说，魏晋是中国历史上一个转折性的时代，社会的政治结构、思想文化、文学
艺术在这一时代都发生了重要的变化，士族阶层则是魏晋社会的中坚，而
《世说新语》一书正是通过汇辑各种有关文献资料并加以修饰整理，集中呈
现了魏晋士人的精神面貌，从而反映了魏晋思想文化的基本特点。虽然它
的内容分别而言大概全部都是以前就已经存在的，但是，不仅原来收录那些
资料的书籍大多散佚，而且，如果不是经过编撰者有选择地博采群书重加整
理，上述效果也并不能如此显明地体现出来。正是作为魏晋思想文化的集
中载体、魏晋士人精神风貌的集中体现，《世说新语》具备了成为经典的

条件。

　　另外需要补充一句：当我们谈论《世说新语》的价值时，是把刘孝标注包含在内的；因为刘注在征引各种资料对原书加以补证时，客观上也起到了与原书相同的作用。

　　士族势力的兴起和门阀制度的形成是一个历史过程，在此无法加以详细的描述。大概地说，士族是由地方性势力发展起来的贵族阶层，他们拥有厚实的经济基础，优越的文化资源，其所统驭的依附人口在必要时即可转化为独立的军事力量；士族成员通过入仕参与国家的政治活动并保护家族的权益，并由于条件的优越造成累世官宦的情形，同时士族的不同家族之间又通过婚姻关系相互联结，巩固和扩大他们作为一个特殊社会群体的力量。一般认为，曹丕建魏以后实行"九品中正制"标志了国家对士族特权的认可，同时也标志了门阀政治的成立，而最为典型的门阀政治则形成于东晋。在门阀政治时代，出现了一种过去所没有过的皇权与士族权力平行存在、相互制衡的政治结构。皇权虽然在理论上仍被视为最高的权力、国家的象征，但事实上，它并不能取消和超越士族的权力；在有的年代里，皇权实际上成为一种虚设的东西，对国家重大事务完全失去了控制。原因很简单：在其他情况下，官僚权力是由皇权派生的，士族权力则完全建立在自身力量的基础上。

　　当我们说"魏晋士人"这个概念时，并非专指士族阶层中人；它的意思要模糊一些，范围也大很多。譬如"单门寒士"也是"士人"的一部分，他们在许多情形下和士族——又常常被称为"世家大族"——正好是对立的。但魏晋时代士族作为社会的中坚，他们的思想和趣味，必然会影响和支配整个"士人"群体。鲁迅认为从《语林》、《郭子》到《世说新语》，这类"志人小说"的流行，与普通士人需要模仿高级士族的谈吐举止有很大关系，这是可信的。

　　在汉王朝趋向崩溃、士族势力不断成长、社会发生深刻变化的历史过程中，作为维护大一统政治的国家意识形态而存在的儒学也逐渐衰微。当然，儒学并没有从社会政治生活中退出，儒学的某些内容（如关于"礼"的探究）受重视的程度甚至超过前代。但它的独尊性的权威地位已不复存在，它的蒙蔽与愚化功能对士人思想的作用也消失殆尽。自东汉后期以来，在对儒家经典加以新的阐释的同时,老庄学说不断兴盛,佛教思想流布日广。所以魏晋成为自春秋战国以后又一个思想解放、异说并存的时代,因而也是思想史上创获尤其丰富的时代。《世说新语》虽然并不收录长篇大论,但它所记人物言行,却生动地反映出这一时代上述重要特色。

《世说新语》常常被称为一部记录魏晋玄学清谈的书,这虽然不够全面,但也揭示了这部书的基本特点。所谓"玄学",是一种会通儒道、进而又融合佛学的学说,流行于士族社会。它涉及的问题很多,但究其根本,可以说玄学具有浓重的形而上性质,它关注宇宙本体,追究物象背后的原理,并且经常对人类自身的思维规则及语言表达提出质疑;"玄"这个概念常常和虚、远、深、微妙等形容词相联系,而玄学即使在讨论具有现实政治背景的问题——如"名教与自然"——时,也喜欢从抽象原理的层面以逻辑论析的方式展开。所以,尽管自古以来指斥玄学不切实用者不乏其人,甚或加以"清谈误国"的罪名,它其实代表了古人对人与世界之关系的深入思考和思想方法上的重要进步。而《世说新语》不仅保存了许多魏晋玄学清谈的名目和若干重要内容,描述了清谈展开的具体场景和氛围,而且在更为广泛的范围内记录了魏晋士人经清谈风气熏陶而呈现的各种机智有趣的言论。

研究者普遍重视魏晋时代个体意识的觉醒,认为这一现象对中国思想文化的发展具有极其重要的意义。在中国的文化传统里,强调个人服从群体,强调社会伦理对个人意志和欲望的抑制,历来是占主导地位的意识。但人尽管必须结为群体谋求共同的生存,因而必须遵守一定的群体生活原则,在根本上又是一种只能以自我为中心的个体性的存在;"除了我,就不是我",我们也许可以用这样的句子描述一个独立的精神主体与整个世界的对峙关系。因而,对个体意识的压抑乃至抹杀,势必造成人性的扭曲和人的创造性才智的萎缩。从东汉中后期以来,社会的动乱,皇权地位的降低,国家意识的淡薄,士族社会身份的提高,都为士族文人的个体自觉提供了条件。从另一角度上说,这也是旧有文化传统内藏的不合理乃至荒谬性所引发的人性的反动。

所谓个性意识的自觉,从内在的底蕴来说,是强调以个人的体认为真理的标准,以一己之心定是非;从外在的表现来说,是处处要显示一己的独特之所在，纵使不能优越于他人，也要维持自具一格。殷浩答桓温："我与我周旋久，宁作我！"便是此意。所以《世说新语》所记人物言行，每有标奇立异、惊世骇俗之事，而同于流俗，便恐为人所讥；就是像士大夫的手持粉帛，行步顾影，在后世以为荒唐可笑，在当时却也是一种上流社会自我标榜的风尚。

中外一些研究者还把魏晋时代的思想文化与欧洲历史上的文艺复兴相比较，这里最令人感兴趣的，是两者都存在文学艺术的兴盛与个体自觉的强化相互关联、大致同步的现象。众所周知，魏晋被称为"文学自觉"的时代；音乐、绘画、书法乃至围棋，大致也都是在魏晋时代产生了质的变化并呈现前所未有的兴盛。为什么会有这样的关联呢？因为，虽然文学也可以用于宣传、教化，虽然音乐、绘画之类也可以作为富贵者日常玩赏的对象，但它真正的价值是个人才智与创造力的显示，是自我表现、自我宣泄的途径。在一个社会中，如果文学艺术的创造主要不是由作者自身的精神需求决定的，它也许会有技艺上的成就，而生命力和感染力却只能是有限的。而魏晋时代正是由于士人个体意识的强烈，导致他们对文学艺术热烈爱好，同时也引发了它的兴旺成长。在《世说新语》中，我们可以读到许多与文学、音乐、绘画、书法有关的优美的故事，譬如嵇康奏一曲《广陵散》，从容就死的记载。

总而言之，《世说新语》主要反映了东汉末和魏晋士族文人的精神风貌。如果我们说士族享有政治特权是不合理的，作为一种贵族文化的士族文化必然有很多缺陷，这当然没错。然而换一个视角来看，正因为士族是一个对国家刘皇权均少有依附性的特殊阶层，他们在历史上较早地体验了并以自己的方式应对了对人类而言具有普遍性的问题：个人尊严的价值，自由的必要，自由与尊严的代价，生命的虚无与美丽，等等。《世说新语》当然是一部内涵很丰富的书，全书各部分的价值取向也并不是严格统一的。但如果要求笔者以最简单的语言归纳其主要的精神价值所在，可以说它体现了魏晋时代士人对尊严、德性、智慧和美的理解与热爱。

在上面的论析中，我们强调了《世说新语》的时代特征。要说到这部古小说的艺术，也完全和它的时代特征分不开。在魏晋时代的贵族社会里，一个高级人物最吸引人的地方是其优雅高贵的气质和风韵，所以《世说新语》对人物的关注也以此为中心，它描绘人物，多从细处着笔，却又往往托意深远,令读者在感到亲切的同时油然而生钦羡;汉末以来人物品藻之风盛行,而人物品藻往往是通过人物的比较来定高下辨是非的,所以《世说新语》描绘人物多用对比方法,借一方为另一方作衬托。从汉末清议到魏晋玄学清谈,言谈的机警、隽永和出人意外的趣味为世人所重,《世说新语》所记人物言谈,自然多妙言俊语,令人心旷神怡。因此种风气的影响,连带地在叙事写景时,书中文笔也以言约旨远为胜。这里没有必要对《世说新语》的艺术特点作条分缕析的交代,只是想通过以上几个要点,看出它基本的特征。玄学风气下一代人物的风韵情致,虽相隔千载,而历历可见,这就是《世说新语》在艺术上最大的成功了。

《世说新语》作为魏晋南北朝志人小说的代表作,续仿者甚多。大约而言,唐代有刘肃《大唐新语》、王方庆《续世说新书》,宋代有王谠《唐语林》、孔平仲《续世说》,明代有何良俊《何氏语林》、焦竑《类林》,清代有王晫《今世说》,至民国初尚有易宗夔作《新世说》,总共有数十种之多。这构成了一种著作类型,其特征就是以人物轶事为主要内容,性质介于小说与杂史之间。从文体上说,《世说新语》也构成了一种独特的风格,它的简约玄澹、富于韵致、既讲究精炼又不避口语的特点,有时被称为“世说体”,不仅对上述续仿之书深有影响,还影响到其他散文与小说的写作。

不过,正是由于《世说新语》具有强烈的时代特征,在社会发生进一步的变化之后,它特有的魅力已不可能被复制。所以尽管续仿之作甚多,却没有一种可以与之相提并论。

五、关于本书编撰的若干说明

本书是作为大学中文专业本科教材来编撰的,兼顾普通爱好者的阅读需要。它的篇幅、编排方式、难易程度,都首先考虑到教学的需要。

在过去中文系的古代文学作品选和文学史课程中,《世说新语》被涉及,因为它是所谓“志人小说”的代表。但是,当我们将它视为中国古代思想文化的一部具有经典意义的著作时,着眼点并不在"小说"甚至狭义的"文学"上。依托对这一文本的解读,从社会结构、政治变迁、思想演化、文人心态、艺术趣尚等各方面去了解和体会魏晋的历史文化,并通过与前后时代的对照,寻求深入理解整个中国文化传统的途径,是更有价值也更有必要的学习方法——这也是笔者讲授这门课程和编写这本教材的立场。当然,"世说新语精读"是中文系的课程,但似乎也没有必要格外强调它的"文学"意义;中文系的学生如果过于拘泥于"文学",不仅会造成知识面的狭窄,其对文学的理解恐怕也会是浮浅的。

"原典精读"是以文本解读为基础的课程,循原书顺序选材讲解似乎是理所当然的事情。但若要以这样的模式来编一部书,却非常困难。如前面所说,《世说新语》是由众多短小而大体各自独立的条目汇编而成的,其门类的设定和全书的结构并非精心思考的结果,在同一门类下,各条的排列也没有严格的规则。因而,循原书顺序选材讲解,难免会成为零散而且常常出现前后重复的评点。更何况,当我们现在来解读这一部书时,不可能也没有必要完全按照编撰者的思路去理解它。所以,本书的编写不能不有所调整,它是围绕若干专题来展开的。各讲的先后虽也考虑到原书的编排顺序,但未必有严格的关系;引用的材料也不受原书分类和先后顺序的限定,需要时会把后面的材料提到前面来,便于相互阐发、相互对照;或者相反。现在的各种排印本大多为全部篇目标上了顺序号,本书在选列原文时仍注明各篇所属门类和原有编号,以便查对。

对刘孝标注,凡属围绕正文的语词、史实加以说明、补充者,本书必要时在讲解中加以引用而不再随正文列出。另有一种完整引录原始文献对正文进行补充、纠正的注,其价值与正文其实是相等的,所以本书有时也将它和正文一样单独列出,作为讲解有关问题所依据的材料。在这种情况下,注文原来针对的对象反而有可能被省略,这也是很正常的了。

《世说新语》虽是一部"小说",趣味性也很强,却并不好读(包括刘注,情况也有相似之处)。就是在一些专门的研究著作中,我们也经常看到错误的解说。这一方面是由于语词、名物、制度方面的隔阂,另一方面则是由于《世说》的故事大抵都是一些简单的片断,它的背景往往很复杂,并且这些故事到底是虚构的产物还是史实的记录，往往也不清楚。本书如果凡需要注释和解说的地方都要照顾周全，将会变得十分累赘，文体也会显得很怪异。考虑的结果，是将主要精力用于文本的思想与文化内涵的阐释及艺术趣味的分析；为了突出中心，避免繁琐，不对原文字句一一加以解释，通常只是在必要情况下，在适当的地方对语词及名物之类加以说明。这样处理，是把一般的文字解释留给课堂了。

在本书的最后部分，附录了《世说新语》全书的白文，课堂教学可以选择合适的内容作为补充和展开，一般读者也可以由此了解全书的概貌。但倘欲深入了解全书，则还须配备一种合用的注释本。

《世说新语》结构较松散，文字生动活泼，论人说事态度不固执一端，人称"简约玄澹，尔雅有韵"（明袁褧嘉趣堂本《世说新语序》），这是它受到古今读者广泛欢迎的重要原因。当我们从书中归纳出若干问题来解说时，很可能损伤了原书的玄妙与风趣。对此，笔者只能说"尽力而为"吧。

整套丛书统一的编撰体例，丛书总序已有说明，兹不赘。

第一讲

皇权与士权

一

　　陈仲举言为士则，行为世范，登车揽辔，有澄清天下之志。为豫章太守，至，便问徐孺子所在，欲先看之。主簿白："群情欲府君先入廨。"陈曰："武王式商容之闾，席不暇暖。吾之礼贤，有何不可！"（《德行》1）

　　郭林宗至汝南，造袁奉高，车不停轨，鸾不辍轭，诣黄叔度，乃弥日信宿。人问其故，林宗曰："叔度汪汪如万顷之陂，澄之不清，扰之不浊，其器深广，难测量也。"（《德行》3）

　　李元礼风格秀整，高自标持，欲以天下名教是非为己任。后进之士有升其堂者，皆以为登龙门。（《德行》4）

　　《世说新语》以《德行》为第一篇，而本篇开头部分，即为东汉"党锢"事件中重要人物陈蕃、李膺及与之关系密切的郭泰诸人的事迹。其实从全书来说，《世说新语》中也有几则年代早得多的人物故事（最早为《贤媛》篇记秦末陈婴母事），但这一开头仍然有标示记事之起始的意味，因为它突出了全书的重心和趣味所在。

　　东汉中后期存在着三种不同的政治势力，即士大夫阶层、外戚集团和宦官集团。士大夫与外戚有斗争也有联合，与宦官则完全处于对立状态。值得注意的是，宦官受到皇帝的信用，是因为他们被皇帝视为家奴，所以尽管在极端情况下也会出现宦官集团操纵皇帝的现象，但说到底，它的权力乃是皇权的延伸，或者说是皇权的变异形态。士大夫是传统政治中重要的力量，而东汉以来士族势力不断发展，使这一社会阶层更为重视自身在国家权力结构中的作用。当皇帝或其他皇权代表人试图借助宦官尽最大可能控制国家权力，甚至通过他们卖官鬻爵以聚敛财富，这在士大夫阶层看来，既是对自身合法权益的严重侵犯,也从根本上破坏了国家的政治与伦理秩序,因此他们常带着轻蔑和仇视激烈地反对宦官干政,这种斗争说到底是士大夫阶层与皇权相抗衡的表现方式。所谓"党锢"之祸,就是在这一背景下发生的。

士大夫阶层在与宦官集团斗争的过程中,形成一种互相标榜的风气,他们用各种特殊的名目来称呼一些典范或领袖式的人物,其中最重要的有"三君"、"八俊"、"八顾"。"君"是指被奉为一代之典范,而"三君"虽以窦武为首,但他是外戚,从士大夫阶层来说,陈蕃(字仲举)才是他们的代表人物;"俊"是指为人之英杰,"八俊"以李膺(字元礼)为首;"顾"是指能以自己的德行引导别人,"八顾"以郭泰(字林宗)为首。他们都是在《世说新语》一开头就出现的人物。

李膺出身于官宦世家,曾任河南尹、司隶校尉等要职,以敢于对抗骄横的宦官势力而著名,曾经从中常侍张让的府第中搜捕出他的弟弟张朔并迅速处死,令众宦官惊恐不敢出皇宫,尤其受到喜欢议论朝政的太学生的拥戴。桓帝、灵帝朝两度作为"党人"的首领被捕,最终自杀于狱中。

陈蕃亦出身仕宦之家,桓帝时官至太尉,灵帝即位,窦太后临朝,拜为太傅。蕃素称名臣,又曾在窦太后被立为皇后时起过作用,所以受到窦太后的信用。他不仅尽力起用李膺等在第一次党禁中被罢职的官员,还与大将军窦武(太后之父)密谋诛杀宦官。及窦武事败危急,陈蕃亲率属下官员及太学生八十多人,手持兵器冲入宫门,被宦官所率军队逮捕,当天就遭到杀害。

郭泰的情况稍为特别。史书称他家世贫贱,本人也没有做过什么官。但他是太学生的领袖,在士林中享有很高的威望。谢承《后汉书》甚至说:"泰之所名,人品乃定。"意思是一个人人品如何,要经过郭泰的评说才算有了定论。关于他的一则风流故事说,他曾在行途中遇雨,头巾折下一角,世人纷纷效仿,故意折巾一角,号为"林宗巾"。郭泰最初是因为受到李膺的赞赏而声名大振,后来则代表了太学生对陈蕃、李膺诸人的支持。《后汉书·党锢列传序》说:"(太学)诸生三万余人,郭林宗、贾伟节为其冠,并与李膺、陈蕃、王畅更相褒重。学中语曰:'天下模楷李元礼,不畏强御陈仲举,天下后秀王叔茂。'……自公卿以下,莫不畏其贬议,屣履到门。"这种朝野呼应的现象,反映了东汉末士大夫阶层上下之间的政治协同。

余英时认为东汉末出现了士大夫的"群体自觉",他说:"惟自觉云者,区别人己之谓也,人己之对立愈显,则自觉之意识亦愈强。"(《汉晋之际士之新自觉与新思潮》,收入《士与中国文化》)简单地说,正是在与宦官集团的激烈冲突中,士大夫越来越强烈地意识到自身作为一个特殊的社会群体所必须坚持的政治理想和政治利益。而我在这里想要强调的是,当士大夫阶层以一种自觉的意识从事政治活动时,已经开始出现了这一阶层与皇权在某种意义上的离异倾向。他们的领袖或代表人物虽然并不否认皇权是国家权力的最高代表,但同时也并不将自身视为完全依附于皇权的存在;在一定条件下,他们会认为自己才真正是能够维护合理的社会秩序与文化价值的人。《世说新语》开头所列陈蕃、李膺故事,正显示了上述精神,或者说一种人生姿态。陈蕃"登车揽辔,有澄清天下之志",这里用一个出发的动作为象征,表现了主人公重建人间秩序的理想;李膺"高自标持,欲以天下名教是非为己任",则是把确立和维护他所认定的正当的社会价值观作为自己的责任。这种宏伟的胸怀和士族阶级的崛起是联系在一起的,而后来士族权力与皇权成为并行权力的政治结构也由此初现端倪。

士大夫阶层彼此间的联络、呼应和对领袖人物的崇拜,即所谓结党交游之风,也正是这一阶层有意识地作为一个政治群体进行活动的显著标志。桓帝延熹九年(166),宦官侯览指使他人上书控告李膺等"养太学游士,交结诸郡生徒,更相驱驰,共为部党,诽讪朝廷,疑乱风俗",桓帝借机下诏逮捕党人,并向全国公布罪行,以求天下共同声讨,造成第一次"党锢"之禁。上书的内容固然带有恶意的攻击,但述李膺等人的行迹,却并非都是诬陷。徐幹《中论》之《谴交》篇描述士人交游之风,文辞也很尖锐:"桓灵之世,其甚者也。自公卿大夫,州牧郡守,王事不恤,宾客为务;冠盖填门,儒服塞道;饥不暇餐,倦不获已;殷殷沄沄,俾夜作昼。"在上面选列的故事中,陈蕃一则讲他礼敬贤士的殷切之情,这固然是为官的美德,但他以周武王得天下后席不暇暖就先去商容居住的里巷表示敬意之例来解释自己的行为,可见其自视之高;李膺一条说他在士林中所具有的巨大号召力,令人明白他对宦官势力的强硬态度其实离不开士大夫阶层广泛的支持;而郭泰的故事虽然只涉及他对两个人物的比较与褒贬,但放到更大的背景上看,人物品评正是士林领袖人物联结人群、扩大影响的有力手段。

对于这些人物在后汉政治中所起到的作用,范晔在《后汉书》中给予崇高的评价。《陈蕃传论》曰:

> (蕃等)功虽不终,然其信义足以携持民心。汉世乱而不亡,百余年间,数公之力也。

《范滂传论》曰:

> 李膺振拔污险之中,蕴义生风,以鼓动流俗,激素行以耻威权,立廉尚以振贵执,使天下之士奋迅感慨,波荡而从之,幽深牢破室族而不顾,至于子伏其死而母欢其义。壮矣哉!

《后汉书》有一点特殊之处,是在士族势力开始受到抑制、其政治力量已远逊于东晋的刘宋王朝,作者试图通过表彰汉末志士来激励士人奋发有为,因而其史论难免有情绪化的成分。但就强调士大夫阶层在政治生活中强有力的主动姿态而言,他的说法还是不错的。

二

于东汉中后期兴起的士族势力在东晋一朝达到巅峰状态。田余庆甚至认为,真正意义上的"门阀政治"仅仅存在于东晋,因为只有在东晋时才真正出现了皇权与士族共治的现象(《东晋门阀政治》)。对田先生的看法未必人人赞同,但他强调东晋士族势力的盛大,则无可置疑。因而,就《世说新语》的范围谈论"皇权与士权"这一话题,以东汉与东晋为例,应是恰好。

在本书《导论》中我们说及士族权力并不是从皇权派生的,它来源于自身的实力。而在战乱的时代,由于中央朝廷失去对地方的控制,国家组织处于涣散无力的状态,皇权必然遭到严重的削弱。而世家大族虽然同样不能逃脱战乱的影响,但为了自保,此时宗族内部的凝聚力却会加强,从属于这类世家大族的人口也会转变为军事力量。因此,相比于皇权而言,其实力反而显得更加强大,独立于皇权的作用也变得更加突出。西晋覆灭之际,琅邪王司马睿依赖北方南迁士族和江东土著士族的扶持在南方奠定东晋皇业,就是这样一种局面。(按,作为地名的"琅邪"或写作"琅琊",各书不一,本书统一用前者,以免混乱。)

　　元帝始过江,谓顾骠骑曰:"寄人国土,心常怀惭。"荣跪对曰:"臣闻王者以天下为家,是以耿、亳无定处,九鼎迁洛邑,愿陛下勿以迁都为念。"(《言语》29)

　　上选元帝与顾荣对话一条,涉及东晋建立与江东士族的关系。江东士族群体兴起于三国东吴,其著姓有顾、陆、朱、张等。顾荣(曾为长沙王司马乂骠骑长史)的祖父顾雍是孙吴丞相,吴亡,顾荣与陆机、陆云兄弟至洛阳,号称"三俊"。后陆氏兄弟死于祸乱,顾荣回到南方,凭藉其家族背景和中朝仕历,成为江东士族的领袖。在西晋灭吴之后,江东士族作为"亡国之余",本来是被北方士族看不起的,但到了中原丧乱,北方人士试图在南方重建晋朝时,就不得不借重江东士族的力量。永嘉元年(307),琅邪王司马睿以安东将军的名义移镇建邺,开启了东晋南朝在江东立业的局面,这就是所谓"元帝始过江"。为了笼络江南士族,他请顾荣出任要职,咨询军国大计,顾荣则为之引荐江南名士,支持司马睿立足江南。在这段对话中,司马睿所谓"寄人国土,心常怀惭",表明他承认江东虽是晋王朝治下的土地,但它真正的主人仍是自孙吴遗存的当地世家大族;而顾荣的答语,则正如陈寅恪所说,"实际上是一种默契,即允许北人寄居江左,并与之合作。双方协定既成,南人与北人戮力同心,共御外侮,赤县神州免于全部陆沉,东晋南朝三百年的世局因此决定"(《魏晋南北朝史讲演录》第九篇《东晋与江南士族之结合》)。

　　当然,对奠定东晋皇业起到更大作用的,是北方侨迁士族的支持,这一群体的代表人物是王导。西晋皇室中,司马伷、司马觐、司马睿三世为琅邪王,而琅邪境内势力最为盛大的宗族就是王氏,两家长期存在亲密的关系。永嘉初,司马睿受朝廷派遣渡江至建邺,其任务,田余庆认为应当是监管南方的漕运,但这其实是司马睿与王导努力争取的结果,背后藏着着眼长远的一着棋:"导与元帝有布衣之好,知中国将乱,劝帝渡江,求为安东司马,政皆决之,号仲父。晋中兴之功,导实居其首。"(《世说新语》注引邓粲《晋纪》)至中原陷于战乱,不可收拾,大批北方士族陆续南下,建邺(后因避晋愍帝讳,改称建康)的司马睿自然成为凝聚人心的核心。但不仅司马睿在晋宗室中原来的名望有限,而且也没有一套现成的权力机制可以供他操持。调和南北士族的矛盾,笼络人心,主要是靠政治经验丰富而且家族势力壮盛的王导。至东晋王朝建立,王导在内主持中枢,其从兄王敦在外统率军队,王家所拥有的实际权力绝不在皇室之下。《晋书·王敦传》记"时人语"曰:"王与马,共天下",这并没有什么夸张(只不过,拥有实力的高级士族并非只有一家,他们之间还有一个彼此均衡、相互牵制的问题。到了条件成熟时,执政的家族就会发生新旧更迭)。而《世说新语》所载下列故事,可谓"共天下"之势的绝好说明:

元帝正会,引王丞相登御床,王公固辞,中宗引之弥苦。王公曰:"使太阳与万物同晖,臣下何以瞻仰?"(《宠礼》1)

《世说新语》的故事情节常有不太可信之处,但此条记元帝于朝会时竭力拉王导共坐御床,是一桩发生于公开场合而又颇具历史意义的事件,它不可能出于假造。但这一事件却不能仅仅理解为皇帝对大臣意外的"宠礼",它实际表明了王导以及他所代表的世家大族真实的地位。这种情况在历史上确实是从来没有过的。

但皇权与门阀之间,始终存在权力斗争,下列一条记王导与明帝的对话就有这样的背景:

王导、温峤俱见明帝,帝问温前世所以得天下之由。温未答。顷,王曰:"温峤年少未谙,臣为陛下陈之。"王乃具叙宣王创业之始,诛夷名族,

宠树同己，及文王之末高贵乡公事。明帝闻之，覆面著床曰："若如公言，
祚安得长！"（《尤悔》7）

东晋立国以后，元帝对王氏家族权力过大心怀不满，欲重振皇权，遂逐
渐任用南方大族戴渊、周嵩与北方二流大族刘隗、刁协等人，而疏远王导，并
在军事上预防王敦。结果王敦以"清君侧"为号举兵造反，攻入建康，将元帝
任用的人统统杀死。元帝无奈，只好说："欲得我处，但当早道，我自还琅邪，
何至困百姓如此！"全然不敢以君臣名分责王敦。明帝司马绍为太子时，对
王敦之叛极为愤怒，即位后信用原东宫僚属温峤，想用他来削减王氏兄弟的
势力。王导与温峤同时入宫，明帝以"前世所以得天下之由"问温，绝非无意
的闲语。司马氏先人如何建立西晋王朝，他又何须问别人！而王导说温峤
年少不知事，自告奋勇为他解说，历数司马懿自创业之始"诛夷名族，宠树同
己"的强悍，以及司马昭纵容部下在京城大街上杀死傀儡皇帝曹髦的凶暴，
大有以长辈身份教训司马绍不可任意胡来的用意。而明帝吓得"覆面着
床"，口称："若如公言，祚安得长！"至少在表面表示了他对王导之言的领会
和遵从。

还有一点值得注意的，是《世说新语》记魏晋易代之际的人物事迹，对于
和曹魏政权关系密切而因之遭祸的人物如夏侯玄、嵇康多有赞美，而对依附
于司马氏的某些重要人物如钟雅、钟会兄弟，却描绘得卑琐可笑。这一倾向
的形成，和王导这类士族领袖对那一段历史的评说，应该有重要的关系。

大概而言，终东晋之世百余年间，虽然皇权与士族以及士族内部的矛盾
冲突始终存在，但几大世族轮流执政、皇权与之共治天下，却是基本的局面。

三

如前所言，《世说新语》并不是一部结构严密、系统性很强的著作，它只
是在一个大致分类编排的框架内记述历史人物故事，包含的内容相当丰富，

牵涉到自东汉后期至东晋社会的许多深刻变化,体现出中国历史这一特殊阶段的特殊面貌。而上述社会变化和历史特殊性的核心,就是皇权与士族共治的社会结构。日本现代史学的重要开创人内藤湖南提出:"要之,六朝时代,贵族成为中心,这就是支那中世一切事物的根本。"(《支那中古的文化》)这一论断即便不完全正确,也是切中肯綮的。

要说到门阀政治也就是贵族政治的弊病,那非常明显,就是阻断了社会上层和中下层之间人员的交换与对流。这不仅仅是一个道义性质上公平或不公平的问题,更重要的是遏制了社会中下层人士才智的发挥,遏制了社会因这种交换与对流而焕发出的生机。

但从另一面说,士族权力的存在,对于抑制皇权的过度膨胀以及由专制主义造成的弊害,又起着十分重要的作用。在自秦始皇以来的中国历史上,皇权的存在形态、运作机制有很多变化,但大概地归纳,可以说:君主专制越是强大,对思想文化的钳制就越严厉,对个体价值、个人尊严的认可程度就越低。而门阀政治不仅仅保护了贵族阶层的物质利益,在特殊的条件下,这一阶层人士更能体会到生命固有的高贵和个人自由的价值,对历史文化与生命现象的复杂微妙也具有更深刻的认识。他们的思考与创造,因而具有珍贵的价值。

第二讲

英雄与名士

汤用彤《读〈人物志〉》（《图书季刊》，1940 年）言："汉魏之际，在社会中据有位势者有二。一为名士，蔡邕、王粲、夏侯玄、何晏等是也。一为英雄，刘备、曹操等是矣。"

"英雄"与"名士"都不是用来标示人物的具体社会身份和职业的概念，它是品评人物的名目。贺昌群相隔不久发表于《世纪评论》的《英雄与名士》一文，进一步提出，"名士之名，起于桓帝时宦官政治高压下的党锢之禁"，"英雄之名，起于灵帝时黄巾起义"。严格说来，这两个名词的出现要早得多（以现存文献而论，"名士"始见于《吕氏春秋》，"英雄"始见于《韩诗外传》），但作为反映一时代之文化特征的流行概念，则确如贺氏所言，两者皆兴起于汉魏之际。

既然英雄与名士并不表示人物的实际身份，怎么可以说他们是"社会中据有位势者"呢？因为它代表了社会的认可与尊崇。而当社会对新的人物品格、人物类型表现出格外的崇敬时，自有深长的意味。

一

中国历来对人物品格表示崇敬与褒扬的核心概念是"圣贤"，它代表着理想的人格。同时，一个圣贤人物体系，也构成描述中国历史的主线。尧、舜、禹、汤、文、武、周公这些公认的"圣王"，既是历史的开创者，也是社会文化价值的奠定者。构成"圣贤"品格的具体内涵虽是多方面的，譬如"圣"通常与超凡的智慧相联系，但毫无疑问，道德的完美才是首要的和根本的。有的人被推崇为"圣贤"，只是因为他们的德性，未必拥有出众的才能和特殊的成就，像伯夷、叔齐还有孔门第一的颜回，就是能挨饿而已。孟子提出了著名的"人皆可为尧舜"(《孟子·告子下》)即人皆可为圣贤一说。他的依据是"性本善",人只要通过修养回复到至善的本性,就达到了圣贤的境界。这当然不需要特殊的才能与成就,因为这不可能是人皆有之的东西。总而言之,对圣贤品格的推崇,表明了传统文化尤其是儒家文化以道德为中心的人文价值观。

"英雄"则是一个不同的概念。在多种意义上,它甚至与"圣贤"正好是相对立的。

如前所言,在现存文献中,"英雄"一词始见于《韩诗外传》:"夫鸟兽鱼犹知相假,而况万乘之主乎? 而独不知假此天下英雄俊士与之为伍,则岂不病哉!"其后又见于东汉班彪的《王命论》:"况乎天子之贵,四海之富,神明之祚,可得而妄处哉? 故虽遭罹厄会,窃其权柄,勇如信、布(韩信、黥布),强如梁、籍(项梁、项籍),成如王莽,然卒润镬伏锧,烹醢分裂……英雄诚知觉悟,畏若祸戒……距逐鹿之瞽说,审神器之有授,毋贪不可几……则福祚流于子孙,天禄其永终矣。"在班彪的论述中就已经可以看出,"英雄"这一称呼只是指那些才能卓杰的人物,而不包涵道德意义上的褒扬,所以他提醒那些英雄之士不要恃其勇强而觊觎"王命",因为那不是仅仅凭借能力就能获得的东西。

汉魏之际,天下纷扰不安,而儒家的"天命"论和伦理观也失去了往昔的权威,卓杰之士趁时而起,莫不希图凭借自己的能力开创不朽的事业。于是,谁为英雄成了人们特别关心的问题,作为一种对人物品格的评价,它比"圣贤"更受欢迎(似乎以圣贤自期在人们心目中成了愚蠢的表现),而这一在过去文献中出现频率相当低的词汇现在则被空前广泛地使用。如《三国志》记诸葛亮两次论析天下大势,都言及"英雄"。一为"隆中对",称誉刘备"将军既帝室之胄,信义著于四海,总揽英雄,思贤如渴",一为赤壁大战前劝说孙权举兵拒曹,谓"今操芟夷大难,略已平矣,遂破荆州,威震四海,英雄无所用武"。由此可见"英雄"在政治人物的言谈中运用之频繁。

在此背景下,当时还出现了专门讨论英雄问题、记载英雄事迹的著作。前者有刘邵《人物志》中的《英雄篇》,后者有王粲的《英雄记》(或名《汉末英雄记》)。"英雄"这一概念主要着眼于对人物的才能、品格、成就的评价,而与道德方面的问题关系不大,在两书中都很清楚。《英雄篇》云:"夫草之精秀者为英,兽之特群者为雄,故人之文武茂异,取名于此。是故聪明秀出谓之英,胆力过人谓之雄。此其大体之别名也。"刘劭对"英雄"最简明的定义,就是"文武茂异"。而《英雄记》列述的人物,则不仅有曹操、刘表、公孙瓒诸人,还包括曹操最重要的政敌袁绍集团的主要成员,甚至恶名昭著、久已败亡的董卓及其部下。可见在王粲心目中,凡才能超众的人均是"英雄"。

　　汉魏之际出现的从崇敬圣贤到崇敬英雄的变化,其根本意义在于显示了这一时代对人的智慧、勇敢精神和创造性才能的重视,这是一个社会的文化富于活力的表现。

　　曹公少时见乔玄,玄谓曰:"天下方乱,群雄虎争,拨而理之,非君乎?然君实乱世之英雄,治世之奸贼。恨吾老矣,不见君富贵,当以子孙相累。"(《识鉴》1)

　　魏武将见匈奴使,自以形陋,不足雄远国,使崔季珪代,帝自捉刀立床头。既毕,令间谍问曰:"魏王何如?"匈奴使答曰:"魏王雅望非常,然床头捉刀人,此乃英雄也。"魏武闻之,追杀此使。(《容止》1)

　　曹公问裴潜曰:"卿昔与刘备共在荆州,卿以备才如何?"潜曰:"使居中国,能乱人,不能为治。若乘边守险,足为一方之主。"(《识鉴》2)

　　要说汉魏之际的英雄,首选应该是曹操吧。对于他的评价,历来用的最多的是"英雄"和"奸贼"两个词。有趣的是,这两项评价几乎从一开始就是并列地存在的。乔玄是一个对曹操很欣赏的人,而《世说》记他对曹操的评语,是"乱世之英雄,治世之奸贼"。这意味着在曹操的个性中有一种不遵规度、勇于犯难冒险、难以约束的力量,在"治世"即太平年代,这种力量将会使他成为既存秩序的破坏者——"奸贼"。而在乱世,这种破坏性力量却又转化为创造性力量,使"奸贼"变成"英雄"。在这种看似矛盾的评价中,隐含着一个深刻的道理:在常态的社会中,尤其是在强调顺从尊长、约束个性的儒家文化传统中,人的自我实现的欲望和创造性才能是受到抑制的,这种欲望与才能愈是强大的人,就愈具有危险性。他们只有等到乱世,才能际会风云,以"英雄"的姿态卓然而出。说得稍远一点,读李白诗,会发现他所赞美和希美的英雄人物,几乎都生于乱世。

对乔玄的评价曹操有何反应,《世说》正文没有提及。而刘孝标注引孙盛《杂语》则有另一种记载:"太祖尝问许子将:'我何如人?'固问,然后子将答曰:'治世之能臣,乱世之奸雄。'太祖大笑。"许子将即许劭,汉末名士,以"月旦评"(每月发表一次对人物的评价)风闻天下。他说曹操在"治世"将会成为"能臣"或许是句客套话,现下也根本不可能出现什么"治世",而"乱世之奸雄"才是他对曹操真正的品题。这是把"奸贼"和"英雄"合二为一,它喻示曹操这样的人物虽然能够在乱世中开创事业,但必然破坏成规,绝不会行王道而致太平,成为圣王。曹操以英雄自命而并不以圣贤自许,所以对许劭的评价也尽可以满意(按《后汉书·许劭传》的记载,许对曹操的品题与乔玄同,为"君清平之奸贼,乱世之英雄")。

刘孝标认为"《世说》所言谬矣",其意盖以《杂语》所言近是。其实,若论作为史实的可靠性,上述两种记载究竟孰是孰非,抑或皆是、皆非,并不很容易判定。但不管怎样,这类记载都反映了魏晋时代的人们对曹操的理解,并由此体现了他们对"英雄"这一概念的认识。此后千百年间,"英雄"、"奸贼"或合二为一的"奸雄",一直是对曹操最基本的评语。小说《三国演义》中的曹操,被认为是中国文学中最早出现的具有复杂性格的人物形象,但其实这并非是元明作家虚构的产物,它在历史文献中是有充分依据的。换言之,在魏晋时代,人们并不认为"奸贼"与"英雄"不能共存于一人之身,并不认为具有"奸贼"品性的"英雄"不值得尊敬;进一步说,细析乔玄评说曹操之语,某些属于"奸贼"的品质,甚至是造就"英雄"的条件。

上面选录的第二条具有浓厚的小说气息。美容仪是魏晋时代士人普遍的追求,所以《世说》有《容止》篇专记有关人物的容貌、仪表、举止的故事。曹操"形陋","姿貌短小"(刘注引《魏氏春秋》),而他却出现在《容止》篇的首条位置,显得格外有趣。这则故事突显了曹操的英雄气概:他虽然其貌不扬,而且在会见匈奴使者的场合,其公开身份仅是一名卫士,而假冒他的崔琰(字季珪)虽然"声姿高畅,眉目疏朗,须长四尺,甚有威重"(刘注引《魏志》),但匈奴使者却一眼看出扮成卫士的曹操才是真正的英雄。这则故事放在《容止》篇的开头,多少有一点暗示作用:容仪之美不仅仅在于外表,它需要内在的精神气质作为支撑。

乱世中英雄竞逐,也就免不了彼此打量,其间固有警惕之念,亦不乏惺惺相惜之情。《三国志》记曹操谓刘备:"天下英雄,唯使君与操耳。"《世说》之《识鉴》篇在乔玄评曹操一条之下,就是曹操自己向裴潜询问刘备之才如何。在"英雄"们看来,历史是他们演出的舞台,每个人都希望自己的表演较他人更为声色壮丽。

曹魏政权丧于司马懿,及至晋室东渡,先后有王敦、桓温,皆是曹操一流的枭雄。王、桓谋帝业不就,有叛逆之名,然而《世说》所载二人故事,每每称赏其豪爽气概,表明世人对他们虽有诟责,同时又不乏爱惜和敬重。"英雄"行为的正当与否及创业的成败是另一回事,他们在世间演示了快意的人生,这终究是令人感动的。

王大将军年少时,旧有田舍名,语音亦楚。武帝唤时贤共言伎艺事,人皆多有所知,唯王都无所关,意色殊恶,自言知打鼓吹,帝令取鼓与之。于坐振袖而起,扬槌奋击,音节谐捷,神气豪上,傍若无人,举坐叹其雄爽。(《豪爽》1)

石崇厕常有十余婢侍列,皆丽服藻饰,置甲煎粉、沈香汁之属,无不毕备。又与新衣著令出。客多羞不能如厕。王大将军往,脱故衣,著新衣,神色傲然。群婢相谓曰:"此客必能作贼。"(《汰侈》2)

王处仲每酒后,辄咏"老骥伏枥,志在千里。烈士暮年,壮心不已"。以如意打唾壶,壶口尽缺。(《豪爽》4)

作为拥戴司马睿在江东建立东晋王朝的琅邪王氏的核心人物之一,王敦(字处仲)与他的堂弟、宰相王导有所不同,"王与马,共天下"的局势并不能使他感到充分的满足。他先是在元帝时率军攻入建康"清君侧",至明帝时,这位已经病重的大将军恐自己死后嗣子王应不能成大事,遂举兵谋反,未成而亡,死后兵败,遭剖棺戮尸。

上选第一条述"大将军年少时"云云,当是王敦到洛阳不久的事情,在冠盖如云的京城,这位来自外郡的年轻贵族不能马上获得上流社会的器重。所谓"旧有田舍名",等于说向来被指为乡巴佬;"语音亦楚",是指他说话带有乡音,这也成为洛中贵人瞧不起他的理由。(按王敦为琅邪临沂人,其地属鲁。战国时鲁为楚所灭,其地得蒙楚称。《史记·货殖列传》云:"彭城以东,东海、吴、广陵,此东楚也。"余嘉锡《释伧楚》解释说:"此乃西晋全盛之时,洛下士大夫,鄙视外郡,故用秦、汉旧名,概被以楚称。")在武帝的宴会上,众人谈论伎艺(琴棋书画之类),王敦却插不上嘴,难免面色不快。于是他自告奋勇说能击鼓,当场作了表演。鼓是热烈的乐器,当王敦在皇帝的宴会上神色飞扬、旁若无人地敲起奔放的鼓乐时,传达的是压倒一切的豪气,他使所有在座的人都感到了震撼。

第二条说了一桩有趣的故事。西晋时石崇以豪奢著称,他在厕所里放置名贵香料甲煎粉、沈(同沉)香汁,安排多名盛妆的婢女侍候宾客,是一种十分张扬而令人困窘不安的炫耀,而王敦处之泰然的姿态,显示他对主人的意图的轻蔑。一个以英雄自许的人物,很少有什么事情能让他惊惶。所以石家见多识广的婢女们判断"此客必能作贼"。

击唾壶(六朝贵族用来吐痰的小壶,也作为玩赏的器具)而歌,《晋书》本传记为王敦在东晋任大将军时发生的事件。尽管作为人臣而言,他的地位已经无以复加,但他仍然担忧自己会在历史中沉没。而所唱的歌乃是曹操的《步出夏门行》,正说明在精神气质上,曹操是这一类人物的前驱与榜样。

在《晋书》中,桓温与王敦同列一传,这是史家"人以群分"的归类。桓温先是以西征蜀地、扫灭成汉建立勋业,后又数度借北伐以树威,永和十年(354)攻至霸上,威逼长安(这是南北分裂以来南方汉族政权兵锋到达最远的一次),两年后第二次北伐,一度收复洛阳。在此过程中,桓温以雄厚的军力为凭借操持朝政,废立皇帝,几乎完全控制了东晋政权。《晋书》本传称桓"以雄武专朝,窥觎非望",若非以谢安、王坦之为代表的世家大族竭力抗拒,改朝换代已是不可避免。所以虽然桓温并未正式反叛晋朝,但他既定的目标原本与王敦无异;以他对王敦的好感,大概也不反对在史册中与之为伍吧。

桓宣武平蜀,集参僚置酒于李势殿,巴蜀缙绅莫不来萃。桓既素有雄情爽气,加尔日音调英发,叙古今成败由人,存亡系才,奇拔磊落,一坐叹赏不暇坐。既散,诸人追味余言。于时寻阳周馥曰:"恨卿辈不见王大将军。"馥曾作敦掾。(《豪爽》8)

桓温行经王敦墓边过,望之云:"可儿!可儿!"(《赏誉》79)

桓公读《高士传》,至於陵仲子,便掷去,曰:"谁能作此谿刻自处!"(《豪爽》9)

刘尹道桓公:鬓如反猬皮,眉如紫石棱,自是孙仲谋、司马宣王一流人。(《容止》27)

桓公卧语曰:"作此寂寂,将为文、景所笑!"既而屈起坐曰:"既不能流芳后世,亦不足复遗臭万载邪?"(《尤悔》13)

平蜀是桓温生平第一桩宏大的勋业,事前朝中多反对之声,桓执意而行,终获成功。作为胜利者在成汉国主李势的宫殿中召集部下及巴蜀缙绅置酒欢宴,谈古论今,自然是踌躇满志,连说话的音调都显得格外有精神。他申说"成败由人,存亡系才"之理,意思就是事业须由人做,所谓"天命"不足道,这是强者的自信,胜利者的自豪,也是魏晋"英雄"们共通的人生态度。当众人皆为桓温所折服时,周馥讥讽他们不曾见过王敦,才如此少见多怪。就处事方法而言,桓温比王敦要多一些审慎,或许正因如此,在周馥心目中王敦更有人格魅力。不过据《太平御览》引《语林》,桓温对别人将他比作王敦,却是"意大不平",他认为自己应该在王敦之上。不管桓与王应如何分高下,总之在很多人看来,他们实属一类人物。

值得注意的是,桓温平蜀距王敦作乱失败为时甚近,那位被剖棺戮尸的叛逆并不是已经跟现实无关的历史人物,然而,他的属僚仍然以他为骄傲。就是桓温也毫不掩饰对他的钦慕,远望王敦墓而大呼"可儿!可儿!"(即可人,称人心意的人)清人李慈铭云:"案此是桓温包藏逆谋,引为同类。"(《越缦堂读书记》)清人的议论较之六朝人总是苛酷。桓温固然并不因为王敦是"叛贼"而否定他的人格,但也未必专在"包藏逆谋"这一点上引为同类,他只是在更广泛的意味上喜欢王敦为人的豪迈与果敢而已吧。李越缦大约不能够明白,"逆贼"与世俗中的"君子"不同,他们不会只是因某人也是"逆贼"就特别喜爱他。

对于道德上极端化的"高士",桓温却是一点儿也不能理解和佩服。皇甫谧的《高士传》记载了战国时齐人陈仲子的故事(因居於陵,又称"於陵仲子"),他的兄长做齐国的丞相,"食禄万钟",仲子以兄禄为不义,就躲避到楚国去过自己的苦日子,"曾乏粮三日,匍匐而食井李之实,三咽而后能视"。有一次回家探母,误吃了别人送给他兄长的鹅肉,知道后立刻挖喉咙吐出来。跟一切极端化的道德模范一样,这类人物跟真实生活无关,他们只是意识形态亢奋症的产物,专门用来教育世人的。桓温指故事中陈仲子的生活态度、方式为"谿刻"——刻薄、苛刻,不近人情,这是很恰当的评语。所谓"谁能作此谿刻自处"不仅仅表示自己不可能做这样的"高士",根本上还对此表示嫌恶,所以他读到这里连书都扔了。

《世说》留下了东晋清谈大名家刘惔对桓温长相的描写:"鬓如反猬皮(《太平御览》'皮'作'毛')",说他两鬓的胡须如竖起的刺猬毛,"眉如紫石棱",说他的眉骨突起如石棱,这颇有威武之相。至于为人,刘惔比之为司马懿、孙权,那都是开创帝业的人物。而桓温自己在感到郁闷时,则深恐"为文(司马昭追谥为文帝)、景(司马师追谥为景帝)所笑"。"既不能流芳后世,亦不足复遗臭万载邪"——纵然不能流芳后世,难道还不能遗臭万年吗?这是桓温留下的最令人惊耸的名言。野心家视世间善恶之规则为废物,人们当然不能对此表示赞同,不过总还是能体会到"奸雄"绝不甘在寂寂中了此一生的慷慨之情。

"英雄"当然不必皆是奸逆。如西晋覆灭之际以"兴复神州"为志的刘琨与祖逖，皆有英雄之誉，只可惜《世说》中少载两人事迹，唯有《赏誉》篇有一条注稍详，今引录于下：

刘琨称祖车骑为朗诣，曰："少为王敦所叹。"(《赏誉》43)

逖与司空刘琨俱以雄豪著名。年二十四，与琨同辟司州主簿，情好绸缪，共被而寝。中夜闻鸡鸣，俱起曰："此非恶声也。"每语世事，则中宵起坐，相谓曰："若四海鼎沸，豪杰共起，吾与足下相避中原耳！"为汝南太守，值京师倾覆，率流民数百家南度，行达泗口，安东板为徐州刺史。逖既有豪才，常慷慨以中原为己任，乃说中宗雪复神州之计，拜为豫州刺史，使自招募。逖遂率部曲百余家，北度江，誓曰："祖逖若不清中原而复济此者，有如大江！"攻城略地，招怀义士，屡摧石虎，虎不敢复窥河南，石勒为逖母墓置守吏。刘琨与亲旧书曰："吾枕戈待旦，志枭逆虏，常恐祖生先吾著鞭耳！"会其病卒。先有妖星见豫州分，逖曰："此必为我也！天未欲灭寇故耳！"赠车骑将军。(上条刘注引《晋阳秋》)

刘琨原是风流才士，预西晋权臣贾谧"二十四友"之列，性奢豪，好声色。中原丧乱，刘琨出任并州刺史，在异族势力环峙、艰危困顿的局面下收抚流亡，坚持战斗，维系着晋王朝在中原最后的存在与重兴的希望，虽屡经挫败，仍锲而不舍，直至事败身亡，其抱负和意气令人感动。陆游诗云："刘琨死后无奇士，独听荒鸡泪满衣。"(《夜归偶怀故人独孤景略》)表达了后人对他崇高的敬仰。而祖逖于南渡之后复募兵北上，击楫中流，誓不复返，平定了黄、淮之间的广大地域上的混乱局面，亦足称一时豪杰。

在后人看来，或许刘琨、祖逖与王敦、桓温不可同日而语，但实际上他们的气质是很相似的。刘、祖中夜闻鸡鸣而起之事，《晋书·祖逖传》的记载稍异，为"(逖)中夜闻荒鸡鸣，蹴琨觉曰：'此非恶声也。'因起舞"。这就是成语"闻鸡起舞"的来历。余嘉锡《世说新语笺疏》对这一故事作了准确的解释："《开元占经》百十五引京房曰：'鸡夜半鸣，有军。'又曰：'鸡夜半鸣，流血滂沱。'盖时人恶中夜鸡鸣为不祥。逖、琨素有大志,以兵起世乱,正英雄立功名之秋,故喜而相蹋。且曰非恶声也。"而《晋书·祖逖传》的史臣论赞也明说:"祖逖散谷周贫,闻鸡暗舞。思中原之燎火,幸天步之多艰。原其素怀,抑为贪乱者矣。"虽然他们都忠于皇室,但作为"英雄",却把乱世看作成就自己的机会。辛弃疾云:"了却君王天下事,赢得生前身后名"(《破阵子》),同此意也。

　　庾道季云:"廉颇、蔺相如虽千载上死人,懔懔恒如有生气;曹蜍、李志虽见在,厌厌如九泉下人。人皆如此,便可结绳而治,但恐狐狸猯貉啖尽。"(《品藻》68)

　　庾和小字道季,太尉亮之子。他的上面一段话或许可以借用来作一个总结:像廉颇、蔺相如那样的人,虽然死了上千年了,想起来仍然能够感受到他们的懔懔生气;而像曹蜍、李志这样的人虽然活着,却和死人无所区别。人若都是那种傻样,好像天下便会太平无事,可以结绳而治,但只怕统统成了狡黠之徒的食物。我们从这里可以读出来,魏晋人之赞美英雄,根本上乃是对他们所向往的强大的生命活力的赞美。

二

　　所谓"名士",从字面意义而言,就是拥有美名佳誉的士人。《吕氏春秋·尊师》谓"由此为天下名士显人,以终其寿",《礼记·月令》云,逢季春之月,天子则"勉诸侯,聘名士"(郑玄注:"名士,不仕者。"),《史记·张耳陈馀列传》中称张、陈二人为"魏之名士",大抵都是这样的用法。而相似的称呼,尚有魁士、俊士、才士之类。魏晋时代所说的"名士",其基本涵义与从前也并没有太大的不同。但作为一个特殊时代中形成的流行概念,且如汤用彤言,它用以指称一群"在社会中据有位势者",自然会注入新的内容。

贺昌群以为"名士之名,起于桓帝时宦官政治高压下的党锢之禁",这是指由于士大夫阶层与宦官政治集团(其实是皇权的畸变)处于紧张的抗争状态,因而产生了褒扬同道、抨击敌党的强大舆论——所谓"清议",由清议带来"名士"称谓的流行。《后汉书·党锢列传》对清议的时代背景有这样的描述:

> 逮桓灵之间,主荒政谬,国命委于阉寺,士子羞与为伍,故匹夫抗愤,处士横议,遂乃激扬名声,互相题拂,品核公卿,裁量执政,婞直之风,于斯行矣。

同书《李膺传》又称:

> 陈蕃为太傅,与大将军窦武共秉朝政,连谋诛诸宦官,故引用天下名士。

由此而论,最初得"名士"之称的人主要是反对宦官执政的士大夫。

但应该注意到,由于汉末是一个社会发生深刻变化、价值标准极其不稳定的时代,士大夫"激扬名声,互相题拂",除了政治需要,也包含凸显个人风采、博取世人瞩目的意欲,所以"名士之名"的兴起,不能仅仅从政治上去解释。就拿士大夫阶层反对宦官集团的中坚人物之一、官至太尉的李固来说,《后汉书》本传有如此记载:"初,顺帝时诸所除官,多不以次,及固在事,奏免百余人。此等既怨,又希望(梁)冀旨,遂共作飞章虚诬固罪曰:'……大行在殡,路人掩涕,固独胡粉饰貌,搔头弄姿,槃旋偃仰,从容冶步。'"余英时分析说:"按此虽飞章诬奏,未可全信,但李固平时必有此顾影自怜之习气,故得加之以罪。纵使李固本人不如此,当时士大夫中亦有此类行为之人,诬奏者始能据以状固,则可以断言。"(《汉晋之际士之新自觉与新思潮》)也就是说,积极从事政治活动的名士,同时也可能以仪表之美引人注目。余英时说,此"为士大夫个体自觉高度发展之结果也"。

同时,《后汉书·方术列传论》对"名士"还有另一番不同的议论:

汉世之所谓名士者，其风流可知矣。虽弛张趣舍，时有未纯，于刻情修容，依倚道艺，以就其声价，非所能通物方、弘时务也。

范晔在这里说到的"名士"，其特点为"刻情修容，依倚道艺"（雕琢内情，修饰容仪，依恃"道"和才学），但这些人虽能"就（成）其声价"，却不能"通物方、弘时务"，即没有从事实际事务的能力。这显然和他在《李膺传》里说到的陈蕃、窦武为谋诛宦官所"引用"的"天下名士"不属同一种类型，至少不是在同一个意义上说的。换言之，士之求"名"在汉末已是普遍风气，在政治性的活动中"激扬名声，互相题拂"为求名之一途，而此类名士未始没有"刻情修容"之举；与政治活动未必有关联，重在"刻情修容，依倚道艺，以就其声价"，则另为一途。总而言之，"名士"的特点就在于凸显个人的风采，求得社会声誉。

范晔在上引一段文字中还提出了"名士风流"之说，其本意似无贬斥，但也不是明显的褒扬。后世惯以"英雄本色，名士风流"为骈语，则通常都为赞美。而两者都是从人的精神气质来说的："英雄"自豪，不屑假饰，故以"本色"示人；"名士"重才情气度，故显其"风流"。虽然"名士"称呼的开始兴起与汉末的政治势态有很大关联，但从整个魏晋时代来说，名士主要是指士族阶层的精英。从偏离"圣贤"所代表的价值系统的意义上来说，"名士"这一称呼与"英雄"相似，它体现着士族阶层的人生态度、生活趣味、人格理想。

自汉末清议盛行，至曹魏以后行九品中正制，名誉关乎出身，人物品评成为所谓"中古"历史阶段中极为重要的社会现象。《世说新语》中《识鉴》第七、《赏誉》第八、《品藻》第九三门，几乎完全是这方面的记录，其他各门也多有相似的内容。各种专门记录名士言行的著作，亦应运而生，在《世说新语》本文及刘孝标注中引到的就有康法畅《人物论》、伏滔《论青楚人物》、孙绰《名德沙门题目》、谢万《八贤论》、裴启《语林》、习凿齿《汉晋春秋》、顾恺之《画赞》、袁宏《名士传》、佚名《永嘉流人名》等多种。《名士传》专记魏晋之际玄学清谈兴盛时期的名士，尤其为人注意。

袁伯彦作《名士传》成，见谢公。公笑曰："我尝与诸人道江北事，特

作狡狯耳！彦伯遂以著书。"(《文学》94)

"伯彦"系"彦伯"之误,袁宏字彦伯。据上文,他的《名士传》有相当一部分内容应是依据谢安的谈论写成的。但谢安的意思,他以前"与诸人道江北事",只是"狡狯"即游戏之言,袁宏据以著书是靠不住的。尽管如此,这部书还是流传甚广,《世说》中不少故事就来源于此。刘孝标注对上文还有一段重要的说明:"宏以夏侯太初(玄)、何平叔(晏)、王辅嗣(弼)为正始名士,阮嗣宗(籍)、嵇叔夜(康)、山巨源(涛)、向子期(秀)、刘伯伦(伶)、阮仲容(咸)、王浚仲(戎)为竹林名士,裴叔则(楷)、乐彦辅(广)、王夷甫(衍)、庾子嵩(敳)、王安期(承)、阮千里(瞻)、卫叔宝(玠)、谢幼舆(鲲)为中朝名士。"后世论魏晋名士及学术风气之变,很多是按照袁宏的分期来展开的。

<h1 style="text-align:center">三</h1>

鲁迅说《世说新语》差不多是一部"名士底教科书"(《中国小说的历史的变迁》),陈寅恪以为《世说新语》乃是一部"记录魏晋清谈之书"(《陶渊明之思想与清谈之关系》),余英时则称其为"记载魏晋士大夫生活方式之专书"(《汉晋之际士之新自觉与新思潮》),各人的着眼点有所不同,所见亦有所差异,大抵余英时所说的范围较为宽广些。从另一种角度上看,《世说新语》也可以说是关于"名士"的著作的集大成者。

由于"名士"是一个内涵比较宽泛的概念,要确切地说它的标准是什么也就很困难。而且《世说新语》全书都涉及名士的言行,在这一讲中当然不合适逐一论析,这里只围绕范晔论"名士风流"的几句话,选若干实例来说明。不过他原来是就汉代名士而言,我们这里将之推衍到魏晋。

"刻情"是古籍中不常见的语汇,前面简单地解释为"雕琢内情",若说得再详细一点,就是刻意地塑造个人的精神境界,使其呈现为一种独特的风貌。前引《德行》篇中记李膺"高自标持",固然表现了他的政治抱负,但也未始不是一种"刻情"的行为。朱东润师著《八代传叙文学述论》,其中《绪言》里有一段话说得很有趣,跟我们在这里谈的问题也有关联:

> 唐宋以后的人物,见于传叙文学的,几乎都有一定的标格,但是汉魏六朝便充满了这许多不入格的人物:帝王不像帝王,文臣不像文臣,乃至儿子不像儿子,女人不像女人。李德裕说过:"好驴马不入行。"一切入格的人物,常常令人感觉到平凡和委琐。相反地每一个不入格的人物,都充满了一种独来独往的精神。这是个性,也正是近代传叙文学家所追求的人物。

以卓荦不群自许,内心充满骄傲,这是魏晋名士普遍的特点(这和被称为"英雄"的人们是一样的),他们在品格上的修炼,很少归向于儒家传统所提倡的自我检束、温文尔雅。既要标示个人独特的一面,就难免引起冲突,所以有些名士的行为会显得矫激。

祢衡被魏武谪为鼓吏,正月半试鼓。衡扬枹为《渔阳》掺挝,渊渊有金石声,四坐为之改容。孔融曰:"祢衡罪同胥靡,不能发明王之梦。"魏武惭而赦之。(《言语》8)

衡不知先所出,逸才飘举。少与孔融作尔汝之交,时衡未满二十,融已五十。敬衡才秀,共结殷勤,不能相违。以建安初北游,或劝其诣京师贵游者,衡怀一刺,遂至漫灭,竟无所诣。融数与武帝笺,称其才,帝倾心欲见。衡称疾不肯往,而数有言论。帝甚忿之,以其才名不杀,图欲辱之,乃令录为鼓吏。后至八月朝会,大阅试鼓节,作三重阁,列坐宾客。以帛绢制衣,作一岑牟、一单绞及小帻。鼓吏度者,皆当脱其故衣,著此新衣。次传衡,衡击鼓为《渔阳》掺挝,蹋地来前,躞蹀脚足,容态不常,鼓声甚悲,音节殊妙。坐客莫不慷慨,知必衡也。既度,不肯易衣。吏呵之曰:"鼓吏何独不易服?"衡便止。当武帝前,先脱帻,次脱余衣,裸身而立。徐徐乃著岑牟,次著单绞,后乃著帻。毕,复击鼓掺槌而去,颜色无怍。武帝笑

谓四坐曰："本欲辱衡,衡反辱孤。"至今有《渔阳》掺挝,自衡造也。为黄
祖所杀。(上条刘孝标注引《文士传》)

　　这就是自古以来传为美谈又令人慨叹的祢衡裸身击鼓侮辱曹操的故
事,明中叶才士徐渭因感于自己的身世之悲,将这故事改写为《狂鼓史》杂
剧,使之传播更广。由于祢衡并无实际政治活动,留下的文字也很少,我们
无法知道他究竟有多大的才能。但他的骄傲是惊人的,《后汉书》记其语云:
"大儿孔文举(孔融),小儿杨德祖(杨修)。余子碌碌,莫足数也。"他身怀一
刺(古代的名片,用木片制成),游于京师,直到名刺上的字全磨灭了,竟无一
处可以投送。但他又确实不是一个甘于沉没的人,狂傲未始不是一种求名
的手段。他要求极大的尊重而招致曹操的轻辱,又以更激烈的充满悲慨的
行为去反击。这使他最终成为大名士,付出的代价则是自己的生命。对祢
衡格外赏识并特意加以引荐的孔融,也是一位性格和命运相类似的名士。
他说祢衡"罪同胥靡,不能发明王之梦",是用一个典故——殷王武丁梦见上
天赐他一位贤人,遂命画师将他梦中所见贤人的模样画成图像,求诸天下,
结果找到了正因"胥靡"之罪(一种连坐受罚的罪名)而服苦役的傅说,乃用
之为相——讥刺曹操,意思说他不仅不能梦见贤人,就是贤人站到了面前他
也认不得。这位孔融屡屡和曹操过不去,又特别喜欢表现那种尖刻的聪明,
最后被曹操处死,罪名是思想不端正,公然宣扬"非孝"。
　　但名士之所以骄傲,归根结底是为了维护尊严;换句话说,当不能维护
尊严的时候,"名士"的"名"就会大为减价。夏侯玄是袁宏《名士传》列在首
位的人物,他在沦为阶下囚之后丝毫不肯自贬身份,可以理解为一种典型的
名士风范:

　　夏侯玄既被桎梏,时钟毓为廷尉,钟会先不与玄相知,因便狎之。玄
曰:"虽复刑馀之人,未敢闻命。"考掠初无一言,临刑东市,颜色不异。
(《方正》6)

　　玄至廷尉,不肯下辞,廷尉钟毓,自临履玄。玄正色曰:"吾当何辞?

为令史责人耶？卿便为吾作。"毓以玄名士，节高不可屈，而狱当竟，夜为作辞，令与事相附，流涕以示玄。玄视之曰："不当若是耶？"钟会年少于玄，玄不与交，是日于毓坐狎玄，玄正色曰："钟君何得如是！"（上条刘注引《世语》）

夏侯氏与曹魏宗室是谯国（今安徽亳州）同乡，两族世为姻亲，关系极为密切（或谓曹操出于夏侯氏，恐不确）。夏侯玄是夏侯尚之子，曾任征西将军，其母为大将军曹爽之姑，其妹嫁司马师，在魏晋之际的政坛上具有显赫地位。曹魏末年，政权落入司马氏之手，政治斗争的形势渐趋向险恶。在司马懿死后，司马师执政，原来颇受司马家族信赖的中书令李丰试图以夏侯玄取代司马师，事泄，卷入这一事件的人物尽皆被杀。

夏侯玄之事，以《世说》本文和刘注引《世语》文字合读，主要是两部分内容：一是以嘲弄应对廷尉钟毓的审讯，一是呵斥其弟钟会。钟氏兄弟皆是司马氏的亲信，而夏侯玄此刻乃是阶下囚，所谓人为刀俎，我为鱼肉。但他在精神态度上却始终占据着一种居高临下的地位。对方所需的"供状"，他吩咐廷尉（国家刑法事务的最高负责人）钟毓"卿便为吾作"，而对写成的文字，只冷冷说一句"不当若是耶？"在这过程中惶恐不安的，倒是那位身居高位的钟毓，因为他必须按照司马师所要求的口径获得夏侯玄的供词，而这又离不开夏侯玄本人的"合作"。考虑到身为名士的夏侯玄难以使之屈服，不惜流着眼泪恳求那位囚犯来成全他。至于钟会的"狎"，原是指在亲密朋友之间才会有的脱略礼仪的举止；这位以胜利者自居的贵公子对夏侯玄的认识不如其兄长，以为可以用貌似亲切而实为轻慢的态度对待他，结果遭到冷漠的呵止。对于必须以尊严的姿态生存于世间的人来说，死亡并不是那么严重的一桩事情。

《世说新语·任诞》篇记载了许多魏晋名士狂放不羁的行为，论者喜从政治背景上解说，认为这是与标榜礼教的司马氏集团故示异趣。这方面的因素固然存在，却又并不尽然。至少在相当一部分名士看来，旷达不拘的行为本身体现了超越世俗的精神境界，是一种表现自我的方式，故任诞亦可能出于"刻情"。有些故事会在别的地方谈到，此处仅举一例：

阮公邻家妇有美色,当垆酤酒。阮与王安丰常从妇饮酒,阮醉,便眠其妇侧。夫始殊疑之,伺察,终无他意。(《任诞》8)

"阮公"即阮籍,王安丰为王戎(后封安丰侯),都是"竹林名士"中的人物。因沽酒妇貌美而屡屡登门买醉,自然不离好色之心;醉卧其侧,则是越礼之举;然"终无他意",却又表现了对"欲"的超越。谨守礼法不敢越寸分是俗人之行,见色忘义、惹是生非亦是俗人之行,在这两者之上的任性放达,乃是名士风流。

范晔说到"名士风流"的另一种表现为"修容",此"容"为容貌仪态,《世说新语》第十四门《容止》篇专记这方面的内容。

讲究容貌仪态原本是人类社会生活中的常情常态;在等级社会中,上层人士更须以此来彰显身份,以区别于常人,所以早在先秦著作如《周易》、《诗经》、《左传》中,就多有关于"君子威仪"的要求及描述。《诗经·大雅·抑》有云:"敬慎威仪,惟民之则。"《左传》记北宫文子对卫侯问何为君子威仪,引上述诗句而广之,曰:

> 故君子在位可畏,施舍可爱,进退可度,周旋可则,容止可观,作事可法,德行可象,声气可乐,动作有文,言语有章,以临其下,谓之有威仪也。

但魏晋时代对"容止"的追求,仍有其特殊的地方。这首先表现为一种唯美精神,即认为人物的容貌风度之美是令人愉悦的,它无须与其他条件相联系就值得爱惜乃至崇仰。魏晋时人评论女性,常以"色"即美貌为第一标准,这和重视男性的"容止"具有共通之处,都包含着以人自身为价值尺度的意识。而"名士"作为贵族阶层的精英,自然成为这一风气的代表,以其仪形俊美标榜风流,成为一般人企羡的对象,谈论的话题。

何平叔美姿仪,面至白。魏明帝疑其傅粉,正夏月,与热汤饼。既噉,大汗出,以朱衣自拭,色转皎然。(《容止》2)

何晏字平叔,因其母改嫁曹操,生长于宫中。他是曹魏末年重要的政治人物,又是玄学清谈的倡始者。上面这则故事表明肤色白皙是当时男性美的一个重要条件。不过何晏究竟是生来美白还是傅粉所致,却是历史疑案,因为刘注引《魏略》的记载正好相反:"性自喜,动静粉帛不去手,行步顾影。""顾影自怜"的成语是从这里来的,今人读起来或许觉得可笑,不过也正证明名士自爱之深吧。

潘岳妙有姿容,好神情。少时挟弹出洛阳道,妇人遇者,莫不连手共萦之。左太冲绝丑,亦复效岳游遨,于是群妪齐共乱唾之,委顿而返。(《容止》7)

潘岳字安仁,西晋的名诗人,旧小说里常说到的"貌似潘安"就是指他。这故事因为用另一位名诗人左思(字太冲)作比照,遂有滑稽味道,作为史实而言颇可疑。但作为热爱人物之美的风习的反映,它的价值仍然存在。裴启《语林》记王濛的一则故事正好与之相映成趣:王濛帽子坏了,他"自以形美,乃入帽肆,就帽妪戏,而得新帽"。称"妪"自是老妇,一俊美男子可以不花钱从她手里拿走帽子,颇具唯美精神。

不过,注重"容止",并不仅仅是讲究显于外表的姿容美妙,更不是专门推崇带有女性化意味的柔美。前面说"英雄",关于曹操见匈奴使者之事,正是《容止》篇的首条,这表明容止与人的内在精神气质相关联。裴楷在袁宏《名士传》中列为"中朝名士"之首,《容止》中二则关于他的记载颇有味:

裴令公有俊容姿,一旦有疾至困,惠帝使王夷甫往看。裴方向壁卧,闻王使至,强回视之。王出,语人曰:"双眸闪闪若岩下电,精神挺动,体中故小恶。"(《容止》10)

裴令公有俊容仪,脱冠冕,粗服乱头皆好。时人以为"玉人"。见者曰:"见裴叔则,如玉山上行,光映照人。"(《容止》12)

裴楷的"俊容姿"、"俊容仪",显然和外表的修饰无关。他即使"粗服乱头"也是美的,即使卧病在床,困倦到连回头看人都费力,其目光犹能令人悚然一惊。一种内在的精神力量,使其容仪永不显出软靡溃散。

"依倚道艺",被范晔列为名士风流又一要素。"道艺",源出《周礼·保氏》"养国子以道,乃教之六艺(礼、乐、射、御、书、数)",作独立的词语来使用,则始见于曹植《七启》:"吾闻君子不遁俗而遗名,智士不背世而灭勋,今吾子弃道艺之华,遗仁义之英……"就本来意义而言,"道艺"就是指儒家所遵奉的"道"和儒门所教习的学问、才艺。但范晔是跟《世说新语》同时代的刘宋人,他就"名士风流"而言的"道艺",内涵未必会那么狭小,大概就是泛指思想与才学。而由汉末至两晋,学术、思想、文学艺术的变化很大,"道艺"亦不尽相同。如果说,范晔认为思想与才学是名士欲凸显自我、博取声誉所需要具备的条件,至魏晋以后,这就主要表现为由玄学清谈所显现的睿智与机敏,由文学艺术所显现的高雅趣味,这些将在本书后面各讲中论及。

但有意思的是,在魏晋时代,许多名士有意表示对才学的轻视,因为他们所崇尚的主要是老庄之道,这种道重在心灵的领悟,而追求才学却可能使人陷入呆板与沉闷,这违背名士所追求的旷达与洒脱。

> 庾子嵩读《庄子》,开卷一尺许便放去,曰:"了不异人意。"(《文学》15)

庾敳字子嵩,袁宏《名士传》列为"中朝名士"。此条刘注引《晋阳秋》记其读《庄子》的感想:"昔未读此书,尝谓至理如此;今见之,正与人意暗同。"这正是对"了不异人意"一意更清楚的发挥。要之,他并不是反对读《庄子》,而是强调"至理"的获得基于内心对此世界的感悟。心能明此至理,读《庄》可以彼此印证,心不能明此至理,读之亦无益。这颇能代表相当一部分魏晋名士对学问的态度。

> 王孝伯言:"名士不必须奇才。但使常得无事,痛饮酒,熟读《离骚》,便可称名士。"(《任诞》53)

　　简文道王怀祖："才既不长,于荣利又不淡,直以真率少许,便足对人多多许。"(《赏誉》91)

　　王恭字孝伯,王濛之孙,孝武帝皇后之兄,东晋后期太原王氏兴盛,王恭为其代表人物之一,历任要职,因反对司马道子擅权,起兵"清君侧",兵败被杀,而东晋之乱亡,自此肇端。余嘉锡作《世说新语笺疏》,深厌贵胄子弟之不学与骄狂,在此条下斥责说:"恭之败,正坐不读书。故虽有忧国之心,而卒为祸国之首,由其不学无术也。自恭有此说,而世之轻薄少年,略识之无,附庸风雅者,皆高自位置,纷纷自称名士。政使此辈车载斗量,亦复何益于天下哉?"不过平心而论,王恭于军政大计缺乏谋略虽是事实,但要说他兵败"正坐不读书"却恐怕牵强,读书哪有那么大的用处? 如果我们不牵连其他的问题来看王恭这句话,意思只是:名士风流,缘乎天性洒脱,情思高远,不必以学问为前提。后世常说的"是真名士自风流",便是承着这一意思而来。闻一多在西南联大上课,教学生"痛饮酒,熟读《离骚》,方得为真名士"(《闻一多全集·年谱》),他倒是赞成王恭的。

　　东晋简文帝评王述(字怀祖)的话也很有意思。"才既不长,于荣利又不淡",一般说来这是很大的缺陷了,差不多可以导致对一个人的否定性评价,然而只因他比别人"真率少许",便足以弥补那些缺陷,抵得上别人的许多长处。简文帝这句话与王恭所言是相通的,他们都认为名士首先要有真性情。

　　"名士风流"究竟需要什么条件,说起来怕也是纷纷扰扰。就魏晋时代而言,归根结底,它所要表现的是人物之美。所以,凸显个性、推崇真情、显示超越的自由精神,应该是最基本的要素,而仪态、才学、智慧也都与之有关。冯友兰有《论风流》一文,以为"玄心、洞见、深情、妙赏"四者,是构成魏晋名士风流的必要条件,这也不失为简赅的归纳。当然人要活得漂亮是不容易的,追求"名士风流"结果只是矫情和虚浮亦是常事。即如冯先生,能论风流矣,而行事每见窘迫。

四

对普通士人而言，高级士大夫的风采是令人羡慕的。崇仰和效仿名士风流，成了一种社会风气。这类故事在《世说新语》中甚多，此处仅简单举一例：

> 孟昶未达时，家在京口。尝见王恭乘高舆，被鹤氅裘。于时微雪，昶于篱间窥之，叹曰："此真神仙中人！"（《企羡》6）

王恭曾多年以青、兖二州刺史身份坐镇京口，领北府兵屏护京师。他是一位大名士，门第显贵，又以美姿仪著称（《容止》篇最后一条记别人对他的赞语是"濯濯如春月柳"）。孟昶则是寒门之士，他从篱间偷偷地远望王恭乘舆而行，觉得那简直是神仙。从这里可以看到名士风流如何影响于社会。

但要说对当代及后世影响之深远，那还数不上王恭，最突出的乃是有名的"竹林七贤"，即袁宏所说的"竹林名士"。这可以用一个最显著的例子来说明：1960年在南京西发掘了一座南朝大墓，墓内主室两壁砌有砖画，为竹林七贤和春秋时的荣启期（后者其实是为了画面的均衡而加上去的）。砖画纵80厘米、横240厘米，左壁为嵇康、阮籍、山涛、王戎，右壁为向秀、刘伶、阮咸及荣启期。"七贤"身前各置酒具，或正在畅饮，或抚琴、作啸、沉吟，无不显洒脱之态。我们知道古代墓中的壁画是非常讲究的，过去通常是以神话题材为主，人们希望这些画对死者的亡灵有助益，同时它也体现了死者生前对生命的一种愿望。而现在居然在墓壁上绘竹林名士的形象，可见他们已经成为理想的生存状态的象征，或者说他们已被视为神仙式的人物。

另外，关于"竹林名士"、"竹林七贤"的名称，陈寅恪于《陶渊明之思想与清谈之关系》文中有所考论，今录其结语如下，以备参考："大概言之，所谓'竹林七贤'者，先有'七贤'，即取《论语》'作者七人'之事数，实与东汉末'三君'、'八厨'、'八及'等名同为标榜之义。迨西晋之末僧徒比附内典外书之'格义'风气盛行,东晋初年乃取天竺'竹林'之名加于'七贤'之上,至东晋中叶以后江左名士孙盛、袁宏、戴逵辈遂著之于书(《魏晋春秋》、《竹林名士传》、《竹林名士论》),而河北民间亦以其说附会地方名胜。"

第三讲

名教与自然

在现代汉语中,"自然"一词包含两个不同的义项,一是与"人为"相对,指各种自然而然的事物与状态,一是指我们常说的"大自然"、"自然界",即人类文明以外的世界。这两者之间的关系当然很密切:"自然界"是最"自然"的。

其实在古汉语中,"自然"只有第一个义项。《老子》说"道法自然",也只是"道自然如此"、"道以自身为法"的意思,并非在道之外还有一个"自然"。至于第二个义项,古汉语中并没有一个专门的称呼,意思相近的词或词组也有,像"山川"、"天地"、"万物"等等,但没有一个更具抽象意义的总称。由于日本人用汉语原有的"自然"一词翻译西语"nature",它才涵括了两个不同的义项返回汉语世界。中国人非常自然地接受了"自然"这个词的新用法,不像"经济"一类语汇,虽为汉语所固有,而它的新义却给人以"外来语"的感觉。这大约跟中国古人一贯关注自然、特别重视它的"自然性"有关。

特地作以上说明,是因为"自然"的两个义项都与《世说新语》所体现的魏晋文化有重大关系,因而本书需要在不同意义上分别展开解说。本讲《名教与自然》主要是从前一义项说,后面第七讲《自然的发现》则主要是从后一义项说的。

一

"名教"与"自然"各自的价值,以及两者之间的关系,是魏晋玄学的重大命题,曾经引起当代众多名流的热烈兴趣,并围绕它发生了一系列的争议。而由于名教实为中国古代文化的核心概念之一,魏晋玄学的这些讨论留下的影响就非常深远。

"名教"在很多情况下可以与"礼教"对换使用,但仔细分辨起来,又不能说这两者是完全对等的概念,前者所包涵的意味要更为广泛和复杂一些。

对"名教"概念的解释,各家每有出入,我觉得其基本的意义其实很简单,就是"望文生义",立名为教的意思。倘如在此基点上讨论问题,那么可以说"立名为教"本是人类社会生活中最基本的文化现象。举个浅近的例子,在我们现在的日常生活里,一个老师不满意一个学生,常常会说:"做学生要像个学生。"在这句话中,前一个"学生"指具体存在的身份为学生的个人,后一个"学生"指老师心目中关于学生的理念,他拿这个理念来衡量、断定一个具体的学生是不是一个合格的"学生",并要求前者向后者趋同。但合格不合格,该由谁说了算呢?

在这个浅近的例子里面隐藏着一个深刻的道理,就是:人生活于其中的世界其实是一个概念的世界,事物的名称代表了人赋予事物的内在关系,而正是那些具有命名与阐释名义之权力的人设定了世界的秩序。

回到中国传统的"名教"概念上来。对这一概念的形成,一般追溯孔子的正名说。《论语·颜渊》篇载:齐景公问政于孔子,孔子对曰:"君君,臣臣,父父,子子。"以"君君"为例,它的意思是"使君成为君"。这里第一个"君"指的是理想化的、概念中的"君"(此处用作动词),第二个"君"指为"君"的人。其他几组也是同样的语法结构。胡适在《先秦名学史》中解释说,孔子所强调的正名,目的在于"使真正的关系、义务和制度尽可能符合它们的理想中的涵义",也就是用理念来规范事实。

儒家的名教牵涉到所有的人伦关系。但在古代来说,君臣、父子关系是首要的和基础性的,所以讲名教首先要从君臣父子讲起。东晋时袁宏说:"夫君臣父子,名教之本也。然则名教之作,何为者也?盖准天地之性,求之自然之理,拟议以制其名,因循以弘其教,辨物成器,以通天下之务者也。"(《后汉纪》卷二十六)这个过程约略地说,就是根据某种神圣原则制定名称,根据名称所包涵的理念展开教化,由此建立世界的秩序,保证人间万事的有序运转。果然如此,就能建立一个理想化的社会。

通过建立概念来设定秩序的人相信他们所依据的是一种神圣原则,因而"名"理所当然体现了最高的真理,它可能被错误地背弃,其自身的真实性和合理性是永远不会动摇的。

在这个问题上,以老、庄为代表的道家采取了另外一种态度。《老子》劈头就是:"道可道,非常道;名可名,非常名。"——话语可以表述真理却不可能到达真理,当人们表述真理时就已经离开了它;而名虽然可以用来指称事物,"名"与"实"却是永远也不可能结合为一体的。"无名万物之母,有名万物之始"——虽然命名的行为给出了事物的秩序,但无名才是万物的本真状态。所以用概念所支撑的世界是可疑的、不稳定的,它终究不是生命真正的归依。

在老、庄那里,宇宙的本体是"无"。它不能够被命名,因而也不能够被阐释——称之为"道"也只是"强名",它无往不在而无形无迹,它的唯一特性是"自然"——自身如此,不具有任何外加的规定性。由于"无"本体是包括人类、人类社会在内的万物的本源,所以从根本上说,"自然"也是人与万物的本性及理想状态。

这样,在儒与道之间,形成了"有"与"无"、"名教"与"自然"的相互对立的理论系统。前者主要强调事物的规定性与秩序(它的背后就是以理念来规范事实的理想),后者则更多地重视事物的自然本性与可变性,尤其在庄子的思想里,它还更多地指向对个人精神自由的追求。当然,我们看到在整个中国文化大系统内,这两种看似对立的理论系统其实具有互补作用。

二

人类必须建立规则以保证社会有序地运转,这是简单的事实。而"名教"正是通过确立各种身份名称、道德观念,要求处于不同等级地位的每个人按照自己的身份名称去实行其对社会对他人应尽的责任和义务,起到了保证社会有序运转的作用。问题只是:"名"的世界确立以后,它被理解为就是真实世界本身,然而"名"与"实"并不等同,后者的运转并不按命名的理念进行。这种矛盾在世界的发展变化中不断激化,当积累到一定程度时,由于概念体系完全浮离于真实世界之外,便会面临大崩溃。

两汉时代以儒家经学为中心形成的名教体系,到了东汉末年开始面临重重危机。

汉代名教首先是皇权意志的体现,然而由于地方势力、士族力量的扩展,皇权的神圣性不断被消解;在权力结构失去平衡的情况下,皇帝信用宦官之类"小人",进一步毒化了政治的气氛。到了魏晋,所谓君臣之义较前已经变得淡薄,甚至无君论也被公然提出。史载曹丕在一次宴会中提问:若君、父俱有重疾,而唯有一丸药可以救治,当救君还是救父?在座的邴原勃然对曰:"父也!"(《三国志》裴注引《邴原别传》)阮籍著名的《大人先生传》则宣称:"君立而虐兴,臣设而贼生,坐制礼法,束缚下民……竭天地万物之至,以奉声色无穷之欲,此非所以养百姓也。"其议论之猖狂,是汉武独尊儒术以来所未见的。

被袁宏称为"名教之本"的,于君臣之外为父子,而体现家族伦理的孝道在汉末同样面临危机。长期以来,由于博取"孝"的美名可以作为仕进之阶,它在很多人那里其实只是高度形式化的外显的表演;在社会逐渐瓦解的形势下,人欲横行,苛严的礼法越发显得虚伪和不可信。进而,人们对"孝"的价值何在,情感意义上的"孝"与礼法意义上的"孝"究竟有何关系,都产生了怀疑。曹操公然下令要求推举"不仁不孝而有治国用兵之术"的人(《举贤勿拘品行令》),不仅是个人的胆识,也与时代的气氛有关。

对名教的危机或者说崩溃之势,士大夫阶层的反应是复杂的。第一讲选列了《德行》篇中关于李膺的一条,说他"欲以天下名教是非为己任",这是想要担当起结束思想混乱的责任,通过重新申明社会各阶层的正当关系与义务,重建合理的社会秩序。但从史籍所载李膺高自标榜、广召同党的行事风格而论,并不符合传统意义上的"名教"的标准。在魏晋之际以行为放诞、蔑视礼教著称的阮籍,据《晋书》本传的记载,原本亦颇有用世之志,依鲁迅的看法,他的内心倒是"太相信礼教"(《魏晋风度及文章与药及酒之关系》),这和李膺的情况又多少有些相似。

而名教的崩溃之势无法阻挡,一个原因是统治力量对它的扭曲的利用。魏晋是个蒙昧渐去、理性发达的时代,而谋图篡夺的司马氏集团把倡导名教作为权力斗争的手段,其结果只是令拥有神圣名义的"名教"显得更为滑稽和堕落。

　　阮籍遭母丧,在晋文王坐进酒肉。司隶何曾亦在坐,曰:"明公方以孝治天下,而阮籍以重丧,显于公坐饮酒食肉,宜流之海外,以正风教。"文王曰:"嗣宗毁顿如此,君不能共忧之,何谓? 且有疾而饮酒食肉,固丧礼也!"籍饮啖不辍,神色自若。(《任诞》2)

　　阮籍于居丧期间违背礼制,在司马昭的宴席上饮酒吃肉,何曾要求将他"流之海外,以正风教",风调甚峻切。然而作为曹魏的臣子,何曾一心依附司马氏集团,助其篡夺,以谋名位,有何"风教"可论! 所以鄙弃名教、任诞纵放的姿态,反倒成了不与之合流的一种表达方式。

　　但这恐怕不是阮籍、嵇康等人主张"越名教而任自然"(嵇康《养生论》)的根本原因,鲁迅说阮籍的话,恐怕不全对。名教的危机有其深层原因,在社会的变化过程中,它的内涵、价值及其发挥作用的方式,确实有待重新审视。这里首要的问题是:名教的核心是维护群体伦理的规则,其作用在于抑制个人的欲望,引导个人意志使之顺合于群体伦理的要求。而自东汉末以来,一个重要的思想变化就是士人个体意识的觉醒,他们要求对个人自由、尊严与生活欲望给以必要的尊重,这和本来的名教具有难以调和的矛盾。对此,嵇康在《难自然好学论》中有很清楚的论述:

　　　　六经以抑引为主,人性以从欲为欢;抑引则违其愿,从欲则得自然。然则自然之得不由抑引之六经,全性之本不须犯情之礼律。

这就是把自然的情性与"礼律"即礼法和作为礼法之根据的六经放在对立的位置上,并且认为前者才是真正有价值和应该给予满足的。

　　"越名教而任自然",也就是从"有"返回到"无",返回世界被命名之前的状态。"名"的世界崩溃了,走出去就是虚无,这可以是一个狂欢的时光。

　　诸阮皆能饮酒,仲容至宗人间共集,不复用常杯斟酌,以大瓮盛酒围坐,相向大酌。时有群猪来饮,直接去上,便共饮之。(《任诞》12)

　　王平子、胡毋彦国诸人,皆以任放为达,或有裸体者。乐广笑曰:"名教中自有乐地,何为乃尔也!"(《德行》23)

　　魏末阮籍,嗜酒荒放,露头散发,裸袒箕踞。其后贵游子弟阮瞻、王澄、谢鲲、胡毋辅之之徒,皆祖述于籍,谓得大道之本。故去巾帻,脱衣服,露丑恶,同禽兽。甚者名之为通,次者名之为达也。(上条刘孝标注引王隐《晋书》)

　　一群名家子弟围着大瓮跟猪一起饮酒,那场面可算是刺激;在醉迷的世界里,不再有恭谨的礼仪,甚至不用穿衣服,人"自然"到与禽兽一般,这是解放,也是堕落。

三

　　在虚无中人们体会到自由,然而虚无的自由却并不是人有力量承担的东西。

　　从个体来说,虚无的自由意味着价值和意义的取消。彷徨于渺无边际的"无何有之乡"而无所附着的生命是荒凉的,因而走入虚无的狂欢随即转为悲凉。

　　从社会来说,没有规则、没有确定的价值观的社会,将迅速进入彻底瓦解的状态。既然从广义来说的"名教"的根本作用在于建立并维护群体伦理,那么完全抛弃名教对一个社会而言是不可能的。当名教因社会生活的深刻变化而面临危机之际,如何改变对其内涵的阐释,使之与社会的变化相适应,是迫切的问题。

王辅嗣弱冠诣裴徽,徽问曰:"夫无者,诚万物之所资,圣人莫肯致言,而老子申之无已,何邪?"弼曰:"圣人体无,无又不可以训,故言必及有;老、庄未免于有,恒训其所不足。"(《文学》8)

阮宣子有令闻,太尉王夷甫见而问曰:"老、庄与圣教同异?"对曰:"将无同?"太尉善其言,辟之为掾。世谓"三语掾"。卫玠嘲之曰:"一言可辟,何假于三?"宣子曰:"苟是天下人望,亦可无言而辟,复何假一?"遂相与为友。(《文学》18)

从哲理的高度将"有"与"无"、"名教"与"自然"这两组原本是对立的概念结合成一体的是玄学主要创始者之一的王弼,他的方法是用老庄的思想与语汇来解释儒家的经典,强调儒家"圣人"的行为准则以及他们所订立的礼法规则,是从因顺事物的自然本性出发的,所以人的道德行为是应该是其本性的一种自然表露。譬如王弼说"自然亲爱为孝",孝既是法则,也是情感。那么反过来说,当现实中的"名教"已经明显地背离了"自然",自称信奉"名教"的人其行为变得虚伪而丑陋,这种"名教"就应该向"自然"回归。

这一种改造和调和的工作,其形而上的意义暂且不谈,就实用的意义来说,它既可以保存名教在维护群体伦理包括等级尊卑秩序方面的效用,又可以削弱它原来如嵇康所言"以抑引为主"的强制性质,使道德更多地与人的内心自愿相结合,而避免成为虚伪的程序。

上面所选王弼答裴徽问的一节,反映了他的玄学思想的基本立场。本来,"圣人"即孔子的学说完全不涉及道家所反复强调的"无"本体,孔孟之"道"与老庄之"道"亦非同道,王弼却提出"圣人体无"(以无为本),其不言无只是因为"无不可以训";相反的情况,是老、庄并不脱离"有",只是他们总是注意到"有"的不足。总之,言"有"者未尝脱离"无",言"无"者用心在救助"有",故圣人之教与老庄之理原非异趋。

这后面一条记阮修(字宣子)与王衍(字夷甫)的对答,正是王弼思想的体现。只不过阮修称老、庄与圣教即儒教"将无同"("将无"表示疑问的语气,这句话大概等于说:"也许相同?"),颇能代表那时名士说话简约而微妙的腔调,又以此三字得官,所以格外有名。又按:《晋书·阮瞻传》记此为阮瞻与王戎之对语:"瞻见司徒王戎,戎问曰:'圣人贵名教,老、庄明自然,其旨同异?'瞻曰:'将无同?'"

这样来看前引乐广讥笑王平子诸人"皆以任放为达"的言论,会觉得很有意思。

乐广西晋时官至尚书令,名高位显,世人称为"乐令"。他擅于玄学清谈,《世说》刘注引虞预《晋书》对他的评价是"清夷冲旷,加有理识",就是性格平和旷达、长于思考而有见识。当时裴頠因为"深患时俗放荡,不尊儒术",讨厌"何晏、阮籍素有高名于世,口谈浮虚,不遵礼法",恐世人仿效,导致"风教陵迟",而作《崇有论》(《晋书》本传),乐广与之不能同调。《世说》刘注引《晋诸公赞》曰:"后乐广与颜清闲欲说理,而颜辞喻丰博,广自以体虚无,笑而不复言。"裴頠反对张扬老庄虚无之论,乐广则"体虚无"即以虚无为本;裴頠以雄辩滔滔见长,乐广则推崇"言约旨远",所以他面对裴氏"辞喻丰博"的演讲,只报以无言的微笑。但另一方面,他对王平子诸人由虚无思想引发的放诞行径也并不赞赏。所谓"名教中自有乐地",意味着虚无并不须以毁弃名教为代价,在恰当的规范中人仍然可以品味自由的快乐。——当然我们能够理解乐广所说的"自有乐地"的名教具有潜在的前提,它不能是那么苛严而过于违背"自然"的。

魏晋时代"名教"与"自然"的紧张,其本质是已经不合时宜的社会伦理规范与越来越受重视的个人情感意志之间的紧张,僵硬的思维模式与活跃的精神力量之间的紧张。由王弼开始的将儒家与道家相互嫁接的做法,使这一紧张关系得到缓和。——所以乐广能够说"名教中自有乐地"。

四

那么,主张"越名教而任自然"的一派,是否一定走向个人与社会的强烈冲突呢?事情也并不是那么简单。他们的任性放肆的举动,固然表现了对自由的向往，或者对政局的某种姿态，但作为社会中坚的士大夫阶层的成员，他们不可能对自己毫无约束，以致真正成为名教的叛徒。

阮籍嫂尝回家，籍见与别。或讥之，籍曰："礼岂为我辈设也？"（《任诞》7)

日本学者吉川幸次郎以为，阮籍说"礼岂为我辈设也"，他的语气似乎在暗示人们：礼不是不需要，但对像他那样的优异人士来说，礼的限制是无意义的（《中国诗史》）。其实，早在明代，公安派文学家袁中道就已经是这样来理解的。他在《名教鬼神》（《珂雪斋集》）一文中，沿着阮籍的思路作了一番发挥："名者，所以教中人也。何也？人者，情欲之聚也，任其情欲，则悖礼蔑义，靡所不为。圣人知夫不待教而善者，上智也。待刑而惩者，下愚也。其在中人之性，情欲之念虽重，而好名之念尤重，故借名以教之……好名者，人性也，圣人知好名之心，足以夺人所甚欲，而能勉其所大不欲。而以名诱，此名教之所设也。"在袁中道看来，名教实无多少神圣意味，它只是一种手段，只是利用人的"好名之心"去对抗"情欲"，而且只是针对"中人"即普通人的。既要在普通人中保持名教抑引人欲的社会功用，又要解脱它对精英们的束缚，这就是从阮籍到袁中道许多士人内心的想法。

第四讲

《庄子》「逍遥」义
与自由的困境

英语 liberty 一词在 19 世纪中后叶进入汉语时,曾经有过多种译法,最后通用的为"自由"。要说汉语中原有的"自由"一词,其历史颇久。当然,它本来不具有"liberty"那样复杂的社会学和政治学内容,它只是在日常范围内表达"由自己作主"的意思。但即便如此,"自由"通常也并不代表正面的价值,就像《孔雀东南飞》里焦仲卿母亲教训儿子的话:"吾已久怀忿,汝岂得自由!"故严复称:"夫自由一言,真中国历古圣贤之所深畏,而从未尝立以为教者也。"(《论世变之亟》)焦母虽然不入"古圣贤"之列,却自然悟解此中奥义。

古代还有一个意义与"自由"相近的词,就是"逍遥",出于《庄子》一书的首篇《逍遥游》。逍遥的字面意思本来很简单,就是无拘无束亦无目标地随处闲逛。《离骚》中"聊逍遥以相羊"一句,王逸注说:"逍遥、相羊,皆游也。"洪兴祖补注:"逍遥,犹翱翔也;相羊,犹徘徊也。"可见逍遥、相羊(通"徜徉")、徘徊、翱翔,都有差不多的意思(古汉语中这一类语汇特别多,颇值得体味)。但由于《逍遥游》一文,"逍遥"有了特殊的涵义:它指一种超越一切束缚、无所凭依的绝对自由的精神境界,它代表了一种最高的人生理想。

《逍遥游》用一个富于诗意的寓言开头:

> 北冥有鱼,其名曰鲲。鲲之大,不知其几千里也;化而为鸟,其名为鹏。鹏之背,不知其几千里也;怒而飞,其翼若垂天之云。是鸟也,海运则将徙于南冥。

北冥、南冥,代表着可知世界的两极。当大海涌动之际,"不知其几千里"的鲲化而为鹏,上升至九万里的高空,乘着六月的飙风,由北冥迁飞南冥,背负青天,下视苍茫,莫之夭阏,这就是"逍遥"的象征化境界。

但在别样的生灵看来,这不过是滑稽的夸张:

　　蜩与学鸠笑之曰："我决起而飞,抢榆枋,时则不至,而控于地而已矣;奚以之九万里而南为?"

　　蜩是蝉,学鸠是一种小鸟。在相联的一段据称出于《齐谐》的文字中,嘲笑大鹏的小鸟名为"斥鴳":

　　斥鴳笑之曰："彼且奚适也? 我腾跃而上,不过数仞而下,翱翔蓬蒿之间,此亦飞之至也,而彼亦奚适也!"此小大之辩也。

　　小雀的嘲笑当然自有其道理:飞到榆树上,飞到草丛上,飞不到而掉在地上,这也是很快乐的事情;飞个数仞高低,也算是极致了,非要扑腾到九万里的高空然后飞去南方,什么毛病!

　　在《庄子》书里,经常有这样的"小大之辩",它几乎是庄子展开论题的前提条件。像在《秋水》篇里,一向自以为了不起的黄河神河伯乘流来到大海,"望洋兴叹",自惭渺小,海神若觉得这才能够跟他谈论天下大道。庄子想要指出:人所拥有的知识和他们所懂得的道理是在有限的时空条件中形成的,它们也只适合于有限的时空;所谓"夏虫不可语以冰",所谓"小知不及大知,小年不及大年",人若不能打破那一类知识、道理的束缚,即不可能获得对于大道的认识。所以《逍遥游》在这个寓言之后,才落实到"至人无己、神人无功、圣人无名"这三种境界,以后者为"逍遥"的实际内容。

　　章太炎称:"浅言之,'逍遥'者,自由之义。"(《国学讲演录》)但如果说庄子的"逍遥"具有"自由"的涵义,那么至少它与我们在通常情况下所说的自由有两大不同:其一,它主要是精神领域内的活动,在实际的生活环境中,追求"逍遥"的人只能以逃避甚或是委顺的方式来应对;其二,任何生活实践中的自由都是有限度的,而"逍遥"却没有,它指向彻底的解脱。庄子是罕有的天才,他凭藉深刻的洞察力,看到了人生无法解决的荒谬。他不指望从现实中寻求自由的道路,却给出一个无比壮丽然而是虚幻的"逍遥乎天地之间"的境界,并将其视为生命的终极意义。他留给后人的是诱惑、悲伤和吊诡。

当然,你不可能说精神领域的活动与人的实际生活态度无关。当人们以无限超越的眼光来看待现实生活中的知识、道理与法则时,它的暂时性质,它自居恒常而显示为庄严相的可怪,便很容易看出来。所以悠然无心的"逍遥",确实也可能引发对现世权力与规则的不尊重乃至批判态度。

魏晋时代老、庄兴盛,而前后情形有些变化。首倡玄风的何晏、王弼,在二者之中更偏向于老子;正始之后,阮籍、嵇康等竹林名士虽仍是老、庄并谈,但其侧重点已转向于庄。魏晋易代之际,是一个虚伪流行而又危机四伏的时代,对嵇康、阮籍这样与时不谐而又性气高傲的人来说,敏锐、愤激而又对现实取一种高蹈姿态的庄子最令他们感到亲近。嵇康在《卜疑集》中发问:"宁如老聃之清净微妙,守玄抱一乎?将如庄周之齐物变化,洞达而放逸乎?"他的心思其实是向着后者的。史称阮籍"才藻艳逸,而倜傥放荡,行己寡欲,以庄周为模"(《三国志·魏志·王卫二刘傅传》),他作《大人先生传》,虚构一个"与造物同体,天地并生,逍遥浮世,与道俱成,变化散聚,不常其形"的"大人先生"与世之"礼法君子"对话,嘲笑后者犹如"虱之处于裈中,逃乎深缝,匿乎坏絮,自以为吉宅也",结果一场大火,"焦邑灭都,群虱死于裈中而不能出"。这也是《庄子》式的"小大之辩",大人先生就是《逍遥游》中的"至人",是完满人格的化身和幻想中的自我。阮籍内心对由伪善的庸人组成的现实社会有着尖锐的不满,借《庄子》立论,给了他一个发泄愤慨、表达慷慨意气的机会。

二

魏晋时代一种重要的《庄子》注本是由向秀完成的,他和嵇康、阮籍都是所谓"竹林七贤"中的人物。

《晋书·向秀传》说:"庄周著内外数十篇,历世才士虽有观者,莫适论其旨统也。秀乃为之隐解,发明奇趣,振起玄风。读之者超然心悟,莫不自足一时也。惠帝之世,郭象又述而广之。"向秀注《庄》未单独传世,现存最古老的完整的《庄子》注本署名为郭象，但《晋书》明说郭氏的工作主要是"述而广之"，而《世说》又并列地载录"向子期、郭子玄逍遥义"，那么这个注本完全可以视为二人共有的作品。

　　嵇中散既被诛，向子期举郡计入洛，文王引进，问曰："闻君有箕山之志，何以在此？"对曰："巢、许狷介之士，不足多慕。"王大咨嗟。（《言语》18）

　　关于向秀于嵇康被杀之后出仕之事，刘孝标注在此条下引《向秀别传》，有更详细的介绍："(秀)与谯国嵇康、东平吕安友善，并有拔俗之韵，其进止无不同，而造事营生业亦不异。常与嵇康偶锻于洛邑，与吕安灌园于山阳，不虑家之有无，外物不足怫其心……后康被诛，秀遂失图。乃应岁举，到京师，诣大将军司马文王，文王问曰：'闻君有箕山之志，何能自屈？'秀曰：'常谓彼人不达尧意，本非所慕也。'一坐皆说(悦)，随次转至黄门侍郎、散骑常侍。"

　　嵇康是因为明白表示不与司马氏集团合作，并以"非汤武而薄周孔"（《与山巨源绝交书》）这一类尖刻的言论讥讽司马氏的篡夺行径而被杀的，杀嵇康这种士林领袖式的人物，是重大的和具有震撼力的决断。于是向秀"应岁举，到京师，诣大将军司马文王(昭)"。传说中隐于箕山的许由对尧相让天下的打算不屑一顾，这在庄子的《逍遥游》中受到高度称扬，也曾经是向秀与嵇康等人希慕的对象，而此刻在司马昭的逼问下他给出了"不足多慕"的重新评价。

　　对这个回答的反应，《向秀别传》的记载是"一坐皆说(悦)"，《世说》的记载是"王大咨嗟"，这两者并存也不矛盾。假如可以恢复那个现场，我们能看到满座的人嬉笑的脸，和主人司马昭意味丰富的叹息——真是富于戏剧气氛。"逍遥乎天地之间"当然很美，但天地之间是任人逍遥的吗？

　　向子期、郭子玄《逍遥义》曰："夫大鹏之上九万，尺鷃之起榆枋，小大虽差，各任其性。苟当其分，逍遥一也。然物之芸芸，同资有待，得其所待,然后逍遥耳。唯圣人与物冥而循大变,为能无待而常通,岂独自通而已。又从有待者不失其所待;不失,则同于大通矣。"(《文学》32 刘孝标注引)

向秀注《庄子》,根据《向秀别传》说是在嵇康生前就已经成书,但《世说新语·文学》篇中另有一条说到直至向秀去世,仍有几篇没有注完。不管怎样,就传世的向秀注残文,以及署名为郭象撰而实可视为向、郭合撰的《庄子注》来看,它的人生取向,显然与嵇康被杀后的局势和向秀"应岁举"的选择有关。向秀大约对他原来的《庄子注》作过修改,郭象注则是沿着其后来的面貌"述而广之"的。

因此我们读到的由向秀发明的"向子期、郭子玄《逍遥义》",是现在这样一种面貌。在庄子的本意中,大鹏、小雀,原是对举的两类形象,前者洋溢着壮丽的诗情,后者则散发出卑琐的气息,而到了向秀的阐释中,它们不再有任何本质上的区别。他从老庄重"自然"的理论基点出发,将"逍遥"理解为自然天性的满足;由此说来,大鹏直上云霄、高飞万里固然出于天性,小雀嬉戏于柴藩、以咫尺之地为满足,难道不也是出于天性!"苟当其分,逍遥一也",只要循着自己的天性去生活,都可以算是达到了完美的生命境界,都已经"逍遥"了。所以大鹏没有根据自诩高贵,那小雀儿也毫无必要羡慕大鹏。

按照这种被概括为"适性逍遥"的理论,人只要依据自己的"性分"行事,他无论做什么都是合理的。但什么是人的"性分"呢?如果完全抛弃对理想人生的追求,无论什么选择都可以认为是"当其分"的。它根本背谬于《庄子》本义之处在于:庄子所描述的"逍遥",原是指一种特殊的、非常人可以达到的精神境界,它代表超越一切束缚的完美的自由,是生命的梦想;达到"逍遥"境界的前提,就是对庸俗知识与卑琐精神的克服。而向秀把它改变为对一切生命形态齐一无差的认可,这实在是反其道而行之了。

庄子式的"逍遥"在文学意境上堪称美丽无比。但是,对于必须在现存的政治结构中生存的人们来说,想象这种"逍遥"会是非常尴尬的。我们在前面提到阮籍的《大人先生传》颇富于庄子《逍遥游》的趣味,尤其他攻讦卑琐伪善之徒的言辞十分激烈,给人以好斗的印象。然而实际上,阮籍只是在针对虚拟和泛指的对象时才这样说话,在实际生活环境中,他的从不臧否人物的"至慎"连司马昭都深感钦佩。至于向秀,其身份地位本来就比不上阮籍和嵇康,在嵇康被杀的巨大震撼下,怀朝不保夕之虑,对生命存在的意义与可能的生存方式之间的矛盾,不能不有深刻之反省。当向秀将"适性"作为一种人生方向来标举时,既表达了在局促的政治压力下心灵的无奈,同时仍然企图保留几分对自由的渴望,想象再小的生存空间也有可能构成独得的玄境。

魏晋士大夫之所以陷入这种困境,余嘉锡认为一是因为"贪恋禄位",一是因为恐"门户靡托"(《世说新语笺疏》)。前者不必多说,后者则具有时代特点。在那种重视家族地位的时代,即使个人可以不贪恋禄位,甚至置身于险境,却绝不敢以家族的前景为代价。以峻洁刚烈著称的嵇康和他儿子嵇绍的故事,是极好的证明。

嵇康被诛后,山公举康子绍为秘书丞。绍咨公出处,公曰:"为君思之久矣! 天地四时,犹有消息,而况人乎?"(《政事》8)

在"竹林七贤"中,嵇康与山涛私谊最深,当司马氏集团的篡夺意图逐渐显露之际,他们因为家族政治背景和处世态度的不同而分道扬镳。山涛看到嵇康的处境危险,有意引荐他出任实际职务,让他表现一种顺应时势的姿态。这引起嵇康充满愤慨的拒绝,写下了千古传诵的名文《与山巨源绝交书》。然而,嵇康被害前,又正式向山涛托孤,并对儿子嵇绍说:"巨源在,汝不孤矣!"(《晋书·山涛传》)这固然表明两人的旧谊非同小可,嵇康对山涛的为人有充分的认识,但嵇康想必也清楚地考虑到:要保护嵇氏家族不因其一人的厄运而彻底衰败,恐怕没有比山涛更有力量的人选。而山涛也正是体会到嵇康临终托孤的全部意义,在嵇绍长成以后,推举他出任秘书丞。因此有上面选列的《世说新语》所载嵇绍与山涛的对话。嵇绍向山涛咨询"出处"——应该"出"即应召出仕,还是应该"处"即隐居不出。这个问题对嵇绍来说是困难的,因为他与西晋皇室存在着杀父之仇。而山涛的回答则是:"天地四时,犹有消息,而况人乎?"既然日月星辰、四时季候都处在不断的消长变化中,那么人事也不应有永远不变的恩怨是非。山涛的回答漂亮而玄妙,但归根结底地说,维护嵇氏家族在其原有社会地位上的延续,才是他真正的目标。

《庄子》自西汉以来久不为世人所重,至魏晋而大兴。但《庄子》开篇的"逍遥"就给当代士人带来困惑,这表明自由是个难题。而向秀曲解文本原义的"逍遥义"一出,受到士人的普遍欢迎,"读之者无不超然"(《世说新语·文学》注引《竹林七贤论》),就是因为它给出了一种调和矛盾、减轻士人的精神焦虑的途径。

三

向、郭"逍遥义"流传甚久,直到东晋中期,一名和尚大叫一声:"不然!"这就是支遁,更多情况下人们称其字道林。

支道林否定向、郭"逍遥义"的基本逻辑非常简单,梁释慧皎《高僧传》言:"遁尝在白马寺与刘系之等谈《庄子·逍遥篇》,云:'各适性以为逍遥。'遁曰:'不然,夫桀、跖以残害为性,若适性为得者,彼亦逍遥矣。'于是退而注《逍遥篇》,群儒旧学,莫不叹服。"在这里,支道林指出:如果"适性"指让万物顺其天然材质发展,那么无论是尧舜桀跖,均能适性逍遥,如此则"逍遥"不具有任何德性,也不能表示任何价值,它当然不能作为一种美好的人生境界来追求,那么无论是庄子提出"逍遥"的概念还是后人阐释这一概念,都失去了意义。

庄子《逍遥》篇,旧是难处,诸名贤所可钻味,而不能拔理于郭、向之外。支道林在白马寺中,将冯太常共语,因及《逍遥》。支卓然标新理于二家之表,立异义于众贤之外,皆是诸名贤寻味之所不得。后遂用支理。(《文学》32)

支氏《逍遥论》曰："夫《逍遥》者，明至人之心也。庄生建言大道，而寄指鹏、鷃。鹏以营生之路旷，故失适于体外；鷃以在近而笑远，有矜伐于心内。至人乘天正而高兴，游无穷于放浪；物物而不物于物，则遥然不我得，玄感不为，不疾而速，则逍然靡不适。此所以为逍遥也。若夫有欲，当其所足，足于所足，快然有似天真。犹饥者一饱，渴者一盈，岂忘烝尝于糗粮，绝觞爵于醪醴哉？苟非至足，岂所以逍遥乎？"此向、郭之注所未尽。（上条刘孝标注引）

支道林的阐释与发挥也不完全符合庄子的本意。如前所述，《逍遥游》是从"小大之辩"的寓言入手，然后落实到"至人无己、神人无功、圣人无名"；而所言三"无"，着重在摆脱形骸对精神的束缚和与由此产生的一己私欲，抛弃世俗的成就与名誉，从而达到精神的超然，最终得以化同于大道。而支道林"逍遥义"却认为大鹏和斥鷃都代表了有缺陷的生存，不符合"逍遥"的境界（在对寓言的释义上，这与向、郭的理解正好背反）。因为前者"以营生之路旷，故失适于体外"，即在生存条件上有太大的依赖性，不能充分适应外部世界；而后者，"以在近而笑远，有矜伐于心内"，眼界狭小，自以为是，同样是有局限的。支道林认为《逍遥游》的主旨是"明至人之心也"，而至人的精神境界就是自适自足，役使外物而不受外物的主宰；至人的心一方面是寂然不动的，同时却又应变无穷，所以逍遥而无往不适。在强调"逍遥"是一种具有高尚的德性和理想色彩的自由境界这一点上，支道林的见解与庄子的本意是一致的；但就关心的方向而言，支道林更重视自我精神的主体性特征。

支道林"逍遥义"一出，向、郭旧义即被取代。这不仅仅由于它更接近《庄子》原有的气质，更重要的是其中贯注了新鲜的思想，即佛教的义理；而这种义理的被接受，则与时代气氛的变化有关。

实际上，支道林所说的"至人"，与佛陀是同义的名称。如《大小品对比要钞序》说：

　　夫至人也，览通群妙，凝神玄冥，灵虚响应，感通无方；建同德以接化，设玄教以悟神。

这里所说的"至人"其实就是指佛陀。而在支道林那里,他与《逍遥游》中"至人"没有任何差异。

那么反过来,人们自然可以通过支道林的佛学理论,了解其"逍遥义"的真实内容。在当时流行的般若学中,支道林的主张被称为"即色义",根据《世说新语》以及几种佛学著作的记载,其大旨是以为色之性"不自有色";色既不能自成其色,故"虽色而空"。也就是说,外界事物的形、色并非其自有,一切现象都是由心而生。如此而言"物物而不物于物",首先意味拒绝使精神主体为外物为现象所围,同时指明客体事物虽然存在,其真正的价值不过是映现自我的主体性而已。这显然给予庄子思想以一种新的展开。

在"逍遥义"上标异立新,是支道林将老庄与佛教相结合、使两者相互发明的结果。实际上,支道林在这方面做过许多工作,只不过这一件最为著名而已。释、道两家彼此渗透,外来的尚未被中国读书人熟悉的佛教因为大量借用道家的名词概念而变得清楚和容易理解,同时,道家也由于借助于更富于分析性的佛教而变得显豁了,这是中国思想史上的大事件。

> 殷中军见佛经,云:"理亦应阿堵上。"(《文学》23)

> 王逸少作会稽,初至,支道林在焉。孙兴公谓王曰:"支道林拔新领异,胸怀所及,乃自佳,卿欲见不?"王本自有一往隽气,殊自轻之。后孙与支共载往王许,王都领域,不与交言。须臾支退,后正值王当行,车已在门。支语王曰:"君未可去,贫道与君小语。"因论《庄子·逍遥游》。支作数千言,才藻新奇,花烂映发。王遂披襟解带,留连不能已。(《文学》36)

支道林与东晋中叶的名流交往非常密切。许里和《佛教征服中国》一书统计,现存文献记载所见与支有交往的上层文士凡三十五人,自会稽王司马昱以下,王羲之、谢安、郗超、殷浩、孙绰、许询等等,一代名流,几无所遗。上面选列的《世说》原文,一条记录了清谈名家殷浩(殷中军)读佛经后的服膺之情,一记述了支道林对王羲之(字逸少)讲解《逍遥游》的故事。王羲之属华门贵胄而世称才俊,所以起初并不把支道林放在眼中。而正当他将要登车出门之际,支道林留下他为之"小语"《逍遥游》,竟让他"披襟解带",流连不能去。这些看似琐小的故事,都反映着中国古代文化发生重大历史变化时所生的波澜。另外,文中称支道林"作数千言,才藻新奇,花烂映发",这一描写也可以注意。佛教经典逻辑细密,文辞繁富而奇妙,支道林言谈的出众,显然与他经过佛教文化的熏陶和训练有关。

四

　　魏晋是中国历史上一个注重个性和思想解放的时代,关注自由——无论在纯粹的精神层面上还是兼及生活实践——是必然之事。但自由是个难题,人一旦将自由视为必要的价值,一旦以热情想象自由,就把自己放在了困境中:他会发现自由是不可能的。而愈是自由意志强烈的人,愈容易感受到不自由的痛苦。

　　因而我们在魏晋诗歌中经常看到一对并列出现的意象:飞鸟与网罗,它的象征性内涵大概是不用解释的。

　　　　鸿鹄比翼游,群飞戏太清。常畏夭网罗,忧祸一旦并。岂若集五湖,从流唼浮萍。承宁旷中怀,何为怵惕惊。

　　这是何晏的《言志诗》,见于《世说新语·规箴》篇刘注所引《名士传》。文中并说:"是时曹爽辅政,识者虑有危机。晏有重名,与魏姻戚,内虽怀忧,而无复退也。"从多数史料中看到的何晏,是一个轻躁浮华之人(这当然与他在政治上的失败有关),然而在以上所引的诗文中,我们却看到他内心的疑惧与无奈。

　　　　天网弥四野,六翮掩不舒。随波纷纶客,泛泛若浮凫。生命无期度,朝夕有不虞。列仙停修龄,养志在冲虚。飘飘云日间,邈与世路殊。

荣名非己宝,声色焉足娱。采药无旋返,神仙志不符。逼此良可惑,令我久踌躇。

这是阮籍《咏怀诗》之四十一。世界被一张弥天大网所笼罩,志在高飞的大鸟无法振动它的翅膀,而随波逐流的水鸭却安闲地漂浮着。生命短暂而充满危险,追求理想中高尚生活是可能的吗?一切都是疑惑,令人彷徨无已。

第五讲

情与兴

一

中国古代对许多问题的讨论都是围绕着"圣人观"展开的。"圣人"通常代表着理想的、完美的人生境界,因此讨论"圣人"的德性如何,实际意义在于表述对人性的理解。魏晋时代一个关于"圣人观"的问题是圣人有情与否。

原本,以古人之见,"情"并非值得赞美的东西。汤用彤《王弼圣人有情义释》约略言之,云:"汉儒上承孟、荀之辨性,多主性善情恶,推至其极则圣人纯善而无恶,则可以言无情,此圣人无情说所据理之一。刘向首驳其义,而荀悦以为然。汉魏之间自然天道观盛行,天理纯乎自然,贪欲出乎人为,推至其极则圣人道合自然,纯乎天理,则可以言无情,此圣人无情说所据理之二。"

唐代的李翱在其《复性书》中申扬了"圣人无情"论,这虽然是魏晋以后的言论,但在李翱,这是对儒家传统的一种阐释,所以不无参考价值。文中云:"人之所以为圣人者,性也;人之所以惑其性者,情也。喜怒哀惧爱恶欲,七者皆情之所为也。情既昏,性斯匿矣,非性之过也。"所以他提出:"妄情灭息,本性清明。"后来宋代理学家提倡"无欲","存天理,灭人欲",都是沿承这一思路。

老、庄是在另一个角度上谈论圣人无情的,他们的态度也十分明确。《老子》书中的名言是:"天地无情,以万物为刍狗;圣人无情,以百姓为刍狗。"这话的意思是说,天道是无欲亦无爱憎的,"圣人"即人类社会理想的领袖亦是如此,这些在一切之上的力量,只是让万物、百姓按自身固有的规则生生灭灭。而在一般人生经验的层面上,《老子》也说:"吾所以有大患者,在吾有身。及吾无身,吾又何患?"即个体生命本身是忧患之源。《庄子·德充符》记庄子与惠施辩论,也主张一种"不以好恶内伤其身"的无情境界。大抵在老、庄的理论中,"情"与天道相背,是一种令人迷惑的力量,妨碍人实现完美的人格,达到超然的境界。

　　魏晋玄学是一种以老、庄混融儒学的学说,但在"圣人有情否"的问题上,玄学家却有自己的考虑。《三国志·钟会传》裴松之注引何劭《王弼传》记载了何晏与王弼对此问题的不同见解:"何晏以为圣人无喜怒哀乐,其论甚精,钟会等述之。弼与不同,以为圣人茂于人者神明也,同于人者五情也,神明茂故能体冲和以通无,五情同故不能无哀乐以应物,然则圣人之情,应物而无累于物者也。今以其无累,便谓不复应物,失之多矣。"如前引汤用彤先生的概述,何晏说"圣人无情"在文献方面的依据较为充分,王弼说"圣人有情"则更多新意。

　　"圣人"在很大程度上是假设的人伦典范。究竟圣人是"有情"还是"无情",这并不是一个单纯的形而上问题,逻辑论证也未必那么有效,它更多地关联到对个人生命的感受和对生命价值的认识。人生百年,站在压抑感性的立场上,采用群体利益至上的价值观,可以加给它各种各样的解说;人为了在群体中生存,也必须时常注意克制内心的冲动,做出恰当的姿态。但归根究底,生命的根本真实不在于那些外加的解说,不在于那些矫情的姿态,唯有在每一个具体的人生遭遇及生活场景下自然涌发的"喜怒哀惧爱恶欲",那些流动与变幻的情感,才是生命的根本真实。王弼倡"圣人有情"论,和汉末以来人们对情感越来越重视的背景有关。也就是说,他试图使"圣人"这一种理想化的概念,与日常生活中的人情有所沟通。

　　进一步说,在重视个体生命价值的立场上,即使得出"圣人无情"的判断,也不能决定常人对情感的看法,因为没有什么必然的理由将效仿"圣人"视为生命的要义。

　　王戎丧儿万子,山简往省之,王悲不自胜。简曰:"孩抱中物,何至于此?"王曰:"圣人忘情,最下不及情。情之所钟,正在我辈。"简服其言,更为之恸。(《伤逝》4)

　　上面选列的关于王戎与山简(山涛之子)对话的记载,是历史上有名的故事。在这里王戎是承认"圣人无情"论的,但就"情"而论,他并没有将"圣人"视为一种值得效仿的典范。毋宁说,"圣人忘情,最下不及情"两端,正好是衬托并突出了"情之所钟,正在我辈"这一中心话题。而此处的比较又完全可以引出如下的解析:所谓"圣人"是超越了人之为人的人;所谓"最下"者,是尚没有能力按照人之为人的方式生活的人;而"我辈"的生活方式,才是人只能如此的或者说理应如此的。山简"服其言",则意味着对这一生活方式的认同。

李泽厚论及魏晋时代,称其表现了"人的自觉"(《美的历程》)。这最主要的大概可以从两方面来说,即崇尚智慧,尊重感情。而《世说新语》记述人物的言行,也是在这两个方面最显突出。

二

王濬冲为尚书令,著公服,乘轺车,经黄公酒垆下过。顾谓后车客:"吾昔与嵇叔夜、阮嗣宗共酣饮于此垆。竹林之游,亦预其末。自嵇生夭、阮公亡以来,便为时所羁绁。今日视此虽近,邈若山河。"(《伤逝》2)

这仍然是王戎的故事(戎字濬冲)。"黄公酒垆"应是一位黄姓老人主持的酒肆吧,在故事化的场景里,一位年高的酒店老板是会给人许多联想的。当王戎重经此地的时候,因为种种细节亲切如旧,往事——"与嵇叔夜、阮嗣宗共酣饮于此垆"的情形会显得格外清晰。然而已是"嵇生夭、阮公亡"!夭者因何而夭,亡者如何而亡,言辞所难尽;就是王濬冲本人,"着公服,乘轺车",亦远非旧日垆头酣饮的模样。人生会发生多少变化,是人们原来所不能够知道的;被卷入险恶的政治风波,则生死存亡、荣辱穷通,更常出于意外。所以"视此虽近,邈若山河"。这种物是人非的感觉,不只是因为时间改变一切,更因为导致改变的力量人无从把握。昨日之我何以若彼,今日之我何以如此?历史中永远有这样的伤感。

卫洗马初欲渡江,形神惨悴,语左右云:"见此芒芒,不觉百端交集。苟未免有情,亦复谁能遣此!"(《言语》32)

卫玠字叔宝,曾官太子洗马,身出名门,久享清誉,永嘉初南下至豫章(今江西南昌),未久而卒。《晋中兴书》记其事曰:"卫玠兄璪,时为散骑侍郎,内侍怀帝。玠以天下将乱,移家南行,母曰:'我不能舍仲宝而去也。'玠启喻深至,为门户大计,母涕泣从之。临别,玠谓璪曰:'在三之义,人之所重。今可谓致身命之日,兄其勉之!'乃扶将老母,转至豫章。而洛城失守,璪没焉。""在三之义",谓事君、父、师三者当始终如一,故卫璪无由南下,而兄弟惨然分手。余嘉锡评论说:"然则叔宝南行,纯出于不得已。明知此后转徙流亡,未必有生还之日。观其与兄临诀之语,无异生人作死别矣。当将欲渡江之时,以北人初履南土,家国之忧,身世之感,千头万绪,纷至沓来,故曰不觉百端交集,非复寻常逝水之叹而已。"(《世说新语笺疏》)

当卫玠"初欲渡江"之际,身历国破家亡,颠沛流离,而将要寄身他乡,此时见天宇寥廓,江水茫茫,他的感伤是深广的。虽然"百端交集",无从说起,但这一场景,令人体会到不知人生于世,缘何而来,向何而去的迷茫。"苟未免有情,亦复谁能遣此!"感慨的背后是圣人有情与否的争议——人并非圣人,不能做到无情,因而只有承受这种无法排遣的悲哀!

后世诗歌中,像李贺的名句"天若有情天亦老"(《金铜仙人辞汉歌》),很可能是受《世说新语》记载卫玠语的启发;陈子昂的《登幽州台歌》"前不见古人,后不见来者。念天地之悠悠,独怆然而涕下",意境也与这一历史场景近似。

桓公北征,经金城,见前为琅邪时种柳,皆已十围,慨然曰:"木犹如此,人何以堪!"攀枝执条,泫然流泪。(《言语》55)

桓温是东晋中叶一位曹操式的枭雄,如前所述,倘非年命不永,本来会在中国历史上造就一个新朝代。就是这样一个雄豪而无所畏惧的人物,竟也会手执柳条而下泪,似乎很不相称,其实毫不足怪。生命是有限的,时间无声无息地促成一切也摧毁一切，任何宏大的谋略与坚强的意志都有可能因为时间的不允许而化为烟尘。桓温最终并没有能够完成他所认定的英雄事业，这想必在他生前就是内心的隐忧，所以会有"木犹如此，人何以堪"的慨然之词。

执柳而叹又关联着一个文学典故：曹丕作有《柳赋》，序中写到当建安五年其父曹操与袁绍战于官渡时，自己种下一株柳树，十五年后，左右仆御已多亡，感物伤怀，乃作斯赋。文中有"嗟日月之逝迈，忽覬覬以遄征。昔周游而处此，今倏忽而弗形。感遗物而怀故，俛惆怅以伤情"之句。桓温"为琅邪"即任琅邪内史到他第三次北征途经金城，约有三十多年，他见到往年手植的柳树时肯定想到了曹丕的那篇《柳赋》。而桓温的故事又成为后世文人喜欢使用的典故，尤为有名的是辛弃疾的《水龙吟》："可惜流年，忧愁风雨，树犹如此！倩何人唤取红巾翠袖，揾英雄泪？"同样的扼腕叹息中透着同样的英雄气概。

从《世说新语》上列故事中，我们可以看到在那个极其动荡的时代，危险和渴望都处于紧张的状态，敏感的人心感受到更多的震撼。它的"情"常常牵连着重大的历史事件，或者宏大的时空意识，因而显得格外强烈。

三

《伤逝》专门记载生者对死者的哀伤与追悼，是《世说新语》中最富于感情色彩的一个门类，虽总共仅十九条，对全书特色的形成却起着很明显的作用。

人们谈及魏晋士人对死亡的敏感，容易联想到这一时代战乱不绝、政局动荡、人命危浅的背景，无疑这是重要的原因。但是，日子短少，这对人类是一个始终存在的威胁，而时事的危难在历史上也是反复出现的，所以没有理由说它是决定性的原因。从魏晋思想文化的特殊性来说，正是个体的觉醒，使得生命的珍贵更为凸显，同时死亡在人们心中投下的阴影也变得更为浓重。人们希望豁达的态度能够带来某种超越,譬如《任诞》篇记袁山松出游,每好令左右作挽歌,时人谓之"道上行殡"。但以坦然的态度对死亡表达痛苦和哀伤之情,也并不被认为是有违于豁达的行为。

> 王仲宣好驴鸣。既葬,文帝临其丧,顾语同游曰:"王好驴鸣,可各作一声以送之。"赴客皆一作驴鸣。(《伤逝》1)

王粲(字仲宣)死于汉献帝建安二十二年(217),其时曹丕初立为魏王太子(选文中"文帝"是用后来称呼),身份尊贵。但在葬礼上,他却号召同行的人们学驴鸣为王粲送行。葬礼在他们所属的社会等级中原是极其庄重的事件,但生死所具有的庄重性无疑超过任何礼仪,它使得众人齐声学驴鸣这样奇特的举动不仅毫无荒诞意味,反而颇令人感动。

《伤逝》篇中另一条记孙子荆(楚)吊王武子(济),也说:"卿常好我作驴鸣,今我为卿作。"另外,《后汉书·逸民列传》记戴良因母亲喜欢驴鸣,经常学驴叫逗母亲开心。论者或以为魏晋人学驴鸣是沿袭东汉旧有风习。有趣的问题是:这些人学驴鸣有什么用处呢?不应该只是为了好玩吧?对此尚未见有人作专门的研究。不过,大概地推测起来,这可能是一种与气功近似的养生方法——驴叫的特点是声调高亢而悠长,学驴叫需要用一种特殊的方法来运气,这或许对养生有益。未知确否,姑妄言之,以待方家考证。

> 顾彦先平生好琴,及丧,家人常以琴置灵床上。张季鹰往哭之,不胜其恸,遂径上床,鼓琴作数曲,竟,抚琴曰:"顾彦先颇复赏此不?"因又大恸,遂不执孝子手而出。(《伤逝》7)

顾彦先即代表江东士族接纳司马睿立足江东的顾荣,张季鹰即张翰,曾和顾荣一起仕于中朝。他也是以一种任性而无视礼仪的方式来表达对故交的悲悼,而这种方法的唯一意义在于保持了情的单纯。余嘉锡先生注此条,引《颜氏家训》"江南凡吊丧,主人之外,不识者不执手"云云,证明依常礼吊丧者须执主人之手。那么张翰为何"不执孝子手而出"呢?因为在中国古代的上层社会,一个家族中婚丧之类的重大活动都是具有社会性的,它总是在显现着家族的社会地位及社会关系。尤其顾荣,作为江东士族的领袖,他的丧礼必然是一个极其隆重和宏大的场面。而张翰的举动,是特意要表达他的到来完全是因为其对于死者的悼恸至深,是单纯的个人情感的表达,而对于生者并不在意。

　　王子猷、子敬俱病笃,而子敬先亡。子猷问左右:"何以都不闻消息?此已丧矣!"语时了不悲。便索舆来奔丧,都不哭。子敬素好琴,便径入坐灵床上,取子敬琴弹,弦既不调,掷地云:"子敬!子敬!人琴俱亡。"因恸绝良久。月余亦卒。(《伤逝》16)

　　这理应是一则实录,它在细节上非常真实感人。在生命的黯淡余晖中承受着丧弟之痛的王徽之(字子猷),其悲哀是他人所不能知、文字所无法叙述的。所以他闻知王献之(字子敬)死亡的噩耗时"了不悲",奔丧时"都(全然)不哭";他和前引张翰故事一样,想在亡者灵前弹一支牵连着彼此往日情谊的乐曲,却不能够维持必须的镇定,而终究发出"人琴俱亡"的悲号。死亡的哀伤在这个故事里以双重的强度呈现出来,令读者的心灵感受到莫大的震撼。

　　支道林丧法虔之后,精神霣丧,风味转坠。常谓人曰:"昔匠石废斤于郢人,牙生辍弦于钟子,推己外求,良不虚也。冥契既逝,发言莫赏,中心蕴结,余其亡矣!"却后一年,支遂殒。(《伤逝》11)

　　刘孝标注引《支遁传》称:"法虔,道林同学也。俊朗有理义,遁甚重之。"他们之为"同学",主要是在一起研读佛经吧。支道林在他的时代,以气质俊朗、思理精微受到高级士族阶层的敬重,而法虔亦以同样的特点为支道林所敬重,其为人可知。他的去世,令支道林不仅"精神霣丧"——失去了原有的旺盛的精力,而且"风味转坠"——失去原有的风情与趣味,这简直是生命从根本遭到破坏后呈现的枯死状态。"余其亡矣",也只能是必然的结果了。

那么,对支道林来说,生命的意义何在呢？似乎是一旦失去了心灵相通的友人,思想与智慧不能得到充分的理解和美妙的回应,世界就已经没有价值了。

这是两位高僧之间的故事。僧徒从理论上应该否认一切实存物体与现象的意义,包括肉体生命和附着于它的情感。但在那个时代,僧人也和常人一样受到情感的支配。

四

孙子荆除妇服,作诗以示王武子。王曰:"未知文生于情,情生于文？览之凄然,增伉俪之重。"(《文学》72)

以明确署名的文学创作自述夫妻间的感情是从东汉后期开始出现的,典型的代表是桓帝时秦嘉与妻徐淑之间的赠答诗。到魏晋时,又出现了悼念亡妻的诗作,为中国诗歌增加了新的抒情主题。这方面的名作有潘岳的《悼亡诗》,而孙楚(字子荆)因除妇服(为妻守丧期满)而作的诗篇,也很受当时人的称赏。

刘孝标注录存了孙楚的诗作:"时迈不停,日月电流。神爽登遐,忽已一周。礼制有叙,告除灵丘。临祠感痛,中心若抽。"这诗在今天读来,也许不能说十分杰出,但正如王济(字武子)所说,它作为新的抒情类型,曾经给人以深深的感动。

荀奉倩与妇至笃,冬月妇病热,乃出中庭自取冷,还以身熨之。妇亡,奉倩后少时亦卒。以是获讥于世。奉倩曰:"妇人德不足称,当以色为主。"裴令闻之,曰:"此乃是兴到之事,非盛德言,冀后人未昧此语。"(《惑溺》2)

荀粲(字奉倩)的这则故事被收录在《惑溺》篇,这表明在编纂者评价中,他的行为至少是不恰当的。诚然,如果纯粹为了达到给妻子治病或使之减轻病痛的目的,荀粲完全可以使用更简单也是对自己无害的冷敷方法,没有必要把自己冻成可用于物理降温的工具。但从痴于情的意义来看,他的行为却令人感动。情本身就是充足的理由,它不需要符合常规的道理。况且,人若从来不曾因情而"惑溺",还有什么趣味呢?

李泽厚说:"魏晋时代的'情'的抒发由于总与人生—生死—存在的意向、探询、疑惑相交织,而常常达到一种哲理的高层。这倒正是以'无'为寂然本体的老庄哲学以及它所高扬着的思辨智慧,已活生生地渗透和转化为热烈的情绪、敏锐的感受和对生活的顽强执著的原故。从而,一切情都具有着智慧的光辉,有限的人生感伤总富有无限宇宙的含义。扩而充之,不仅对死亡,而且对人事、对风景、对自然,也都可以兴发起这种情感、情怀、情调来而变得非常美丽。"(《古典文学札记一则》)这是试图从哲理的高度对魏晋人的重情作一种总结,不失为有识之谈吧。但情之为情,常常就是无端的,一切分析都难免显得笨拙。

王长史登茅山,大恸哭曰:"琅邪王伯舆,终当为情死!"(《任诞》54)

王廞登山的无端恸哭,到底为什么又说明了什么呢? 我们还是不去说它吧!

五

兴亦无非是情。不过古人说"兴",意思比"情"要来得微妙。兴致,兴趣,往往是内心的一种触动,一种飘忽的情绪或者念头;在大多数情况下,它和他人无甚关系,随兴而行,大抵是绘出了性灵自由飞扬的线条。所以《世说》所记士人随兴的举止,每每透露诗的意味。

王子猷尝暂寄人空宅住,便令种竹。或问:"暂住何烦尔?"王啸咏良久,直指竹曰:"何可一日无此君?"(《任诞》46)

王子猷居山阴,夜大雪,眠觉,开室,命酌酒,四望皎然。因起仿偟,咏左思《招隐诗》。忽忆戴安道。时戴在剡,即便夜乘小舟就之。经宿方至,造门不前而返。人问其故,王曰:"吾本乘兴而行,兴尽而返,何必见戴?"(《任诞》47)

王子猷出都,尚在渚下。旧闻桓子野善吹笛,而不相识。遇桓于岸上过,王在船中,客有识之者,云是桓子野。王便令人与相闻,云:"闻君善吹笛,试为我一奏。"桓时已贵显,素闻王名,即便回下车,踞胡床,为作三调。弄毕,便上车去。客主不交一言。(《任诞》49)

以上三则均是关于王徽之(字子猷)的故事。王徽之为王羲之第五子,他的为人,刘注引《中兴书》说是"卓荦不羁,欲为傲达,放肆声色颇过度"。这三则收在《任诞》篇中的故事,虽说并不以狂傲放肆为特点,而且情调其实颇为优雅,但主人公随兴而行、任性自适的个性却也是彰露无遗。

古代文人以竹为高雅的观赏植物,不知起于何时,以现在所能见到的材料而论,王子猷这一则故事是最早的。子猷爱竹的理由是什么,故事里没有说明。推想起来,竹的姿态挺拔,色泽明翠,声韵清幽,可以结合成柔媚而雅致的美感,与魏晋士人的一般审美情趣颇为相符。王子猷声称"何可一日无此君",涵有以竹为自我象征的意味,他的这一爱好对后代文人影响甚深,以致竹最终成为中国传统文化的重要符号之一。

唐代咏竹之诗颇多,有些可以作为王子猷爱竹故事的间接的解说。如王维《竹里馆》:"独坐幽篁里,弹琴复长啸。深林人不知,明月来相照。"这里有一种清幽绝俗的情趣和安闲自得的意态。杜甫《严郑公宅同咏竹》有"雨洗娟娟净,风吹细细香"之句,写出竹特有的柔美。至苏东坡《绿竹筠》"可使食无肉,不可居无竹。无肉令人瘦,无竹令人俗"数句,直是王子猷故事的注释了。不过东坡又是特别爱吃肉的,身形也较肥,堪称不瘦不俗之人。

王子猷"雪夜访戴",差不多可以算是体现古代士大夫所谓"雅兴"的最有名的故事,既是后世文学中常见的典故,也是画家特别喜欢的素材。

这一则故事的文字在《世说新语》全书中也算是格外漂亮的。前半部分写王子猷居山阴,"夜大雪,眠觉,开室,命酌酒,四望皎然。因起仿偟(彷徨),咏左思《招隐诗》",均是简短的句子,以一连串的动作,描摹王子猷于雪夜中醒来时在广漠的世界中独酌彷徨,令读者感受到那清冷而寂寞的氛围,能够体会到生命在这一时刻是尤其敏感的。而后由咏左思《招隐诗》引起对友人、隐士戴逵(字安道)的思念,随即命舟而行。

由山阴至剡县的水路是曹娥江。在这江南的雪夜,小舟独行,是一种难以言说的境界。但为什么到了朋友的门前却不欲相见,"兴尽而返"了呢?因为这种突发的"兴",其实是纯属于个人的情绪,它和被思念的对方倒是没有多大关系的;雪夜访戴的行程也是一个梦幻式的、诗意化的行程,它与日常的社交活动完全不是一回事。如果将这样的奇特行为与常规的生活方式连接起来,两者之间的味道完全不同并且相互冲突。我们想象王子猷进了戴逵的家门,他必须解释他的本属于个人情绪的"兴",并且试图获得朋友对此奇特行为的理解,如此,一切将变得非常滑稽。

小说家凌濛初评云:"读此每令人飘飘欲飞。"(凌濛初鼓吹本《世说新语》,下引凌评皆出此,不重注)个体生命说到底是一种孤独的存在,这种孤独既是无奈的,却也可以是优美动人的。而这个故事描述的正是灵魂在孤独中的自由飞翔。

桓伊(字子野)为王子猷吹笛的故事,倘若放在《雅量》篇中也会觉得很合适。这个故事中的两位主人公均有贵显的身份,他们互相知名而未曾相识。若是遵循常规的社交礼仪,像王子猷那样已经在船中行将出发,即使打算同路过的桓伊结识也不是很好的机会。但他们都是脱略形迹、真率不羁的人,于是一方直接邀对方为自己吹笛而不以为无礼,一方当场为初识者演奏而不以为有失尊严。特别有意思的是桓伊吹笛后,"便上车去,客主不交一言",整个过程里仅有音乐作为交流的媒介。这种回避礼仪常规的做法使得此番交往的意义变得极其单纯,同时也切合双方的身份。

　　王徽之其人在历史上没有留下多少可以称述的事迹,作为书法家,成就也略逊于其父羲之、其弟献之。但要说到名士风流,他的这几桩事迹却几乎无人不知。

第六讲

药及酒

鲁迅一篇著名的文章,就是 1927 年他在广州夏期学术演讲会上的演讲记录,名为《魏晋风度及文章与药及酒之关系》,在魏晋文学及思想文化研究方面影响很大。鲁迅欣赏朴实,目光犀利,凡属贵族文化中矫情和虚浮的东西都不能得到他的喜欢,加之因为是公众场合的演讲,需要调节气氛,言辞更多了些嘲讽和调侃的味道,所以"魏晋风度"被他描述得颇多可笑之处。

相反的情形,则见于宗白华先生一篇差不多同样有名的文章《论〈世说新语〉和晋人的美》。宗先生赞美晋人"风神潇洒,不滞于物";"以虚灵的胸襟、玄学的意味体会自然,乃表里澄澈、一片空明";"人的精神是最哲学的,因为是最解放的、最自由的";用辞毫不吝啬,令人觉得在那个时代,士大夫达到了几乎是极致的精神境界。

大概地说,贵族文化中矫情和虚浮的表现总是不能免的,很多漂亮的语言和漂亮的举止常常是一种有意显示出来的人生姿态。但矫情和虚浮何尝不是一种真实?至少它表达着希求和愿望。而魏晋士人的许多行为虽然与某种特殊的生活习俗有关,但不能认为在这里面没有精神性的内容。人们应该重视鲁迅的讲演所包涵的深刻的启发意义,但也需要注意到他是着重从一个视角展开。如果据此认为"魏晋风度"云云其实不过是吃药的结果,这就离事实很远。我们找一个简单不过的例子:

桓车骑不好著新衣。浴后,妇故送新衣与。车骑大怒,催使持去。妇更持还,传语云:"衣不经新,何由而故?"桓公大笑,著之。(《贤媛》24)

桓冲,桓温弟,曾任车骑将军。如鲁迅所说,魏晋人服五石散后,皮肤易受损伤,故喜穿旧衣,但这一故事却与之无关。屡见它被用来作为服药风气的证据,其实是粗率的做法。因为,如果桓冲不好着新衣是服药的缘故,那就是身体的必须,其妇岂能"故送新衣与",不怕丈夫受皮肉之苦? 桓冲又岂能因其妇一番言语,就欢喜不迭地穿上新衣?

其实,旧衣的舒适胜于新衣,是很简单的生活经验;喜穿旧衣也不能算是怪异的习性。对于性情豁达,尤其是自觉其身份已不待外物修饰的人来说,穿旧衣更有一种超越庸俗生活常规的意义(所以我读到有人赞美领袖人物喜着旧衣为"勤俭",深觉奇怪)。进一步说,既然桓冲的事例与服药无关,那么魏晋士人普遍喜欢穿宽袍大袖,不少人甚至喜欢裸袒的风气,也没有理由说完全是由于服药的关系,追求松散洒脱的生活情调,至少也是重要的原因。

二

何平叔云:"服五石散,非唯治病,亦觉神明开朗。"(《言语》14)

何晏字平叔,因母亲改嫁曹操而被曹氏收养,"见宠如公子"(《三国志》裴注引《魏略》),在魏晋之际是一个位高名显的人物,也是一个领风气之先的名士。正始十年为司马懿所杀。他的事迹以两项最有名:一是与王弼诸人一起引导了玄学的兴起,一是由他引导了服药的风气。这种药就是上文所说的五石散。

在中国古代医药学中,以石入药起源是非常早的,古人认为石类药物具有延年益寿的效用。屈原《涉江》有云:"登昆仑兮食玉英,与天地兮比寿,与日月兮齐光。"马王堆汉墓出土的帛书《养生方》中记载:"冶云母以麦籍为丸如酸枣大",服后"令人寿不老"(《马王堆汉墓帛书》)。而汉武帝"信求神仙之道,谓当得云表之露以餐玉屑,故立仙掌以承高露"(《三国志·魏志·卫觊传》),更是有名的历史故事。在汉代形成的《神农本草》中,把丹砂、石钟乳、石胆、曾青、禹余粮、白石英、紫石英、五色石脂等十八种石列于"轻身益气、不老延年"的上品药中。有很多材料可以证明中国古代服石传统的悠久,此处仅是聊举数例。服石能够养生延寿的观念,或许有来之于经验的成分,但同时恐怕也是一种原始思维的遗存,即认为通过服石有可能获得石所具有的坚固长存的特性。法国著名学者列维-布留尔把这种思维称为"互渗论"。

石药中有一类名为"寒食散",包括多种方剂,其共同的特点是服药后须以吃冷食等方法调节身体的反应。它的来源可以追溯到东汉时代,在张仲景的《伤寒杂病论》中,已提及"侯氏黑散"之将息方法为"宜冷食",而最早直接以"寒食"命名的"紫石寒食散"亦首见于此。张仲景所拟方剂是用以治病的,魏晋时期在此基础上改进为新的方剂,应用范围也大为扩展,其中最有名的一种就是"寒食五石更生散",或简称为"五石更生散",后来又由此衍生出一种"五石护命散"。由于五石散的流行,它和"寒食散"几乎成了等同的概念。唐代名医孙思邈的《千金翼方》卷二十二载有《五石更生散》的药方,由于服石的风气在唐代仍有遗存,孙思邈所记当与魏晋人所用的原方相差不多:

　　紫石英　　白石英　　赤石脂　　钟乳　　石硫黄　　海蛤并研　　防风

栝楼各二两半　白术七分　人参三两　桔梗　细辛　干姜　桂心各五分　附子炮,三分,去皮

　　右一十五味,捣筛为散,酒服方寸匕,日二。中间节量,以意裁之……

服用寒食散成为普遍的风气,甚至成为上层人物身份地位的标志之一,是从何晏开头的。《世说》刘孝标注引秦承祖(传本误作"秦丞相")《寒食散论》说:"寒食散之方,虽出汉代,而用之者寡,靡有传焉。魏尚书何晏首获神效,由是大行于世,服者相寻也。"又隋代巢元方《诸病源候论》卷六引西晋皇甫谧《寒食散论》之言云:"寒食药者,世莫知焉,或言华佗,或曰仲景。……近世尚书何晏耽声好色,始服此药。心加开朗,体力转强。京师翕然,传以相授,历岁之困,皆不终朝而愈。"

就古代文献记载来看,服五石散能够带来,或服食者指望带来什么好处

呢？一是补虚。皇甫谧说何晏"耽声好色,始服此药",意思是说他因为纵欲而体虚,服散后乃得"体力转强"。第二是久食可以长寿,大概凡是能够使弱者转为强壮的药,人们都相信它具有延年益寿之效。照秦承祖的说法,寒食之药"虽未能腾云飞骨,练筋易髓,至于辅生养寿,无所与让"(《医心方》卷十九)。第三是可以增强性功能,孙思邈说:"有贪饵五石,以求房中之乐"(《备急千金要方》卷一),可见"寒食散"确曾被当作房中药。因为这是一种非常流行的药,容易引起神话式的夸大,所以到后来,也有人宣称它是可以治百病的。

但五石散是一种剧毒的药,它带来的弊害也实在是很惊人,大概说来,吃成疯癫的,吃成瘫痪的,吃死掉的,都有。所以清代学者把它比作鸦片。为了防止或减轻服石的患害,就有专门的将息节度的讲究,皇甫谧的《寒食散论》是这方面现存比较完整的文献。他提出的主要方法是:服散须臾要以冷水洗手足,待药行之后,则脱衣冷水洗浴,常当寒衣、寒食、寒饮、寒卧;常饮酒令体内熏熏不绝(各种食物均要冷吃,酒却是要吃热的);还须烦劳,如行走、跳踊、劳动出力等。这些方法据说有散毒排毒的作用。

五石散吃起来那么麻烦,危险又那么大,为什么服石竟成一时之风尚呢？这真的很难说,时尚这东西常常是很奇怪的,莫名其妙的玩意儿莫名其妙地流行一时,也是屡见不鲜。但无论如何,它和魏晋时代某些特点的关联,我们还是能够体会到的。这就是自东汉末以来,由于主导意识形态的崩坏,由于社会强烈动荡以及瘟疫流行造成的人口大量丧亡,由于个体意识的觉醒,在士人内心中形成的自爱与颓废相混融的精神状态。生命的意义是难确认的,而死亡却随时可能到来,人们恐慌地试图要抓住什么东西。五石散,这一据信能保障长寿和性的快乐的药物,就为之提供了必要的刺激。至于"散发"带来的麻烦乃至危险,反倒是提高了药物的身价,并相应地提高了服食者的身价。

王孝伯在京,行散至其弟王睹户前,问:"古诗中何句为最?"睹思未答。孝伯咏"'所遇无故物,焉得不速老?'此句为佳。"(《文学》101)

王恭字孝伯,其弟王爽,小字睹。服五石散的目的是求长寿,但因药性发作而"行散"(步行发散药力)时,能够感受到的只是眼前的痛楚。所以会想起"所遇无故物,焉得不速老",以为那是古诗中写得最好的一句。一切都在变化中消逝,它提醒人们生命是有限的,在"行散"时,似乎对此理解得更为深刻了。

鲁迅的讲演中说:

> 吃了散之后,衣服要脱掉,用冷水浇身;吃冷东西;饮热酒。这样看起来,五石散吃的人多,穿厚衣的人就少;比方在广东提倡,一年以后,穿西装的人就没有了。因为皮肉发烧之故,不能穿窄衣。为豫防皮肤被衣服擦伤,就非穿宽大的衣服不可。现在有许多人以为晋人轻裘缓带,宽衣,在当时是人们高逸的表现,其实不知他们是吃药的缘故。一班名人都吃药,穿的衣都宽大,于是不吃药的也跟着名人,把衣服宽大起来了!

> 还有,吃药之后,因皮肤易于磨破,穿鞋也不方便,故不穿鞋袜而穿屐。所以我们看晋人的画像或那时的文章,见他衣服宽大,不鞋而屐,以为他一定是很舒服,很飘逸的了,其实他心里都是很苦的。

这说得很有意思,却又不尽然。本来士大夫的生活是向着享乐和松散的一面变化,而由于服散,衣着和行止上需要有所适应,遂两相煽动,使传统礼仪更难遵守,风气于是大为改观。葛洪《抱朴子·讥惑》篇云:

> 上国众事所以胜江表者多,然亦有可否者。……闻(江表)贵人在大衰,或有疾病服石散,以数食宣药势,以饮酒为性命,疾患危笃,不堪风冷,帏帐茵褥,任其所安。于是凡琐小人之有财力者了不复居于丧位,常在别房,高床重褥,美食大饮,或与密客引满投空,至于沉醉,曰此京洛之法也,不亦惜哉!

这里大概意思,是说江东士人自称效"京洛"之法,其贵人在丧礼中亦以有病须服石散为由,多饮食,不离酒,居安适之地,而凡琐小人则即使不服散,也不愿住在守丧专用的粗陋的房屋中,而是"常在别房,高床重褥,美酒大饮"。我们看到的是服散给了人们破坏礼仪规制、追求舒适生活的理由。骨子里,这其实是"越名教而任自然"。

刘伶恒纵酒放达,或脱衣裸形在屋中。人见讥之,伶曰:"我以天地为栋宇,屋室为裈衣,诸君何为入我裈中?"(《任诞》6)

史籍中并无刘伶是否服药的记载,但此种裸袒的狂诞纵使与服药有关,也绝非只是用服药就可解释的。

三

服散需要饮酒,当然不服散的人也有很多是爱饮酒的。读魏晋之书,感觉到那个时代始终飘浮着酒的气息。

从儒家的传统来看,饮酒是一种十分讲究礼仪规则的活动。酒虽然是祭祀所必备,并应用于多种社交场合,但由于饮酒同时也是生活中一种难得的享受,醉酒更是容易使人失去节制,所以人们为之订立了许多限制。《尚书·酒诰》相传就是西周初年周公为限制饮酒而颁布的禁令,文中指明沉湎于酒不仅足以丧德,而且导致亡国,所以只允许在祭祀祖先时饮酒,并且要做到"德将无醉"。《礼记·乐记》亦明言:"终日饮酒而不得醉焉,此先王之所以备酒祸也。"关于饮酒的礼仪,且以《礼记·乡饮酒义》开头一节为例:

乡饮酒之义,主人拜迎宾于庠门之外,入,三揖而后至阶,三让而后升,所以致尊让也;盥洗扬觯,所以致絜也;拜至,拜洗,拜受,拜送,拜既,所以致敬也。尊让絜敬也者,君子之所以相接也。君子尊让则不争,絜敬则不慢;不慢不争,则远于斗辨矣,不斗辨则无暴乱之祸矣,斯君子所以免于人祸也,故圣人制之以道。

"乡饮酒"是乡里举行的宴饮活动。大概其原始状态只是尽欢而已,未必有多少讲究。但为了防止因酒而刺激兴奋,在儒家的设计中,它有了繁复的礼仪程式。其目的是试图以此使民众变得恭谨淳厚,而屏除"斗辨"、"暴乱"对理想社会秩序的破坏。这种设计很受统治者的重视,后来明、清的皇帝,屡有明令要求地方官员认真举办乡饮酒礼,以申明朝廷法令,敦序长幼礼节,和睦乡里。

不过在《庄子》书里,对醉酒却有另一番解说:

> 夫醉者之坠车,虽疾而不死。骨节与人同而犯害与人异,其神全也。乘亦不知也,坠亦不知也,死生惊惧不入乎其胸中,是故遻物而不慑。彼得全于酒而犹若是,而况得全于天乎!

是不是喝醉酒的人从车上掉下来所受伤害一定比不喝酒的人要少,这实在是无从断定,或许庄子之徒在这里说的根本是酒后的胡话。但重要的是提出酒醉使人"神全"。依庄子他们的看法,为世俗所拘,人的精神是残缺的,而醉酒则有助于恢复精神的健全性。换言之,醉酒的人是更真实的人。

王佛大叹言:"三日不饮酒,觉形神不复相亲。"(《任诞》52)

"形神不复相亲",是谓生命常态与内在心灵的分离。一个实在的生命依据俗世的规则而行动,其所言所行多虚伪矫饰,与内心的向往欲求彼此冲突,如此则不能"神全"。而酒似乎可以消弭这种矛盾,在沉醉的世界里,人可以求得物我两冥的自然境界,灵魂以自由的姿态恣肆飞扬。当然这是有代价的,王佛大即王忱,史籍记载说他最终死于酒。

魏晋人从老庄出发寻求超越的境界,由此他们改变了传统上对酒的警戒与谨慎。像魏晋时代那样,借酒放肆地倾泻内心的悲欢,表现自由的、纵情适意的生活态度,是过去从未有过的。酒把人的欲望与情感从理性的拘禁和社会规制的束缚中解放出来,生命的状态于是变得活跃而热烈;但与此同时,酒也使人更敏锐地感受到人生的无奈,唤起对自身命运和社会现状的忧思与慨叹。凡此种种,使得饮酒这一行为容纳了丰富的文化涵义。

> 刘伶著《酒德颂》,意气所寄。(《文学》69)

> 刘伶病酒,渴甚,从妇求酒。妇捐酒毁器,涕泣谏曰:"君饮太过,非摄生之道,必宜断之!"伶曰:"甚善。我不能自禁,唯当祝鬼神,自誓断之耳!便可具酒肉。"妇曰:"敬闻命。"供酒肉于神前,请伶祝誓。伶跪而祝曰:"天生刘伶,以酒为名,一饮一斛,五斗解酲。妇人之言,慎不可听。"便引酒进肉,隗然已醉矣。(《任诞》3)

在前面已经引了刘伶"纵酒放达"一条,这里继续选列他的故事,是因为刘伶可以算是中国古代最有名也是最纯粹的酒徒。虽然刘伶名列竹林七贤,是魏晋之际的名流之一,人们却难以了解他在政治上持何立场、有甚活动;而除了《酒德颂》,也看不到他的任何诗文著作。几乎可以说,关于刘伶的所有存世资料,都仅仅与酒有涉,这也是很难得的。

但在刘伶嗜酒的故事中,我们还是能够读出他对人生的理解,而这种理解,又分明反映着时代的特色。

《世说新语·文学》篇关于刘伶著《酒德颂》的文字极其简单,所谓"意气所寄"是何"意气",也语焉不详,幸亏刘孝标注引录了重要的相关资料。一是《名士传》的一节:

> (伶)肆意放荡,以宇宙为狭。常乘鹿车,携一壶酒,使人荷锸随之,云:"死便掘地以埋。"土木形骸,遨游一世。

一是《竹林七贤论》,其中包含《酒德颂》的全文:

> 伶处天地间,悠悠荡荡,无所用心。……未尝措意文章,终其世,

凡著《酒德颂》一篇而已。其辞曰："有大人先生者，以天地为一朝，万期为须臾，日月为扃牖，八荒为庭衢。行无辙迹，居无室庐，幕天席地，纵意所如。行则操卮执瓢，动则挈榼提壶，唯酒是务，焉知其余？有贵介公子，缙绅处士，闻吾风声，议其所以。乃奋袂攘襟，怒目切齿，陈说礼法，是非锋起。先生于是方捧罂承槽，衔杯漱醪，奋髯箕踞，枕曲藉糟。无思无虑，其乐陶陶。兀然而醉，恍尔而醒，静听不闻雷霆之声，熟视不见泰山之形，不觉寒暑之切肌，利欲之感情。俯观万物之扰扰，如江、汉之载浮萍。二豪侍侧焉，如蜾蠃之与螟蛉。"

《酒德颂》差不多是一篇微型的《大人先生传》，只是与阮籍笔下的"大人先生"相比，刘伶所写以极端嗜酒为显著特征，因而自喻的色彩更为明显。这位沉湎于酒的"大人先生"同样是一个超越时间和空间的人物，他当然也就无需遵守在有限时空中形成的人世规则。"贵介公子，缙绅处士"以"礼法"议其"是非"，会觉得非常地愤怒，怒目切齿，必欲除之而后快，却不知在"大人先生"的眼光中，世间万物，纷纷扰扰，不过如江上浮萍一般，倏忽变迁，往返重复，没有任何真实的意味可言。陈寅恪说他的好酒实是"不与司马氏合作之表示"（《陶渊明之思想与清谈之关系》），从本文所写"大人先生"与礼法之士的冲突来看也许不错，但这一点证据终究显得太薄弱，也许这仅仅是酒徒与世俗规则的冲突而已。

刘伶为人其貌不扬，距"大人先生"给人的直感很远。《世说·容止》篇刘注引梁祚《魏国统》说他不仅"形貌丑陋"，而且个子矮小，"身长六尺"（甘肃省博物馆所藏曹魏骨尺约相当于二十四厘米，则六尺不足一米五）；但尽管如此，他却"以宇宙为狭"，似乎整个世界都装不下他。

人是一种天然矛盾的生物：一个个体生命在其所处的现实环境中是渺小的，他的一切意愿都有可能被周围的力量所限制；但在精神上，人却具有无限的扩张性，"自我"这一意识其实就是世界中心的意识，这也正是刘伶和阮籍"大人先生"的形象所要表达的东西。《酒德颂》所寄的"意气"，就是这种精神无限扩张的欲望。而酒之为"德"，则在于它是帮助人遗弃世俗、进入无限扩张的精神世界的途径。

　　至于刘伶在老婆那里骗吃骗喝的故事,是《世说新语》中小说意味最浓的篇章之一。它以相当幽默的情节表现了真正的酒徒对于醉中生涯的执著态度和坚定立场——只是我们无法考定它的真伪。

　　山季伦为荆州,时出酣畅。人为之歌曰:"山公时一醉,径造高阳池。日莫倒载归,茗艼无所知。复能乘骏马,倒著白接篱。举手问葛强,何如并州儿?"高阳池在襄阳,强是其爱将,并州人也。(《任诞》19)

　　毕茂世云:"一手持蟹螯,一手持酒杯,拍浮酒池中,便足了一生。"(《任诞》21)

　　上选山简(字季伦)和毕卓(字茂世)的故事,也是魏晋名士风流的著例。

　　山简为"竹林七贤"中山涛之子,永嘉三年(309)出为镇南将军,都督荆、湘、交、广四州(今两湖两广一带)诸军事,镇襄阳。当时西晋政局已经到了不可收拾的程度,这大概是山简离开政治中枢同时也避开中原要地来到襄阳的重要原因。在襄阳他无所事事,唯以游玩与酣饮为务。在《世说新语》的这则故事中,完整地记录了当时襄阳人描述山简醉态的一首诗,元李治《敬斋古今黈》对此诗作了一番解说,他觉得前人解"倒载"甚多,俱不洒脱,应是醉后倒身卧于车中,茗艼(酩酊)无所知;倒载来归,酒意稍退,既而复能骑骏马也,然终究尚在醉中,所以戴反了"白接篱"(一种头巾)。沿着这一解说看到的山简形象显得十分生动。诗的最后两句写山简对自己的放狂之态颇为得意。案当时并州(今山西一带)多居胡人,山简手下爱将葛强亦是其中之一。他问葛强:我这模样,比起并州少年来如何?意谓自己的狂放不下胡儿也。山简醉酒的故事颇为后人所喜爱,李白尝作《襄阳歌》以咏之:

　　落日欲没岘山西,倒著接离花下迷。襄阳小儿齐拍手,拦街争唱《白铜鞮》。旁人借问笑何事,笑杀山公醉似泥。鸬鹚杓,鹦鹉杯,百年三万六千日,一日须倾三百杯……

　　关于毕卓,《世说》刘注引《晋中兴书》称其年少时"以傲达为胡毋辅之所知",我们知道这位胡毋辅之就是以纵诞好酒而著名。书中又说到毕卓于东晋太兴末为吏部郎,某日,其隔壁官署中酿的酒熟了,毕卓夜间饮醉,想起那酒实是不错,便翻墙进去取酒喝,巡夜的人以为是小偷,把他捆绑起来,天亮才查明原来是毕大人,只好放了。毕卓宣称的"一手持蟹螯,一手持酒杯,拍浮(漂浮)酒池中,便足了一生"数语,表达了不以世俗荣名为念的态度,后世用为文人旷放之常典。

　　《世说》关于毕卓的这一记载,还有一点有趣之处。在中国古代典籍中,文人嗜好吃蟹,将之视作下酒的美味,这还是第一次出现。后人又将它与陶渊明把酒东篱赏菊的故事拼合在一起,形成"持螯赏菊"的习俗,代表一种清高而旷达的雅趣。唐中宗皇帝有《九月九日幸临渭亭登高得秋字》诗,小序云:"陶潜盈把,既浮九酝之欢;毕卓持螯,须尽一生之兴。"这里把赏菊、吃蟹作为重阳佳节的享受,正可谓良辰美景赏心乐事者也。

　　《世说新语》中关于魏晋士人好酒的故事非常之多,假醉而遗世成了一时风气。不过要说向酒沉醉,便可真正摆脱人世的侵扰和烦苦,那自然是不可能的。

　　魏朝封晋文王为公,备礼九锡,文王固让不受。公卿将校当诣府敦喻。司空郑冲驰遣信就阮籍求文。籍时在袁孝尼家,宿醉扶起,书札为之,无所点定,乃写付使。时人以为神笔。(《文学》67)

　　阮籍本是魏晋之际狂诞风气的领头羊,如按鲁迅在广州演讲的分类,他可以算是喝酒一派的领袖(嵇康则被归于吃药的一派)。在司马氏集团谋篡曹魏政权的过程中,他常常以醉酒佯狂的方法来逃避尖锐的政治矛盾。史载司马昭曾提议与阮籍联姻,让他把女儿嫁给自己的儿子,就是后来成为晋武帝的司马炎。阮籍连续大醉两个月,司马昭"不得言而止"。但是当郑冲诸人要阮籍代为起草《劝进表》时,他却躲不过了。尽管他在袁孝尼家已是"宿醉",还是被人扶起,写成了那篇至今保存在《文选》中的传世名文。因为这与婚姻之事还有不同,坚持不写就成了政治上的明确表态,足以招致杀身之祸。阮籍的文才当然是不必说的,但他是否真的能够从酒醉中起来"无所点定"即完全不用修改地写成那篇华美的劝进文,终究还是令人心疑。或者他预知有此一劫,心中有所预备也难说。阮籍《咏怀》诗常把世界描写成一张铺天盖地的大网,他知道逃于酒也是有限度的。

第七讲

自然的发现

一

在第三讲中,我们集中谈了魏晋士人对名教与自然之关系的讨论。此所谓"自然",是指人为的、造作的、束缚天性的事物的反面。而在倡导自然的同时,魏晋士人又表现出对自然风物的极大兴趣和富于美感的理解,宗白华先生在《论〈世说新语〉和晋人的美》中对此说过一句很动人的话:"晋人向外发现了自然,向内发现了自己的深情。"

《世说新语》中关于士大夫赏识自然风物的记载多为东晋之事,而中国的田园山水诗的正式成立也在晋宋之际,因而人们很容易得出这样的结论:正是因为中原士大夫来到南方,被江南秀丽的山水风光所吸引,导致了对自然的发现。这一理解包含着一种潜在的前提,即所谓"自然之美"是一种单纯的客观存在,人所要做的是把它找出来和描述出来。

但事情绝不是如此简单。自然之美固然有赖于一定的客观条件,但这些条件只有与人的精神因素结合起来,才能显示为对于人有意义的"美"。换言之,所谓自然之美的"发现",其实是一种精神创造活动;因而,它和整个思想文化的历史密切相关。我们相信宗白华先生说"晋人向外发现了自然,向内发现了自己的深情"时,是将两者作为具有内在关联性的事件来看待的。不过,也许说"向内发现了自己的深情,向外发现了自然",能够更清楚地说明自然被发现的精神过程。正是因为人将活跃的情感投射到外界,"与物徘徊",才使自然风物精神化,从而充溢了美的意趣;反过来,由于这种自然之美代表着人所向往的精神境界,它又产生了洗涤心灵的作用。

从整个过程来看,自然山水审美意识的萌发至少在建安时代已经表现得很明显,在西晋又有进一步的发展。而到了东晋,一方面由于士大夫的生活条件更为优裕,其人生情趣更偏向于清高优雅,脱俗出世的态度受到社会高度的尊重;另一方面因为江南山林更容易与日常生活结合在一起,使得对自然山水的审美达到一种高峰状态。《晋书·王羲之传》载:"会稽有佳山水,名士多居之。谢安未仕时亦居焉。孙绰、李充、许询、支遁等皆以文义冠世,并筑室东土,与羲之同好。"这里提及的人物均是一时名流,我们由此可以感受到当时社会的一种气氛。

二

　　郭景纯诗云:"林无静树,川无停流。"阮孚云:"泓峥萧瑟,实不可言。每读此文,辄觉神超形越。"(《文学》76)

　　上文提及郭璞(字景纯)诗全篇已佚,所存者仅此两句。有的注家引《韩诗外传》"树欲静而风不止"和《论语》"逝者如斯夫"之语作为这两句诗的出处,但诗中所写只是日常生活中最常见的自然景象,郭璞是否真有用典的意思,恐怕很难说。

　　对这两句简单的诗,阮孚作出了异常热烈的赞美:它的意境深广清幽(水广曰泓,山高曰峥),难以言说;每次读到它,就有一种超越的感觉(神指精神,形指身体。这里神形并举,意指生命整体)。单就诗而言,"林无静树,川无停流"真是说不上有多么高妙,但是它包含着哲理性的内涵,并引出一种延伸的思考:没有一棵树是安静的,没有一条河会停止流动,整个世界都处于无穷的迁变中,人为之痴迷、竭力追求的世俗荣耀,究竟有什么意义呢?阮孚正是沿着这种哲理来思考人生,才格外感叹诗意的深邃和动人。

　　郭璞是两晋之交的人。在他之后,永和九年于会稽兰亭,有过一场以山水娱游为中心的高级士族文人的集会。他们陶然于山光水色,"游目骋怀"、"一觞一咏",留下了数十首《兰亭诗》,以下举王羲之一篇为例:

　　　　　三春启群品,寄畅在所因。
　　　　　仰望碧天际,俯瞰渌水滨。
　　　　　寥朗无厓观,寓目理自陈。

> 大矣造化功,万殊莫不均。
>
> 群籁虽参差,适我无非新。

春天唤醒了各种各样的生命,在这里能够寄托舒畅的心情。抬头遥望蓝天的尽头,低头看清澈的河水和水岸,辽阔而明朗的世界无边无际,用目光注视它,世界的真理就自然地向我呈现。伟大啊造化的业绩,一切存在之物都蒙受它的恩惠。各种各样的声音虽然高低不齐,给我带来的无不是新的生意。——我们能够体会到诗中的哲理与郭璞诗意相通。

对于晋人来说,自然到底意味着什么呢?

人类的基本问题之一,是在许多情形下,生命显得短暂、渺小、无意义,这给人心带来极大的压迫。而克服这种困苦的一个途径,是把生命和某些永恒、伟大的事物相联系,使前者拥有后者的品性乃至生命力。这种精神需要带有很深的宗教意味。在古代中国,儒学回答了许多问题,其中特别重要的一点,是认为由崇高的"天"决定了人间的秩序和道德,由此它也给出了生命的意义。但儒学作为一种官方意识形态,它与社会统治阶层的现实利益结合太多,不能够保持超脱的立场;而被人们利用太多的东西,自身容易变得庸俗,因而容易遭到破坏。现世性和实用性是儒学的优点,也是它的致命伤。

相比于儒家的以政治伦理为核心的"道",老庄之"道"因其玄虚的特征,更宜于作出超越性的解释,从而满足人们对于生命的具有宗教意味的渴望:它永远具有无限的可能,化生万物却始终保持自身的虚静,不因世间的变化而发生任何改变。在万物源于道的根本原理之下,个体生命与道本是统一的;当生命摆脱了俗世的成败毁誉的羁绊而与道化合为一时,从精神意义上说,它自然也就获得了道所具有的品性。魏晋时代儒学的衰落与老庄学说的兴起,上面所说的区别是重要的原因。

但道体既然是虚无的,人又怎样才能亲切地体味和感受它的存在,使之成为生命的寄托或至少是慰藉呢?我们举一个看似不相干的例子,也许更有助于对这一问题的理解。法国近代思想家卢梭在表示要抛弃由教会组织所宣扬的宗教教义时,说过这样一句话:"只有一本书是打开在大家眼前的,那就是自然的书;正是在这本著作中我学会了怎样崇奉它的作者。"(《爱弥儿》)他的意思是人应该并且也只能通过自然去接近上帝,其他途径都是可疑的。如果有创造者——不管人们用什么样的名义来称呼它——存在,大自然都是创造者最伟大的创造,最显著的"神迹",因而也是创造者存在的直接证明。"寥朗无厓观,寓目理自陈。大矣造化功,万殊莫不均",王羲之的诗句包含着相近的意义。可以说,魏晋士人正是试图通过自然去体悟作为宇宙本体的"道",试图通过实现人与自然的和谐达成人与道的一致。人们在这里赋予自然以特殊的价值:亲近自然的生活,代表了对俗世荣辱与利益的超越,代表了从容的、自如的和更富于诗意的生命姿态。从这一意义上看,自然美并不是一种单纯的客观存在;由于人心的需要在自然中得到满足,它才是美的。而自然的价值之所以在中国文化中具有特别重要的地位,首先也应该从这一视角来看待。

　　王司州至吴兴印渚中看,叹曰:"非唯使人情开涤,亦觉日月清朗!"(《言语》81)

　　印渚在今浙江桐庐县西部,这里是富春江流域,以山明水秀著称。王司州指曾任司州刺史的王胡之。他赞美印渚,对溪水的物质性特征一个字都没有说,只是从它引发的精神效果着眼,而溪水之清澈在不言之中给人以极深刻的印象。无论就言语之美而言,还是从体现晋人的自然观来说,这在《世说新语》中均是具有代表性的例子。

　　清洁之水可以洗涤污物,这是日常经验范围里的事情,但说它可以使人情"开涤"——由壅塞而致通达,由污秽而致清爽,则只有从玄理上理解了。简单地说,这就是因为人情融合于自然而获得它的超越性,从而使生命状态转化为宽广从容,成为美丽的生命。有"人情开涤",进而便有"日月清朗",这也是自然而然。这里"日月"犹如说天地、世界。用晦暗的心看到的世界只能是晦暗的,而明朗的心则使整个世界呈现明朗。在这个短小的故事里,人与自然的一种精神性关联,即人如何赋予自然以特殊的价值,而后又从自然中体会这一价值,得到非常生动的呈现。

简文入华林园，顾谓左右曰："会心处不必在远，翳然林水，便自有濠、濮间想也，觉鸟兽禽鱼自来亲人。"(《言语》61)

东晋简文帝司马昱，元帝少子，原为会稽王，桓温废司马奕(废帝)后，立他为帝，但政权完全掌握在桓温手中。他以帝王身份而好玄学，是一位著名的清谈家。上选一则，用十分优雅的语言表现人与自然的亲近、融合，自古以来一直为人们所传诵和喜爱。

"濠、濮间想"是《庄子》的典故，前者说庄子在濠水上观赏鱼儿游于水中的自由和快乐，后者说庄子在濮水边钓鱼，以不愿牺牲自由的生活为理由，拒绝了楚王隆重的聘请。司马昱引用这两个典故，是想说人未必要隐居于僻远之地，才能效仿庄子式的高蹈；但有"会心"——对自然的领悟，就在园林之中，面对林木和池沼，也能体会到这种从容的生命状态。

从司马昱的特殊身份来说，隐居不是一种可能的选择，所以他把"会心"视为首要的条件。而"觉鸟兽禽鱼自来亲人"，则描写了在人与自然相融的情况下，自然如何以一种活泼的面貌对人的展开。法国诗人兰波在一首题名为《黎明》的小诗中这样写道：

> 我遇见的第一件好事，
> 在白晃晃的清新的小径，
> 一朵花儿告诉我她的姓名。

这是一种非常相近的感受：只有热爱自然的人，才能为自然所爱，他们和自然之间有着神秘的语言。

顾长康从会稽还，人问山川之美，顾云："千岩竞秀，万壑争流，草木蒙笼其上，若云兴霞蔚。"(《言语》88)

王子敬曰："从山阴道上行，山川自相映发，使人应接不暇。若秋冬之际，尤难为怀！"(《言语》91)

　　"会稽有佳山水,名士多居之"。如果说东晋名士的艺术美感首先源于心灵的渴望,那么,浙东"佳山水"则是令这种美感得到涵养和滋长的土地,而他们从大自然中获得的感悟,又标示了中国古典艺术发展的方向。顾恺之(字长康)本是中国画史上的名家,虽然他擅长的是人物而非山水,但言及会稽山川之美,正如宗白华所指出的:"这几句话不是后来五代北宋荆(浩)、关(仝)、董(源)、巨(然)等山水画境界的绝妙写照么? 中国伟大的山水画的意境,已包具于晋人对自然美的发现中了!"作为书法家而留名于艺术史的王献之(字子敬)游览山水的感想,同样与中国山水画的精神相通。"山川自相映发",将并无情感意志活动的山川描写得如此天真活泼,凸现了自然内在的生命力。而"秋冬之际,尤难为怀"之语,更耐品味。江南山川及于秋冬之际,呈现一种清冷而萧瑟的气氛,但并不显得荒凉和枯索,更不会被冰雪所封闭。山川自然这种归于寂静的状态,似乎比春荣夏盛之景更能体现大地内涵的深邃,更能触动人的心灵,所以"尤难为怀"也! 中国山水画每每喜欢写萧瑟的景物,正是追求这样的趣味——试读倪瓒枯笔山水,是否"尤难为怀"?

三

　　在晋人的理解中,自然不仅培养了人的超越世俗的品格,又给人以熏陶,使之具备优美、从容、高雅的情趣,它结合了德性与美感双重价值。我们不难体会到,这其实是将理想人格的某些最重要的因素寄托于自然。晋人喜好以自然风物为喻体来赞美人物,原因就在于此。由于这多是用象征的方法来表达,其中的佳例极富诗意。

　　嵇康身长七尺八寸,风姿特秀。见者叹曰:"萧萧肃肃,爽朗清举。"或云:"肃肃如松下风,高而徐引。"山公曰:"嵇叔夜之为人也,岩岩如孤松之独立;其醉也,傀俄若玉山之将崩。"(《容止》5)

以甘肃省博物馆所藏曹魏骨尺约相当于二十四厘米的标准换算,嵇康的身高达到一米八七,其人思想敏锐,性格刚烈,"风姿特秀",真是可以想见。在《世说新语》常见的比拟方法中,"松"通常是正直和严峻的象征,但说嵇康"肃肃如松下风,高而徐引",则又在正直和严峻之中,融入一种萧散、洒脱的神韵。虽然除了身高,作者并不曾为读者具体描摹嵇康的模样,但他的精神气质,却能够感受到。

> 海西时,诸公每朝,朝堂犹暗;唯会稽王来,轩轩如朝霞举。(《容止》35)

海西,指废帝司马奕,他退位后封为海西公;会稽王即后来的简文帝。这段文字非常巧妙地把写实与象征融成了一体。古时朝会的时间本来就早,而普通官员又需要提前等待,所以"朝堂犹暗";司马昱的地位高,到得也迟,大约等他到的时候,天色已经明亮多了。但在象征的层面上,"朝堂犹暗"又代表着朝政的昏乱和朝臣的无可奈何,而司马昱虽非出色的政治家,但气质高华,他似乎带给人们某种不确定的希望。所以,当他出现在朝堂时,给人的感觉就像朝霞升起。"轩轩"本是"举"的样子,在这里同时形容拔俗出众的精神气质。

> 刘尹曰:"清风朗月,辄思玄度。"(《言语》73)

> 有人叹王恭形茂者,云:"濯濯如春月柳。"(《容止》39)

以上两条均是《世说》中篇幅最短的文字,却非常漂亮。刘惔(曾官丹阳尹)用"清风朗月"象征以淡泊清雅著称的玄言诗人许询(字玄度),"有人"以春天月下光洁的柳树形容美男子王恭,优美的诗意形象,令人叹赏不已。而从语言表现来说,前一条尤佳:它不是像后一条那样,直接拿自然风物去比拟许询,只是说每见"清风朗月"就让人想起他,带有暗示意味却并不说透,意象与人物之间的关系更为空灵,情趣也更为活泼,特别能够体现《世说》一书语言简约玄澹的特色。

宗白华《论〈世说新语〉和晋人的美》一文中有一节谈"晋人的美的理想",说得颇有道理,同我们上面所讨论的问题也有较大的关系,兹抄录在下,以备参考:

> 晋人的美的理想,很可以注意的,是显著的追慕着光明鲜洁,晶莹发亮的意象。他们赞赏人格美的形容词象:"濯濯如春月柳","轩轩如朝霞举","清风朗月","玉山","玉树","磊砢而英多","爽朗清举",都是一片光亮意象。甚至于殷仲堪死后,殷仲文称他"虽不能休明一世,足以映彻九泉"。形容自然界的如:"清露晨流,新桐初引"。形容建筑的如:"遥望层城,丹楼如霞"。庄子的理想人格"藐姑射仙人,绰约若处子,肌肤若冰雪",不是这晋人的美的意象的源泉么?桓温谓谢尚"企脚北窗下,弹琵琶,故自有天际真人想"。天际真人是晋人理想的人格,也是理想的美。

四

孙兴公为庾公参军,共游白石山。卫君长在坐。孙曰:"此子神情都不关山水,而能作文?"庾公曰:"卫风韵虽不及卿诸人,倾倒处亦不近。"孙遂沐浴此言。(《赏誉》107)

孙绰(字兴公)是东晋最著名的文学家之一。他讽刺卫承(字君长。或谓"承"为"永"之误)的话,非常典型地代表了晋人对文学与山水之间关系的理解。为什么神情不关山水,其能作文就是很可疑的呢?因为在晋人看来,文早已不是助教化、移风俗的工具,它是一种高雅情趣的艺术赋形。而山水使人"神超形越",于是脱俗,于是多情,遂为名士风流。倘非进入上述境界,作文是不能够有结果的。孙绰本人在《天台山赋》中对于从"游览"到"作文"

过程的描写,就是一个不错的注解:"游览既周,体静心闲;害马已去,世事都捐;投刃皆虚,目牛无全;凝思幽岩,朗咏长川。"

过去一般文学史对东晋文学的评价不高,说起来,顶多就是陶渊明——而陶渊明现存作品又有不少是作于刘宋王朝的。这种评价不是没有道理。东晋时代由于玄学清谈的盛行,出现了哲学吞没文学的现象,被批评为"淡乎寡味"的玄言诗就是典型的代表。所以东晋百年的历史,像王羲之《兰亭序》、孙绰《天台山赋》那样的传世名作并不多;倘若不提跨晋宋两朝的陶渊明,其总体成就明显不如年代短得多的西晋。

但同时必须看到的是,如果要说"自然的发现",这是到了东晋才真正完成的。那个时代,士大夫在对自然美的欣赏中寻求解脱,获得精神的自由,成为一种风尚。而恰恰是这种变化,在深刻的程度上启引了中国文学的重要演变,就是由陶渊明和谢灵运所代表的文学演变。

还有,本讲所引用的《世说》原文大多出于《言语》篇,也间接地说明了自然与文学的关系:为了描绘和赞美自然,人们首先美化了自己的语言。对此我们最后再引一个例子:

道壹道人好整饰音辞,从都下还东山,经吴中。已而会雪下,未甚寒,诸道人问在道所经。壹公曰:"风霜固所不论,乃先集其惨澹;郊邑正自飘瞥,林岫便已皓然。"(《言语》93)

要说明的是:当时称僧徒为"道人"。

第八讲

清谈风习

一

清谈是魏晋文化的主要标志之一，它既反映了这一时代学术思想的巨大变迁，又体现着士大夫阶层的生活趣味。通常，一个时代在文化方面最为崇尚的东西每见于传记作品中对传主生平的评述，我们在魏晋人物的传记里，经常会读到的评述即是"喜老庄"、"善清言(即清谈)"。而《世说新语》与清谈之关系尤为密切，前辈学者陈寅恪甚至称它为"一部清谈之全集"。这虽然未免极而言之，但要说此书中渗透着清谈的气息，是完全不为过的。

但由于中国古人对语言概念的运用往往不甚严格，其外延的界定通常比较模糊，所以"清谈"命名的意义是什么，它究竟指什么样的活动，还须略作辨析。

首先，清谈与玄学相伴而生，互为依存，人们常常不加分辨地通称为"玄学清谈"。陈寅恪先生称《世说新语》是一部关于清谈的书，其实是将玄学包含在内的。因为玄学的问题是清谈的主要内容，可以说玄学为清谈提供了基本依据。

但两者仍应有所区分。因为清谈并不只是阐述玄学，它有着更广泛的话题。如我们在后面将会提出的例证所证明的，早在西晋时清谈就不限于玄学，到了东晋话题的扩展更为明显。再则，玄学是一种学术，它的目标当然在于解决理论上的问题；清谈却未必，它也许更合适被视为一种生活方式。在清谈展开的过程中，谈论者有可能将辨析问题求得真理作为目标，但在很多情况下，它只是表现思维能力和语言才华的手段。换言之，在这里展示个人的魅力的意义远比探究具体问题的是是非非重要。还有，玄学的研究与讨论，既可以通过口头方式进行，但更重要的，还是要通过书面著述来完成，因为后者所能够达到的周密性，在前一种场合下总还是难以企及的。而清谈顾名思义，应该是指口头的谈论。而口头谈论一个不可忽视的意义，在于它形成了高级士族的一种重要的社交活动。有的研究者认为清谈有

"口谈"和"笔谈"之分,这不能说毫无根据,但如此"混为一谈",难免冲淡清谈作为文化士族的特殊生活方式的特色。

"清"的字面意义很简单,就是水澄清,其反义为"浊"。引申到人事方面,"清"与"浊"的对立,其实际内容往往要视具体情形而定。最通常的用法,是高雅为清,鄙俗为浊;正直为清,邪恶为浊。在中古时代,清和浊还有一种特殊意义上的对立,即远离具体事务、实际利害的状态为"清",反之为"浊"。比较有趣的例证是以"清浊"区分官职:"清官"以切近中枢、职闲廪重及文翰性质为特征,一般都是高级士族习居之官;"浊官"则是掌管具体事务的官职。

落实到清谈之"清",应该说它的道德意味并不显著,高雅和玄虚(专尚理辩和趣味)是它的主要指向。《世说新语》记王羲之与谢安的一次争执,对"清谈"的定义提供了很好的依据:

> 王右军与谢太傅共登冶城,谢悠然远想,有高世之志。王谓谢曰:"夏禹勤王,手足胼胝;文王旰食,日不暇给。今四郊多垒,宜人人自效;而虚谈废务,浮文妨要,恐非当今所宜。"谢答曰:"秦任商鞅,二世而亡,岂清言致患邪?"(《言语》70)

这里王羲之从贬义上说的废务之"虚谈",即是谢安从褒义上说的"清言"。

王羲之并非与玄虚之风隔绝的人物,他对谢安的这一批评,或者有特别的用意。这暂且不论,此处"虚谈废务"一说,与历来所谓"清谈误国"的严厉指斥实为异词而同义,值得略加分析。

"清谈误国"一说最直接的根据是西晋清谈家王衍的自悔之言,据《晋书·王衍传》载,王衍为石勒所俘,求生不得,临死前懊悔说:"呜呼!吾曹虽不如古人,向若不祖尚浮虚,戮力以匡天下,犹可不至今日。"这一记载的可靠性如何,不能遽下定论,但至少可以说,据此认为王衍仅是一个能为"浮虚"之谈的人物,则完全不合事实。田余庆先生的名作《东晋门阀政治》论"王与马,共天下"之政治格局的形成,以为实始于王衍与东海王司马越的结盟,其考论十分精彩。不管后人对王衍在政治方面的活动怎样评价,他热衷于政治权力,在西晋末危机四伏的政局中用心深细,是确定的史实。正如田先生所说,王衍"主要是一个政治人物";倘若要说他有"误国"之责,那也只能从政治上追究,而不能归罪于"清谈"。

王丞相过江,自说昔在洛水边,数与裴成公、阮千里诸贤共谈道。羊曼曰:"人久以此许卿,何须复尔?"王曰:"亦不言我须此,但欲尔时不可得耳!"(《企羡》2)

西晋时名士常常聚集在洛水边谈论,王导此处提到的有裴颜、阮瞻;后面所引《言语》篇的一条所写的洛水边清谈盛会,参与者有王衍、王戎、裴颜、张华。王导与王戎、王衍在琅邪王氏中分属不同的支系,但都算是同一宗族的核心人物,他回忆中的洛水雅集有王衍的身影,在情理上是当然。和唐人所著《晋书·王衍传》想要传达的信息不同,王导对西晋名士的清谈盛会抱有深切的怀念,并感叹这种盛会于今不可再得,流露出深深的"企羡"。

如人们所熟知的,王导、谢安,先后为东晋王朝的名相,是士族政治的代表,同时他们又都是清谈的宗主。所谓"清谈误国","虚谈妨务",对他们来说完全谈不上。所以谢安驳斥王羲之的指责,也是理直气壮。总而言之,清谈只是清谈而已。认为一个人——尤其政治人物——好清谈就会轻忽实务实利,那实在是过于简单的思维。

沿着这个话题再往下说一点。一般人谈及魏晋人物,往往会出现两种正好相反的偏向:一是相信魏晋名士所标榜的高蹈精神,认为他们真是气象清华,远离世俗;一是注意到许多貌似高尚、言谈虚渺的名士其实很看重家族和自身的实际利益,认为他们标榜高蹈不过是虚伪。但实际上追求高尚脱俗的精神生活与注重现实利益,却可以是共存的。这当然有矛盾,但人难道不是生活在矛盾状态中的吗?

关于魏晋清谈风习的由来,有一种为众多名家所认同因而是通行和权威的意见,认为它起于清议——东汉末士大夫对朝廷政事的议论和与之相关联的对人物的品评。一般的看法是,自党锢之祸起,士人既遭大劫,深感政场险恶,复见王朝趋于崩溃、国事无可为,谈论之风遂由评论时事、臧否人物而变为避开政治,转向抽象事物的探讨,是为"清议"消歇,"清谈"兴起。20世纪40年代末唐长孺发表《清谈与清议》一文,力证"清谈乃清议之转化",差不多同时,陈寅恪在清华大学历史研究所讲课,也从这一角度对清谈的兴起加以解说:

> 清谈的兴起,大抵由于东汉末年党锢诸名士遭到政治暴力的摧残与压迫,一变其具体评议朝廷人物任用的当否,即所谓清议,而为抽象玄理的讨论。启自郭泰,成于阮籍。他们都是避祸远嫌,消极不与其时政治当局合作的人物。东汉清议的要旨为人伦鉴识,即指实人物的品题。郭泰与之不同。……郭泰为党人之一,"有人伦鉴识",可是"不为危言核论"而"周旋清谈闾阎"。即不具体评议中朝人物,而只是抽象研讨人伦鉴识的理论。故清谈之风实由郭泰启之。郭泰之所以被容于宦官,原因也在这里,然而,郭泰只是一个开端……(《魏晋南北朝史讲演录》第三篇《清谈误国》)

笔者无意与名家抬杠,也不反对说清谈之发生与清议或有相当关系。但一种如此重要而持久的社会文化现象,自有它自身的发生理由与演化过程,主要从消极和被动的意义上去解释它的发生原因,恐怕是不合适的。在魏晋这样一个思想解放、个体意识觉醒的时代,追求思辨的力量,享受语言的快乐,驰骋才华,较量智慧,难道不是比逃避政治压迫更重要的缘由吗?法国哲学家丹纳在《艺术哲学》一书中谈及希腊哲学的一段话,被范子烨引用于所著《中古文人生活研究》一书,认为可借以传达中古士人的清谈之妙:

> ……值得注意的是他们对辩证法本身的爱好,他们不因为长途迂回而感到厌烦;他们喜欢行猎并不亚于行猎的收获,喜欢旅途不亚于喜欢到达终点。
> ……哲学在希腊是一种清谈,在练身场上,在廊庑之下,在枫杨树间的走道上产生的;哲学家一边散步一边谈话,众人跟在后面。他们都

一下子扑向最高的结论；能够有些包罗全面的观点便是一种乐趣，不想造一条结实可靠的路；他们提出的证据往往与事实若即若离。……微妙的甄别，精细而冗长的分析，似是而非的难以分清的论点，最能吸引他们，使他们流连忘返。他们以辩证法，玄妙的辞令，怪僻的议论为游戏，乐此不疲；他们不够严肃；作某种研究决不是只求一个固定的确切的收获……真理是他们在行猎中间常常捉到的野禽；但从他们推理的方式上看，他们虽不明言，实际上是爱行猎甚于收获，爱行猎的技巧，机智，迂回，冲刺，以及在猎人的幻想中与神经上引起的行动自由与轰轰烈烈的感觉。

简单地比附当然是不合适的。但范子烨认为这段话对我们理解晋人的清谈有"重要的启示意义"，我还是赞成他的想法。

二

何晏为吏部尚书，有位望，时谈客盈座，王弼未弱冠，往见之。晏闻弼名，因条向者胜理，语弼曰："此理仆以为极，可得复难不？"弼便作难，一坐人便以为屈，于是弼自为客主数番，皆一坐所不及。(《文学》6)

本条颇能说明玄学与清谈的关系。何晏、王弼，皆为魏晋玄学的倡导者，又是风靡一世的清谈家。何晏身份特殊，刘孝标注引《文章叙录》称其"当时权势，天下谈士多宗尚之"；王弼少年天才，何晏极为赞赏他，尝云："若斯人，可与论天人之际矣。"后人所崇慕的"正始之风"，便以何、王为领袖人物，竹林七贤继而倡之，玄学清谈之风，由此而盛。

王、何当时谈论的题目是什么，在这里看不出来，但二人皆"祖述老、庄以立论"，则大要应不出《老》、《庄》、《易》所谓"三玄"的范围。他们一方面有专门的著述行于世，同时仍热衷于雅集聚谈，可知清谈之趣并非单纯的学术探究可以代替的。

从本条也可以看到清谈最基本的方式,即客主论辩。何晏闻王弼来,"条向者胜理"(归纳刚才谈论中优异的见解)邀王弼发难,是为主;"弼便作难",是为客。由于"一坐人便以为屈",承认了王弼的胜利,论辩照理应该结束了,但也许是因为何晏想让这位少年天才充分表现一下,也许是因为王弼自己认为论题中包含的问题尚未得到完全的揭示,意犹未竟,故"自为客主",即自难自答。一问一答为一"番","数番"犹言几个回合。清谈场上的杰出人物在没有敌手的情况下,才会"自为客主",以尽题中之义。

> 钟会撰《四本论》始毕,甚欲使嵇公一见。置怀中,既定,畏其难,怀不敢出,于户外遥掷,便回急走。(《文学》5)

何、王之后,嵇康为玄学领域最负声望的人物,亦最具理辩。钟会想要把自己著的《四本论》送去请他读一遍,因为担心他作难(这里的"难"是指清谈意义上的反驳)而自己无法应付,竟至于从门外把书扔进去,转身就逃跑。照理钟会也是名家子弟(其父钟繇),年辈与嵇康相若,似乎不应该有如此可笑的举动。他大概原来是想与嵇康好好辩论一场,临时胆怯,才弄得这样狼狈。

《四本论》是魏晋之际玄学清谈的一个重要话题,讨论"才"(才能)与"性"(品质、操行)的关系,有才性同、才性异、才性合、才性离四种论点,故称"四本";四本又可分为二组,即主张才性是相同和相合的,反之,则主张才性相异和相离——但这不表示"四本"可以转化为"二本",因为即才性同和才性合也还是两个问题。这一玄学论题如果离开时代背景,纯粹从理论上探讨,它关系到人类文化中某些根本的疑难。我们知道,在宗教思想里上帝是全德全能的,在中国传统思想中,通常情况下,代表完美人格的"圣人"也近乎是全德全能的。这表明人类普遍有一种将才与德充分结合、融为一体的愿望。但人不仅不可能成为上帝,也几乎没有可能成为"圣人"(孟子说"人皆可为尧舜"只是对常人的鼓励)。那么,无才的"德"是否可能或是否有意义?如果没有意义是否说明德不能自足?轻忽操行甚或根本无"德"的人是否有可能具有超凡才能？这种才能是否有价值并值得尊重？如果回答是否定的，是否表明"才"亦不能自足？等等，等等。这一类问题讨论起来会有许多层面，许多相互矛盾之处，它要求伦理哲学向很深处追究。虽然现在看不到魏晋士人关于"四本论"的著作，但既然人们为此争论了近乎百年之久，想必产生过许多精彩的见解吧。可惜。

同时，这个论题关系到人才的识别，又遥承东汉人物品评之风，具有政治实践的意义。所以有些学者认为关于这方面的讨论具有政治背景。如陈寅恪《书世说新语文学类钟会撰四本论始毕条后》一文，即认为主张同、合者偏向司马氏，主张异、离者偏向曹氏。陈先生是公认的大师，重视政治因素是其学术研究的一个重要特点。但"才性四本"的玄学清谈是否具有如此鲜明强烈的政治分野，似仍须进一步研究。一般说来，将魏晋之际玄学清谈的内容与政治局势过于紧密地相对应是不合适的；过多受到政治利益支配的学术讨论，通常不可能呈现为深微细密的状态。

魏晋之际流行的清谈题目，有很多为东晋清谈家所承袭。《老》、《庄》、《易》三玄固为清谈之渊薮，一些专题也很受人们的喜好，并且各人有所专长。

> 旧云王丞相过江左，止道"声无哀乐"、"养生"、"言尽意"三理而已；然宛转关生，无所不入。（《文学》21）

> 殷中军虽思虑通长，然于"才性"偏精，忽言及"四本"，便若汤池铁城，无可攻之势。（《文学》34）

王导所善三理，"声无哀乐"起于嵇康的《声无哀乐论》，"养生"起于嵇康的《养生论》，"言尽意"与"言不尽意"则是魏晋玄学中一组对立的命题，刘孝标注于此下引欧阳坚石（建）《言尽意论》。关于"声无哀乐"，值得一说的是这并不是单纯的音乐论文，它的要旨在于证明儒家的礼乐教化思想"滥于名实"，包含了使艺术与经学相分离的用意，故为世所重。"才性四本"则是殷浩（曾为中军将军）最擅长的论题。《文学》篇中另有一条说到能言善辩的支道林曾在会稽王司马昱处与殷浩言语交锋,支试图避其所长,但"数四交"即大约三四个回合之后,还是落入了殷所擅长的"才性四本"的圈套。司马昱笑道:"此自是其胜场,安可争锋!"

上面提到的"声无哀乐"和"才性四本"两个论题,在东晋乃至南朝似乎特别为人重视。《南齐书·王僧虔传》载其《诫子书》尚云:"才性四本、声无哀乐,皆言家口实,如客至之有设也。"

> 诸名士共至洛水戏。还,乐令问王夷甫曰:"今日戏乐乎?"王曰:"裴仆射善谈名理,混混有雅致;张茂先论《史》、《汉》,靡靡可听;我与王安丰说延陵、子房,亦超超玄著。"(《言语》23)

西晋都城洛阳的洛水之滨,是当时贵族宴游的场所。陆机有《日出东南隅行》诗,描写女子容貌与舞姿的美丽("秀色可餐"的成语即出于此诗),便是以洛滨宴游的风俗为背景的,从中可以感受到一种奢华的享乐气氛。而在《世说》本条记载中,王衍(字夷甫)回答乐广"玩得快乐吗"的提问,却完全不涉及美酒佳肴、音乐舞蹈一类的内容,只述名士清谈的风雅。他提及的参与这次活动的人物,除其本人之外,有裴頠(曾官仆射)、张华(字茂先)、王戎(封安丰侯),都是位高名重之人,大约不只是枯坐清谈终日吧。不过,他想突出真正的快乐来之于智慧的交流与飞扬,由此将这场风雅之会的印迹留在了历史上。值得注意的还有清谈的内容。裴頠说名理而雄辩滔滔(混混,同滚滚,即滔滔不绝之意),固然不离玄学的常轨,但张华说《史记》、《汉书》而娓娓动听(靡靡,即娓娓),王衍、王戎论历史上以清高著名的春秋吴国之延陵季子、汉张良,而高妙明切(玄著,微妙而显明),都与一般的玄学论题无甚关系,与朝廷政治更是全然无涉。这里写出的清谈雅集,首先是一场自由轻快的精神畅游,所以它快乐。西晋的政局是不稳定的,"八王之乱"之后的所谓"五胡乱华",更导致诞育和长期滋养华夏民族及其文化的中原大地在数百年间为异族所统治,所以从来有人对西晋名士所追求的精神游戏深感痛恶。但那种巨大的变局是漫长的历史变化所导致的结果,它的原因不能归诸一时的得失。

　　清谈的内容也有不少是从日常生活中的问题出发,与玄理或有关或无甚关系,它的意义主要不在于思维的高妙,而在于达到对生活的透彻的理解。

　　卫玠总角时问乐令"梦",乐云是"想"。卫曰:"形神所不接而梦,岂是想邪?"乐云:"因也。未尝梦乘车入鼠穴,捣齑啖铁杵,皆无想无因故也。"卫思"因",经日不得,遂成病。乐闻,故命驾为剖析之。卫既小差。乐叹曰:"此儿胸中当必无膏肓之疾!"(《文学》14)

　　这是著名清谈家卫玠儿时的故事。他对乐广这位大名士以"想"解释梦的由来感到不满,因为做梦常常是"形神不接"(犹如今人说"灵魂出窍")的状态,意识与梦失去了联系,如何是"想"呢? 乐广遂为之加上一条解释曰"因"。因者依也,虽非有意之想而别有循依之谓(钱锺书说:"心中之情欲忆念,概得曰'想',则体中之感觉受触,可名曰'因'。"见《管锥编》之《列子张湛注》第四则)。小儿卫玠仍不能十分明白,竟苦思成疾,直到乐广亲自上门为他剖析清楚才痊愈。晋人对世界对生命现象执着的追索,在这小故事显现得格外强烈。

　　殷中军问:"自然无心于禀受,何以正善人少,恶人多?"诸人莫有言者。刘尹答曰:"譬如写水著地,正自纵横流漫,略无正方圆者。"一时绝叹,以为名通。(《文学》46)

　　殷浩与刘惔,差不多可算是东晋最有名的清谈家,他们这一番简约的问答,牵涉的问题却很大。如果说人性本于自然,而事实是善人少而恶人多,是不是意味着自然的人性就是偏向于恶的呢? 如果是,那么应该如何崇尚自然? 这就是殷浩的提问及其潜在的问题;而刘惔以水著地漫流不可能有正方圆之形譬喻人性的自然状态,我们不知道他是有意抑或无意,总之这个答案指向的结论是:自然的人性本来无所谓善恶。这确实会引发深刻的思考,难怪在座的人叹为"名通"(名论)。

三

清谈显示了士族尤其高级士族所具有的文化优势,同时也是士人展示才智并藉此扩大自身在士族社会中的地位与影响的途径,所以它成为士族社交生活中的重要内容;在一场清谈雅集中出色的表现,是令人羡慕的事情,会被士林传为美谈。

裴散骑娶王太尉女。婚后三日,诸婿大会,当时名士,王、裴子弟悉集。郭子玄在坐,挑与裴谈。子玄才甚丰赡,始数交,未快。郭陈张甚盛,裴徐理前语,理致甚微,四坐咨嗟称快。闻其言者,知与不知,无不叹服。王亦以为奇,谓诸人曰:"君辈勿为尔,将受困寡人女婿!"(《文学》19)

王太尉,王衍,他的第四个女儿嫁给裴遐,遐曾为散骑郎。婚后王家大会宾客,席上以注《庄子》著名的玄学大家郭象(字子玄)单挑裴遐作清谈。郭以丰赡之才演铺张之势,裴则从容应答,理致精微,赢得四座称快。岳父大人也不免得意,警告找麻烦的人:"小心被俺女婿所困!"在这一关乎王家体面的场合中,郭象是否有意让裴遐出风头,以满足王衍的虚荣心,真是很难说。但不管怎样,在这里可以感受到高级士族社交生活中清谈的氛围。

殷中军为庾公长史,下都,王丞相为之集,桓公、王长史、王蓝田、谢镇西并在。丞相自起解帐带麈尾,语殷曰:"身今日当与君共谈析理。"既共清言,遂达三更。丞相与殷共相往反,其余诸贤略无所关。既彼我相尽,丞相乃叹曰:"向来语乃竟未知理源所归。至于辞喻不相负。正始之音,正当尔耳。"明旦,桓宣武语人曰:"昨夜听殷、王清言,甚佳,仁祖亦不寂寞,我亦时复造心;顾看两王掾,辄翣如生母狗馨。"(《文学》22)

庾公谓庾亮,东晋成帝时期与王导同为士族政治的两大巨头。其时琅邪王氏势力因王敦谋叛失败而显著削弱,庾氏势力渐有取代之势。咸康年间,庾亮以征西将军的名号都督江、荆等六州诸军事,拥强兵于上游,虽身居外镇,却多干预朝政,王导对之颇为忌惮。大概就在这期间,殷浩被庾亮召为幕中主要僚属,对王导来说,自然希望他在自己和庾亮之间起到调和作用。所以在殷浩离京之际,王导郑重为其送行,而显示他特别器重殷浩的方式,就是他以丞相的尊贵身份,"自起解帐带麈尾",与殷浩这位清谈家"共谈析理",直至三更。这场主客论难,结果是"未知理源所归",也就是并无胜负,不能得出最后结论。但王导以为彼此"辞喻不相负",各尽才思,这已是清谈的佳境,可以媲美"正始之音"。但更重要的目的,恐怕却是在不言之中。

作为一场高层次的清谈雅集,预事者必然对之有所评说,以传人口。桓温(谥宣武)这位枭雄式的人物虽然尚未到达历史舞台的中心,傲气已是十足。他评价清谈主客的表现为"甚佳",认为自己和谢尚(字仁祖,后曾为镇西将军)虽非清谈的主角,却仍有恰当的参与,表明他们对论辩之精微具有足够的理解;可笑的是两王掾(王濛、王述当时均为王导僚属),在一边努动着嘴("辄翣")想说又说不出来,样子活像母狗。这话说得极刻薄,却不能说不生动。

清谈的场面当然并非总是这样温雅。在旗鼓相当、互不相让的情况下,它也会是很激烈的——那被称为"剧谈";剧谈时用严厉的追逼给对方造成压力,谓之"苦"。下面一则所记就是一场有名的剧谈,主角之一仍是殷浩,另一位则是孙盛(字安国):

孙安国往殷中军许共论,往反精苦,客主无间。左右进食,冷而复暖者数四。彼我奋掷麈尾,悉脱落,满餐饭中,宾主遂至莫忘食。殷乃语孙曰:"卿莫作强口马,我当穿卿鼻!"孙曰:"卿不见决鼻牛,人当穿卿颊!"(《文学》31)

谈到废寝忘食,可以说是极富于激情了吧。然尚有甚者,据说是因为清谈丧命的。

卫玠始度江，见王大将军，因夜坐，大将军命谢幼舆。玠见谢，甚说之，都不复顾王，遂达旦微言，王永夕不得豫。玠体素羸，恒为母所禁，尔夕忽极，于此病笃，遂不起。(《文学》20)

卫玠渡江本是投奔王敦去的，在主人处见到名士谢鲲(字幼舆)，谈逢对手，竟然置主人于不顾，"达旦微言"，这是很见性情的。他素来体弱，通宵的清谈导致极度疲劳，竟一病不起，实为可哀。《文学》篇另一则说到谢安与支道林清谈至于"相苦"，其尚在年幼且生病初愈的侄儿谢朗专心旁听，谢朗的母亲王夫人心头着急，在派人传话而谢安仍想留住谢朗的情况下，不顾礼仪，闯入男人的谈场，把自己的儿子抱了出来。清谈虽只是一种高级智力游戏，却非常消耗精力，王夫人显然知道卫玠的故事，所以定要虎口夺子。

四

清谈作为一种生活方式，代表了高贵的身份和高雅的情趣，所以仅有敏捷的才思是不够的；谈家的言谈举止还常常带有艺术化的装饰，呈现一种优雅的美感。

刘尹至王长史许清言，时苟子年十三，倚床边听。既去，问父曰："刘尹语何如尊?"长史曰："韶音令辞不如我，往辄破的胜我。"(《品藻》48)

胡毋彦国吐佳言如屑，后进领袖。(《赏誉》53)

刘惔是清谈的名家，以善于析理著称。他到王濛处清谈，事后王濛的儿子问彼此优劣，王濛承认刘"往辄破的"即论析透彻要胜过自己。倘如清谈只是以析理为目的,那么可谓高下已判,但王濛不认为是这样,因为要论"韶音令辞"即声调和辞藻的美妙,自己还胜出一筹。如此计较,则可以算是打个平手吧。后一条"胡毋彦国吐佳言如屑",刘孝标注:"言谈之流,靡靡如解木出屑也。"意思说他的言谈娓娓动所,像锯木出屑,绵绵不绝,则此所谓"佳言",并不偏重在论析清楚,美丽而动听至少也是很要紧的。

另外,前面引郭象与裴遐清谈一条,刘注引邓粲《晋纪》曰:"遐以辩论为业,善叙名理,辞气清畅,泠然若琴瑟。"这里直用音乐来形容裴遐清谈的语调,意思更清楚。正如余嘉锡先生所说:"晋、宋人清谈,不惟善言名理,其音响轻重疾徐,皆自有一种风韵。"(《世说新语笺疏》)

清谈中标志性的道具是麈尾。进一步,象征着清谈生活方式的麈尾,又被视为高级士族的身份标志。故非士族出身的南齐大将陈显达教训儿子:"麈尾扇是王谢家物,汝不须捉此自逐。"(《南齐书》本传)

古人所谓麈,或是特指某种大型的鹿,或泛指大鹿,又带着些神话色彩。如《埤雅》云:"麈似鹿而大,其尾辟尘。"《名苑》云:"鹿大者曰麈,群鹿随之,视麈尾所转而往,古之谈者挥焉。"所以若以精确的动物学分类来说,麈究竟是哪一种鹿,却不容易说清楚。俗称"四不象"的麋鹿,体型高大,尾长并生有长束毛,其尾大概常被古人用来做麈尾。但"麈"既是一个模糊的名称,是否只能用麋鹿尾做麈尾,恐怕也未必,大概合适的鹿尾都可以用来做麈尾。

麈尾常被人与拂尘混为一谈,但近人的研究,已将两者的形制分得很清楚。一般说的拂尘仅有柄和毛束(通常用马尾毛),麈尾则是上为羽扇,中为扇柄,柄上贯以横轴,两侧饰以麈尾毛。徐陵《麈尾铭》云:"爰有妙物,穷兹巧制。员(圆)上天形,平下地势。靡靡丝垂,绵绵缕细。"大概地描绘出了麈尾的形状。更具体的样子则可以从一些古代壁画、造像上看到。尤为可贵的是,在日本奈良正仓院还收藏有中国古代麈尾的实物(唐代传入,实际年代可能更早),傅芸子于上世纪40年代著《正仓院考古记》,结合亲见实物与古代画像对麈尾形制作了清楚的说明:

> (南仓西棚)麈尾有四柄,此即魏晋人清谈所挥之麈,其形如羽扇,柄之左右傅以麈尾之毫,绝不似今之马尾拂尘。此种麈尾,恒于魏齐维

摩说法造像中见之,最初者当始于云冈石窟魏献文帝时代(公元四六六—四七〇)造营之第五洞洞内后室中央大塔二层四面中央之维摩,厥后龙门滨阳洞中洞正面上部右面之维摩,天龙山第三洞东壁南端之维摩,又瑞典西伦(O. Siren)氏《中国雕刻》(*Chinese Sculpture*)集中所载北魏正始元年(公元五〇四),孝昌三年(公元五二七),北齐天保八年(公元五五〇)诸石刻中之维摩所持麈尾,几无不与正仓院所陈者同形,不过依时代关系,形式略有变化,然皆作扇形也。陈品中有"柿柄麈尾",柄柿木质,牙装剥落,尾毫尚存少许,今陈黑漆函中,可想见其原形。"漆柄麈尾",牙装;"金铜柄麈尾",铜柄,毫皆不存;"玳瑁柄麈尾",柄端紫檀质,毫亦所存无多。按晋时庾亮有诘康法畅麈尾过丽之逸事,可见自晋以来,麈尾已尚华丽,正仓院诸具,犹存其风。又阎立本《历代帝王图卷》中之吴主孙权所持之麈,与陈品之华饰略同,亦一良证。

麈尾之使用起于何时,今不能详考。魏晋清谈以麈尾为道具之例,则始见王衍、乐广,皆《世说》所载:

> 王夷甫容貌整丽,妙于谈玄,恒捉白玉柄麈尾,与手都无分别。(《容止》8)

> 客问乐令"旨不至"者,乐亦不复剖析文句,直以麈尾柄确几曰:"至不?"客曰:"至。"乐因又举麈尾曰:"若至者,那得去?"于是客乃悟服。乐辞约而旨达,皆此类。(《文学》16)

麈尾的手柄非常讲究。王衍肤色白净,执白玉柄麈尾,更映衬了他容貌的"整丽"。乐广一例,则是在不欲繁言的情况下,用麈尾表达微妙的意义。按"旨不至"语出《庄子·天下篇》:"指不至,至不绝。"("旨"为"指"之借)这句话关系到的问题,是人用以"指事"的语言能否真实达到所指之物,即语言符号能否完全代表对象。这个问题极为复杂,一时三刻也说不清楚。而乐广玄谈的特点是"辞约而旨达",所以他用麈尾做两个动作,暗示指称和它所指称的事物之间若即若离的关系。这种避开语言解说，以器具、动作进行暗示的表达方法和后世兴起的禅宗的机锋相似，对于理解中国思想史是颇有意味的材料。

关于麈尾的实用价值，我在很多年以前为《新民晚报》写的一篇题为《麈尾·折扇·香烟》的短文中说起过：在日常生活中，特别是在公众性场合，人们总是有点小小的紧张不安，或内心的矛盾，由此会引起挠耳抓腮拍脑袋之类的小动作，非但不甚雅观，且容易透露出某些未必想透露出的信息。所以有点文化讲究身份的人，身边需要有点器具，把那种无意义不雅观的动作转化为看起来是有意义而且又漂亮的动作，显得洒脱自在。麈尾其实就有这样的作用，后世流行的折扇乃至现在的香烟，虽说不像麈尾那么高贵，却仍有相似之处。一般来说，性格沉稳平静的人抽烟的比率低，而易于激动的人抽烟的比率高，就是很好的证明。此文近年(2005)被人大抄小改用原题发表在浙江的报纸上。这事颇无聊，但不说又恐怕会有误会，也就顾不得煞风景了。

何次道往丞相许，丞相以麈尾指坐，呼何共坐曰："来，来，此是君坐。"(《赏誉》59)

这比以手指座要漂亮多了。又前引殷浩与孙盛剧谈，至彼此"奋掷麈尾"，即用力挥动麈尾，气氛热烈中又有些紧张。若无麈尾，拿个膀子挥来挥去，还像名士清谈吗？又按"掷"有"振"即挥动义，古字书多见。或解此句为拿麈尾扔来扔去，那跟挥膀子差不多，糟蹋麈尾了。

王长史病笃，寝卧镫下，转麈尾视之，叹曰："如此人，曾不得四十！"及亡，刘尹临殡，以犀柄麈尾箸柩中，因恸绝。(《伤逝》10)

英年早逝之人对命运的悲慨、对人世的留恋，常常借一种对于他最有意义的器具表达出来。将军抚剑，谈士如王濛则"转麈尾视之"；倘说人生如戏，那便是他在世间言笑风雅的道具。

第九讲

幽默与谐趣

一

林语堂《论幽默》说:"幽默本是人生之一部分,所以一国的文化,到了相当程度,必有幽默的文学出现。人之智慧已启,对付各种问题之外,尚有余力,从容出之,遂有幽默——或者一旦聪明起来,对人之智慧本身发生疑惑,处处发见人类的愚笨、矛盾、偏执、自大,幽默也就跟着出现。"这话说得大概不错。但"相当程度"是什么程度呢?他避开不谈。我想有一个前提是必要的,就是思想拥有所需要的自由,因而智慧可以获得滋养。在具有愚化作用的官方意识形态十分强大的年代,人心会变得麻木、虚伪,这对诙谐的趣味有着抑制的作用,使之不得生长。

林语堂又提出,在中国,"到第一等头脑如庄生出现,遂有纵横议论捭阖人世之幽默思想及幽默文章,所以庄生可称为中国之幽默始祖"。庄子当然是绝顶聪明,能够洞察世人的愚蠢和荒谬,他和他的门徒富于智慧的思考,对启发后人的幽默和谐趣益处多多。不过庄子的生活态度还是多了些激愤,他的情感在内里是悲哀的,所以要"从容出之"就很困难。林语堂封他做"幽默始祖",意思是不是觉得他离真正意义上的幽默还有点距离呢?不晓得。

幽默、谐趣一类东西,本来不是给人用做考证题目的,我亦没有能力描述中国文学或文化中幽默精神的演变史。但要说在一个时代的精神生活中,幽默和谐趣被视为智慧的灵妙的表现而受到人们普遍的推崇和喜好,则首见于魏晋;记录这种时代精神风貌的书,就是《世说新语》。

从东汉末到西晋,战乱、灾害不断发生,上层的权力斗争亦层出不穷,波澜险恶,人命危浅成为士人普遍的忧惧。但这个时代思想是自由的,人之智慧在这种自由空气之中,各抒性灵,自成一路,酸腐气息就少。至于太平的时光虽然有限,但日子终究是各样的,奇想异趣还是要找机会来发出光彩。《三国志》及裴松之注便多载时人喜好滑稽嘲戏的事迹,像曹操、孔融、孙权都在其列。葛洪《抱朴子》也言及西晋士人"嘲戏之谈,或上及祖考,或下逮妇女"的风气。到了东晋,在生活状态较前更为从容的情况下,士人承袭了前人对语言的机智的重视,在清谈和日常言谈中,幽默和谐趣表现得也更为突出。

我们把这一讲接在关于清谈的一讲之后,是因为魏晋士人风趣的言谈常常是与清谈联系在一起的。进一步说,沉湎于语言的游戏,藉此来显示智慧,是这一时期文化的显著特征,而清谈则是它的核心。至于标题上"幽默"与"谐趣"当如何区分,大约各人均能意会,要说清楚却有些困难。"幽默"一词在古汉语中虽偶见使用,但其意义为寂静无声(《楚辞·九章·怀沙》中有"眴兮杳杳,孔静幽默"之句);表示有趣或可笑而意味深长之义,是林语堂在20世纪20年代对英语 humor 一词的翻译,最早见于在北京出版的《语丝》杂志。它以音译为主而兼采汉语字面的某种微妙感觉,与原本表示寂静无声的"幽默"一词却无甚关系。不过林语堂的解释(主要是引西洋人)实在有点复杂乃至故弄玄虚,如果简化一点,其要点大抵在于:心灵的妙悟,对人世(包括自身)的愚妄、矫揉、虚夸、偏执等种种毛病明于鉴察却并不苛责,从容、自然却又令人意外的表达,等等。至于"谐趣",它的一部分与"幽默"交叠,或者说幽默总是带有谐趣的味道,而比较单纯和直露但又不至于降为恶谑的嘲戏、滑稽、调侃之类,大概就是留下的部分了。不过,这种分辨说多了就容易出毛病,也就到此为止罢。

二

郗太傅在京口,遣门生与王丞相书,求女婿。丞相语郗信:"君往东厢,任意选之。"门生归,白郗曰:"王家诸郎,亦皆可嘉,闻来觅婿,咸自矜持。唯有一郎在床上坦腹卧,如不闻。"郗公云:"正此好!"访之,乃是逸少,因嫁女与焉。(《雅量》19)

前面说到魏晋士人风趣的言谈常常是与清谈联系在一起的,不过幽默的表达有时也可以一言不发,像王羲之(字逸少)坦腹东床的故事就是佳例。

文中郗太傅指郗鉴,他的那个后来嫁给了王羲之的女儿名"璿",据说是美女。关于郗鉴在东晋前期所拥有的军事实力及政治地位,田余庆《东晋门阀政治》一书中解析得很清楚,简单而言,当王导与庾亮所代表的两大家族发生对峙时,郗鉴在京口的力量对维护王导执政中枢提供了重要的支持。所以当郗鉴派人求婚时,王导令诸子侄会于东厢,让使者(晋人称使者为"信")任意挑选,这是给郗家很大的面子。而王家诸郎对于能否被选中都很在意,凡事一有得失之计较便难免紧张,紧张便导致矫揉,所以"咸自矜持"。王羲之是王导堂侄,其父早亡,身为族长的王导对他并不十分亲近。如果被郗家选中,对他当然很有好处。但急于得到一个好老婆而弄得自己心魂不安也是颇为失态的事情,索性他就拖个躺椅(古谓之"床"),坦着肚子睡下来了。其他各位心不在焉,未必注意羲之的举动,其实整个场面已经被他弄得充满滑稽的气息。在一种紧张的氛围中,表现出幽默感就是表现出心智的优越,郗公有识,明白"正此好!"

坦腹东床的故事非常有名,后人的评点也不少。一般人都说得费力,李卓吾但云"此婿好肚皮"(《初潭集》卷一),我看也是"正此好"。

顺带说一句,最近有报道说,有人从北京买到了王羲之夫人郗璿的墓志石,不过那块石头被证明是假造的。

殷荆州有所识,作赋,是束皙慢戏之流。殷甚以为有才,语王恭:"适见新文,甚可观。"便于手巾函中出之。王读,殷笑之不自胜;王看竟,既不笑,亦不言好恶,但以如意帖之而已。殷怅然自失。(《雅量》41)

这也是一个一言不发的幽默故事。文中殷荆州指曾任荆州刺史的殷仲堪,他和孝武帝皇后的兄长王恭均是东晋后期政治舞台上的重要人物。殷仲堪读到某个熟人所写一篇"慢戏"即游戏、滑稽性质的赋,如西晋时束皙所作的那一类,觉得颇有才华,特地向王恭推荐。抄写那篇赋的纸卷被他收藏在手巾匣中,可见很珍爱。王恭拿过来读,殷一边听一边大笑,简直受不了似的,王恭却毫不动声色,读完,不说好也不说坏,只是用自己的如意去压平那纸卷("帖"用作动词,弄服帖),意思好像说:"好纸啊,弄皱了可惜!"这使得兴冲冲大笑不已的殷仲堪转不过弯来,说什么都不对劲,只能是"怅然自失"。

以上两则均收在《雅量》篇。但关于殷仲堪的这一则实在想不明白与"雅量"何关。王恭的举动看起来温厚,其实很让人尴尬。

阮仲容、步兵居道南,诸阮居道北;北阮皆富,南阮贫。七月七日,北阮盛晒衣,皆纱罗锦绮。仲容以竿挂大布犊鼻裈于中庭。人或怪之,答曰:"未能免俗,聊复尔耳。"(《任诞》10)

七月七日晒衣或晒书是古代的一种习俗。对"北阮"——富裕的同宗在夏日下铺锦列绣、光色烂然的场面,阮咸(他和叔父阮籍——即上文中的"步兵",籍曾为步兵校尉——同列于"竹林七贤")也在自己的院子里竖起一根长竹竿,上挂一条粗布大短裤,作为呼应。这是自嘲吗? 好像是,又未必尽然。所谓"犊鼻裈"是一种长仅及膝的裤子,是"佣保"之徒即体力劳动者的衣服,从前司马相如和卓文君私奔后,为了使文君的父亲感到难堪,夫妻俩开了个小酒店,文君当垆,相如便穿着犊鼻裈在那里洗杯刷盘子。"南阮"虽贫,但那是从士大夫地位上说的"贫",犊鼻裈也许偶尔穿着玩,但绝不是他们日常穿的东西。再则阮咸既然"尚道弃事,好酒而贫"(刘孝标注引《竹林七贤论》),以豁达纵放自许,也没有理由计较贫富,一定要用自嘲的法子达到心理解脱。那么,是讽刺对方的俗气? 好像是,又未必尽然。富裕的"北阮"晒一大堆"纱罗锦绮",或许有炫耀的意味,令人讨厌,但终究七月七晒衣既是习俗也是生活需要,你不能够挂一条粗布短裤让他们自惭。整个这件事情只在一个好玩,遍地"纱罗锦绮"和一面旗帜似的孤悬于长竹竿上的大布犊鼻裈彼此映照,透出一种令人忍俊不禁的滑稽。有一个笑颜高浮于这一切之上,那就是人的智慧对人的局促不安的嘲讽,那就是幽默。

元帝皇子生,普赐群臣。殷洪乔谢曰:"皇子诞育,普天同庆。臣无

勋焉,而猥颁厚赉。"中宗笑曰:"此事岂可使卿有勋邪?"(《排调》11)

本条牵涉到性方面的内容,严格说起来是带有点"猥亵"意味。幽默滑稽的故事或笑话常常与情色相关,古今中外皆然,这证明它在人性上是有依靠的;至于到何种程度可以容忍,则取决于具体的社会风俗。《世说新语》是一部趣味高雅的书,收入此条,表明它在编著者看来并不过于鄙俗。

这个故事的有趣之处在于:殷羡(字洪乔)的感恩之辞纯属惯套,这种套话到时张口即来,不须斟酌;但在某种特殊的条件下,套话不知不觉地就包涵了荒谬的成分。晋元帝在父亲的位置上自然比他人敏感,忍不住把殷羡言辞中内藏的滑稽给揭示出来:皇帝生儿子,难道你打算建立什么功勋吗?想必朝堂之上,众人无不粲然。

皇帝在隆重的朝廷聚会中说"黄段子",这也反映了那一时代颇为特别的气氛。

何次道往瓦官寺礼拜甚勤,阮思旷语之曰:"卿志大宇宙,勇迈终古。"何曰:"卿今日何故忽见推?"阮曰:"我图数千户郡,尚不能得;卿乃图作佛,不亦大乎?"(《排调》22)

人在现实条件下能够得到的东西总是有限的,却相信可以从虚空里获得无限大的果实。这是人性的一种可笑的常态,它的各种表现经常成为嘲讽的对象。

阮裕(字思旷)调侃何充(字次道)的故事,是一种典型的表现幽默的方式:他先给对方一个超常的赞美,引起对方情绪上兴奋的期待,而后在进一步的解释中转到一个意外的方向,使原来的情绪完全被瓦解。愚拙的人也许会因为受到挖苦而恼火,聪明人却由自身心情的一紧一松,由尴尬而失笑。

郝隆为桓公南蛮参军。三月三日会,作诗。不能者,罚酒三升。隆初以不能受罚,既饮,揽笔便作一句云:"娵隅跃清池。"桓问:"娵隅是何物?"答曰："蛮名鱼为婢隅。"桓公曰："作诗何以作蛮语?"隆曰："千里投公,始得蛮府参军,那得不作蛮语也?"(《排调》35)

东晋永和初年,桓温任安西将军、持节,都督荆、司、雍、益、梁、宁六州诸军事,领护南蛮校尉、荆州刺史,位高权重。在桓温所兼各职中,南蛮校尉是不太重要的一个。郝隆所任南蛮参军,是南蛮校尉官署中幕僚性质的职务。

这个故事在表现幽默方面与前一则有异曲同工之妙。郝隆首先做出一个不合常规的举动(以蛮语作诗),引起桓温的疑问,然后在进行解释时,把问题转换到一个意外的方向上去。"蛮府参军当用蛮语作诗",这个解释当然是荒诞的;但郝隆意在说明它是另一个荒诞——千里投公始得蛮府参军——的产物,由此从被追问的位置转换到反诘的位置。

在上司面前对自己的职位表示不满,在一般情况下这是相当严重的事情。但郝隆以幽默的方式来表达,就消解了原本难免的紧张。——幽默经常被这样使用。

高坐道人不作汉语。或问此意,简文曰："以简应对之烦。"(《言语》39)

顾长康啖甘蔗,先食尾。问所以,云："渐至佳境。"(《排调》59)

高坐是一位西域和尚("道人"是当时对僧人的通称),刘孝标注引《高坐别传》称其胡名为"尸黎密","天姿高朗,风韵道迈",深受东晋士大夫礼敬。当时来华的异域僧徒不少,通常都学汉语,而高坐仍是操胡语,与人言全凭传译。其原因并无记载,司马昱对他人疑问的回答,既非被授权代言,亦非知情而转述,他只是借高坐之事描述自己对人生的理解和想象:人世的言语大多是没有意义也不值得说的,因而默对烦言乃是人生之佳境。

顾恺之一条也很奇妙。甘蔗从哪一头吃起,只能说是琐细的日常习惯,定要"问所以",真乃痴问。而顾恺之给出"渐至佳境"如此美妙的回答,它的诗意与食甘蔗完全不相称,也可以说是痴对。但前者之"痴"无聊无趣,后者之"痴"有情有味，令人于意外中心弦一动。

以上两则的共同特点是答非所问，归趣玄远，是《世说新语》中令人喜爱的短章。

三

魏晋清谈在很大程度上是智慧的较量。受这种风气影响，士人在日常聚会中也喜欢以言语争胜，出语欲其灵妙，应对务求过人。因为这主要是语言游戏，所以诙谐风趣的效果最受人喜爱。

邓艾口吃，语称"艾艾"。晋文王戏之曰："卿云'艾艾'，定是几艾？"对曰："凤兮凤兮，故是一凤。"（《言语》17）

《论语》记载，有"楚狂接舆"路遇孔子，为歌曰："凤兮凤兮，何德之衰！往者不可谏，来者犹可追。已而已而，今之从政者殆而。"意思说世事不可为，劝告孔子不要再试图从政。这类文字古人是很熟悉的，邓艾记得它也不算稀奇。但当司马昭拿他的口吃来开玩笑时，仓促之间，他能用举出文献中现成的句子作天然的佳对，而且毫不费力地借接舆暗喻孔子的"凤"暗喻自己，这种机敏实在是不容易的。邓艾是率军平蜀的大将，并不在文士之列，关于他的这则佳话令人感觉当时语言游戏的风行。

晋武帝问孙皓："闻南人好作《尔汝歌》，颇能为不？"皓正饮酒，因举觞劝帝而言曰："昔与汝为邻，今与汝为臣。上汝一杯酒，令汝寿万春！"帝悔之。（《排调》5）

西晋灭吴后，吴主孙皓投降，被封为"归命侯"——这个名称多少带有侮辱性。在宴会中，晋武帝司马炎又诱劝孙皓为他唱歌，这也是显示胜利者之优势地位的骄傲的姿态。《尔汝歌》究竟是什么性质的歌谣,我们不太清楚,从题目来看,可能是民间情歌一类。因为"尔"、"汝"都属于亲切而不讲究礼貌的第二人称。于是孙皓当场作歌,不仅内容貌似称颂而暗含讥讽,更且四句之中句句用"汝"。本来,"汝"可用于同等辈分、身份而关系亲密的人之间,也可用于上对下,但绝不能用于下对上。以两人的身份关系而言,孙皓原本永远没有资格以"汝"称司马炎,但这次是奉命而作,不妨大大地"汝"了一把。是以"帝悔之"。

孙皓在东吴做皇帝很不得法,到洛阳做"归命侯"却颇为机警。尤其为晋武帝唱《尔汝歌》,在劣势处境下以幽默的手段来攻击对手,聪明得可以。

荀鸣鹤、陆士龙二人未相识,俱会张茂先坐。张令共语。以其并有大才,可勿作常语。陆举手曰:"云间陆士龙。"荀答曰:"日下荀鸣鹤。"陆曰:"既开青云,睹白雉,何不张尔弓,布尔矢?"荀答曰:"本谓云龙骙骙,定是山鹿野麋,兽弱弩强,是以发迟。"张乃抚掌大笑。(《排调》9)

这是魏晋语言游戏的一个非常著名的例子。主人张华——身为宰相的文学名流,请二位客人作一番足以显示大才的对谈。陆云(字士龙)出语不凡,"云间陆士龙",表面上只是普通的自我介绍:陆为华亭人,华亭古名"云间",但这句话又双关"我乃云间之龙"的隐意;更有,当时虽然还没有平仄四声之说,但文人已经注意到汉语声韵的高低扬抑之美,此句用后来确定的格律来看,正是平平仄仄平。那么荀隐(字鸣鹤)呢,一句"日下荀鸣鹤",与对手的出语完全相当:"日下"是时人对京城洛阳的美称(犹言"天子脚下"),荀隐为颍川人,距洛阳甚近,故自称日下之人(此据徐震堮先生《世说新语校笺》之说);《诗经》有"鹤鸣于九皋,声闻于天"之句,所以这一句又双关"我乃太阳下一鸣惊天之鹤"的隐意;从声调来说,它恰恰是仄仄平平仄。

陆云接下去的一句是带有攻击性的:云开了,看到的是一只白野鸡(隐意:哪里有什么鹤呀),你为何还不张弓放箭? 荀隐则照样反击:本以为真有什么云中之龙,其实不过是头野鹿,拿了射龙的弓箭去射鹿,实在是没意思。

如果只看字面之巧妙,双方可谓旗鼓相当。但论难度,应对的人难度更大,所以只要不落下风,便是胜家。

王文度、范荣期俱为简文所要。范年大而位小,王年小而位大。将前,更相推在前,既移久,王遂在范后。王因谓曰:"簸之扬之,糠秕在前。"范曰:"洮之汰之,砂砾在后。"(《排调》46)

这则小故事可以看出晋人生活的双重性,就是既有正经的一面,又有戏谑的一面,而且他们常常在两者之间进进出出。当王坦之、范启一起参见司马昱时(这大概是他以会稽王身份任丞相时),他们为应该是谁走在前面而相互推让:范启说应该按官位高低,请王坦之走在前面;王坦之说应该按年纪大小,请范启走在前面,真是谦虚得厉害(类似情形在我们今日的生活中还经常可以看到)。这事儿完了,又开起玩笑来,却是毫不客气。走在后面的王坦之嘲笑范启,说是就像扬谷子,簸之扬之,糠秕就跑到前面去了;范启还击,说就像淘沙金,洮之汰之,砂砾就掉在后面了。总之,礼仪要讲究,却不能因此使心智僵化。

《世说新语·排调》一门中还记载了多例以他人家讳开玩笑的故事(在言谈中禁用与祖、父名字相同的字,谓之"家讳";社交场会中,必须预先了解并避免触犯他人的家讳),葛洪深感不满时人以嘲戏为乐而"上及祖考",即指此。这看起来也很矛盾:魏晋时代重视家族本位,所以避家讳是一桩很庄重的讲究。某人父亲已亡故,在社交场合别人不经意间用到讳字,他就当场痛哭起来。那又怎么可以故意拿别人祖、父的名字开玩笑呢?有人对此感到不可解。其实道理是一样的,就是他们的生活同时存在正经与戏谑的两面,可以并行而不悖。当然这里面也有一定的规则,否则什么都搞乱了。

在上述矛盾现象中,是不是暗藏着一种深有意味的哲理和心理呢?就是:庄重的事物虽必须存在,但也需要用戏谑的手段给予适当的消解。这很值得想一想。

桓南郡与殷荆州语次,因共作"了"语。顾恺之曰:"火烧平原无遗燎。"桓曰："白布缠棺竖旐旗。"殷曰："投鱼深渊放飞鸟。"次复作"危"语。桓曰："矛头淅米剑头炊。"殷曰："百岁老翁攀枯枝。"顾曰："井上辘轳卧婴儿。"殷有一参军在坐，云："盲人骑瞎马，夜半临深池。"殷曰："咄咄逼人！"仲堪眇目故也。(《排调》61)

桓南郡，桓温之子桓玄，袭爵南郡公。所谓"桓南郡与殷荆州语次"，大概他们开始有一些要紧的事商议，随后则是一群人相聚选题目做语言游戏。"作了语"，是描述终了、结束的状态，"作危语"，是描述危险的情境。"火烧平原无遗燎"，一把大火将原野草木烧尽；"白布缠棺竖旐旗"，人生到此宣告结束；"投鱼深渊放飞鸟"，都是一去不回，也是一种"了"。虽是游戏，背后暗含"凡事皆有了"的感慨。了则了矣，将了未了，尤多可惧，所以又"作危语"。桓玄所说是刀口觅食的意思，殷、顾所举事例则是令人惊惧的具体场景，而参军之语乃臻绝妙：盲人骑马已是一"危"，竟然骑瞎马，竟然临深池，竟然夜半临深池！将危险因素层层加码，令人惊心动魄。或说"盲人骑瞎马，夜半临深池"，十字中写出四层"危"，其实还不止，因为在座有对此危境特别敏感的人——殷仲堪眇一目。难怪他要大呼"咄咄逼人"！

第十讲

士族的婚姻与家庭

一

士族在魏晋南北朝社会中享有多种特权,他们的权益得到国家法律制度和不成文法的保障。台湾学者毛汉光《中古社会史论》一书统计中古时期统治阶层(以五品以上官职为基准)中各种社会成分,自两晋至南朝士族所占比率均占半数以上的多数,其中东晋更达百分之八十左右。尽管不能说庶族没有进入统治阶层的机会,但难度要大得多。

仕宦对士族的社会地位当然有重要的意义,但这并不是唯一的因素,士族——尤其公认的世家大族,由于其势力根基深厚,他们的声望与地位具有相当强的稳定性。这种家族即使接连数代出现仕途滞涩,也未必就会彻底沉沦,常见的情形反是依然受人尊崇。相反,庶族人士尽管由于各种机缘(譬如受到皇帝的宠爱或信用)而进入政治结构的上层,他们的社会地位仍不能与世家大族相提并论。此种事例不胜枚举,此处仅录两则。《晋书·庾纯传》载,西晋贾充位列宰辅,女儿为惠帝皇后,庾纯仍然当面嘲笑其先人出自市井。《南史·王球传》载,中书舍人徐爰为宋文帝所宠爱,帝命王球及殷景仁"与之相知",王球却推辞说"士庶区别,国之章也,臣不敢奉诏"。总之,士族作为在漫长的历史年代中形成的一个贵族阶层,它的高贵被认为是由血统决定的。

恩格斯在《家庭、私有制和国家的起源》中说过一句名言,对于封建贵族而言,"结婚是一种政治行为,是一种借新的联姻来扩大自己势力的机会,起作用的是家族的利益,而决不是个人的意愿"。在讲究门第的魏晋南北朝,为了防止贵贱、尊卑不同的血统间的混淆,士族在婚姻上实行严格的内部通婚制度,以确保血缘上的纯洁性。而且,由于士族内部也是有等级的,高门大族通常也不与一般士族通婚。这样一种制度和习俗,目的就在于维护既存的等级秩序,维护士族所享有的垄断性和世袭的权益。清人赵翼在《陔余丛考》中就指出了这种关系:"魏氏立九品,置中正,尊世胄,卑寒士,选举之权遂归右姓,下品无高门,上品无寒士。当其入仕之初,高下已分,迨及论婚之际,门户遂隔。"

多个家族通过婚姻的纽带联系在一起,其实际意义还在于构成家族之间共同的利害关系。在通常情况下,这种婚姻关系虽然不等于政治联盟,但双方的相互支持却是不言而喻的,这对增进彼此的利益具有很大的好处。前一讲我们引了王羲之"坦腹东床"的故事,就提到王导看重郗鉴的求婚(为女择婿),就是因为他看重郗家在京口的军事实力。而一旦有意外事故,又可相互救助,从而提高一个家族抵御险恶的政治风波的能力。东晋时,谯国桓冲(桓温弟)娶琅邪王恬女,桓冲侄女(桓玄姐)嫁王敬弘,两族为两代姻亲。至司马元显执政,兴兵征桓玄,初欲"尽诛诸桓",王恬侄王诞有宠于元显,出手援救,使桓冲子桓修等人幸免于难;后来司马元显兵败被杀,王诞由于是元显党人,将被诛,幸得桓修为他求情,乃流徙到广州。这是一个颇为典型的例子。

士族的成员依赖家族的力量获得个人的利益,家族愈是兴盛,个人的机会愈多。与此相应,个人也理所当然地对家族负有各种义务。对他们来说,"家"首先不是一个小家庭,而是同一父系血缘内包含几代人和众多人口的大家族。

魏晋南北朝时代,中原宗族普遍实行共同聚居制度,黎虎《汉魏晋北朝中原大宅、坞堡与客家民居》一文论之颇详。文中引《魏书·卢度世传》:"父母亡,然同居共财,自祖至孙,家内百口……亲从昆弟,常旦省谒诸父,出坐别室,至暮乃入。"黎氏指出:"这个百口的大家族,子弟们每天早晨省谒诸父,当是在公共的厅堂中进行,行礼后则回到各自的'别室'去,这显然是一座容纳百口居住的巨大宅第。"北方还有许多坞堡,这是一种封闭性并具军事防御能力的宗族聚居场所。南方士族情况有较多变化,他们在京城中的宅第规模未必很大,但大士族通常另有庄园,建有园林式的别墅。《晋书·谢安传》称谢安"于土山营墅,楼馆竹林甚盛,每携中外子侄往来游集",《宋书·孔灵符传》称孔灵符"于永兴立墅,周回三十三里,水陆地二百六十五顷,含带二山,又有果园九处",这些都是典型的士族庄园。这些庄园、别墅虽然未必像中原的大宅、坞堡那样成为众多家族成员聚居的地方,但它至少经常用于家族成员的聚会。

　　士族虽然拥有诸多特权,但一个家族能否持续地占有优势地位,仍然要依靠政治上的成功,因此家族中有无优秀人才出现至关重要。东晋百年,可以说是几大士族在相互制衡的情况下轮流执政的历史,这种轮替的关键因素之一就是看哪一个家族出现了众望所归的人物。因此,士族家庭对子弟的教育看得很重,尤其一族之长,更担负着在整个家族范围内培育人才、对优秀子弟加以特殊关照和提携的责任。

二

　　王浑妻钟氏生女令淑,武子为妹求简美对而未得。有兵家子有俊才,欲以妹妻之,乃白母,曰:“诚是才者,其地可遗,然要令我见。”武子乃令兵儿与群小杂处,使母帷中察之。既而母谓武子曰:“如此衣形者,是汝所拟者非邪?”武子曰:“是也。”母曰:“此才足以拔萃;然地寒,不有长年,不得申其才用。观其形骨,必不寿,不可与婚。”武子从之。兵儿数年果亡。(《贤媛》12)

　　这是一则关系到士庶通婚问题的故事。太原工氏为魏晋大姓,其地望原本还高于琅邪王氏,至东晋因王导成为开国元勋的缘故,两者才大抵相侔。王浑是西晋灭吴的主将之一,仕至司徒,“武子”是其子王济的字。王浑和妻钟氏(名琰之)所生的女儿既然美貌而贤惠(“令淑”),为什么没有找到好婆家,这有点费解,通常是另有什么缺陷;王济欲从非士族中为妹择婿,想必是有不得已的考虑。后面所说的“兵家子”其实是指没有文化士族背景的军界人士的子弟,绝非一般所谓“当兵人家的孩子”;王浑曾领军,他们的社会关系中会有一些这样的人物。钟夫人听儿子说有那么一位“有俊才”的“兵家子”可以做他们家的女婿,回答“诚是才者,其地可遗”——如果确实有俊才,门第可以不论,这表明士庶不通婚并非绝对的规则,特殊条件下这也是可以考虑的。但在仔细观察了对象之后,她又说出了另一番道理:寒门出身的人,如果没有相当长的年代,不可能达到显要的职位,即使有才,也没有展现的机会。这位兵家子非长寿之相,所以其才虽"足以拔萃",却是徒然的。结果当然是取消了与之通婚的念头。

这个故事主要表彰钟氏鉴识人物的眼光。但这里其实存在问题:假定钟氏能够确定王济所中意之人是个短命鬼,这已经构成足够的否定理由——即便是名家子弟,也不是可以考虑的对象。所以说她当时就看出那位"兵家子"不得长寿,恐怕是后来附会上去的内容。她说"然地寒,不有长年,不得申其才用",原本的意思大约仅仅是说寒门子弟想要出人头地实在不容易,虽有俊才也会耽误女儿一生,总之是不愿把女儿嫁给他。正是因为在那一时代中,庶族出身的人往往空负异才,抱屈而终,士族家庭即使意识到单纯以门第看人的荒谬,但从实际利益考虑,也难以接纳他们。

> 周浚作安东时,行猎,值暴雨,过汝南李氏。李氏富足,而男子不在。有女名络秀,闻外有贵人,与一婢于内宰猪羊,作数十人饮食,事事精办,不闻有人声。密觇之,独见一女子,状貌非常,浚因求为妾。父兄不许。络秀曰:"门户殄瘁,何惜一女? 若联姻贵族,将来或大益。"父兄从之。遂生伯仁兄弟。络秀语伯仁等:"我所以屈节为汝家作妾,门户计耳! 汝若不与吾家作亲亲者,吾亦不惜余年!"伯仁等悉从命。由此李氏在世,得方幅齿遇。(《贤媛》18)

这也是一则关于士庶通婚的故事,与前一则不同的是,在这个故事里婚姻是成功的。一个富足人家的漂亮而又极其能干的女孩,宁愿给周家作妾,只是因为自家"门户殄瘁",指望"若联姻贵族,将来或大益";而这个女孩由于牺牲自己,提高了李家的社会地位,最终得到人们普遍的赞美,被选入"贤媛"的行列,由此可以看到门第在人们心目中的分量。

通常说来,庶族家庭与士族名门联姻后,会在士族的社交圈子里获得一定的礼遇。但纳妾并不算正式的联姻。李络秀最后能够达到原初的目的,还经过了第二个环节:她的亲生儿子周颛周嵩兄弟。尤其周颛(字伯仁),是司马睿称帝以前移镇江东时的僚属,后官拜荆州刺史、吏部尚书,为东晋开国重臣。李络秀以命相逼,要求周家与李家"作亲亲"即当作亲戚来亲近,这才换来"李氏在世,得方幅齿遇(在贵族公开的社交场合获得礼遇)"的善果。真是辛苦一生。

这个故事还有一个有意思的地方:刘孝标注引《周氏谱》"浚取同郡李伯宗女"的记载,认为"此云为妾,妄耳"。看来事情有两种可能:一是周浚原本就是将李氏女作为妻子娶回家的。李氏富足,周家考虑金钱的因素而忽略门第,这也不是不可能,中外贵族社会都有类似情况。但周围的人们不承认这是合法的正式婚姻,仍然认为李氏是妾,并且不给李家以"方幅齿遇",直到周浚死后,周顗成为周家的主人,迫于母命,才努力实现了李氏的愿望。还有一种可能是李氏原来确是妾的身份,但周顗成为周氏宗族的族长之后,不愿承认自己为妾所生,所以在族谱上改写了父母的婚姻性质,这等于是一种"追认"。不管怎么说,《世说》与《周氏谱》的不同,背后必有深刻的原因,绝非简单的"妄耳"。

门第不对等的婚姻所引起的暧昧情形另有一例,可以并观:

王浑后妻,琅邪颜氏女。王时为徐州刺史,交礼拜讫,王将答拜,观者咸曰:"王侯州将,新妇州民,恐无由答拜。"王乃止。武子以其父不答拜,不成礼,恐非夫妇;不为之拜,谓为颜妾。颜氏耻之。以其门贵,终不敢离。(《尤悔》2)

王浑前妻、王济(武子)之母钟氏身出名门,后妻出于琅邪颜氏,按说也并非庶族寒门,只是不如太原王氏显贵而已——或许此女属于颜氏宗族中衰弱的支系,但总还在士族之列。而王济是娶晋武帝常山公主为妻的(不过古代与公主结婚只能说"尚",高攀的意思,不可说"娶"),这人以有才华、骄横、奢侈著名,是个典型的贵公子。他看不起后母,竟然称她为"颜妾",而颜氏竟然忍气吞声,只为"以其门贵,终不敢离"。门第压人,一至乎此!

王浑与颜氏女没有完成交拜之礼,这事有点奇怪。从常情来说,以王浑这样的身份,他的婚礼程序不可能因旁人的插嘴而临时改变。很可能婚礼原来就安排得有点简化,这就成了王济的一个借口。而王济用这样鄙视的态度对待自己的后母,正是为了凸显其父母两系血统的华贵。

> 王右军郗夫人谓二弟司空、中郎曰:"王家见二谢,倾筐倒庋;见汝辈来,平平尔。汝可无烦复往!"(《贤媛》25)

这里的"郗夫人"就是王羲之(曾官右将军)"坦腹东床"得来的老婆,太尉郗鉴的女儿。她的两个弟弟,郗愔做过司空,郗昙做过北中郎将。"二谢"指谢安、谢万。

琅邪王氏与高平郗氏、陈郡谢氏都通婚,而从家族声望来说,王、谢略高于郗氏。在郗夫人眼中,王家的人看到二谢来,兴奋得不得了,但对她的两个弟弟却是平平。这也许有纯属个人的原因,譬如二谢与二郗相比,更容易让人亲近之类。但郗夫人首先感觉到这是王家对郗家的不尊重,是势利眼的表现;她让两个弟弟不要再登王家门,这也是给他们一个脸色,一个警告。而郗夫人对家族尊严的敏感和维护,也受到人们的赞美与尊重。

> 王文度为桓公长史时,桓为儿求王女,王许咨蓝田。既还,蓝田爱念文度,虽长大,犹抱著膝上。文度因言桓求己女婚。蓝田大怒,排文度下膝,曰:"恶见文度已复痴,畏桓温面? 兵,那可嫁女与之!"文度还报云:"下官家中先得婚处。"桓公曰:"吾知矣,此尊府君不肯耳。"后桓女遂嫁文度儿。(《方正》58)

这是《世说新语》一则有名的故事,内中包含一些复杂的因素,向来的解说似乎都不够透彻。故事中一对父子,父王述为王浑曾孙,袭封蓝田侯,子王坦之,字文度。

东晋穆帝年间,桓温通过征蜀、北伐等一系列重大军事行动建立威权,至哀帝初,以征西大将军加拜大司马,都督中外诸军事,并假黄钺,成为东晋最高军事统帅。其大司马军府幕僚皆精心选择,有太原王氏的王坦之,琅邪王氏的王珣,高平郗氏的郗超,陈郡谢氏的谢玄,无不是东晋最高门第的俊彦(唯有桓温用力打击的颍川庾氏无人入幕,这也是当然之事),他们成为大司马府的华贵的标志。此时桓温提出要娶王坦之的女儿做儿媳,就官位而言,那是官长向下属要求通婚,王家应该兴高采烈才是;然而王坦之向父亲王述报告之后,却遭到痛斥,王述并且用非常不屑的口气谈论桓家的意图:"当兵的,哪能把女儿嫁给他!"《世说》将此则列入《方正》门,意思就在表彰王述不畏权势,凛然有风骨。

余嘉锡《世说新语笺疏》谓:"盖桓温虽为桓荣之后,桓彝之子,而彝之先世名位不昌,不在名门贵族之列,故温虽位极人臣,而当时士大夫犹鄙其地寒,不以士流处之。"其他研究著作如田余庆《东晋门阀政治》等亦持此论。但这样说显然存在毛病:桓温本人娶南康长公主(元帝女),而东晋帝女之婚无例外皆选最高门第,桓温弟桓冲娶琅邪王恬女,则桓温欲与太原王氏通婚,有何辱没他们之处? 关键的原因恐怕首先不在门第。当时桓温的势焰愈来愈嚣张,从皇室到几家高门士族都已经在试图对他有所抑制,而王述就是一个代表性的人物。桓温任大司马为兴宁元年(363)之事,次年,王述由扬州刺史迁为尚书令兼卫将军(《资治通鉴》卷一百一),论职位高低,仅在司徒司马昱(后之简文帝)、大司马桓温之下;而他作为大士族的代表,其地位与影响又不能仅以官职论。桓温之求婚,应该就是这期间的事情,他不可能没有政治上的用意。而王述显然不愿意接受这样的表示。正像我们在前面说过的,东晋自立国以来的政治格局,是皇权与士权平行存在,几大士族在相互制衡的情况下轮流执政;假使有某个家族强大到要建立新朝,那对其他家族而言是何局面!

至于王述拒婚时所说的"兵,那可嫁女与之",当然也有以门第自傲、鄙视桓氏的意味在内,但这是在特殊情况下的自夸,恐怕不宜推衍至普遍意义,以为"士大夫犹鄙其地寒,不以士流处之"。名门大族引以自豪的,不仅是政治地位,而且以世传文学(这是广义上的概念,包括儒学、玄学乃至文章之学)为家族的标志。尽管东晋大士族能够执政,当然是掌握军权的,但他们却看不起主要以军事力量获得权势的人。"七叶之中,名德重光,爵位相继,人人有集",这是梁代王筠在《与诸儿书》中对其家族琅邪王氏的夸耀,也说出了士族中文化高门向来自诩的重要资本。而桓温之父桓彝虽有"名臣"

（《晋书·明帝纪》）和"中兴名士"（《晋书·羊曼传》）的美称，但桓温走的道路却并非士族高门的常规。他完全依靠军事上的成功来造就自己的声望与权势，并试图以此逼近皇位，这在令一般高门士族感受到威胁的同时，更激起他们的自大与骄傲，这就是王述以"兵"称桓家人的原因。

　　然而，故事的最后一句告诉我们，桓家和王家终了还是通婚了，只不过嫁娶的方向颠倒了一下：王坦之不是把女儿嫁给桓温的儿子，而是娶了桓温的女儿做儿媳，那就是刘注引《王氏谱》所说的"坦之子恺，娶桓温第二女"。这里是有区别的：在当时的形势下，假如把女孩嫁过去，难免被人视为趋炎附势；至于娶桓温的女儿，却可以解说为桓家攀附王家，不仅不丢人，以桓温的威势，还可以说挺有面子。

　　这事过后不久王述就去世了。在桓温图谋篡位的过程中，王坦之与谢安代表高门士族为阻止其成功付出了很大努力。至东晋末期，太原王氏成为政坛的主导势力，与王述当初拒婚也不是毫无联系。

三

　　王祥事后母朱夫人甚谨。家有一李树，结子殊好，母恒使守之。时风雨忽至，祥抱树而泣。祥尝在别床眠，母自往闇斫之；值祥私起，空斫得被。既还，知母憾之不已，因跪前请死。母于是感悟，爱之如己子。（《德行》14）

　　琅邪王氏的谱系虽说可以推衍到很远，真正发达其实是始于王祥。王祥之为人，有方正威重之貌，而内怀圆韧机变之术，历仕汉、魏、晋三朝，在乱世中地位不断上升。尤其在魏晋易代的过程中，他既恰当地表达了对曹魏政权的顾恋，又以他的特殊资历、身份（他曾为少年天子曹髦讲学，以师道自居）认同了魏晋的"禅让"，实际上成为西晋的开国元勋，官至太保，晋爵为公。王祥有异母弟名览，功名远不及王祥，但琅邪王氏过江的一支主要是他的后代,如东晋开国元勋王导即王览之孙。所以对王氏后人来说,这两位先祖都是特别值得尊敬的。他们两位被描述为"孝"、"悌"的道德典范,而"孝"、"悌"的价值,首先在维护家族的和谐与发展。

关于王祥受到朱氏虐待时的年岁,此处未交代清楚,但从朱氏让王祥看守李子树的情节来看,他应该还是个少年;再则,朱氏敢于半夜里拿刀去砍王祥,也说明他尚未成年,否则朱氏就太冒险了。而《晋书·王祥传》则说道,王祥的生母死得早,后母朱氏经常在父亲面前说他的坏话,导致父亲也不喜欢他,这应该也是年岁不大的时候。从一般意义上说,王祥家里所发生的事情,在类似的家庭中很常见,后母有自己亲生的儿子,希望他将来成为家庭的主人,视前妻所生年长的儿子为障碍,实是很平常的想法;因此而造成激烈的家庭冲突,可以说屡见不鲜。

但《世说新语》所载王祥的故事,却仍有很不平常的地方。一是那位后母朱氏实在是一个过于极端的女人,她不仅用一般的手段虐待王祥,甚至还在半夜里偷偷去杀害他:幸好王祥起床撒尿去了,才躲过一劫。用现代法律概念来说,这是杀人未遂。而王祥对如此卑劣凶狠的后母竟然不仅毫无怨恨的表示,反而自愿以死来满足后母,他的"孝道"也是到了极端。结果是他的超常的孝道终于感动了后母,使之爱王祥如同爱自己的儿子。以人之常情来衡量,这个结果真是荒诞到不可思议。所以如果这个故事具有一定的真实性,我倒宁可推想王祥的行为是一种机智而强有力的反应:他以"请死"的举动公开揭露了朱氏的卑鄙行为,由于这是严重破坏家庭伦理的事情,它不能被多数家族成员所容忍,所以朱氏不得不有所收敛。到了父亲去世、王祥成为家中的主人以后,他不以前嫌为念,奉事后母始终周到而恭谨,因而获"孝"的美名。也许可以认为王祥确实很有道德修养;但另一方面,作为一个仕宦之家(王祥祖王仁为青州刺史),维持家族和睦的声誉对于保护它的长期利益具有重要的意义,所以毋宁说王祥是一个思虑周全的人。

对《世说》所载王祥孝迹,刘注引了孙盛《晋阳秋》作为补充,其中说到王览:"后母数谮祥,屡以非理使祥,弟览辄与祥俱。又虐使祥妇,览妻亦趋而共之。"这段文字与《世说》原文有点冲突:按照前面所作的分析,朱氏虐待王祥和因感动悔改的事件应是发生在王祥的少年时代,而这里说到王祥、王览兄弟均已娶妻。这种描述要从史实上考辨其真伪有些困难，但其意义是很清楚的：它证明尽管朱氏为了王览而虐待甚至残害王祥，但王览本人完全没有在家庭冲突中获益的愿望，他宁可违背母意，也要保护兄嫂；而正是由于兄弟俩的共同努力，才使得他们的充满矛盾的家庭不致崩溃。对王氏后人、尤其对王览一支的后人来说，这种描述是必要的，它维护了其先人的形象。

虽然与《世说新语》本身关系不大，我还是想连带地说一说列入"二十四孝"的"王祥卧冰"故事。这故事最初源于《晋阳秋》："母患，方盛寒冰冻，母欲生鱼，祥解衣将剖冰求之，会有处冰小解，鱼出。"这里王祥有一个脱衣服的动作，那是为了方便干活。至于正好有个地方冰面破裂，有鱼游出，固然带有"至孝所感"的神话意味，但说成是巧合也未始不可。到了宋代《记纂渊海》所引的一种无名氏的《孝子传》，故事发生了彻底的变化："王祥事继母至孝，母疾思食鱼，时冬月，冰坚不可得。祥解衣卧冰上，少时冰开，双鲤跃出。"在最初的记载中王祥为了图干活方便而"解衣"的动作，变成了脱光身子睡在冰上。他的目的是要逮到鱼，脱光了衣服睡在冰上干什么呢？除非他事先知道只要脱掉衣服睡到冰上，其"至孝"之念就能感动天地，使冰面裂开，鲤鱼跳出。如果是的，他这样做只能算是投机，比花力气打鱼或花钱买鱼更省劲。总之，从逻辑上推论，"王祥卧冰"的故事只能说明一个道理：在这里，不顾一切来表现"孝"的精神才是至关重要的，至于"孝"要达到什么目的反而不重要了。而为了显示这种道德精神的强烈，人物的行为越是超常越好。所以，符合日常情理的解衣剖冰动作最后变成了超乎日常生活情理的卧冰求鱼。

王祥、王览兄弟的故事，其本来意义在于倡导以孝悌精神来缓解家庭内激烈的利益冲突，从而使这个家庭在和睦中获得更多的发展机会。但在中国传统文化中，流行着一种用极度夸张的手法来颂扬社会主流意识中所赞赏的东西的现象，我称之为"意识形态亢奋症"。这在有些人纯然是一种精神症状，起因是受社会奖励的刺激。但在有些人，却还是有利益目标的。这就是对老百姓作愚化教育，使之忘却自我，顺从于社会的主导意识形态和权力意志。但这种愚化教育本身又带着很大的危险。因为当道德超乎常情常理时，它本身已经是不可信、不可行，因而是虚假的了。结果只能是社会真实道德水准的下降。所以"五四"时期,新文化运动的倡导者对这种现象曾有过强烈的批判。周作人作为新文化运动中重要的思想家,再三宣扬"健全的道德"应该是合于人情的道德,这话听起来很浅,其实对于中国文化的改造是非常重要的意见。

> 邓攸始避难,于道中弃己子,全弟子。既过江,取一妾,甚宠爱。历年后讯其所由,妾具说是北人遭乱,忆父母姓名,乃攸之甥也。攸素有德业,言行无玷,闻之哀恨终身,遂不复畜妾。(《德行》28)

邓攸的故事与王祥的故事有很大相似性。

西晋末永嘉大乱中,中原不少士人饱受颠沛流离之苦,邓攸就曾被羯族石勒的军队所俘,据说是得到石勒部下的帮助才得以逃出。刘注引邓粲《晋纪》说他在逃亡途中用来驮负妻子的牛马也被贼人抢走,最后只能步行。当时他们夫妻除了带着自己的儿子,还带着邓攸亡弟的儿子。在不能够同时保全两个孩子的情况下,邓攸同妻子商量:"吾弟早亡,唯有遗民。今当步走,儋(担,这里应为背负之意)两儿尽死,不如弃己儿,抱遗民。吾后犹当有儿。"(刘注引王隐《晋书》)结果他们失去了自己的儿子,而且后来没有能再生子。就邓攸当时的处境来说,无论丢弃哪一个孩子,都是极其艰难的决定。而他的行为得到赞美,则和那一时代重视从整个家族的利益考虑问题有关——保全弟弟的孩子,也就保全了家族的 个支系;而家族发达,是以枝茂叶盛为标志的。

关于这件事,也有一种十分惊人的记载,那就是刘注引《中兴书》曰:"攸弃儿于草中,儿啼呼追之,至莫(暮)复及。攸明日系儿于树而去,遂渡江,至尚书左仆射,卒。弟子绥服攸齐衰三年。"《中兴书》即《晋中兴书》,刘宋何法盛著,从资料出现的年代来说不算太晚,这一说法又被《晋书》取用,它的真实性极少有人怀疑。但在情理上,这却是完全说不通的。因为假如那个被抛弃的孩子能够经过一日的奔走到黄昏时赶上父母,则年纪不会太小、体力不算太弱;作为亲生父母,怎么能够仅仅为了保全侄儿,将那未必不能带走、即使不带走也未必不能另求生路的亲生儿子捆绑在树上、置于必死之地呢?

唐代史学家刘知幾对王隐《晋书》与何法盛《晋中兴书》评价都很低,说二书"乃专访州闾细事,委巷琐言,聚而编之"(《史通·书事》)。就关于邓攸事的记载而言,王隐《晋书》明说"儋(担)两儿尽死",表明两个孩子都还不能自己走路,所以在必须急忙逃跑的情况下,会有只能保全一个的问题。这在情理上多少还说得通。至于何法盛《晋中兴书》所言,实在不足凭信。唐人修《晋书》取此不足凭信之言,痛斥邓攸"卒以绝嗣,宜哉!"实非良史之笔。

邓攸弃子而存侄,在重视家族整体利益的时代是一种难能的美德。而由此衍生出"系儿于树"、绝其生机的传说,则是我所说的那种"意识形态亢奋症"发作的表现。这种毛病喜欢将通常的美德极端化,如本例,则已推到令人厌恶的境地。

　　谢万北征,常以啸咏自高,未尝抚慰众士。谢公甚器爱万,而审其必败,乃俱行,从容谓万曰:"汝为元帅,宜数唤诸将宴会,以说众心。"万从之。因召集诸将,都无所说,直以如意指四坐云:"诸君皆是劲卒。"诸将甚忿恨之。谢公欲深箸恩信,自队主将帅以下,无不身造,厚相逊谢。及万事败,军中因欲除之。复云:"当为隐士。"故幸而得免。(《简傲》14)

　　陈郡谢氏本来没有特别显赫的家世,谢鲲在西晋虽有名士之称,但实际权位有限。东渡之初,谢氏尚不在一流士族之列。至谢鲲之子谢尚由黄门侍郎出任地方军事职务,守卫江夏等险要之地,开始受到朝廷的重视。其后他多年担任豫州刺史,在这里建立了谢氏家族的地盘。东晋所置豫州,地域主要在今安徽东南,为京师南藩,也是长江中游与下游之间的联络与缓冲地带。在桓温的势力由西向东扩张的年代,豫州的军事力量对维持政局的平衡具有特别的意义。从而,谢氏的政治与社会地位也获得显著提高(参见田余庆《东晋门阀政治》)。谢尚之后,其从弟谢奕、谢万相继接任豫州刺史之职。

　　谢安是谢奕之弟、谢万之兄。他年轻时就受到王导等名流的赏识,名望比谢万高。但他却长期高卧东山,过着游山玩水的隐居生活,朝廷多次征召,始终坚拒不出。也许他在等待更好的机会,也许他确实没有出仕的考虑,但不管怎么说,只有在谢氏家族势力处于稳定状态时,他才得以矜持自重,优游卒岁。到了其弟谢万成为家族在政界的代表,他就不得不放弃原来的生活方式,开始密切关注政局的变化。因为谢万是一个以放达为高而不切实务的人,如果他的轻率导致大祸,很可能毁坏整个谢氏家族。升平三年(359),谢万受命北征,谢安跟随在军。在劝告谢万注意抚恤将士而无效的情况下,身无官职的谢安只好自己出面安抚各级将领,以维系他们对谢氏家族的忠心。至谢万兵败被废,谢安随即于升平四年出仕,担任桓温军府的司马。这对谢安个人来说并非最好的时机,长期隐居而博取美誉的他在这种尴尬时刻出山,也招致许多人的讥刺,桓温的另一名幕僚郝隆就曾当面让他下不了台。但个人的进退和荣辱这时已没有那么重要,作为谢氏家族中当时唯一能够承担重任的人物,他必须挺身而出,挽救谢氏宗族的颓败之势。而正是由于谢安的努力,谢氏最终成为东晋的执政家族。

不过,若将谢安的出山完全视为为门户计,也并不合适。《世说》又载:

> 谢公在东山畜妓,简文曰:"安石必出。既与人同乐,亦不得不与人同忧。"(《识鉴》21)

司马昱的意思,是说谢安既然享受着这个士族社会给他带来的快乐,他也必须为之付出自己的才智。贵族中的有识之士既是爱家的也是爱国的,因为对他们而言,家国已经是一体化的东西。

四

前已说及,一个士族家庭若要长期保持其优越的地位,有赖于不断出现优秀的人才。在士族的家庭教育方面,《世说》记谢安的事迹较为集中,我们不妨以他为例。

　　谢公夫人教儿,问太傅:"那得初不见君教儿?"答曰:"我常自教儿。"(《德行》36)

　　谢安夫人刘氏,是清谈名家刘惔之妹。她对谢安不注意教育儿辈感到奇怪,谢安则回答说:我其实一直都是在亲自教他们。这话的意思等于是说:他们总是看到我的样子,难道还不知道应该怎么做吗? 这就是我们现在所说"身教胜于言教"的意思。

　　谢太傅寒雪日内集,与儿女讲论文义。俄而雪骤,公欣然曰:"白雪纷纷何所似?"兄子胡儿曰:"撒盐空中差可拟。"兄女曰:"未若柳絮因风起。"公大笑乐。即公大兄无奕女,左将军王凝之妻也。(《言语》71)

　　但谢安对儿辈并非只是无言之教,在各种家族聚会的场合,谈论文章,发挥玄义,评说人物,谢安都以各种方式诱导儿辈,使他们朝着自己所希望的方向发展。他的教育似乎很少带有生硬的成分,让人不知不觉地就受到感染。譬如上面所选的一节,正在"讲论文义",一会儿雪下大了,便让众人试着咏雪。侄女谢道韫的诗句好,他便"大笑乐",很愉快地给出了评价而并不令他人难堪。谢安的提问是对诸人想象能力的考验,想象力的活泼表现出创造力的活泼。对白雪的比喻重要的不在于比拟的相似性,而在于给人在心理感受上所带来的快乐和美感。

　　谢公因子弟集聚,问:"《毛诗》何句最佳?"遏称曰:"昔我往矣,杨柳依依;今我来思,雨雪霏霏。"公曰:"訏谟定命,远猷辰告。"谓此句偏有雅人深致。(《文学》52)

　　这也是在家庭聚会中谈论诗歌。"遏"是谢安之侄谢玄的小字,他对《诗经》中最佳之句的看法,受到人们普遍的赞同。确实,"昔我往矣,杨柳依依;今我来思,雨雪霏霏",《小雅·采薇》中的这几句描摹出一种情景交融的境界,十分难得。但很少有人注意谢安为什么要提出不同见解,有人甚至认为他不懂得诗。"讦谟定命,远猷辰告"出于《大雅·抑》,意思是以伟大的谋略来制定国家的政令,把宏大的计划适时地布告天下。如果单纯从抒情文学的角度来看,这自然不及谢玄所提出的几句;然而谢安正是要抑制谢玄过于文学化的情怀,而培养其政治家的气概。在谢氏宗族中,谢玄乃是下一代的翘楚,谢安对他的关切远胜于他人。在讨论《诗经》"何句最佳"的过程中,谢安给了谢玄一个重要的暗示,提醒他要有伟大的政治家的胸怀和气魄。我们再看下面一条,对于这一点会理解得更清楚。

> 谢遏年少时,好著紫罗香囊,垂覆手,太傅患之,而不欲伤其意。乃诡与赌,得即烧之。(《假谲》14)

魏晋贵族子弟的生活趣味有时过于细柔而偏向于女性化,谢玄也有所不免,喜欢佩带香囊之类的饰物("垂覆手"不详何物,余嘉锡以为当是手巾一类)。这显然不符合谢安对他的期待。但谢安又不愿意挫伤他的自尊,于是就用打赌的方法,赢取谢玄的佩饰然后烧掉,令他体会自己的用心。谢玄后来成为淝水之战的主将,创下中国历史上以少胜多的辉煌战例,这和谢安的苦心栽培大概不是没有关系的吧。

> 晋武帝每饷山涛恒少,谢太傅以问子弟,车骑答曰:"当由欲者不多,而使与者忘少。"(《言语》78)

山涛与晋武帝关系十分密切,又极受信用,承担着为朝廷选拔官员的重任,但武帝对他的赏赐却向来很少。谢安向子弟提出这个问题,是希望他们对最高层的政治有一种理解。谢玄指出在这种特殊的君臣关系中,彼此对物质赐予的多寡已经忘怀,"饷"仅仅是情感意义的表达。刘注引《谢车骑家传》,称这一回答"有辞致"即漂亮而富于深意。谢安如何反应在这故事中没有记录,也许他欣赏的不仅是"有辞致"吧,因为谢玄借山涛之事描述了一种颇具理想色彩的君臣关系。

> 谢太傅问诸子侄："子弟亦何预人事,而正欲使其佳?"诸人莫有言者,车骑答曰:"譬如芝兰玉树,欲使其生于阶庭耳。"(《言语》92)

谢安对子弟的关切与栽培,在家族的利益上是不可轻忽的要务,但从崇尚虚无的玄学立场上来看,这也是一种"俗务"。所以他的这一次提问带有幽默和自嘲的味道:"子弟与人何干,而一定要使他好?"

这个问题其实并不像刘辰翁所说的那样是"对易问难"(见凌濛初鼓吹本《世说新语》)。问,确实特别,它看起来是毫无道理的,"欲子弟佳"难道不是最普遍和毋庸置疑的人情吗?但其中却包涵着深刻的理性,它暗示了每一个"我"都是单独的,即使血缘关系也不能够改变这种本质。有人对哲学所下的定义是"从没有问题的地方提问",谢安此问近之。答,不是那么容易。你无论赞成还是反对,凡是顺着提问的方向回答都会显得粗蠢。谢玄的回答与提问同样精彩,因为它跳脱开来,从单纯的美感意义为"欲子弟佳"找到理由:愿芝兰玉树,生于阶庭。这就不是与人无干了,这是快乐的源泉。

在这一简短的对答中,我们看到魏晋风流中的智慧和诗意。

见过几位名家对这一节文字的阐释,弯曲而累赘。大概原文的玄虚还是让人觉得奇怪吧。

第十一讲

雅量——魏晋士人的理想人格

一

在不同的时代对人物的品评用语会有所不同,有的用语代表了一个时代中人们最为崇尚的品格,尤其能够体现时代的文化特征。《世说新语》中这样的用语就是"雅量"。

《雅量》在《世说》中列为第六门。在本书《导论》中我们说及,《世说》三十六门的次序,大略地包含着编纂者的褒贬态度,一般而言,列在前面的褒扬之意较为明显。那么从全书来看,前四门是以所谓"孔门四科"立目的,第五门为《方正》。尽管这些门类所包含的具体内容不乏魏晋文化的新特点,但标目的方法却是表示了对以儒学为主体的传统价值观的尊重。

而《雅量》则不同。"雅量"是"器量"的美化的说法,《三国志·周瑜传》裴松之注引《江表传》,记蒋干对周瑜的评价,"称瑜雅量高致,非言辞所间",此处"雅"和"高"分别是对"量"和"致"的修饰。而无论"器量"还是"雅量",均是汉末魏晋时代开始流行的新鲜的辞语。用电子文本进行检索,可以发现在十三经及《史记》、《汉书》中均无用这两个词语形容人品的例子(《周礼》中"器量"谓酒器之容量),汉末以来则频见,仅《三国志》(包括裴注所引文献)中就有数十例。"器量"一语,最早的用例当数蔡邕《让高阳侯表》:"非臣小族陋宗器量褊狭所能堪胜。""雅量"一语,则始见于杨修《答曹植书》:"若乃不忘经国之大美,流千载之英声,铭功景钟,书名竹帛,此自雅量素所蓄也,岂与文章相妨害哉?"一个重要的新鲜语词的流行,在反映时代文化的变化方面,可以说是最直接的了。

当然,在一般的意义上,心胸宽广在以前的时代中也被视为具有良好修养的表现。但魏晋时代所说的"雅量"不仅内涵要丰富得多,而且它在人们生活中所表示的价值也重要得多。它最简单的意义当然是心胸宽广、豁达大度,但很多情况下,"雅量"是和士族的高贵意识联系在一起的。它追求生命内涵的广度和人格的稳定性,要求在任何情况下也不为外力(无论成与败、荣与辱)所动摇;这说到底就是希望由自己塑造自己、自己决定自己。正是后一种意义上,可以说"雅量"是魏晋时代士人的理想人格。

二

在《世说新语》一书中,跟器量有关的内容并不完全收录在《雅量》门。在第一讲我们引用过《德行》篇中郭泰评价袁阆与黄宪的一条,就是从器量着眼的。只是第一讲没有涉及这方面的问题,今复引于下,稍作分析:

> 郭林宗至汝南造袁奉高,车不停轨,鸾不辍轭,诣黄叔度,乃弥日信宿。人问其故,林宗曰:"叔度汪汪如万顷之陂,澄之不清,扰之不浊,其器深广,难测量也。"(《德行》3)

刘注引《郭泰别传》,补充了郭泰对袁阆(字奉高)的评价,正好与他对黄宪(字叔度)的评价成为对比:"奉高之器,譬诸氿(传本讹为"汜")滥,虽清易挹。"氿为侧出泉,即从山壁上渗出的泉水;滥为正出泉,即从地表涌出的泉水。郭泰之意,是说袁阆器量甚小,就像小小的泉水,虽然澄清,但双手就能捧起来,没有多大的用处。而黄宪之器量,则犹如万顷之湖泊,难以测量它的深广。这里值得注意的是"清浊"和"器量"的关系。"清"指品行的纯洁,"浊"则相反。用传统的价值观来看,清浊的对立是不可逾越的,对两者的取舍也是毫无疑义的。但当"器量"成为一个更高的价值标准时,辨别清浊的意义就相对地降低了。量小的人,不论怎么"清"也不值得一顾;而器量深广的人,虽难免有些"浊"的成分,他的人格却更值得钦佩。其中隐涵之意,是过于苛严地追求"清",适足以破坏人的生命活力。这种价值评判的眼光,表明了对生命的广度的重视,它指向更为丰富和自由的人生境界。

> 王平子素不知眉子,曰:"志大其量,终当死坞壁间。"(《识鉴》12)

　　王澄字平子,王衍之弟;王玄字眉子,王衍之子。刘注引《晋诸公赞》记
王玄事,说他"行陈留太守,大行威罚,为坞人所害"。其实王玄也有他的长
处,《赏誉》篇中一条记庾亮称赞他:"庇其宇下,使人忘寒暑。"与前面的材料
结合起来看,大概他是一个意志很强烈的人,好恶都有些极端,胸襟却狭隘。
王澄对王玄的评价,涉及"志"和"量"的关系。在他看来,志向远大而器量狭
小的人是非常危险的,因为前者促使人采取积极的行动,而后者却不能够提
供行动所需要的周旋空间,就像嗜酒而无量的人,比谁都倒得快。

　　魏晋本是乱世,而乱世的特点就是危险与机会并存。宏阔的胸怀和坚
韧的精神,是有器量的标志,也是追求成功的支撑。所以对"志大"之人,人
们总要考虑其"量"是否相称。《三国志·傅嘏传》记傅嘏告诫钟会:"子志大
其量,而勋业难为也,可不慎哉!"又同传裴注引《傅子》记傅嘏对夏侯玄的评
价,亦云:"泰初(夏侯玄字太初,"泰"同"太")志大其量,能合虚声而无实
才。"后来苏东坡作《贾谊论》,批评贾谊"志大而量小,才有余而识不足",终
于送掉了自己的性命,就是受魏晋时人物品评的启发。

　　王戎目山巨源:"如璞玉浑金,人皆钦其宝,莫知名其器。"(《赏誉》10)

　　人问王夷甫:"山巨源义理如何? 是谁辈?"王曰:"此人初不肯以谈
自居,然不读《老》、《庄》,时闻其咏,往往与其旨合。"(《赏誉》21)

　　魏晋人对器量的推崇也与老、庄的流行有关。关于山涛的这两条有助
于理解这一点。

　　山涛在魏晋之际以有器量著称,《晋书》本传即称其"少有器量,介然不
群。性好《庄》《老》,每隐身自晦"。而王戎对山涛的赞美,也正是用老、庄的
语言。今传《老子》第四十一章有云:"大方无隅,大器晚成,大音希声,大象
无形。"很久以前就有研究者认为,按照《老子》的逻辑和这一段文字相同的
表达模式,"大器晚成"应为"大器无成",即最大的"器"没有固定的形状,不
成为普通意义上的"器"。近年出土的《老子》此句作"大器免成",更证明了
这一点。王戎说山涛就像未经雕琢的璞玉,未经制作的浑金,人们都知道那

是宝物,却不能用一种固定的名目来称呼它,这等于说山涛属于"大器无成"之辈。从这里我们可以体会到老、庄虚无之说与"器量"的关系:虚无就意味着消除偏执,打破成规,在与物变化中求得自由的境界。

后一则记王衍对山涛的评价,说他不读《老》、《庄》,这恐怕是靠不住的,和《晋书》本传的记载也相互矛盾。大概,山涛不喜欢流于形式的清谈,也不喜欢引用《老》、《庄》的语句,而老、庄的意旨,却渗透在他的日常言谈之中。第二讲《英雄与名士》曾引《文学》篇记庾敱读《庄子》,开卷即置,称"了不异人意"之事,可与此并观。

三

稽中散临刑东市,神气不变,索琴弹之,奏《广陵散》。曲终,曰:"袁孝尼尝请学此散,吾靳固不与,《广陵散》于今绝矣!"太学生三千人上书,请以为师,不许。文王亦寻悔焉。(《雅量》2)

关于嵇康之死,《魏氏春秋》的记载是"康临刑自若,援琴而鼓",《晋书》则说他"顾视日影,索琴弹之",主要情节与《世说新语》相同,但《晋书》多了一个回过头遥望落日的细节,更带有文学的气氛。这些材料汇合在一起,可以描绘出一个极其动人的场面,在中国历史上它永远引人追怀。

嵇康在士林中声望极高,《世说新语》等书记载有许多同时代人对他的赞美,这些在《晋书》中汇成集中的描述:"身长七尺八寸,美词气,有风仪,而土木形骸,不自藻饰,人以为龙章凤姿,天质自然。"而嵇康不仅是气质风度美妙绝伦,他的思想之敏锐和深刻也是很少有人可以相比的。在司马氏集团篡夺曹魏政权的过程里,嵇康作为曹魏宗室的女婿(其妻是曹操曾孙女),政治上更多倾向于曹氏应该是自然的,但没有什么根据证明他实际地参与了反对司马氏的政治活动。他只是对司马氏集团凶险而伪善的行径深感不满,不但不予合作,还常常语出讥刺,而他的声望又使他的不合作变得更令人不安。灾祸并非注定不可逃脱,不仅山涛的举荐向他指示了一条委曲求全的途径,仅仅沉默也未必不是一种选择。然而所有苟安的方法都和他的峻洁的品格相冲突,他的愤怒和轻蔑难以掩饰。结果,因为一桩与之并无直接关系的冤案,嵇康被牵连下狱(其友吕安的妻子被兄长吕巽欺占,为了逃避惩罚,吕巽反诬吕安"不孝",嵇康激于义愤,出面为吕安作证,遂落入陷阱)。司马昭对杀害嵇康这样的人物也有所疑虑,他的亲信钟会劝告说:"嵇康,卧龙也,不可起。公无忧天下,顾以康为虑耳。"钟会为杀害嵇康提供了二大罪名,一是"欲助毌丘俭"即企图参与军事叛乱,一是"言论放荡,非毁典谟,帝王者所不宜容"。但前者分明是诬陷(如果这是有根据的,则无须再用其他理由),后者则是那时很少用来陷害人的"思想罪"——魏晋之际,"言论放荡"之人夥矣,哪里顾得过来。归根结底,在政治斗争的需要之下,罪名总不会缺乏。

嵇康临死弹琴展现了一个优美的姿态,它表达了对世间的邪恶与强暴的蔑视,和对人格完美的追求。人不能因为危险而变得丑陋,因为这将损坏他从来对自己的期待,并令施害者窃喜。这种为了维护人格尊严而特意显示的姿态,具有贵族阶级所崇尚的优雅从容。诚然,贵族文化有时带有做作和程式化的意味,但这其中也包含着他们追求人生高贵和美丽的心情,当有强烈的情感在内时,即使只是追求一种姿态,也会让人感动。对嵇康之死,后人写下了许多悼念的文字,最美的是其旧友向秀的《思旧赋》:"悼嵇生之永辞兮,顾日影而弹琴。托运遇于领会兮,寄馀命于寸阴。听鸣笛之慷慨兮,妙声绝而复寻。停驾言其将迈兮,遂援翰而写心。"

另一个完全是异域异时的故事,与嵇康之死可以匹配:在德国纳粹大量杀害无辜的集中营中,曾有一位年轻美丽的犹太女子跳着舞走向煤气室,走完了人生的最后一段路程。在丑恶与黑暗中,她留下了令人追忆的优美的姿态。

见于《方正》门的夏侯玄从容赴死的故事,在第二讲《英雄与名士》中已经引用,此处不再重引。它和上引嵇康的故事,就内容与人物的气质而言十分相近。刘宋时范晔因祸下狱,在狱为诗云:"虽无嵇生琴,庶同夏侯色。寄言生存子,此路行复即。"便是表示愿以二人的从容就死为楷模(《宋书》本传）。至于夏侯玄的"量"，前面引傅嘏的评价是"志大其量"。但傅嘏恰恰是在拥曹和拥司马两大阵营明确分化的关头选择站在司马氏一边，他有资格满足于自己对形势的判断，但他对夏侯玄的评价则很难说不包含偏见。现存史料对夏侯玄的器量大多是表示肯定的，如《三国志》本传即称"玄格量弘济，临斩颜色不异，举止自若"。《世说》中另有一条关于他的"雅量"的故事：

夏侯太初尝倚柱作书，时大雨，霹雳破所倚柱，衣服焦，然神色无变，书亦如故。宾客左右，皆跌荡不得住。（《雅量》3）

在说到反映"雅量"的具体事迹时，我们首先引嵇康之死的故事，并以夏侯玄之死相映照，原因就在这种故事最能显示其核心的内涵——人格的稳定性。人在世间漂泊，生命无根却有八面来风，只有坚守对自我的期许，才能证明生命确然是高贵的。而死亡的威胁最易使人慌乱失措，在死亡的阴影下，仍然能保持镇定从容，这就是最大的"雅量"。

桓公伏甲设馔，广延朝士，因此欲诛谢安、王坦之。王甚遽，问谢曰："当作何计？"谢神意不变，谓文度曰："晋阼存亡，在此一行。"相与俱前。王之恐状，转见于色。谢之宽容，愈表于貌。望阶趋席，方作洛生咏，讽"浩浩洪流"。桓惮其旷远，乃趣解兵。王、谢旧齐名，于此始判优劣。（《雅量》29）

东晋简文帝实为桓温所立，此时桓氏势力到达巅峰。简文病危，遗诏"大司马温依周公居摄故事"，又曰："少子可辅者辅之，如不可，君自取之。"（《资治通鉴》卷一百三）他是预感到已经没有人能够阻止桓温取天下——倘若他立意如此。然而一些士族高门仍然不肯放弃抵抗，谢安和王坦之成为他们主要的代表。王坦之在简文帝病榻前撕毁已写定的诏书，力劝其将诏书内容改为令桓温辅少主，"如诸葛武侯、王丞相故事"，也就是封绝禅让之路。所以桓温甚愤怒，以致有去除王、谢之念。

《世说》本条故事内容与嵇康、夏侯玄之事有相似之处。谢安与王坦之赴"鸿门宴",虽非必蹈死地,却也是命悬一丝,变在须臾。王坦之毁诏改诏,岂是无胆识之人,但此时的惊恐却也是不难理解的——毕竟刀握在别人手里。而谢安的从容宽豁,又正是借了王坦之的衬托,显得更为突出。他的"洛生咏"即仿洛阳书生咏诗的调子,当时是很有名的。谢安"少有鼻疾,语音浊"(宋明帝《文章志》),我们可以想象那是一种浑厚的低音。当然,如果桓温认为篡夺的时机确实已经成熟,他也不会在乎谢安的态度。但实际上他仍处于犹豫之中,所以谢的"旷远"——对眼前的危险毫不在意的超脱态度,使他愈加谨慎,不敢贸然行事。

李贽评说此事云:"达者皆言旷远解兵,痴人尽道清谈废事。"(《初潭集》)他注意到在谢安身上玄虚的精神和他处理重大事务的能力有某种内在的关联。在玄虚中追求超脱,从而以宽豁的胸怀与镇定的态度对待一切,这大概是谢安长久以来有意培育的人格修养。

> 谢太傅盘桓东山时,与孙兴公诸人泛海戏。风起浪涌,孙、王诸人色并遽,便唱使还。太傅神情方王,吟啸不言。舟人以公貌闲意说,犹去不止。既风转急,浪猛,诸人皆喧动不坐。公徐云:"如此,将无归?"众人即承响而回。于是审其量,足以镇安朝野。(《雅量》28)

这是谢安隐居时的故事。海上遇风浪,谢安想必并没有冒险的打算,但没有到必须返回的程度,他绝不愿意显示出丝毫的惊慌;即使到了风急浪猛、必须返回之际,他也尽可能表现得从容不迫。人们从这里看出他的器量,相信他有能力"镇安朝野"。这个故事恰好是上面所引一则故事的前奏。

四

王夷甫尝属族人事,经时未行。遇于一处饮燕,因语之曰:"近属尊事,那得不行?"族人大怒,便举槺掷其面。夷甫都无言,盥洗毕,牵王丞相

臂,与共载去。在车中照镜,语丞相曰:"汝看我眼光,乃出牛背上。"(《雅量》8)

"雅量"的又一种重要表现,是遭遇他人轻辱时淡然处之,不兴计较。这好像与前面强调的雅量表现着士族的高贵意识之说相矛盾,其实不然。轻辱常常来自身份地位比自己低的人,欲兴计较,便是自居于与之对等的一方,这就有自我贬损的危险;轻辱又常常起于琐碎的原因,欲兴计较,便是使自己陷于琐碎,这同样是自我贬损;轻辱也有可能缘于无意的误会,欲兴计较,便显出了自己的浮躁,这依然是自我贬损。所以,在很多情况下,对轻辱的漠然就是最好的回应。心胸宽广、人格稳定之人,对自我价值的认定不赖于他人的看法,因而能够站在轻辱所不能触及的位置上,它当然是对自我的高贵意识的维护。

王衍在宴席上被族人用食盒扔到脸上,这在常人看来真是很"丢脸"的事,但王衍却一言不发,只是把脸洗干净了事。这位"族人"连名字都没有被记录下来,显然不是一个地位及名望可以和王衍相提并论的人,而且他的行为也显得极其缺乏涵养,所以王衍绝不愿与他发生争执。我们可以举出另一个非常相似的例子。周作人的随笔《关于宽容》引用了一条北宋名相富弼的史料:"富郑公弼少时,人有骂者。或告之曰:'骂汝。'公曰:'恐骂他人。'又曰:'呼君名姓,岂骂他人耶?'公曰:'恐同姓名者。'骂者闻之大惭。"俗云"宰相肚里能撑船",其时富弼虽离宰相的地位尚远,那点器量却已经有了。这可算是六朝遗风吧。

原文末句"汝看我眼光,乃出牛背上"费解,或许是当时俗语而后世已不再流行,或许有错讹、阙文。刘注云:"盖自谓风神英俊,不至与人校。"亦是据文意揣度而已。

褚公于章安令迁太尉记室参军,名字已显而位微,人未多识。公东出,乘估客船,送故吏数人投钱唐亭住。尔时吴兴沈为县令,当送客过浙江,客出,亭吏驱公移牛屋下。潮水至,沈令起彷徨,问:"牛屋下是何物?"吏云:"昨有一伧父来寄亭中,有尊贵客,权移之。"令有酒色,因遥问："伧父欲食饼不？姓何等？可共语。"褚因举手答曰："河南褚季野。"
远近久承公名，令于是大遽，不敢移公，便于牛屋下修刺诣公，更宰杀为
馔，具于公前，鞭挞亭吏，欲以谢惭。公与之酌宴，言色无异，状如不觉。
令送公至界。(《雅量》18)

　　这是一则十分有趣的故事。褚裒(字季野)从章安县令迁为太尉庾亮的
记室参军，是由低级地方官员开始步入高层政治圈子，所谓"名字已显而位
微，人未多识"，这在常人是最恐遭人轻忽、最容易表现出踌躇满志之态的时
刻。然而他投宿于钱塘亭(驿站)，却因为吴兴县令沈某(一本"沈"下有"充"
字)的到来，被不知其身份的亭吏从驿舍赶到了牛棚里。褚裒当然可以亮出
自己的身份，愤然发作，令亭吏畏惧、县令惶恐。但作为一个自视甚高之人，
既然开始投宿时没有说明自己的真实身份，这时再提出来就有点滑稽；而在
亭吏面前摆谱，实在也不能衬托自己的高贵。以豁达的态度来看，偶然一夜
宿于牛棚下又有何妨，这不胜于说许多无聊的废话吗？

　　那位沈县令也是一个有意思的人。他先是因为喝多了酒，带着醉意居
高临下地用"伧父"(其时南人对北人的蔑称)称呼褚裒，邀他食饼，等明白那
睡在牛棚里的人竟是远近闻名、前程无量的"河南褚季野"时，当然十分尴尬
和震惊。但他并不急于请褚裒换一个住处，因为这一折腾未必合对方的心
意，而且凸显了褚裒被驱赶到牛棚之事的严重性。他索性将牛棚视为对方
的临时公馆，以正式的礼节前往拜访。两人把酒笑谈，既然褚裒"言色无
异"，原先发生的不快就被淡化了。

　　这则故事中令人不喜欢的地方是沈令"鞭挞亭吏，欲以谢惭"。既然褚
裒雅量，不以宿牛棚为辱，沈县令又何必委过于人，鞭小吏以媚贵客？这到
底还是陷对方于恶俗境地。明人陈梦槐云："予最喜此则。写一时雅流，宛
至明悉。褚、沈俱有隽神远度，送客泊舟，既偶尔相值，问姓具馔，自欢然为
乐。何处著'欲以谢惭，状如不觉'数句。"事实情形暂且不论，就故事气氛而
言，确实是删去这一细节方能充分显示"雅量"的趣味。

　　戴公从东出，谢太傅往看之。谢本轻戴，见，但与论琴书。戴既无吝

色,而谈琴书愈妙。谢悠然知其量。(《雅量》34)

　　戴逵是东晋的一位隐士,但又"多与高门风流者游",所以"谈者许其通隐"(刘注引《晋安帝纪》)。谢安是个有修养的人,虽然原本不大看得起戴逵,却还是去探望他;却又觉得同他没有什么可深谈的话题,于是只说琴与书(书法)。而戴逵既知其意,却毫无愧色,就在琴书的话题上侃侃而谈,表述精妙之解。这是一个非常微妙的场面,对于谢安这样一个显赫人物,不论他内心的想法如何,戴逵只是以一种平静的态度去对待,总之他人的"轻"或"重"对自己没有多大的影响。"谢悠然知其量",谢安就是在这种悠然的安闲气氛中认识了戴逵的器量。

　　《老子》中说"宠辱皆惊","得之亦惊,失之亦惊",是人生大害。既然雅量的根本在于超脱尘俗的胸怀和人格的稳定性,那么它就不仅表现为以淡然的态度对待轻辱,而且也表现为以淡然的态度对待尊荣("宠"之古义为尊荣)和成功。这方面的典型例子,是谢安在淝水之战中的表现。

　　谢公与人围棋,俄而谢玄淮上信至。看书竟,默然无言,徐向局。客问淮上利害,答曰:"小儿辈大破贼。"意色举止,不异于常。(《雅量》35)

　　东晋太元八年(383),前秦苻坚以倾国之力南犯,号称八十万大军。谢安身为宰相负责全局的军事部署,而在前线直接指挥作战的是其侄谢玄。最终谢玄率八万北府兵在淝水击溃前秦的数十万大军,获取全胜。东晋大士族承担着国家的命运,是时国之安危、家之存亡,系于一战,谢安绝不可能轻忽对待。但即便如此,他仍然力图保持一种镇定从容甚至不失安闲的精神风貌。也许我们可以认为这对处理重大事件是有利的,但在谢安,稳定的人格精神乃是他从来不肯放弃的东西,他希望不为任何外物——无论是巨大的痛苦还是巨大的欢乐——所惊扰。当前线的捷报传来时,谢安"看书竟,默然无言,徐向局",竟然像是心中丝毫未起波澜。

　　《晋书》本传关于此事另有一段记载,说谢安在与客人下完围棋后,"还内,过户限,心喜甚,不觉屐齿之折。其矫情镇物如此"。这表明谢安内心其实是非常激动,当身边无人的时候,他还是难以抑制自己,以致过门槛时连脚下的屐齿都撞断了。不过这和上引《世说新语》的记载也并不矛盾:人并不是永远生活在他所渴望的境界中。

谢安在《世说新语》中形象最为凸显,描写他的故事有一百多则,而从"雅量"来看,他更是典范式的人物。他经历过重大的危机,也获取了超凡的成功。但无论在何种情况下,他始终不会表现出忧虑、恐惧或者兴奋的情绪。人可以也应该做一个他所期望的自我,这是贵族社会对生命价值与意义的一种理解,而谢安正是凭借着他在这方面的过人之处,受到人们普遍的景仰。

五

跟雅量有关的故事有些显得严峻,有些则颇为琐细,但在表现人物胸襟的宽豁和行事的从容自如方面,却仍有其一致之处。

王丞相主簿欲检校帐下,公语主簿:"欲与主簿周旋,无为知人几案间事。"(《雅量》14)

所谓"帐下"是指相府中的办事人员,主簿是他们的首领。主簿的工作态度似乎很认真,想要仔细检查吏员的事务,而作为丞相,王导却无意了解那些人"几案间事",他只需主簿能够理清大端,就已足够。据说诸葛亮做丞相是讲究事必躬亲的,在军中,处罚二十棍以上的事都亲自处理,日常总是起得早,睡得晚,所以很快就"鞠躬尽瘁"了。而在王导看来,这恐怕不仅是不胜其烦,生命的状态也因此变得琐碎了。

祖士少好财,阮遥集好屐,并恒自经营。同是一累,而未判其得失。人有诣祖,见料视财物。客至,屏当未尽,余两小簏,著背后,倾身障之,意

未能平。或有诣阮，见自吹火蜡屐，因叹曰："未知一生当箸几量屐！"神色闲畅。于是胜负始分。(《雅量》15)

《世说新语》的故事经常是将两个人物的事迹放在一起比较以见出高低。但有时这种比较显得很突兀，比如本条的祖约(字士少)好财与阮孚(字遥集)好屐，其实是没有什么可比性。不过，这个故事的真实意义并不在于判别祖、阮为人的高下优劣，它描写了两种完全不同的生存状态，一则因为受财富欲望的压迫而表现得局促不安，一则因为豁达于生死而显示出"闲畅"，而前者成为后者的衬托。

祖约"料视"(检点)财物被来客撞见的尴尬相实在是鄙陋可笑。不过，要说人被自身的欲望所压迫，因而失去生命应该有的从容自在，却是人间处处存在的情形。魏晋士人崇尚"雅量"，一个重要的动机就在于摆脱那一种压迫。

庾小征西尝出未还，妇母阮是刘万安妻，与女上安陵城楼上。俄顷，翼归，策良马，盛舆卫。阮语女："闻庾郎能骑，我何由得见？"妇告翼，翼便为于道开卤簿盘马，始两转，坠马堕地，意色自若。(《雅量》24)

庾翼为东晋权臣庾亮之弟，曾任征西将军。因为庾亮也任过此职，所从他被称为"庾小征西"。

这个故事颇让人觉得可爱。丈母娘听说女婿善骑马，就通过女儿向女婿提出要在城头观赏他的技艺。这位征西将军便排开阵势盘起马来，大概他很想着实卖弄一番，却弄得手脚不灵便，才打了两个圈，便"坠马堕地"。这多少有点煞风景，但庾翼"意色自若"，大家也就仍然对他表示钦佩。和前引嵇康、夏侯玄、谢安的故事相比，庾翼在丈母娘面前骑马堕地实在是不足道的琐事。但无论遇到怎样的情形总要从容镇定，"意色自若"，这才是魏晋士人所推崇的"雅量"。

第十二讲

女性的风采

《世说新语》与同类著作相比，一个明显的长处是它所描绘的人物较少受传统礼教的束缚，各具个性而性情活跃。后世仿《世说》之作甚多，但并无一部堪与之比肩，主要的原因就是在这一点上难以企及。而此书中女性人物的形象尤为引人瞩目。因为在中国古代，妇女所受到的限制格外严厉，长期以来，"男尊女卑"和一味要求"贞顺"的观念成为女性无法解脱的枷锁，其聪明才智不得发扬，独特的个性也无法形成或彰显。纵使实际生活中或偶有例外，但这样的人物不能获得由男性所控制的社会舆论的赞许，因而也无法在载籍中留下她们的音容笑貌。而《世说新语》却一反旧则，以宽容和赞赏的态度描述女性的美貌、才能、智慧和活泼的性格，在中国古代典籍中最早留下了令人钦佩和喜爱的女性群像。人或称《世说》为"奇书"，得此愈为奇也。

这固然由于编著者的眼光不似前人偏执酸涩，但根本的原因则在于魏晋社会尤其士族阶层思想的解放和习俗的变化。干宝《晋纪总论》指斥晋时妇女怠于劳作，却每每"先时而婚，任情而动，故皆不耻淫逸之过，不拘妒忌之恶。有逆于舅姑，有反易刚柔"，而葛洪《抱朴子·外篇·疾谬篇》在强烈抨击"今俗妇女"废其纺织与烹饪之"正务"的同时，更用文学化的笔法描述她们找各种理由出游，"承星举火，不已于行。多将侍从，晔晔盈路。婢使史卒，错杂如市。寻道褒谲，可憎可恶。或宿于他门，或冒夜而反。游戏佛寺，观视渔畋。登高临水，出境庆吊。开车褰帏，周章城邑。杯觞路酌，弦歌行奏"，以为不可忍。当然，他们将分别的现象汇聚为一片，夸张是难免的，实情未必如此严重，但也足以说明魏晋时代，上层妇女获得了较前人远为宽松的生活环境，多少有了展现自我的舞台。

一

《世说新语》记女性事迹,以《贤媛》一篇为集中,而在其他各篇亦间有涉及。"贤"就本义而言,虽然与能力有关,却主要是道德意义上的褒词,用于"媛",首先是要求合于"妇德"的规定。而《世说》的《贤媛》篇,特别是魏晋人物,正如余嘉锡《笺疏》所批评的:"唯陶母能教子,为有母仪,余多以才智著,于妇德鲜可称者。"所以余先生认为"殊觉不称其名"。这表明在本书编著者的立场上,"贤"的涵义已经有了扩展,他们认为女性的才智也是十分可贵的。

许允为吏部郎,多用其乡里,魏明帝遣虎贲收之。其妇出诫允曰:"明主可以理夺,难以情求。"既至,帝覈问之。允对曰:"'举尔所知'。臣之乡人,臣所知也。陛下检校为称职与不? 若不称职,臣受其罪。"既检校,皆官得其人,于是乃释。允衣服败坏,诏赐新衣。初,允被收,举家号哭。阮新妇自若云:"勿忧,寻还。"作粟粥待,顷之允至。(《贤媛》7)

许允为晋景王所诛,门生走入告其妇。妇正在机中,神色不变,曰:"蚤知尔耳!"门人欲藏其儿,妇曰:"无豫诸儿事。"后徙居墓所,景王遣钟会看之,若才流及父,当收。儿以咨母。母曰:"汝等虽佳,才具不多,率胸怀与语,便无所忧。不须极哀,会止便止。又可少问朝事。"儿从之。会反以状对,卒免。(《贤媛》8)

许允是魏晋易代之际一位重要的政治人物,官至领军将军。他与反对司马氏的夏侯玄、李丰亲善,卷入李丰欲废司马师的图谋,事泄被杀。其妻阮氏,父阮共、兄阮侃皆为名士。妇女因为所受教育和活动范围的限制,她们即使有出众的才能,通常也和政治无关——那是男性独占的领地。然而从《贤媛》篇写许允夫妇之事的数则以及刘孝标注引录的相关材料来看,竟是妻子比丈夫在政治上更具有判断力,这实在是很不寻常的。上引两则,前一则写阮氏为丈夫出谋划策,解除了他仕途中一大危机。而她的指点,所谓"明主可以理夺,难以情求",也确实一语道破关键所在,是富于政治经验的人才能明白的道理。许允遵循妻子的教导,在应对魏明帝的指责时,首先用圣人之训("举尔所知"出于《论语》)为自己从理论上作辩护,而后要求检核自己所推举之人是否称职,以事实证明自己行为的正当,不仅未遭处罚,还获得奖赏。至于阮氏煮粥以待的细节,更显出她的从容与自信。后一则说到许允被捕而阮氏对此早有预见,令人猜想许允之所以陷入罗网,或许就是因为没有听从妻子的指教。刘注说及,《妇人集》载有阮氏给许允的书信,信中详细分析了他遭祸的缘由,证明确实存在上述可能。而在危险进一步向许家的两个儿子逼来时,阮氏又教给孩子们恰当的应对方法,使许家不致彻底覆灭。《尚书·牧誓》有谓:"牝鸡无晨。牝鸡之晨,惟家之索。"这是著名的古训,教女人不要做主,说听信女人的话,家就会败落。然而许允妇的故事却像是要证明一个完全相反的道理:不听妇人言,祸事接连连。异哉!

因为有多种不同的资料记载了许允妇的这一类事迹,可以相信她的政治经验实非虚传。而由于政治经验不可能缘于天赋、遗传,我们可以想到:在魏晋时代的上层社会中,至少有一部分杰出的妇女,在知识与思想方面已经不甘被封闭在狭小的圈子里,她们试图理解向来只允许男性活动的政治领域,而像阮氏,政治能力甚至已经超越其久历仕途、身至高位的丈夫。这其实是值得注意的现象。而之所以会出现这种现象,恐怕不仅由于当时对贵族妇女的思想束缚有所松动,更由于在贵族家庭中,妇女不完全是依附性的存在,她们对家族兴亡也承担着一定的责任。

山公与嵇、阮一面,契若金兰。山妻韩氏,觉公与二人异于常交,问公。公曰:"我当年可以为友者,唯此二生耳!"妻曰:"负羁之妻亦亲观狐、赵,意欲窥之,可乎?"他日,二人来,妻劝公止之宿,具酒肉。夜穿墉以视之,达旦忘反。公入曰:"二人何如?"妻曰:"君才致殊不如,正当以识度相友耳。"公曰:"伊辈亦常以我度为胜。"(《贤媛》11)

这是一个关于人物识鉴的故事。自汉末以来,对各式人物的品行、才能加以鉴定和评论,是士大夫社交生活的重要内容,而能够恰当地评价人物,论其短长,本身也是一种为世人所看重的才能。然而这是男性世界的活动,与女性并无关系。但本篇却表彰了山涛夫人韩氏的识鉴能力。她在墙上打个洞观看丈夫与嵇康、阮籍的彻夜长谈,这是女性"侵入"男性世界的一个具有象征意味的举动;而她对山涛与嵇、阮二人的比较与评价,能见出自己丈夫的长处与短处,并得到山涛本人的认可,也证明她的识鉴并不在男性之下。

文中韩氏所云"负羁之妻亦亲观狐、赵",是出于《左传》的一个典故。女性也能够从历史经典中找到她们的榜样,证明自己行为的合理。

王江州夫人语谢遏曰:"汝何以都不复进,为是尘务经心,天分有限?"(《贤媛》28)

谢遏绝重其姊,张玄常称其妹,欲以敌之。有济尼者,并游张、谢二家。人问其优劣,答曰:"王夫人神情散朗,故有林下风气。顾家妇清心玉映,自是闺房之秀。"(《贤媛》30)

以上两则都是谢道韫的故事,她是《世说》一书中反复出现的才女,前面我们引用过谢安与诸子侄聚会讲论文义,道韫以柳絮喻雪,胜过谢朗的故事。她的丈夫王凝之做过江州刺史,所以文中称她为"王江州夫人"、"王夫人"。

这两则故事表明谢道韫虽为巾帼,却颇具名士风度。她指责弟弟谢玄(玄小字"遏")"何以都不复进",这里的"进"不是指泛义的长进,当时专指玄学修养和精神境界的提升。谢玄并非泛泛庸才,而谢道韫责怪他莫非因为"尘务经心,天分有限"而导致"都不复进",不仅显示了她对弟弟因关切之深而责之严,也显示了她的自视之高。后一则济尼对"王夫人"即谢道韫与"顾家妇"即张玄妹的比较,虽未明言两人之高下,而实际上已表明她们相去甚远。因为顾家妇只是"闺房之秀"——她的优秀纯属于传统妇女的德行范围,王夫人则已经超越了这一范围,而具有"林下风气"("林下"指竹林名士),可以在男性世界争短长。《晋书·列女传·王凝之妻谢氏》载:"凝之弟献之尝与宾客谈议,词理将屈,道韫遣婢白献之曰:'欲为小郎解围。'乃施青绫步鄣自蔽,申献之前议,客不能屈。"道韫能为小叔王献之解围,在他已经招架不住、"词理将屈"的窘境下,仍用他的观点战胜论客,可见她素有玄学清谈的素养。献之也是高门佳子弟,而道韫似犹胜之,这正是对其"林下风气"的恰好注解。

以上从《贤媛》篇选出的材料,集中说明了魏晋时代一部分贵族妇女的生活已经突破了两汉所谓"妇教"的约束,她们不再以"闺中之秀"为满足,而闯入了向来由男性独占的社会活动范围;虽然她们的行动仍然受到许多限制,但只要有合适的条件,无论是政治还是思想领域,她们都能显示自己不逊于男性的才能。如许允妇事,李贽的评点就说:"如此,男子不能。"(见《初潭集·夫妇·才识》)这给后世的女性留下无限向往。

二

从来对妇女的教育,首要的要求是"贞顺"。男人们认定女子的天性就是"卑弱",因此主张她们在家庭中应该把无条件的顺从作为行为的准则。然而《世说新语》所描写的女性却不尽如此。

> 王公渊娶诸葛诞女。入室,言语始交,王谓妇曰:"新妇神色卑下,殊不似公休!"妇曰:"大丈夫不能仿佛彦云,而令妇人比踪英杰!"(《贤媛》9)

王广字公渊,其父王凌,字彦云,诸葛诞字公休。王凌、诸葛诞是魏晋易代之际的重臣,王广则是一位名士,刘注引《魏氏春秋》称广"有风量才学,名重当世"。结婚的当晚,王广嘲笑新娘子"神色卑下",实在不像父亲诸葛诞,这也许只是一个玩笑，然而太太却毫不相让，痛斥他身为大丈夫而不能和自己的父亲相比，却有脸苛求自己的老婆！刘孝标在注中表示自己的意见："臣谓王广名士，岂以妻父为戏，此言非也。"他认为以王广的身份，不应开这样的玩笑。但既是戏言，也难说一定不可能有。不管怎么说，这个故事流传下来，表明人们对故事中诸葛诞女的言辞犀利抱着欣赏的态度，而这样的故事能够列入《贤媛》，足见编著者对"贤"的要求实在是很宽。

> 王凝之谢夫人既往王氏，大薄凝之。既还谢家，意大不说。太傅慰释之曰："王郎，逸少之子，人材亦不恶，汝何以恨乃尔？"答曰："一门叔父，则有阿大、中郎；群从兄弟，则有封、胡、遏、末。不意天壤之中，乃有王郎！"（《贤媛》26）

谢道韫的丈夫王凝之是王羲之的儿子，门第既高，仕途也自然顺畅。虽然从史书的记载来看，这人在政治上未免昏聩，但旧时代女人嫁了昏聩的丈夫也是寻常事，比这等而下之的还得忍受着呢！而谢道韫偏不，叔父谢安婉言劝慰她，她却列数她们谢家长一辈的英彦，同一辈的俊秀，意思是自己向来生活于此等人物之间，终了喊出一句恶狠狠的话："不意天壤之间，乃有王郎！"即使是普通人，如此鄙薄自己的丈夫，也是够厉害的了，况且谢道韫身出名门，还得留几分矜持。李贽评点《世说新语》常有些滑稽的话，关于这一条，他既说"此妇嫌夫，真非偶也"（《初潭集·夫妇·合婚》），又云："谢氏大有文才，大怨凝之，孰知成凝之万世名者哉！"（《初潭集·夫妇·言语》）

> 谢公夫人帏诸婢，使在前作伎，使太傅暂见，便下帏。太傅索更开，夫人云："恐伤盛德。"（《贤媛》23）

在第十讲《士族的婚姻与家庭》中，我们选了好几则谢安教育子弟的例子，不过，他自己也会被人教诲，那位是他的太太。夫人在帏帐内观婢女歌舞，不让丈夫观看，理由是：怕败坏了你的德行。从前谢安在东山蓄妓，风流广传，夫人牢记在心。

明人王世懋评此条："此直妒耳,何足称贤?"(见凌濛初鼓吹本《世说新语》,下引王评皆出此,不重注)确实这种故事跟通常意义上所说的妇人之"贤"扯不上关系,莫非编《世说》的人认为妻子有教育丈夫不好色的责任?

东晋名相首数王导、谢安,但两人的夫人均以善妒称。南朝宋虞通之著《妒记》,一条记王导在外立别室被夫人曹氏发现,率家中奴婢持菜刀赶去抄家,王导在外得报,急赶牛车奔赴现场救火;一条记谢安夫人刘氏之事:谢安欲立姬妾,让小辈婉言劝告刘夫人,说《诗经》中《关雎》、《螽斯》诸篇均赞美不妒之德,那可是圣人的教诲! 刘夫人乃问:"谁撰《诗》?"答曰:"周公。"夫人曰:"周公是男子,乃相为耳(互相包庇);若使周姥撰,应无此语也。"大有深意。就连女子善妒故事的流行,也有值得注意的文化意味。

> **郗嘉宾丧,妇兄弟欲迎妹还,终不肯归。曰:"生纵不得与郗郎同室,死宁不同穴!"(《贤媛》29)**

当然《贤媛》篇中并不都是出格的故事。如上选一则,述郗超(字嘉宾)死,其妻周氏拒绝兄弟接她回家的计划,宣称要和丈夫死而同穴。这似乎很可以当作女子"从一而终"的榜样。但"从一而终"的精神虽然很早就受到肯定(刘向《列女传·贞顺》:"终不更二,天下之俊。"),但很迟(差不多到宋代)才成为人们普遍信守的教条。魏晋时代,夫死回母家择机改嫁乃是常事,《世说》中就有数例涉及于此。所以,周氏的选择首先是出于个人的情感,这和不近情理地宣扬强制性的道德还是有所不同。

三

女子是可爱的,但前提是要有让她们舒张性情的空间。魏晋时代,正统的思想禁制在各种社会思潮的激荡下逐渐松懈,女性有更多的机会尽情展现她们的性格魅力,尤其在婚姻生活中,她们或善解人意,或慧黠善辩,在

《世说》中留下了许多情趣盎然的故事。

王安丰妇常卿安丰。安丰曰:"妇人卿婿,于礼为不敬,后勿复尔。"妇曰:"亲卿爱卿,是以卿卿;我不卿卿,谁当卿卿?"遂恒听之。(《惑溺》6)

魏晋时代,"卿"作为第二人称,用于对等关系或身份低于自己的对象。妻子按礼要对丈夫表示敬重,故不合宜用"卿"。但王戎的太太却喜欢"卿安丰",丈夫向她指出以后,她变本加厉,一口气吐出八个"卿"字,还说得理直气壮。丈夫再也没有办法,只好由她去。成语"卿卿我我"便由此而来。我们现在读"亲卿爱卿"数句,仍然能够感觉到一种活生生的娇嗔与伶俐。

温公丧妇。从姑刘氏家值乱离散,唯有一女,甚有姿慧。姑以属公觅婚,公密有自婚意,答云:"佳婿难得,但如峤比,云何?"姑云:"丧败之余,乞粗存活,便足慰吾余年,何敢希汝比?"却后少日,公报姑云:"已觅得婚处,门地粗可,婿身名宦尽不减峤。"因下玉镜台一枚。姑大喜。既婚,交礼,女以手披纱扇,抚掌大笑曰:"我固疑是老奴,果如所卜!"玉镜台,是公为刘越石长史北征刘聪所得。(《假谲》9)

温峤字太真,先为刘琨僚属,后代表刘琨与司马睿联络,遂留在江东,成为东晋开国重臣之一。刘孝标注根据《温氏谱》所载温峤婚姻情况,认为《世说》此条为虚谬。我们暂且不作史实方面的断定,而只当它一个故事来看。据故事的细节推测,温峤事先对他那表妹的情况已相当熟悉并心中喜爱,同时也断定自己必定为对方所满意,所以玩点花招,想给对方一个惊喜,且由此得到心理上的满足,从而增添婚姻的乐趣。岂料表妹不仅事先已猜破真相,而且竟比他更洒脱无羁,在婚礼上就敢自行拨开遮面的纱扇,抚掌大笑,说是"果然是你这老东西!"预设的效果全被破坏了,但产生了另一种意外的效果。倘若两人真是相互亲爱,这场面应该是非常快乐的。

诸葛令女,庾氏妇,既寡,誓云:"不复重出!"此女性甚正强,无有登车理。恢既许江思玄婚,乃移家近之。初诳女云:"宜徙于是。"家人一时去,独留女在后。比其觉,已不复得出。江郎莫(暮)来,女哭詈弥甚,积日渐歇。江彪瞑入宿,恒在对床上。后观其意转帖,彪乃诈厌(魇),良久不悟,声气转急。女乃呼婢云:"唤江郎觉!"江于是跃来就之,曰:"我自是天下男子,厌(魇),何预卿事而见唤邪?既尔相关,不得不与人语。"女默然而惭,情义遂笃。(《假谲》10)

诸葛令谓诸葛恢,东晋初曾为中书令。江彪(字思玄)官至国子祭酒,为东晋名士,特以善围棋著名。诸葛恢女先嫁太尉庾亮之子庾会,会死后改嫁江彪。这故事前半有点问题,大抵以诸葛恢和江彪的门第和声望,不大可能出现完全是欺骗和强迫的婚姻。也许诸葛女嫁到江家有点勉强,所以婚后不给老公好脸色看;新郎喜滋滋趁暮而来,只得到一阵痛骂。之后故事转化到喜剧方向:江彪每日睡在对床,作委屈状而观新妇神色,待到形势似有好转,便诈为梦魇,且"声气转急",似乎马上要完蛋。新妇情急之下表现出关切之意,顿时掉入对方的圈套——新郎跳将过来,狡辩说:"我不过是一个跟你不相干的男子,自发梦魇或死或生皆不关卿事,既然关心我,还能不跟人说话吗?"这个故事既写出诸葛女倔强的一面,又写出她善良和软弱的一面,后来的戏剧小说很喜欢描写类似的人物与情节。

不知为什么,男性在女性面前用装扮可怜来要赖,成功的几率较大。

桓宣武平蜀,以李势妹为妾,甚有宠,常著斋后。主始不知,既闻,与数十婢拔白刃袭之。正值李梳头,发委藉地,肤色玉曜,不为动容。徐曰:"国破家亡,无心至此。今日若能见杀,乃是本怀。"主惭而退。(《贤媛》21)

温平蜀,以李势女为妾,郡主凶妒,不即知之。后知,乃拔刃往李所,因欲斫之。见李在窗梳头,姿貌端丽,徐徐结发,敛手向主,神色闲正,辞甚凄惋。主于是掷刀前抱之曰:"阿子,我见汝亦怜,何况老奴!"遂善之。

（上条刘注引《妒记》）

　　这是一个非常著名的关于女子的美貌及其魅力的故事。桓温（谥宣武）正妻是元帝女南康长公主，公主照例蛮横多妒，闻丈夫宠爱李氏，立即拔刃奔袭。而阻止祸事发生的，竟是引发祸事的缘由：李氏的美貌，或许也要加上她的从容。"发委藉地，肤色玉曜"，这是一种在日常生活中不易出现的唯美的画面，它足以令人忘怀产生于现实中的得失之念和愤怨之情，拜倒在美的化身之下。至于《妒记》所写，更加上了公主动情的自白："我见汝亦怜，何况老奴！"这似乎是宣布：美丽就是最高的价值和最充分的理由，谁也没有权力毁灭它。这故事过于小说化了，虽不能指其必不可能，却总还是令人怀疑它经过较大的修饰。但它所散布的唯美主义气息，却是时代的真实。

　　韩寿美姿容，贾充辟以为掾。充每聚会，贾女于青琐中看，见寿，说（悦）之，恒怀存想，发于吟咏。后婢往寿家，具述如此，并言女光丽。寿闻之心动，遂请婢潜修音问。及期往宿。寿蹻捷绝人，踰墙而入，家中莫知。自是充觉女盛自拂拭，说（悦）畅有异于常。后会诸吏，闻寿有奇香之气，是外国所贡，一著人则历月不歇。充计武帝唯赐己及陈骞，余家无此香，疑寿与女通，而垣墙重密，门阁急峻，何由得尔？乃托言有盗，令人修墙。使反，曰："其余无异，唯东北角如有人迹，而墙高非人所踰。"充乃取女左右婢考问。即以状对。充秘之，以女妻寿。（《惑溺》5）

　　这是一则很古老的自由恋爱故事，后世很多恋爱故事的情节，如赋诗言情，借婢女沟通，以及跳墙而入的惯用动作，是以此为源头的。贾充是司马氏夺取曹魏政权过程中的核心人物，亦是西晋势倾一时的权臣。前引干宝《晋纪总论》指斥晋人往往"先时而婚，任情而动"，是不是与贾家的故事有关呢？无法确定。

　　尽管贾家在历史上的声誉不太好，但这一故事是美丽而动人的。贾充的小女儿贾午隔窗偷窥韩寿，情不自禁，发于吟咏，内心充满了对自由的爱情的渴望。及至韩寿逾墙来会，她从此每日妆扮自己，而心情总是沉浸在愉悦欢畅之中,犹如鲜花为雨露所滋润而盛放。有意思的是,当贾充勘破女儿与韩寿偷情的秘密之后,并没有作出什么严重的决定,而是成全了这一对情侣,让他们结婚了事。可见在当时的贵族家庭中,青年男女的自由恋爱即使不能获得父母的赞同,也并不被视为大逆不道之事。

上面所引的故事,有两则出于《惑溺》篇。"惑溺"自然带有不赞同的意味,但事实上,叙事的风格也并不显示鄙薄之意。或许,在《世说》的编著者看来,为"情"所惑溺,本也是人情所难么?

王浑与妇钟氏共坐,见武子从庭过。浑欣然谓妇曰:"生儿如此,足慰人意。"妇笑曰:"若使新妇得配参军,生儿故可不啻如此。"(《排调》8)

这一则令后人大感惊讶的故事,却是编在《排调》篇中,也就是说,编著者把它当作一个有趣的玩笑。王浑与妻钟氏看到他们的儿子王济(字武子)从庭院中走过,做父亲的表示很得意,钟氏却泼他一头凉水,说:若是我和你弟弟(王浑弟王沦,曾为大将军参军)生个儿子,肯定还要棒!细析起来,钟氏内心恐怕真有暗慕王沦之意,但这并不表明她打算出轨;她也不在乎用小叔子把丈夫比下去,会招致严重的误会甚至麻烦。这固然可以见出晋时妇女言谈的自由,同时也见出她们生活环境的宽松。

然而后人却对此感到不好接受。先是王世懋云:"此岂妇人所宣言,宁不启疑?恐贤媛不宜有此。"而清末的李慈铭态度更为峻厉,云:"案闺房之内,夫妇之私,事有难言,人无由测。然未有显对其夫,欲配其叔者。此即倡家荡妇,市里淫姐,尚亦惭于出言,赧其颜颊。岂有京陵盛阀,太傅名家,夫人以礼著称,乃复出斯秽语?齐东妄言,何足取也!"(《越缦堂读书记》)他把钟氏的话认作是"显对其夫,欲配其叔",这是将"排调"即玩笑视为行动计划,这本身是苛酷的评议。他认为这样的话,以钟氏的身份(京城中的世家,父亲是太傅,本人以礼著称),是绝不可能说出来的;不仅钟氏这样的人说不出口,就是倡家荡妇、市井中的下流女人也说不出口,这一推断并无根据,从中可以感受到的倒是一种时代氛围的差异。钟氏与王浑的对话,一定要证其有或证其无,都是困难的,无非是古有此记载而已。但至少《世说新语》的编著者没有认为这是十分要不得的话，甚至觉得这很有趣，所以收到《排调》篇里。而且，总是喜欢以史学家的立场检查《世说新语》的刘孝标，也没有特别觉得它荒唐不可信，在注中一句话也没有说。但对王世懋、尤其对李慈铭来说，这就是不可理解甚至无法忍受的了。这表明在魏晋以至南朝，人们认为妇女可以拥有的说话的自由，到后世反而消失了。这也证明了《世说新语》的可贵。

第十三讲

艺术与游戏中的生命

魏晋是中国历史上一个发生重大变化的时期。人们谈到魏晋文化，常用的一个表示变化的动词是"自觉"。日本学者铃木虎雄于1925年出版的《中国诗论史》中首先提出中国文学于建安时代进入自觉阶段，鲁迅1927年所作讲演《魏晋风度及文章与药及酒之关系》中，也说："曹丕的一个朝代可说是文学的自觉时代。"近读朱东润师作于1942年而于去年刚印行的遗著《八代传叙文学述论》，亦有"传叙（即传记）文学底自觉"一章，并连带说到这和书法、绘画艺术的自觉乃是同步现象。而徐复观在《中国艺术精神》（写成于20世纪60年代）一书中更具体地说明：中国的绘画，虽可以追溯到远古，但对绘画作艺术性的反省，因而作纯艺术性的努力与评价，还是从东汉末年至魏晋时代的事情。与中国的文学、书法一样，中国的绘画只有在这时才获得了一种艺术精神的自觉。李泽厚的名作《美的历程》（1981）在列举魏晋时期哲学、文学、书法诸领域内"飞跃"性的变化之后，又提出，"反映在文学—美学上的同一思潮的基本特征"，乃是"人的觉醒"。余英时的长篇论文《汉晋之际士之新自觉与新思潮》（收入1987年出版之《士与中国文化》），则自言"斯篇主旨以士之自觉为一贯之线索而解释汉晋之思想变迁"。

大体归纳各家之意见，可以说一般均认为从东汉末至两晋亦即笼统而言的魏晋时代，存在着一种由"人的觉醒"、"个体自觉"所引发的包括文学在内的广义上的艺术的自觉。当然，严格地追究起来，"自觉"这个概念是不大容易准确定义的，因为没有办法找出量化的指数；自觉和非自觉状态之区别要作出清晰的描述，也有相当的难度。所以围绕"自觉"的问题会发生很多争议。但众多的学者乐于使用这一概念来描述魏晋思想文化的变化，其用意是容易理解的：即凸显这种变化的本质性意义。如果我们主要以两汉经学统治下的文化人的精神面貌和呈现这种精神面貌的艺术为对照，一个总体性（而不是适用于所有细节）的判断仍然是可以成立的：思想开放，精神自由，人格独立，由此而带来的主体价值的确立，乃是魏晋文化发生重大变化的根源。而《世说新语》对魏晋士人生活的描述,也多涉及艺术以及游戏方面的内容,从中体现出他们的人生姿态与向往。

一

《世说新语》第四篇为《文学》,它的编排有不同于其他各篇的特殊之处。书中各篇内容编排的通则是以时代为序,虽间或小有出入,但大致不差。而《文学》篇一百零四条,却分明存在两个不同的系统:从开头至六十五条,起于"郑玄在马融门下",迄于"桓南郡与殷荆州共谈",时序是从东汉末至东晋后期,内容大致由经学而玄学再及于佛学,从中可以看到汉魏至两晋学术主流的变化趋势;至第六十六条"文帝尝令东阿王七步中作诗",又回到曹魏时代,重新开头,而迄于"桓玄下都"(桓南郡即桓玄。很凑巧,两部分结束处是同一人的故事),涉及内容为诗、赋、笺、表等文类的写作与赏评,近乎今日所谓"文学"。

《文学》篇体例的特殊,很早就引起研究者的注意。王世懋即云:"以上(指六十五条以上)以玄理论文学,文章另出一条,从魏始。盖一目中复分两目也。"李慈铭云:"案临川之意分此以上为学,此以下为文。"王氏认为这是"文学"与"文章"之分,李氏以为这是"学"与"文"之分,虽然使用的名目不同,意思其实是一样的。用现代的术语,大致可以说这里存在着"学术"和"文学"的两个系统。美国马瑞志(Richard Mather)英译《世说新语》,《文学》篇的译名是 Letters and Scholarship,回转为中文大致就是"文学与学术"。

《文学》篇为何会出现这样的情况? 本书《导论》中曾言及,从《世说新语》各门分量明显不均衡的现象(尤其《自新》仅有两条)来分析,此书并不是事先严格确定了所有门类才开始编纂的,很可能最初只作了大概的划分,到最后又加以调整,定为三十六门。而《文学》篇的两个系统各按时序分别起讫,最大的可能就是这原本是作为两个门类汇辑材料的,只是到了最后定稿时,没有合适的办法来处理,才重又合为一篇。

《世说新语》前四篇《德行》《言语》《政事》《文学》，系承袭"孔门四科"立目。如果严格遵循"文学"的本义，所辑录的内容应该偏重于学问(尤其是儒学)方面，亦可兼及文教、文化修养。但在刘宋时代，"文学"的涵义已经起了变化。《宋书》载，元嘉十五年设儒学、玄学、史学、文学四学馆，虽然四学的具体内容今不能详，但当时人当有清楚的区分；在文学与儒学、玄学并立情况下，自不能像以前专指学问或文化修养。《文学》篇的编排，反映了当时"文学"这一概念旧义与新义并存的历史现象。

但东晋至南朝流行用"文章"这一名目指称单独成篇而讲求文采的著述，它的意义亦与今所谓"文学"接近，而《文学》篇的第二个系统所涉及的文类又正符合于当时人所说的"文章"范畴，所以王世懋直接说这一部分所述为"文章"之事。具体情况，陈引驰在《由〈世说新语·文学〉略窥其时"文学"之意谓》一文中作了考察，为：诗六条(66、71、76、85、88、101)，赋十条(68、75、77、79、81、86、90、92、97、98)，诔三条(78、82、102)，笺(67、104)与论(83、91)各二条，颂(69)、表(70)、议(87)、传(94)、檄(96)、赞(100)各一条。陈引驰说："如果我们将上列的文类与其前后那些体现文章、文学类别的著作，如《文章流别论》《翰林论》《文心雕龙》《文选》等做一对比，可以清楚地看出：这些文类在中古时代都属于'文章'范畴；尤其值得指出，《文学》中涉及'赋'、'诗'两类最称多数，前者达十条，后者有六条，远远超过其他文类，显示它们确实是中古时代文学的主流文类。"那么，《世说新语》的编著者为什么不单立《文章》一篇呢？也许原本有这样的考虑，但如此一来，不仅"文学"这一概念完全被限制在它的旧义上，与当时"文学"的意涵已有扩展的现实不符，而且会使人感觉到"文章"脱离了"文学"所蕴涵的庄重意味，这可能是《世说新语》不在"文学"之外另立"文章"篇的原因。同时，编纂者显然也认识到与"文章"概念相重合的"文学"与本来意义上的"文学"在性质上其实是不同的，所以最终将两部分内容在分别保持独立的面貌的情况下归于一篇，这等于是"文学一"、"文学二"的划分。

总而言之，《文学》篇的上述特点，正显示出刘宋时代文学的独立意识已经形成，而"文学"的观念尚处于新旧交织的状况。

《文学》篇中的故事，常常表彰文人敏捷的才思。

　　文帝尝令东阿王七步中作诗,不成者行大法。应声便为诗曰:"煮豆持作羹,漉菽以为汁。萁在釜下然,豆在釜中泣。本自同根生,相煎何太急!"帝深有惭色。(《文学》66)

　　桓宣武北征,袁虎时从,被责免官。会须露布文,唤袁倚马前令作。手不辍笔,俄得七纸,殊可观。东亭在侧,极叹其才。袁虎云:"当令齿舌间得利。"(《文学》96)

　　曹植(曾封东阿王)七步赋诗的故事非常有名。不过,就政治与权力斗争的规则来说,以有无敏捷的诗才定生死实近乎儿戏,其兄长、魏文帝曹丕当不至如此荒唐。这个故事要传达给读者的信息,是超凡的文学才华有何等的震撼力,它足以令心怀毒念的政敌束手! 犹如李势的妹妹以美貌解救了生死悬于一线的危机(见第十二讲),曹植依赖的是他的才华,美丽和智慧应该得到凡人的敬重。后面一则袁宏(小字"虎")的故事是成语"倚马之才"的出处。当王珣(封东亭侯)对袁宏马前作露布的才华大为赞叹时,他忿忿道:"才又如何? 就是从他人口舌间得点好处罢了!"他的不满依据的是普遍认同的规则:才华理应得到敬重,否则就是一种荒谬。

　　袁虎少贫,尝为人佣载运租。谢镇西经船行,其夜清风朗月,闻江渚间估客船上有咏诗声,甚有情致;所诵五言,又其所未闻,叹美不能已。即遣委曲讯问,乃是袁自咏其所作《咏史》诗。因此相要,大相赏得。(《文学》88)

　　这是《世说新语》中与文学有关的意境格外优美的故事。清风朗月之下,谢尚(曾为镇西将军)乘舟夜行,听得有人在江上咏诗,"甚有情致",且为其前所未闻,打听明白,原来是商船上为人作搬运工的年轻人袁宏。这贫穷的诗人在夜间的江上咏唱自己的《咏史》诗,他究竟从历史中联想到什么呢?

　　羊孚作《雪赞》云:"资清以化,乘气以霏,遇象能鲜,即洁成辉。"桓胤

遂以书扇。(《文学》100)

　　孙兴公作《天台赋》成,以示范荣期,云:"卿试掷地,要作金石声。"范曰:"恐子之金石,非宫商中声。"然每至佳句,辄云:"应是我辈语。"(《文学》86)

　　桓胤,桓冲之孙。就像谢尚为袁宏咏诗所感动,桓胤对羊孚的美丽文句爱不释手,要写在扇上时时把玩。至于孙绰(字兴公)则已等不及他人开口,先自夸称其《天台赋》能掷地作金石声了。

　　左太冲作《三都赋》初成,时人互有讥訾,思意不惬。后示张公,张曰:"此《二京》可三。然君文未重于世,宜以经高名之士。"思乃询求于皇甫谧,谧见之嗟叹,遂为作叙。于是先相非贰者,莫不敛衽赞述焉。(《文学》68)

　　这一条关系到怎样才能获取文学声誉的问题。左思(字太冲)是寒门之士,他的杰出写作不容易得到认可,而一旦得到"高名之士"的赞许,亲为作叙(犹如今日尚未成名的作家请名人写序),顿时身价倍增,连先前表示看不起的人,也都恭敬地说起好话来。左思何时作《三都赋》,是否因皇甫谧的称扬而得名,是一个有争议的史实问题,这里暂不详论。不过从这个故事里,我们可以看到"文坛"这样一种无形之场的存在。

　　文学意味着生命形态的丰富与美化。在《文学》篇中最多的内容是对作家或作品的评赏、讨论。这里面有彼此间的推重,有相互间的交流切磋,有不同意见的争论,也有孙绰那样的自夸,虽记述文字大多简短,汇聚起来,却能看到其时文学活动的活跃。或许它还不能与玄学清谈相比,但确实已是士大夫社交生活的重要内容。当玄学清谈的热潮渐渐消退之后,文学紧跟着就占据了它所留下的空间。

二

琴棋书画被称为文人四艺,以今所见文献而言,四者连称,始见于唐张彦远《法书要录》所引何延之《兰亭记》,文中称美僧人辩才"博学工文,琴棋书画,皆得其妙"。但推重这四方面的才能,由此体现士大夫的优雅的修养,则是在魏晋时代形成的社会风气。

琴的历史非常古老,魏晋以前也流传下不少与琴有关的故事,像伯牙鼓琴,钟子期知其志在高山流水(见于《列子·汤问》),尤为著名。但这类故事大多属于传说性质,而从史籍记载来看,士大夫善于鼓琴的情形并不多见。魏晋的情况则显然不同,以琴为首,名士爱好音乐、擅长各种乐器,是十分普遍的现象。以阮氏一门而言,阮瑀、阮籍父子善鼓琴,阮籍侄阮咸擅长琵琶,其子阮瞻喜弹琴,差不多可说是音乐之家了。和过去乐人以音乐技能为宫廷、贵宦服务不同,魏晋名士喜好音乐是个人的修养、自娱的手段,因此在魏晋诗文中常见通过描写琴或其他音乐以反映自我的情志,这也是过去少见的。阮籍《咏怀》诗中"夜中不能寐,起坐弹鸣琴"之句,写出一种寂寞与孤独的心境,嵇康《赠秀才入军》诗中"目送归鸿,手挥五弦"之句,写出脱世的高邈意态,都是著名的例子。

贺司空入洛赴命,为太孙舍人。经吴阊门,在船中弹琴。张季鹰本不相识,先在金阊亭,闻弦甚清,下船就贺,因共语。便大相知说。问贺:"卿欲何之?"贺曰:"入洛赴命,正尔进路。"张曰:"吾亦有事北京。"因路寄载,便与贺同发。初不告家,家追问乃知。(《任诞》22)

嵇喜字公穆,历扬州刺史,康兄也。阮籍遭丧,往吊之。籍能为青白眼,见凡俗之士,以白眼对之。及喜往,籍不哭,见其白眼,喜不怿而退。康闻之,乃赍酒挟琴而造之,遂相与善。(《简傲》4 刘注引《晋百官名》)

因为音乐能够体现人的趣味与情志,因而琴成为名士间相互沟通的良好媒介。上选两则,前一则述张翰(字季鹰)在与贺循(曾官司空)完全不相识的情况下,仅根据他的琴音就产生与之亲近的愿望,在一番"共语"之后,更直接乘他的船去"北京"(北方的京都,指洛阳)了,连家人都未曾告知一声。后一则说的是阮籍以"青白眼"分别对待不同士人的故事,而嵇康前往造访这位狂傲之人,所携带的用于相互沟通的媒介,也是琴,加以酒。酒令人忘乎形骸,琴令人入于幽微,我们能够想象他们的聚会是一种什么样的气氛。

当琴或更广泛说是音乐,被视为情志的寄托时,它就不再是可有可无的娱乐。本书前面各讲中曾提及几则著名的与琴有关的故事:嵇康临刑,索琴奏《广陵散》,叹此曲从此绝响于人间;张翰吊顾荣,直上灵床取其往日所用之琴奏其所喜之曲,恸问"顾彦先复赏此不?"王徽之在病笃中吊其弟王献之,奏琴不能成曲,悲叹"人琴俱亡!"这几则故事的共同特点,是将琴乐与生命紧紧地联系在一起,它成为生命的一部分。

围棋在今天被列为一种"体育"项目,为了便于管理这或许是必要的,但古人若地下有知,恐怕要万分惊讶。在古代,它是士大夫精致而优雅的生活的一部分,它的气质更偏向于艺术。

相传围棋为尧所创制,这虽是无稽之谈,但其历史古老是事实。与琴相似,围棋也是在魏晋时代开始广泛普及于士大夫阶层,并成为高级修养的标志之一。根据棋艺的高低为棋手分级定品,也是始于魏晋。其品级有九等,现代棋手分为九段,就是从古代沿袭下来的。

王中郎以围棋是坐隐,支公以围棋为手谈。(《巧艺》10)

王坦之(曾领北中郎将)将围棋比拟为"坐隐",意思说在下棋时人的精神会超越世俗的世界,进入平淡而清静的状态;支道林将围棋比拟为"手谈"即借助棋子展开的清谈,在强调围棋的超越性的同时凸显了它的智慧内涵。隐居与清谈,都是魏晋时代最受尊重的生活方式,围棋在时人心目中的高雅意味,由此可见。

《世说》中与围棋有关的故事,常常体现出主人公的"雅量"。围棋虽为游戏,但正因为它有超越世俗的价值,所以在当时人看来,在下棋的过程中始终保持镇定,不受突发事件的干扰,乃是高尚品格的显现。谢安于淝水大战正紧张之际与客人下棋以示从容澹定之事,已在前面引用过,此处我们另引三国时东吴丞相顾雍的故事:

> 豫章太守顾邵,是雍之子。邵在郡卒,雍盛集僚属,自围棋。外启信至,而无儿书,虽神气不变,而心了其故。以爪掐掌,血流沾褥。宾客既散,方叹曰:"已无延陵之高,岂可有丧明之责?"于是豁情散哀,颜色自若。(《雅量》1)

顾雍事先无疑已经得知其子顾邵病笃,所以当豫章使者到来却没有带来顾邵的书信时,他立刻就意识到发生了什么事情。他仍然坚持把棋下完,不是内心真的平静无波澜,而是不愿在外人面前悲恸失态。所谓"延陵之高",指春秋时延陵季子葬其长子的方式被孔子赞为合于礼之事,"丧明之责",指子夏哭其子而丧其明(大概指目力严重衰退)被曾参指责之事(见于《礼记》)。顾雍的意思,是说丧子虽是极大的痛苦,但君子不能因此而失去自控的能力。《任诞》篇第九则刘注引邓粲《晋纪》称阮籍母将死,籍"与人围棋如故,对者求止,籍不肯,留与决赌",而后"饮酒三斗,举声一号,呕血数升,废顿久之",与顾雍之事也是同样类型。

> 江仆射年少,王丞相呼与共棋。王手尝不如两道许,而欲敌道戏,试以观之。江不即下。王曰:"君何以不行?"江曰:"恐不得尔。"傍有客曰:"此年少戏乃不恶。"王徐举首曰:"此年少非唯围棋见胜。"(《方正》42)

关于这两位棋手,刘注引范汪《棋品》,说明江虨的棋力为第一品,属最高等级,王导仅为第五品,两人之间有较大差距。王导提出以对等的方式(不让子)下棋,"试以观之"。"观"什么呢?王导的名位和年辈都高于江虨,而围棋不关涉实际利益的得失,一般人在这种情形下恐怕难以拒绝他的要求。但江彪却毫不买账,因为这样做多少有逢迎的嫌疑。王导说他不只以围棋见胜,正是由棋品看到了江彪的人品。

> 王长豫幼便和令,丞相爱恣甚笃。每共围棋,丞相欲举行,长豫按指不听。丞相笑曰:"讵得尔? 相与似有瓜葛。"(《排调》16)

当然围棋也并不总是负载那许多庄重的信息,它终究只是游戏。上引王导和他年幼的儿子王悦(字长豫)下棋的故事,便充满了轻快的气氛。王导要走棋,王悦按着他的手指不让走,这情形该是小孩看到局势危险想要悔棋吧。父亲看到爱子发急的模样觉得有趣,调侃说:"怎么能够这样呢? 咱们也算是有点儿关系的吧。"

魏晋也是书法史上一个发生重要转折和创获极丰的时期,而变化的根本就在于书法的艺术因素空前活跃。曹魏钟繇的楷书,西晋索靖的章草,东晋王羲之与王献之父子的行草,都被公认为书法史上具有开创意义的典范之作,而王羲之尤以"书圣"的美名享誉百代。

> 时人目王右军:飘如游云,矫若惊龙。(《容止》30)

此条收入《容止》,自然是赞美王羲之的仪表与风采。但《晋书·王羲之传》却说"飘如游云,矫若惊龙"是论者称其"笔势"即书法线条之美。《晋书》有大量内容采自《世说新语》,但就这一条来说,同样内容,《世说》中是对容止的品藻,《晋书》中是对书法的形容,两者出入太大。这究竟是《晋书》编撰者有意地改动了《世说新语》的材料呢,还是别有所据? 尽管文献依据不足,但后一种可能性应该说是存在的。因为"矫若惊龙"倘是描写人,应指其动作迅疾而有力,而在涉及王羲之的史料中,从未提及他有这样的特点,且魏晋人物品藻,也很少以人物的强烈的动态为美。大概这本来就是关于王羲之书法的评语,《世说》误植于《容止》篇,而《晋书》根据其他文献,不从《世说》之说。如果笔者的推测不误,这表明王羲之书法的飘逸与流动,在当时给人们带来的一种新异的审美感受。

钟会是荀济北从舅,二人情好不协。荀有宝剑,可直百万,常在母钟夫人许。会善书,学荀手迹,作书与母取剑,仍窃去不还。荀勖知是钟而无由得也,思所以报之。后钟兄弟以千万起一宅,始成,甚精丽,未得移住。荀极善画,乃潜往画钟门堂,作太傅形象,衣冠状貌如平生。二钟入门,便大感恸,宅遂空废。(《巧艺》4)

　　这是一则"小说"气特别重的故事。钟会凭借自己精巧的书法,骗走了荀勖(封济北侯)寄藏在母亲身边的价值百万的宝剑,而荀勖报复的方法,是在钟会兄弟以千万钱造成的宅第的大堂内画上其父钟繇的遗像,让他们无法在此居住。要说真实性,这故事恐怕完全靠不住,其意义则正如刘注引《孔氏志怪》,在于凸显"彼此书画,巧妙之极"。而关于某种艺术技能的带有神话意味的故事,恰好反映出这种技能怎样为社会所看重。

　　研究中国艺术史的人大多认为到魏晋时代才出现真正意义上的画家(而不是画工、画匠),其代表人物有曹不兴、卫协、戴逵、顾恺之等。《世说新语》中关于书法的故事颇少,关于绘画的略多一些,《巧艺》篇中有两条谈戴逵,有六条是谈顾恺之的,在艺术史上亦属珍贵资料。

戴安道中年画行像甚精妙。庾道季看之,语戴云:"神明太俗,由卿世情未尽。"戴云:"唯务光当免卿此语耳。"(《巧艺》8)

　　戴逵(字安道)擅长人物画,有佛教内容,也有世俗人物。此处说的"行像",本义是指用宝车载着佛像巡行城市街衢的一种宗教仪式,源于印度,东晋时期北方和南方均有流行;在这里是指"行像"活动中所用的佛画像。从庾龢(字道季)对戴逵的批评来看,似乎他所画的佛教人物像带有一定的世俗情趣,这颇有值得注意的地方。而戴逵对庾的批评则大不以为然,认为他所悬出的标准过于苛刻,唯有传说中夏代的贤者兼仙人"务光"才够得上。言外之意,画佛教人物像并不是脱离凡俗越远越好。

谢太傅云:"顾长康画,有苍生来所无。"(《巧艺》7)

顾长康画裴叔则,颊上益三毛。人问其故,顾曰:"裴楷俊朗有识具,正此是其识具。"看画者寻之,定觉益三毛如有神明,殊胜未安时。(《巧艺》9)

顾长康画人,或数年不点目精。人问其故,顾曰:"四体妍蚩,本无关于妙处;传神写照,正在阿堵中。"(《巧艺》13)

顾长康道:"手挥五弦易,目送归鸿难。"(《巧艺》14)

顾恺之(字长康)是中国画史上最为重要的人物之一,从谢安对其画作的赞语"有苍生以来所无",可以看出他在当时人心目中的崇高地位。

以上所选的几则材料,十分突出地表明了顾氏绘画理论的核心——"传神"。他画裴楷,凭空地在脸颊上添加几根毛,认为这比未加时更能显示裴楷的神情。原画不可见,我们现在要体会顾恺之这样做的妙处多少有些困难,但从简单的道理上去理解,至少能够想象:由于"颊上益三毛",会吸引观画者更多地注意人物的面部表情。他将眼睛视为人物画的关键,认为这比"四体妍蚩"重要得多,也是因为这是最能体现人物的精神状态的部分,就像今人喜欢说的一句话:"眼睛是灵魂的窗子。""目送归鸿,手挥五弦",则是嵇康诗歌的名句。东晋流行对"竹林七贤"的崇拜,七贤因之成为人物画的重要主题,相传戴逵也画过《竹林七贤图》。那么画嵇康的时候,人们自然会联想到嵇康本人在诗歌中对理想的人生姿态的描摹。为什么顾恺之说"手挥五弦"容易画出,而"目送归鸿"难以表现呢?因为前者是一个具体和确定的动作,后者则是一种寄情深远、难以解说的神态。

把"传神"作为人物画所追求的最高目标,这标志了中国古代人物画的成熟。同时,这一理论对中国画的发展也有着极其深远的影响;甚至可以说,它是中国画的特质所在。而这种绘画理论的文化背景,就是玄学的盛行,以及与之相关联的对人的情感、气质、风度等个性因素的重视。

三

魏晋又有一种十分流行的习尚,便是啸。它用有规则的发声来传达人物内心的活动,可以认为是音乐的一种;同时,啸又常常被称为"啸咏"、"啸歌",表明它和诗歌的吟唱有一定的关联。但啸没有语言作用,自然不同于诗歌;啸也没有固定的音调、旋律,和普通的音乐也有相当的距离。

啸从最简单的一面而言,就是今人的口哨。《说文》:"啸,吹声也。从口,肃声。"许慎认为啸就是吹气而发出声音。又《诗经·召南·江有汜》:"之子归,不我过,不我过,其啸也歌。"郑玄《笺》:"啸,蹙口而出声。"这里说"蹙口",就是双唇收紧向前努起的动作,令气流从舌尖吹出,发出声音。

啸可以单纯以舌和唇发声,也可以用手指与唇、舌相配合发声,谓之"啸指"。啸指也有两类:一是用手指夹着嘴唇,一是将手指插入口中。用手指插入口内发出的声音比一般的啸更为尖锐响亮。南京西善桥出土的南朝墓壁砖刻画《竹林七贤与荣启期》中的阮籍,将右手拇指和食指插入口中作啸形,即是啸指。

啸也是来历久远之物,何以在魏晋时代格外流行起来了呢?这既与音乐的兴盛有关,同时也缘于啸本身的特点:它是更为自由、随意、方便的音乐;从崇尚自然的哲学观点来看,啸也可以理解为最为自然的音乐。啸不需要任何器具,随时随地可作,因此它更能表达当下的情绪,兴来即起,兴尽则止。器乐有更多的程式,语言有更多的局限和危险,啸则有意味而无形迹,它最宜于体现魏晋士人所向往的任性率意的人生态度。晋人成公绥口吃而善啸,所作《啸赋》对啸的特点和功用有很好的描述:

> ……良自然之至音,非丝竹之所拟。是故声不假器,用不借物。近取诸身,役心御气。动唇有曲,发口成音。触类感物,因歌随吟。……玄妙足以通神悟灵,精微足以穷幽测深。……唱引万变,曲用无方。

……故能因形创声,随事造曲,应物无穷,机发响速。……音均不恒,曲无定制,行而不流,止而不滞。随口吻而发扬,假芳气而远逝。

阮步兵啸闻数百步。苏门山中,忽有真人,樵伐者咸共传说。阮籍往观,见其人拥膝岩侧,籍登岭就之,箕踞相对。籍商略终古,上陈黄、农玄寂之道,下考三代盛德之美,以问之,仡然不应。复叙有为之教、栖神导气之术以观之,彼犹如前,凝瞩不转。籍因对之长啸。良久,乃笑曰:"可更作。"籍复啸。意尽,退还半岭许,闻上嗽然有声,如数部鼓吹,林谷传响。顾看,乃向人啸也。(《栖逸》1)

这是一则带有神秘气息的故事,它对"啸"的旨趣作出了形象化的解说。苏门山"真人",既像是隐士,又像是仙人;若以《庄子》的语汇系统来检测,则是一位得道者。对慕名而至的阮籍,不论他说什么,黄帝、神农也罢,三代也罢,经世之说也罢,出世之说也罢,这位"真人"一概不屑作答。唯有啸声能够引起他的反应,而最终他也以震撼山林的啸声对求教者给出了回答。啸达成了语言所不能及的精神的应和,并引导了对于"大道"的叩问。此条刘注引《竹林七贤论》云:"籍归,遂著《大人先生论》,所言皆胸臆间本趣,大意谓先生与己不异也。观其长啸相和,亦近乎目击道存矣。"意思正是说阮籍通过与苏门山真人的长啸相合,明白了"道"之所在。

啸常常被用来表现名士豪迈而洒脱的气度:

(王)廙高朗豪率。王导与庾亮游于石头,会廙至。尔日迅风飞飚(帆),廙倚船楼长啸,神气甚逸。导谓亮曰:"世将为复识事。"亮曰:"正足舒其逸耳。"性倨傲,不合己者面拒之,故为物所疾。(《仇隙》3 刘注引《王廙别传》)

在大江上,迅风飞帆,王廙(字世将,大将军王敦弟)这位名门才俊倚船楼长啸,清音随风扩散在宏旷的天地间,何其风流飘逸!

上面所选的两例,均是在野外作啸,这种啸声通常响亮而悠长,故被称为"长啸"。在人群会聚的场合也可以作啸,但那种长啸就不太合适,大多情况下是作声调曼宛而优雅的啸声,这种啸和吟咏诗歌的调子相似,所以被称为"吟啸"或"啸咏";或者用歌曲的调子,则称为"啸歌"。

需要说明的是,吟啸、啸咏,许多研究者认为这是指且吟(咏)且啸,也就是说这是吟咏和啸的混合。但从史料来看,至少普遍的情况不是如此。前面引用过的有名的故事,说王子猷寄居他人空宅,便令种竹,或问暂住何烦如此,"王啸咏良久,直指竹曰:'何可一日无此君!'"这里实在没有咏诗的条件和必要,所谓"啸咏",其实就是像咏诗一般有韵律感的啸而已。成公绥《啸赋》说:"动唇有曲,发口成音。触类感物,因歌随吟。"他的意思很明白:啸可以用歌曲的调子(那就成为"歌啸"),也可以用吟咏的调子(那就成为"吟啸"、"啸咏")。当然,笔者不排除有且吟且啸的实例,而只是说所谓"吟啸"、"啸咏"通常不是指这种情况。

晋文王功德盛大,坐席严敬,拟于王者。唯阮籍在坐,箕踞啸歌,酣放自若。(《简傲》1)

这是阮籍的一个试图超越世俗规则的姿态,也是他想要把自己和司马昭的普通僚属加以区分的方法。当然,这要司马昭表示默认。

桓宣武作徐州,时谢奕为晋陵。先粗经虚怀,而乃无异常。及桓还荆州,将西之间,意气甚笃,奕弗之疑。唯谢虎子妇王悟其旨。每曰:"桓荆州用意殊异,必与晋陵俱西矣!"俄而引奕为司马。奕既上,犹推布衣交。在温坐,岸帻啸咏,无异常日。宣武每曰:"我方外司马。"遂因酒,转无朝夕礼。桓舍入内,奕辄复随去。后至奕醉,温往主许避之。主曰:"君无狂司马,我何由得相见?"(《简傲》8)

谢奕为谢安兄,陈郡谢氏的一位代表人物。桓温任荆州刺史时,以朋友交情邀他去做荆州司马。谢奕虽然答应了,却始终不把自己看作是桓温的下属,在桓温的官府中,衣冠随便,任意啸咏。甚至醉酒后把桓温逼得没有办法,只得躲进他老婆南康公主的内房。和前面阮籍的例子一样,啸咏常常和桀骜放诞的性格以及率情任性的生活方式联系在一起。

啸在魏晋士人生活中的意味非常丰富。它可以是对超越的向往,可以是苦闷的发泄,可以是洒脱的姿态,可以是高傲的显示,也可以仅仅是特殊的音乐趣味,凡此种种,难以列述。但不管怎样,想象那历史上的啸声,我们能够体味到魏晋时代特有的一种向往自由与美好的精神气质。

参 考 资 料

说明:这是为有意深入了解《世说新语》者准备的参考书目,不代表写作本书所使用过的资料——尽管两者之间有很大的重合。

历史·古人所著

1.《后汉书》,(南朝宋)范晔撰,中华书局,1965 年校点本。

2.《三国志》,(晋)陈寿撰,(南朝宋)裴松之注,中华书局,1959 年校点本。

3.《晋书》,(唐)房玄龄等撰,中华书局,1974 年校点本。

4.《宋书》,(梁)沈约撰,中华书局,1974 年校点本。

5.《资治通鉴》,(宋)司马光撰,中华书局,1956 年校点本。

历史·今人所著

1.《两晋南北朝史》,吕思勉著,上海古籍出版社,1983 年。

2.《魏晋南北朝史讲演录》,陈寅恪讲演,万绳楠整理,黄山书社,1987 年。

3.《魏晋南北朝史论集》,周一良著,北京大学出版社,1997 年。

4.《魏晋南北朝史论丛》,唐长孺著,三联书店,1955 年。

5.《魏晋南北朝史论丛续编》,唐长孺著,三联书店,1959 年。

6.《东晋门阀制度》,田余庆著,北京大学出版社,1989 年。

7.《中国文化史》,柳诒徵著,东方出版中心,1988 年。

8.《士与中国文化》,余英时著,上海人民出版社,1987 年。

9.《魏晋南北朝社会生活史》,朱大渭等著,中国社会科学出版社,1998 年。

10.《中古文人生活研究》,范子烨著,山东教育出版社,2001 年。

思想、哲学、宗教

1.《汉魏两晋南北朝佛教史》,汤用彤著,北京大学出版社,1997 年。

2.《魏晋玄学论稿》,汤用彤著,上海古籍出版社,2001 年。

3.《魏晋的自然主义》,容肇祖著,东方出版社,1996 年。

4.《魏晋思想论》,刘大杰著,上海古籍出版社,1998 年。

5.《魏晋玄谈》,孔繁著,辽宁教育出版社,1991 年。

6.《魏晋清谈》,唐翼明著,台北东大图书股份有限公司,1992 年。

7.《玄学与魏晋士人心态》,罗宗强著,南开大学出版社,2003 年。

8.《佛教征服中国》,[荷兰]许里和著,李四龙等译,江苏人民出版社,1998 年。

文学、艺术史

1.《中国小说史略》、《中国小说的历史变迁》,鲁迅著,《鲁迅全集》第九卷,人民文学出版社,2005 年。

2.《中国中古文学史》,刘师培著,人民文学出版社,1959 年。

3.《中古文学史论集》,王瑶著,上海古籍出版社,1982 年。

4.《中古文学系年》,陆侃如著,人民文学出版社,1985 年。

5.《魏晋南北朝文学思想史》,罗宗强著,中华书局,1996 年。

6.《美的历程》,李泽厚著,中国社会科学出版社,1984 年。

7.《六朝美学》,袁济喜著,北京大学出版社,1989 年。

8.《中国艺术精神》,徐复观著,华东师范大学出版社,2001 年。

9.《中国小说源流论》,石昌渝著,三联书店,1994 年。

影印《世说新语》古本

1. 唐写本残卷,民国五年(1916)罗振玉四时嘉至轩影印本。

2. 宋绍兴八年(1138)董弅刻本,文学古籍刊行社 1956 年影印本。

3. 清光绪十七年(1892)王先谦思贤讲舍本,上海古籍出版社 1982 年影印本。

《世说新语》校注及会评

1. 刘盼遂《世说新语校笺》(《国学论丛》第一卷4号;《序》与《凡例》分别见于《文学同盟》第11、13期,1928年),收入《刘盼遂文集》,北京师范大学出版社,2002年。

2. 李审言《世说笺释》(《制言》杂志第52期,1939年),收入《李审言文集》,江苏古籍出版社,1989。

3. 程炎震《世说新语笺证》(《文哲季刊》7卷第2、3期;1942、1943年)。

4. 余嘉锡《世说新语笺疏》(修订本),上海古籍出版社,1993年。

5. 徐震堮《世说新语校笺》(附《世说新语词语简释》),中华书局,1984年。

6. 张㧑之《世说新语译注》,上海古籍出版社,1996年。

7. 杨勇《世说新语校笺》,中华书局,2006年。

8.《世说新语会评》,刘强会评辑校,凤凰出版社,2007年。

《世说新语》研究专著及工具书

1.《世说新语补证》,王叔岷补证,台北艺文印书馆,1975年。

2.《世说新语研究》,王能宪著,江苏古籍出版社,1992年。

3.《世说探幽》,萧艾著,湖南出版社,1992年。

4.《世说新语与中古文化》,宁稼雨著,河北教育出版社,1994年。

5.《世说新语研究》,蒋凡著,学林出版社,1998年。

6.《世说新语语法探究》,詹秀惠著,台湾学生书局,1973年。

7.《世说新语考释》,吴金华著,安徽教育出版社,1994年。

8.《世说新语语言研究》,张振德等著,巴蜀书社,1995年。

9.《中国人的机智:以〈世说新语〉为中心》,[日]井波律子著,学林出版社,1998年。

10.《世说新语发微》,王守华著,上海文艺出版社,1998年。

11.《世说新语辞典》,张永言主编,四川人民出版社,1992年。

12.《世说新语词典》,张万起编,商务印书馆,1993年。

《世说新语》及相关问题研究论文(部分)

1. 刘盼遂《唐写本世说新语跋尾》,《清华学报》2 卷 2 号,1925 年。收入《刘盼遂文集》,北京师范大学出版社,2002 年。

2. 鲁迅《魏晋风度及文章与药及酒之关系》,1927 年广州讲演,收入《鲁迅全集》第三卷,人民文学出版社,2005 年。

3. 傅增湘《世说三卷:日本帝室图书寮观书记》,《国立北平图书馆月刊》4 卷 1 期,1930 年第 2 期。

4. 宗白华《论〈世说新语〉和晋人的美》,《星期评论》1940 年 10 期。收入氏著《美学散步》,上海人民出版社,1981 年。

5. 冯友兰《论风流》,《哲学评论》第四卷第三期,1944 年。

6. 赵冈《世说新语刘注义例考》,《国文月刊》第 83 期,1949 年 2 期。

7. 汤用彤《魏晋玄学中的社会政治思想和它的政治背景》,《历史研究》1954 年第 3 期。

8. 陈寅恪《书世说新语文学类钟会撰四本论始毕条后》,《中山大学学报》1956 年第 3 期。收入氏著《金明馆丛稿初编》,三联书店,2001 年。

9. 余嘉锡《世说新语辨证》,载《四库提要辨证》,云南人民出版社,2004 年。

10. 汤一介《略论王弼与魏晋玄学》,《学术月刊》1963 年第 1 期。

11. 白化文、李明辰《世说新语的日本注本》,《文史》第六辑,中华书局,1979 年。

12. 周本淳《世说新语原名考略》,《中华文史论丛》1980 年第 3 期。

13. 周一良《〈世说新语〉和作者刘义庆身世的考察》,《中国哲学史研究》1981 年第 1 期。收入氏著《魏晋南北朝史论集》,北京大学出版社,1997 年。

14. 段熙仲《〈搜神记〉与〈世说〉》,《南京师范大学学报》1981 年第 3 期。

15. 孔繁《从〈世说新语〉看清谈》,《文史哲》1981 年第 6 期。

16. 刘文忠《世说中的文论概述》,《古代文学理论研究》第三辑,上海古籍出版社,1981 年。

17. 徐传武《〈世说新语〉刘注浅探》,《文献》1986 年第 1 期。

18. 钱南秀《传神阿堵:〈世说新语〉塑造人物形象的艺术手法》,《文学评论》1986 年第 5 期。

19. 宁稼雨《"世说体"初探》,《中国古典文学论丛》第六辑,1987 年 10 月。

20. 侯忠义《〈世说〉思想艺术论》,《北京大学学报》1987 年第 4 期。

21. 汤亚平《〈世说〉中的文学理论概观》,《湘潭大学学报》1988 年古典文学专辑。

22. 萧艾《中国文化史上第三大转折时期上流社会的真实写照》,《湘潭大学学报》1988 年增刊。

23. 程章灿《从〈世说新语〉看晋宋文学观念与魏晋美学新风》,《南京大学学报》1989 年第 1 期。

24. 王能宪《〈世说新语〉在日本的流传与研究》,《文学遗产》1992 年第 2 期。

25. 张丹飞《论贤媛之"贤":从〈贤媛〉门看〈世说新语〉品评妇女的标准》,《新疆大学学报》1993 年第 3 期。

26. 梅家玲《论〈世说新语〉的叙事艺术》,台湾《人文及社会科学》1994 年第 4 期。

27. 张海明《〈世说新语〉的文体特征与清谈之关系》,《文学遗产》1997 年第 1 期。

28. [韩]金星迨《〈世说新语〉:历史向文学的蜕变》,《社会科学战线》1999 年第 3 期。

29. 刘强《20 世纪〈世说新语〉研究综述》,《文史知识》2000 年第 4 期。

30. 陈引驰《由〈世说新语·文学〉略窥其时"文学"之意谓》,《古代文学理论研究》第二十三辑,华东师范大学出版社,2005 年。

与《世说新语》相关的部分其他古籍

1.《老子》王弼注,《王弼集校释》,中华书局,1980 年。

2.《老子校释》,朱谦之校释,中华书局,1984 年。

3.《论语》何晏注,《论语注疏》,(魏)何晏集解,(宋)邢昺疏,《十三经注疏》本。

4.《庄子今注今译》,陈鼓应注译,中华书局,1983 年。

5.《人物志》,(魏)刘邵撰,收入《汉魏丛书》。

6.《西京杂记》,(晋)葛洪撰,程毅中校点,中华书局,1985 年。

7.《语林》,(晋)裴启撰,周楞伽辑注,文化艺术出版社,1988 年。

8.《搜神记》,(晋)干宝撰,汪绍楹校注,中华书局,1981 年。

9.《古小说钩沉》,鲁迅辑校,《鲁迅全集》第八卷,人民文学出版社,2005 年。

10.《颜氏家训集解》,(北齐)颜之推撰,王利器集解,中华书局,1993 年。

附录

《世说新语》原文 [*]

世说新语卷上之上

德 行 第 一

1. 陈仲举言为士则,行为世范,登车揽辔,有澄清天下之志。为豫章太守,至,便问徐孺子所在,欲先看之。主簿白:"群情欲府君先入廨。"陈曰:"武王式商容之闾,席不暇暖。吾之礼贤,有何不可!"

2. 周子居常云:"吾时月不见黄叔度,则鄙吝之心已复生矣。"

3. 郭林宗至汝南造袁奉高,车不停轨,鸾不辍轭。诣黄叔度,乃弥日信宿。人问其故,林宗曰:"叔度汪汪如万顷之陂。澄之不清,扰之不浊,其器深广,难测量也。"

4. 李元礼风格秀整,高自标持,欲以天下名教是非为己任。后进之士,有升其堂者,皆以为登龙门。

5. 李元礼尝叹荀淑、钟皓曰:"荀君清识难尚,钟君至德可师。"

---

* 据明袁褧嘉趣堂刻本《世说新语》录入,并参余嘉锡《世说新语笺疏》(修订本),上海古籍出版社,1993 年。

6. 陈太丘诣荀朗陵,贫俭无仆役。乃使元方将车,季方持杖后从。长文尚小,载箸车中。既至,荀使叔慈应门,慈明行酒,余六龙下食。文若亦小,坐箸膝前。于时太史奏:"真人东行。"

7. 客有问陈季方:"足下家君太丘,有何功德而荷天下重名?"季方曰:"吾家君譬如桂树生泰山之阿,上有万仞之高,下有不测之深;上为甘露所沾,下为渊泉所润。当斯之时,桂树焉知泰山之高,渊泉之深,不知有功德与无也!"

8. 陈元方子长文有英才,与季方子孝先,各论其父功德,争之不能决,咨于太丘。太丘曰:"元方难为兄,季方难为弟。"

9. 荀巨伯远看友人疾,值胡贼攻郡,友人语巨伯曰:"吾今死矣,子可去!"巨伯曰:"远来相视,子令吾去,败义以求生,岂荀巨伯所行邪?"贼既至,谓巨伯曰:"大军至,一郡尽空,汝何男子,而敢独止?"巨伯曰:"友人有疾,不忍委之,宁以我身代友人命。"贼相谓曰:"我辈无义之人,而入有义之国!"遂班军而还,一郡并获全。

10. 华歆遇子弟甚整,虽闲室之内,严若朝典。陈元方兄弟恣柔爱之道。而二门之里,两不失雍熙之轨焉。

11. 管宁、华歆共园中锄菜,见地有片金,管挥锄与瓦石不异,华捉而掷去之。又尝同席读书,有乘轩冕过门者,宁读如故,歆废书出看。宁割席分坐曰:"子非吾友也。"

12. 王朗每以识度推华歆。歆蜡日,尝集子侄燕饮,王亦学之。有人向张华说此事,张曰:"王之学华,皆是形骸之外,去之所以更远。"

13. 华歆、王朗俱乘船避难,有一人欲依附,歆辄难之。朗曰:"幸尚宽,何为不可?"后贼追至,王欲舍所携人。歆曰:"本所以疑,正为此耳。既已纳其自托,宁可以急相弃邪?"遂携拯如初。世以此定华、王之优劣。

14. 王祥事后母朱夫人甚谨。家有一李树,结子殊好,母恒使守之。时风雨忽至,祥抱树而泣。祥尝在别床眠,母自往暗斫之。值祥私起,空斫得被。既还,知母憾之不已,因跪前请死。母于是感悟,爱之如己子。

15. 晋文王称阮嗣宗至慎,每与之言,言皆玄远,未尝臧否人物。

16. 王戎云:"与嵇康居二十年,未尝见其喜愠之色。"

17. 王戎、和峤同时遭大丧,俱以孝称。王鸡骨支床,和哭泣备礼。武帝谓刘仲雄曰:"卿数省王、和不? 闻和哀苦过礼,使人忧之。"仲雄曰:"和峤虽备礼,神气不损;王戎虽不备礼,而哀毁骨立。臣以和峤生孝,王戎死孝。陛下不应忧峤,而应忧戎。"

18. 梁王、赵王,国之近属,贵重当时。裴令公岁请二国租钱数百万,以恤中表之贫者。或讥之曰:"何以乞物行惠?"裴曰:"损有余,补不足,天之道也。"

19. 王戎云:"太保居在正始中,不在能言之流。及与之言,理中清远,将无以德掩其言!"

20. 王安丰遭艰,至性过人。裴令往吊之,曰:"若使一恸果能伤人,濬冲必不免灭性之讥。"

21. 王戎父浑有令名,官至凉州刺史。浑薨,所历九郡义故,怀其德惠,相率致赙数百万,戎悉不受。

22. 刘道真尝为徒,扶风王骏以五百匹布赎之,既而用为从事中郎。当时以为美事。

23. 王平子、胡毋彦国诸人,皆以任放为达,或有裸体者。乐广笑曰:"名教中自有乐地,何为乃尔也!"

24. 郗公值永嘉丧乱,在乡里甚穷馁。乡人以公名德,传共饴之。公常携兄子迈及外生周翼二小儿往食。乡人曰:"各自饥困,以君之贤,欲共济君耳,恐不能兼有所存。"公于是独往食,辄含饭著两颊边,还吐与二儿。后并得存,同过江。郗公亡,翼为剡县,解职归,席苦于公灵床头,心丧终三年。

25. 顾荣在洛阳,尝应人请,觉行炙人有欲炙之色,因辍己施焉。同坐嗤之。荣曰:"岂有终日执之,而不知其味者乎?"后遭乱渡江,每经危急,常有一人左右己,问其所以,乃受炙人也。

26. 祖光禄少孤贫,性至孝,常自为母炊爨作食。王平北闻其佳名,以两婢饷之,因取为中郎。有人戏之者曰:"奴价倍婢。"祖云:"百里奚亦何必轻于五羖之皮邪?"

27. 周镇罢临川郡还都,未及上,住泊青溪渚,王丞相往看之。时夏月,暴雨卒至,舫至狭小,而又大漏,殆无复坐处。王曰:"胡威之清,何以过此!"

即启用为吴兴郡。

28．邓攸始避难,于道中弃己子,全弟子。既过江,取一妾,甚宠爱。历年后讯其所由,妾具说是北人遭乱,忆父母姓名,乃攸之甥也。攸素有德业,言行无玷,闻之哀恨终身,遂不复畜妾。

29．王长豫为人谨顺,事亲尽色养之孝。丞相见长豫辄喜,见敬豫辄嗔。长豫与丞相语,恒以慎密为端。丞相还台,及行,未尝不送至车后。恒与曹夫人并当箱箧。长豫亡后,丞相还台,登车后,哭至台门。曹夫人作簏,封而不忍开。

30．桓常侍闻人道深公者,辄曰:"此公既有宿名,加先达知称,又与先人至交,不宜说之。"

31．庾公乘马有的卢,或语令卖去。庾云:"卖之必有买者,即当害其主。宁可不安己而移于他人哉?昔孙叔敖杀两头蛇以为后人,古之美谈,效之,不亦达乎!"

32．阮光禄在剡,曾有好车,借者无不皆给。有人葬母,意欲借而不敢言。阮后闻之,叹曰:"吾有车而使人不敢借,何以车为?"遂焚之。

33．谢奕作剡令,有一老翁犯法,谢以醇酒罚之,乃至过醉而犹未已。太傅时年七八岁,箸青布绔,在兄膝边坐,谏曰:"阿兄!老翁可念,何可作此。"奕于是改容曰:"阿奴欲放去邪?"遂遣之。

34．谢太傅绝重褚公,常称:"褚季野虽不言,而四时之气亦备。"

35．刘尹在郡,临终绵惙,闻阁下祠神鼓舞,正色曰:"莫得淫祀!"外请杀车中牛祭神。真长答曰:"丘之祷久矣,勿复为烦。"

36．谢公夫人教儿,问太傅:"那得初不见君教儿?"答曰:"我常自教儿。"

37．晋简文为抚军时,所坐床上尘不听拂,见鼠行迹,视以为佳。有参军见鼠白日行,以手板批杀之,抚军意色不说。门下起弹,教曰:"鼠被害,尚不能忘怀;今复以鼠损人,无乃不可乎?"

38．范宣年八岁,后园挑菜,误伤指,大啼。人问:"痛邪?"答曰:"非为痛,身体发肤,不敢毁伤,是以啼耳!"宣洁行廉约,韩豫章遗绢百匹,不受。减五十匹,复不受。如是减半,遂至一匹,既终不受。韩后与范同载,就车中裂二丈与范,云:"人宁可使妇无裈邪?"范笑而受之。

39．王子敬病笃,道家上章应首过,问子敬"由来有何异同得失?"子敬云:"不觉有余事,惟忆与郗家离婚。"

40．殷仲堪既为荆州,值水,俭食,常五碗盘,外无余肴。饭粒脱落盘席间,辄拾以啖之。虽欲率物,亦缘其性真素。每语子弟云:"勿以我受任方州,云我豁平昔时意。今吾处之不易。贫者士之常,焉得登枝而捐其本! 尔曹其存之!"

41．初桓南郡、杨广共说殷荆州,宜夺殷觊南蛮以自树。觊亦即晓其旨,尝因行散,率尔去下舍,便不复还,内外无预知者。意色萧然,远同斗生之无愠。时论以此多之。

42．王仆射在江州,为殷、桓所逐,奔甯豫章,存亡未测。王绥在都,既忧慽在貌,居处饮食,每事有降。时人谓为试守孝子。

43．桓南郡既破殷荆州,收殷将佐十许人,咨议罗企生亦在焉。桓素待企生厚,将有所戮,先遣人语云:"若谢我,当释罪。"企生答曰:"为殷荆州吏,今荆州奔亡,存亡未判,我何颜谢桓公?"既出市,桓又遣人问欲何言,答曰:"昔晋文王杀嵇康,而嵇绍为晋忠臣。从公乞一弟以养老母。"桓亦如言宥之。桓先曾以一羔裘与企生母胡,胡时在豫章,企生问至,即日焚裘。

44．王恭从会稽还,王大看之。见其坐六尺簟,因语恭:"卿东来,故应有此物,可以一领及我。"恭无言。大去后,即举所坐者送之。既无余席,便坐荐上。后大闻之甚惊,曰:"吾本谓卿多,故求耳。"对曰:"丈人不悉恭,恭作人无长物。"

45．吴郡陈遗,家至孝,母好食铛底焦饭。遗作郡主簿,恒装一囊,每煮食,辄贮录焦饭,归以遗母。后值孙恩贼出吴郡,袁府君即日便征,遗已聚敛得数斗焦饭,未展归家,遂带以从军。战于沪渎,败。军人溃散,逃走山泽,皆多饥死,遗独以焦饭得活。时人以为纯孝之报也。

46．孔仆射为孝武侍中,豫蒙眷接烈宗山陵。孔时为太常,形素羸瘦,著重服,竟日涕泗流涟,见者以为真孝子。

47．吴道助、附子兄弟,居在丹阳郡。后遭母童夫人艰,朝夕哭临。及思至,宾客吊省,号踊哀绝,路人为之落泪。韩康伯时为丹阳尹,母殷在郡,每闻二吴之哭,辄为凄恻。语康伯曰:"汝若为选官,当好料理此人。"康伯亦甚相知。韩后果为吏部尚书。大吴不免哀制,小吴遂大贵达。

言 语 第 二

1. 边文礼见袁奉高,失次序。奉高曰:"昔尧聘许由,面无怍色,先生何为颠倒衣裳?"文礼答曰:"明府初临,尧德未彰,是以贱民颠倒衣裳耳。"

2. 徐孺子年九岁,尝月下戏。人语之曰:"若令月中无物,当极明邪?"徐曰:"不然,譬如人眼中有瞳子,无此必不明。"

3. 孔文举年十岁,随父到洛。时李元礼有盛名,为司隶校尉,诣门者皆俊才清称及中表亲戚乃通。文举至门,谓吏曰:"我是李府君亲。"既通,前坐。元礼问曰:"君与仆有何亲?"对曰:"昔先君仲尼与君先人伯阳,有师资之尊,是仆与君奕世为通好也。"元礼及宾客莫不奇之。太中大夫陈韪后至,人以其语语之。韪曰:"小时了了,大未必佳!"文举曰:"想君小时,必当了了!"韪大踧踖。

4. 孔文举有二子,大者六岁,小者五岁。昼日父眠,小者床头盗酒饮之。大儿谓曰:"何以不拜?"答曰:"偷,那得行礼!"

5. 孔融被收,中外惶怖。时融儿大者九岁,小者八岁。二儿故琢钉戏,了无遽容。融谓使者曰:"冀罪止于身,二儿可得全不?"儿徐进曰:"大人岂见覆巢之下,复有完卵乎?"寻亦收至。

6. 颍川太守髡陈仲弓。客有问元方:"府君何如?"元方曰:"高明之君也。""足下家君何如?"曰:"忠臣孝子也。"客曰:"《易》称'二人同心,其利断金;同心之言,其臭如兰'。何有高明之君而刑忠臣孝子者乎?"元方曰:"足下言何其谬也!故不相答。"客曰:"足下但因伛为恭不能答。"元方曰:"昔高宗放孝子孝己,尹吉甫放孝子伯奇,董仲舒放孝子符起。唯此三君,高明之君;唯此三子,忠臣孝子。"客惭而退。

7. 荀慈明与汝南袁阆相见,问颍川人士,慈明先及诸兄。阆笑曰:"士但可因亲旧而已乎?"慈明曰:"足下相难,依据者何经?"阆曰:"方问国士,而及诸兄,是以尤之耳。"慈明曰:"昔者祁奚内举不失其子,外举不失其仇,以为至公。公旦文王之诗，不论尧舜之德，而颂文武者，亲亲之义也。《春秋》之义，内其国而外诸夏。且不爱其亲而爱他人者，不为悖德乎？"

8. 祢衡被魏武谪为鼓史，正月半试鼓。衡扬枹为《渔阳掺挝》，渊渊有金石声，四坐为之改容。孔融曰："祢衡罪同胥靡，不能发明王之梦。"魏武惭而赦之。

9. 南郡庞士元闻司马德操在颍川，故二千里候之。至，遇德操采桑，士元从车中谓曰："吾闻丈夫处世，当带金佩紫，焉有屈洪流之量，而执丝妇之事。"德操曰："子且下车，子适知邪径之速，不虑失道之迷。昔伯成耦耕，不慕诸侯之荣；原宪桑枢，不易有官之宅。何有坐则华屋，行则肥马，侍女数十，然后为奇？此乃许、父所以慷慨，夷、齐所以长叹。虽有窃秦之爵，千驷之富，不足贵也！"士元曰："仆生出边垂，寡见大义。若不一叩洪钟，伐雷鼓，则不识其音响也。"

10. 刘公幹以失敬罹罪，文帝问曰："卿何以不谨于文宪？"桢答曰："臣诚庸短，亦由陛下纲目不疏。"

11. 钟毓、钟会少有令誉。年十三，魏文帝闻之，语其父钟繇曰："可令二子来！"于是敕见。毓面有汗，帝曰："卿面何以汗？"毓对曰："战战惶惶，汗出如浆。"复问会："卿何以不汗？"对曰："战战栗栗，汗不敢出。"

12. 钟毓兄弟小时，值父昼寝，因共偷服药酒。其父时觉，且托寐以观之。毓拜而后饮，会饮而不拜。既而问毓何以拜，毓曰："酒以成礼，不敢不拜。"又问会何以不拜，会曰："偷本非礼，所以不拜。"

13. 魏明帝为外祖母筑馆于甄氏。既成，自行视，谓左右曰："馆当以何为名？"侍中缪袭曰："陛下圣思齐于哲王；罔极过于曾、闵。此馆之兴，情钟舅氏，宜以'渭阳'为名。"

14. 何平叔云："服五石散，非唯治病，亦觉神明开朗。"

15. 嵇中散语赵景真："卿瞳子白黑分明，有白起之风，恨量小狭。"赵云："尺表能审玑衡之度，寸管能测往复之气。何必在大，但问识如何耳！"

16. 司马景王东征，取上党李喜，以为从事中郎。因问喜曰："昔先公辟君不就，今孤召君，何以来？"喜对曰："先公以礼见待，故得以礼进退；明公以法见绳，喜畏法而至耳！"

17. 邓艾口吃,语称"艾艾"。晋文王戏之曰:"卿云艾艾,定是几艾?"对曰:"凤兮凤兮,故是一凤。"

18. 嵇中散既被诛,向子期举郡计入洛,文王引进,问曰:"闻君有箕山之志,何以在此?"对曰:"巢、许狷介之士,不足多慕。"王大咨嗟。

19. 晋武帝始登阼,探策得"一"。王者世数,系此多少。帝既不说,群臣失色,莫能有言者。侍中裴楷进曰:"臣闻天得一以清,地得一以宁,侯王得一以为天下贞。"帝说,群臣叹服。

20. 满奋畏风。在晋武帝坐,北窗作琉璃屏,实密似疏,奋有难色。帝笑之。奋答曰:"臣犹吴牛,见月而喘。"

21. 诸葛靓在吴,于朝堂大会。孙皓问:"卿字仲思,为何所思?"对曰:"在家思孝,事君思忠,朋友思信,如斯而已。"

22. 蔡洪赴洛,洛中人问曰:"幕府初开,群公辟命,求英奇于仄陋,采贤俊于岩穴。君吴楚之士,亡国之余,有何异才,而应斯举?"蔡答曰:"夜光之珠,不必出于孟津之河;盈握之璧,不必采于昆仑之山。大禹生于东夷,文王生于西羌,圣贤所出,何必常处。昔武王伐纣,迁顽民于洛邑,得无诸君是其苗裔乎?"

23. 诸名士共至洛水戏。还,乐令问王夷甫曰:"今日戏乐乎?"王曰:"裴仆射善谈名理,混混有雅致;张茂先论《史》《汉》,靡靡可听;我与王安丰说延陵、子房,亦超超玄箸。"

24. 王武子、孙子荆各言其土地人物之美。王云:"其地坦而平,其水淡而清,其人廉且贞。"孙云:"其山崔巍以嵯峨,其水㳿渫而扬波,其人磊砢而英多。"

25. 乐令女适大将军成都王颖。王兄长沙王执权于洛,遂构兵相图。长沙王亲近小人,远外君子,凡在朝者,人怀危惧。乐令既允朝望,加有婚亲,群小谗于长沙。长沙尝问乐令,乐令神色自若,徐答曰:"岂以五男易一女?"由是释然,无复疑虑。

26. 陆机诣王武子,武子前置数斛羊酪,指以示陆曰:"卿江东何以敌此?"陆云:"有千里莼羹,但未下盐豉耳!"

27. 中朝有小儿,父病,行乞药。主人问病,曰:"患疟也。"主人曰:"尊侯明德君子,何以病疟?"答曰:"来病君子,所以为疟耳。"

28. 崔正熊诣都郡。都郡将姓陈,问正熊:"君去崔杼几世?"答曰:"民去崔杼,如明府之去陈恒。"

29. 元帝始过江,谓顾骠骑曰:"寄人国土,心常怀惭。"荣跪对曰:"臣闻王者以天下为家,是以耿、亳无定处,九鼎迁洛邑。愿陛下勿以迁都为念。"

30. 庾公造周伯仁。伯仁曰:"君何欣说而忽肥?"庾曰:"君复何所忧惨而忽瘦?"伯仁曰:"吾无所忧,直是清虚日来,滓秽日去耳。"

31. 过江诸人,每至美日,辄相邀新亭,藉卉饮宴。周侯中坐而叹曰:"风景不殊,正自有山河之异!"皆相视流泪。唯王丞相愀然变色曰:"当共戮力王室,克复神州,何至作楚囚相对?"

32. 卫洗马初欲渡江,形神惨顿,语左右云:"见此芒芒,不觉百端交集。苟未免有情,亦复谁能遣此!"

33. 顾司空未知名,诣王丞相。丞相小极,对之疲睡。顾思所以叩会之,因谓同坐曰:"昔每闻元公道公协赞中宗,保全江表,体小不安,令人喘息。"丞相因觉,谓顾曰:"此子珪璋特达,机警有锋。"

34. 会稽贺生,体识清远,言行以礼。不徒东南之美,实为海内之秀。

35. 刘琨虽隔阂寇戎,志存本朝,谓温峤曰:"班彪识刘氏之复兴,马援知汉光之可辅。今晋祚虽衰,天命未改。吾欲立功于河北,使卿延誉于江南。子其行乎?"温曰:"峤虽不敏,才非昔人,明公以桓、文之姿,建匡立之功,岂敢辞命!"

36. 温峤初为刘琨使来过江。于时江左营建始尔,纲纪未举。温新至,深有诸虑。既诣王丞相,陈主上幽越,社稷焚灭,山陵夷毁之酷,有《黍离》之痛。温忠慨深烈,言与泗俱,丞相亦与之对泣。叙情既毕,便深自陈结,丞相亦厚相酬纳。既出,欢然言曰:"江左自有管夷吾,此复何忧?"

37. 王敦兄含为光禄勋。敦既逆谋,屯据南州,含委职奔姑孰。王丞相诣阙谢。司徒、丞相、扬州官僚问讯,仓卒不知何辞。顾司空时为扬州别驾,援翰曰:"王光禄远避流言,明公蒙尘路次,群下不宁,不审尊体起居何如?"

38. 郗太尉拜司空,语同坐曰:"平生意不在多,值世故纷纭,遂至台鼎。朱博翰音,实愧于怀。"

39. 高坐道人不作汉语,或问此意,简文曰:"以简应对之烦。"

40. 周仆射雍容好仪形,诣王公,初下车,隐数人,王公含笑看之。既坐,傲然啸咏。王公曰:"卿欲希嵇、阮邪?"答曰:"何敢近舍明公,远希嵇、阮!"

41. 庾公尝入佛图,见卧佛,曰:"此子疲于津梁。"于时以为名言。

42. 挚瞻曾作四郡太守,大将军户曹参军,复出作内史,年始二十九。尝别王敦,敦谓瞻曰:"卿年未三十,已为万石,亦太蚤。"瞻曰:"方于将军,少为太蚤;比之甘罗,已为太老。"

43. 梁国杨氏子,九岁,甚聪惠。孔君平诣其父,父不在,乃呼儿出,为设果。果有杨梅,孔指以示儿曰:"此是君家果。"儿应声答曰:"未闻孔雀是夫子家禽。"

44. 孔廷尉以裘与从弟沈,沈辞不受。廷尉曰:"晏平仲之俭,祠其先人,豚肩不掩豆,犹狐裘数十年,卿复何辞此?"于是受而服之。

45. 佛图澄与诸石游,林公曰:"澄以石虎为海鸥鸟。"

46. 谢仁祖年八岁,谢豫章将送客,尔时语已神悟,自参上流。诸人咸共叹之曰:"年少一坐之颜回。"仁祖曰:"坐无尼父,焉别颜回?"

47. 陶公疾笃,都无献替之言,朝士以为恨。仁祖闻之曰:"时无竖刁,故不贻陶公话言。"时贤以为德音。

48. 竺法深在简文坐,刘尹问:"道人何以游朱门?"答曰:"君自见其朱门,贫道如游蓬户。"或云卞令。

49. 孙盛为庾公记室参军,从猎,将其二儿俱行。庾公不知,忽于猎场见齐庄,时年七八岁。庾谓曰:"君亦复来邪?"应声答曰:"所谓'无小无大,从公于迈'。"

50. 孙齐由、齐庄二人小时诣庾公,公问齐由"何字",答曰:"字齐由。"公曰:"欲何齐邪?"曰:"齐许由。"齐庄"何字",答曰:"字齐庄。"公曰:"欲何齐?"曰:"齐庄周。"公曰:"何不慕仲尼而慕庄周?"对曰:"圣人生知,故难企慕。"庾公大喜小儿对。

51. 张玄之、顾敷,是顾和中外孙,皆少而聪惠。和并知之,而常谓顾胜,亲重偏至,张颇不恢。于时张年九岁,顾年七岁,和与俱至寺中。见佛般泥洹像,弟子有泣者,有不泣者,和以问二孙。玄谓"被亲故泣,不被亲故不泣。"敷曰："不然，当由忘情故不泣，不能忘情故泣。"

52. 庾法畅造庾太尉，握麈尾至佳，公曰："此至佳，那得在?"法畅曰："廉者不求，贪者不与，故得在耳。"

53. 庾稚恭为荆州，以毛扇上武帝。武帝疑是故物。侍中刘劭曰："柏梁云构，工匠先居其下；管弦繁奏，钟、夔先听其音。稚恭上扇，以好不以新。"庾后闻之曰："此人宜在帝左右。"

54. 何骠骑亡后，征褚公入。既至石头，王长史、刘尹同诣褚。褚曰："真长何以处我?"真长顾王曰："此子能言。"褚因视王，王曰："国自有周公。"

55. 桓公北征经金城，见前为琅邪时种柳，皆已十围，慨然曰："木犹如此，人何以堪!"攀枝执条，泫然流泪。

56. 简文作抚军时，尝与桓宣武俱入朝，更相让在前。宣武不得已而先之，因曰："伯也执殳，为王前驱。"简文曰："所谓'无小无大，从公于迈'。"

57. 顾悦与简文同年，而发蚤白。简文曰："卿何以先白?"对曰："蒲柳之姿，望秋而落；松柏之质，经霜弥茂。"

58. 桓公入峡，绝壁天悬，腾波迅急。乃叹曰："既为忠臣，不得为孝子，如何?"

59. 初，荧惑入太微，寻废海西。简文登阼，复入太微，帝恶之。时郗超为中书在直。引超入曰："天命修短，故非所计，政当无复近日事不?"超曰："人司马方将外固封疆，内镇社稷，必无若此之虑。臣为陛下以百口保之。"帝因诵庾仲初诗曰："志士痛朝危，忠臣哀主辱。"声甚凄厉。郗受假还东，帝曰："致意尊公，家国之事，遂至于此! 由是身不能以道匡卫，思患预防，愧叹之深，言何能喻!"因泣下流襟。

60. 简文在暗室中坐，召宣武。宣武至，问："上何在?"简文曰："某在斯。"时人以为能。

61. 简文入华林园，顾谓左右曰："会心处不必在远。翳然林水，便自有濠、濮间想也。觉鸟兽禽鱼，自来亲人。"

62. 谢太傅语王右军曰："中年伤于哀乐，与亲友别，辄作数日恶。"王曰："年在桑榆，自然至此，正赖丝竹陶写。恒恐儿辈觉，损欣乐之趣。"

63. 支道林常养数匹马。或言"道人畜马不韵"。支曰:"贫道重其神骏。"

64. 刘尹与桓宣武共听讲《礼记》。桓云:"时有入心处,便觉咫尺玄门。"刘曰:"此未关至极,自是金华殿之语。"

65. 羊秉为抚军参军,少亡,有令誉。夏侯孝若为之叙,极相赞悼。羊权为黄门侍郎,侍简文坐。帝问曰:"夏侯湛作《羊秉叙》,绝可想。是卿何物?有后不?"权潸然对曰:"亡伯令问夙彰,而无有继嗣。虽名播天听,然胤绝圣世。"帝嗟慨久之。

66. 王长史与刘真长别后相见,王谓刘曰:"卿更长进。"答曰:"此若天之自高耳。"

67. 刘尹云:"人想王荆产佳,此想长松下当有清风耳。"

68. 王仲祖闻蛮语不解,茫然曰:"若使介葛卢来朝,故当不昧此语。"

69. 刘真长为丹阳尹,许玄度出都就刘宿。床帷新丽,饮食丰甘。许曰:"若保全此处,殊胜东山。"刘曰:"卿若知吉凶由人,吾安得不保此!"王逸少在坐曰:"令巢、许遇稷、契,当无此言。"二人并有愧色。

70. 王右军与谢太傅共登冶城。谢悠然远想,有高世之志。王谓谢曰:"夏禹勤王,手足胼胝;文王旰食,日不暇给。今四郊多垒,宜人人自效。而虚谈废务,浮文妨要,恐非当今所宜。"谢答曰:"秦任商鞅,二世而亡,岂清言致患邪?"

71. 谢太傅寒雪日内集,与儿女讲论文义。俄而雪骤,公欣然曰:"白雪纷纷何所似?"兄子胡儿曰:"撒盐空中差可拟。"兄女曰:"未若柳絮因风起。"公大笑乐。即公大兄无奕女,左将军王凝之妻也。

72. 王中郎令伏玄度、习凿齿论青、楚人物。临成,以示韩康伯。康伯都无言,王曰:"何故不言?"韩曰:"无可无不可。"

73. 刘尹云:"清风朗月,辄思玄度。"

74. 荀中郎在京口,登北固望海云:"虽未睹三山,便自使人有凌云意。若秦、汉之君,必当褰裳濡足。"

75. 谢公云:"贤圣去人,其间亦迩。"子侄未之许。公叹曰:"若郗超闻此语,必不至河汉。"

76. 支公好鹤,住剡东岇山。有人遗其双鹤,少时翅长欲飞。支意惜之,乃铩其翮。鹤轩翥不复能飞,乃反顾翅,垂头。视之,如有懊丧意。林曰:"既有凌霄之姿,何肯为人作耳目近玩?"养令翮成,置使飞去。

77. 谢中郎经曲阿后湖,问左右:"此是何水?"答曰:"曲阿湖。"谢曰:"故当渊注渟著,纳而不流。"

78. 晋武帝每饷山涛恒少。谢太傅以问子弟,车骑答曰:"当由欲者不多,而使与者忘少。"

79. 谢胡儿语庾道季:"诸人莫当就卿谈,可坚城垒。"庾曰:"若文度来,我以偏师待之;康伯来,济河焚舟。"

80. 李弘度常叹不被遇。殷扬州知其家贫,问:"君能屈志百里不?"李答曰:"北门之叹,久已上闻。穷猿奔林,岂暇择木!"遂授剡县。

81. 王司州至吴兴印渚中看。叹曰:"非唯使人情开涤,亦觉日月清朗。"

82. 谢万作豫州都督,新拜,当西之都邑,相送累日,谢疲顿。于是高侍中往,径就谢坐,因问:"卿今仗节方州,当疆理西蕃,何以为政?"谢粗道其意。高便为谢道形势,作数百语。谢遂起坐。高去后,谢追曰:"阿酃故粗有才具。"谢因此得终坐。

83. 袁彦伯为谢安南司马,都下诸人送至濑乡。将别,既自凄惘,叹曰:"江山辽落,居然有万里之势。"

84. 孙绰赋《遂初》,筑室畎川,自言见止足之分。斋前种一株松,恒自手壅治之。高世远时亦邻居,语孙曰:"松树子非不楚楚可怜,但永无栋梁用耳!"孙曰:"枫柳虽合抱,亦何所施?"

85. 桓征西治江陵城甚丽,会宾僚出江津望之,云:"若能目此城者有赏。"顾长康时为客,在坐,目曰:"遥望层城,丹楼如霞。"桓即赏以二婢。

86. 王子敬语王孝伯曰:"羊叔子自复佳耳,然亦何与人事? 故不如铜雀台上妓。"

87. 林公见东阳长山曰:"何其坦迤!"

88. 顾长康从会稽还,人问山川之美,顾云:"千岩竞秀,万壑争流,草木蒙笼其上,若云兴霞蔚。"

89．简文崩，孝武年十余岁立，至暝不临。左右启"依常应临"。帝曰："哀至则哭，何常之有！"

90．孝武将讲《孝经》，谢公兄弟与诸人私庭讲习。车武子难苦问谢，谓袁羊曰："不问则德音有遗，多问则重劳二谢。"袁曰："必无此嫌。"车曰："何以知尔？"袁曰："何尝见明镜疲于屡照，清流惮于惠风！"

91．王子敬曰："从山阴道上行，山川自相映发，使人应接不暇。若秋冬之际，尤难为怀。"

92．谢太傅问诸子侄："子弟亦何预人事，而正欲使其佳？"诸人莫有言者，车骑答曰："譬如芝兰玉树，欲使其生于阶庭耳。"

93．道壹道人好整饰音辞，从都下还东山，经吴中。已而会雪下，未甚寒。诸道人问在道所经。壹公曰："风霜固所不论，乃先集其惨澹。郊邑正自飘瞥，林岫便已皓然。"

94．张天锡为凉州刺史，称制西隅。既为符坚所禽，用为侍中。后于寿阳俱败，至都，为孝武所器。每入言论，无不竟日。颇有嫉己者，于坐问张："北方何物可贵？"张曰："桑椹甘香，鸱鸮革响。淳酪养性，人无嫉心。"

95．顾长康拜桓宣武墓，作诗云："山崩溟海竭，鱼鸟将何依。"人问之曰："卿凭重桓乃尔，哭之状其可见乎？"顾曰："鼻如广莫长风，眼如悬河决溜。"或曰："声如震雷破山，泪如倾河注海。"

96．毛伯成既负其才气，常称："宁为兰摧玉折，不作萧敷艾荣。"

97．范宁作豫章，八日请佛有板。众僧疑，或欲作答。有小沙弥在坐末曰："世尊默然，则为许可。"众从其义。

98．司马太傅斋中夜坐，于时天月明净，都无纤翳。太傅叹以为佳。谢景重在坐，答曰："意谓乃不如微云点缀。"太傅因戏谢曰："卿居心不净，乃复强欲滓秽太清邪？"

99．王中郎甚爱张天锡，问之曰："卿观过江诸人，经纬江左，轨辙有何伟异？后来之彦，复何如中原？"张曰："研求幽邃，自王、何以还；因时修制，荀、乐之风。"王曰："卿知见有余，何故为符坚所制？"答曰："阳消阴息，故天步屯蹇；否剥成象，岂足多讥？"

100．谢景重女适王孝伯儿，二门公甚相爱美。谢为太傅长史，被弹；王即取作长史,带晋陵郡。太傅已构嫌孝伯,不欲使其得谢,还取作咨议。外示絷维,而实以乖间之。及孝伯败后,太傅绕东府城行散,僚属悉在南门要望候拜,时谓谢曰:"王宁异谋,云是卿为其计。"谢曾无惧色,敛笏对曰:"乐彦辅有言:'岂以五男易一女?'"太傅善其对,因举酒劝之曰:"故自佳!故自佳!"

101. 桓玄义兴还后,见司马太傅,太傅已醉,坐上多客,问人云:"桓温来欲作贼,如何?"桓玄伏不得起。谢景重时为长史,举板答曰:"故宣武公黜昏暗,登圣明,功超伊、霍。纷纭之议,裁之圣鉴。"太傅曰:"我知!我知!"即举酒云:"桓义兴,劝卿酒。"桓出谢过。

102. 宣武移镇南州,制街衢平直。人谓王东亭曰:"丞相初营建康,无所因承,而制置纡曲,方此为劣。"东亭曰:"此丞相乃所以为巧。江左地促,不如中国;若使阡陌条畅,则一览而尽。故纡余委曲,若不可测。"

103. 桓玄诣殷荆州,殷在姬房昼眠,左右辞不之通。桓后言及此事,殷云:"初不眠,纵有此,岂不以'贤贤易色'也。"

104. 桓玄问羊孚:"何以共重吴声?"羊曰:"当以其妖而浮。"

105. 谢混问羊孚:"何以器举瑚琏?"羊曰:"故当以为接神之器。"

106. 桓玄既篡位,后御床微陷,群臣失色。侍中殷仲文进曰:"当由圣德渊重,厚地所以不能载。"时人善之。

107. 桓玄既篡位,将改置直馆,问左右:"虎贲中郎省,应在何处?"有人答曰:"无省。"当时殊忤旨。问:"何以知无?"答曰:"潘岳《秋兴赋叙》曰:'余兼虎贲中郎将,寓直散骑之省。'"玄咨嗟称善。

108. 谢灵运好戴曲柄笠,孔隐士谓曰:"卿欲希心高远,何不能遗曲盖之貌?"谢答曰:"将不畏影者未能忘怀。"

世说新语卷上之下

政 事 第 三

1. 陈仲弓为太丘长,时吏有诈称母病求假。事觉收之,令吏杀焉。主簿请付狱,考众奸。仲弓曰:"欺君不忠,病母不孝。不忠不孝,其罪莫大。考求众奸,岂复过此?"

2. 陈仲弓为太丘长,有劫贼杀财主,主者捕之。未至发所,道闻民有在草不起子者,回车往治之。主簿曰:"贼大,宜先按讨。"仲弓曰:"盗杀财主,何如骨肉相残?"

3. 陈元方年十一时,候袁公。袁公问曰:"贤家君在太丘,远近称之,何所履行?"元方曰:"老父在太丘,强者绥之以德,弱者抚之以仁,恣其所安,久而益敬。"袁公曰:"孤往者尝为邺令,正行此事。不知卿家君法孤?孤法卿父?"元方曰:"周公、孔子,异世而出,周旋动静,万里如一。周公不师孔子,孔子亦不师周公。"

4. 贺太傅作吴郡,初不出门。吴中诸强族轻之,乃题府门云:"会稽鸡,不能啼。"贺闻故出行,至门反顾,索笔足之曰:"不可啼,杀吴儿!"于是至诸屯邸,检校诸顾、陆役使官兵及藏逋亡,悉以事言上,罪者甚众。陆抗时为江陵都督,故下请孙皓,然后得释。

5. 山公以器重朝望,年逾七十,犹知管时任。贵胜年少,若和、裴、王之徒,并共言咏。有署阁柱曰:"阁东,有大牛,和峤鞅,裴楷鞴,王济剔嬲不得休。"或云潘尼作之。

6. 贾充初定律令,与羊祜共咨太傅郑冲。冲曰:"皋陶严明之旨,非仆暗懦所探。"羊曰:"上意欲令小加弘润。"冲乃粗下意。

7. 山司徒前后选,殆周遍百官,举无失才。凡所题目,皆如其言。唯用陆亮,是诏所用,与公意异,争之不从。亮亦寻为贿败。

8. 嵇康被诛后,山公举康子绍为秘书丞。绍咨公出处,公曰:"为君思之久矣!天地四时,犹有消息,而况人乎?"

9. 王安期为东海郡,小吏盗池中鱼,纲纪推之。王曰:"文王之囿,与众共之。池鱼复何足惜!"

10. 王安期作东海郡,吏录一犯夜人来。王问:"何处来?"云:"从师家受书还,不觉日晚。"王曰:"鞭挞宁越以立威名,恐非致理之本。"使吏送令归家。

11. 成帝在石头,任让在帝前戮侍中钟雅、右卫将军刘超。帝泣曰:"还

我侍中!"让不奉诏,遂斩超、雅。事平之后,陶公与让有旧,欲宥之。许柳儿
思妣者至佳,诸公欲全之。若全思妣,则不得不为陶全让,于是欲并宥之。
事奏,帝曰:"让是杀我侍中者,不可宥!"诸公以少主不可违,并斩二人。

12. 王丞相拜扬州,宾客数百人并加沾接,人人有说色。唯有临海一客
姓任及数胡人为未洽,公因便还到过任边云:"君出,临海便无复人。"任大喜
说。因过胡人前弹指云:"兰阇,兰阇。"群胡同笑,四坐并欢。

13. 陆太尉诣王丞相咨事,过后辄翻异。王公怪其如此,后以问陆。陆
曰:"公长民短,临时不知所言,既后觉其不可耳。"

14. 丞相尝夏月至石头看庾公。庾公正料事,丞相云:"暑可小简之。"
庾公曰:"公之遗事,天下亦未以为允。"

15. 丞相末年,略不复省事,正封箓诺之。自叹曰:"人言我愦愦,后人
当思此愦愦。"

16. 陶公性检厉,勤于事。作荆州时,敕船官悉录锯木屑,不限多少,咸
不解此意。后正会,值积雪始晴,听事前除雪后犹湿,于是悉用木屑覆之,都
无所妨。官用竹皆令录厚头,积之如山。后桓宣武伐蜀,装船,悉以作钉。
又云:尝发所在竹篙,有一官长连根取之,仍当足,乃超两阶用之。

17. 何骠骑作会稽,虞存弟謇作郡主簿,以何见客劳损,欲白断常客,使
家人节量,择可通者,作白事成以见存。存时为何上佐,正与謇共食,语云:
"白事甚好,待我食毕作教。"食竟,取笔题白事后云:"若得门庭长如郭林宗
者,当如所白。汝何处得此人?"謇于是止。

18. 王、刘与林公共看何骠骑,骠骑看文书不顾之。王谓何曰:"我今故
与林公来相看,望卿摆拨常务,应对玄言,那得方低头看此邪?"何曰:"我不
看此,卿等何以得存?"诸人以为佳。

19. 桓公在荆州,全欲以德被江、汉,耻以威刑肃物。令史受杖,正从朱
衣上过。桓式年少,从外来,云:"向从阁下过,见令史受杖,上捎云根,下拂
地足。"意讥不著。桓公云:"我犹患其重。"

20. 简文为相,事动经年,然后得过。桓公甚患其迟,常加劝免。太宗
曰:"一日万机,那得速!"

21. 山遐去东阳,王长史就简文索东阳云:"承藉猛政,故可以和静

致治。"

22. 殷浩始作扬州,刘尹行,日小欲晚,便使左右取襆,人问其故,答曰:"刺史严,不敢夜行。"

23. 谢公时,兵厮逋亡,多近窜南塘下诸舫中。或欲求一时搜索,谢公不许,云:"若不容置此辈,何以为京都?"

24. 王大为吏部郎,尝作选草,临当奏,王僧弥来,聊出示之。僧弥得便以己意改易所选者近半,王大甚以为佳,更写即奏。

25. 王东亭与张冠军善。王既作吴郡,人问小令曰:"东亭作郡,风政何似?"答曰:"不知治化何如,唯与张祖希情好日隆耳。"

26. 殷仲堪当之荆州,王东亭问曰:"德以居全为称,仁以不害物为名。方今宰牧华夏,处杀戮之职,与本操将不乖乎?"殷答曰:"皋陶造刑辟之制,不为不贤;孔丘居司寇之任,未为不仁。"

文 学 第 四

1. 郑玄在马融门下,三年不得相见,高足弟子传授而已。尝算浑天不合,诸弟子莫能解。或言玄能者,融召令算,一转便决,众咸骇服。及玄业成辞归,既而融有"礼乐皆东"之叹。恐玄擅名而心忌焉。玄亦疑有追,乃坐桥下,在水上据屐。融果转式逐之,告左右曰:"玄在土下水上而据木,此必死矣。"遂罢追,玄竟以得免。

2. 郑玄欲注《春秋传》,尚未成时,行与服子慎遇宿客舍,先未相识,服在外车上与人说己注传意。玄听之良久,多与己同。玄就车与语曰:"吾久欲注,尚未了。听君向言,多与吾同。今当尽以所注与君。"遂为服氏《注》。

3. 郑玄家奴婢皆读书。尝使一婢,不称旨,将挞之。方自陈说,玄怒,使人曳箸泥中。须臾,复有一婢来,问曰:"胡为乎泥中?"答曰:"薄言往愬,逢彼之怒。"

4. 服虔既善《春秋》,将为注,欲参考同异;闻崔烈集门生讲传,遂匿姓名,为烈门人赁作食。每当至讲时,辄窃听户壁间。既知不能逾己,稍共诸生叙其短长。烈闻,不测何人,然素闻虔名,意疑之。明蚤往,及未寤,便呼:

"子慎！子慎！"虔不觉惊应，遂相与友善。

5. 钟会撰《四本论》始毕，甚欲使嵇公一见。置怀中，既定，畏其难，怀不敢出，于户外遥掷，便回急走。

6. 何晏为吏部尚书，有位望，时谈客盈坐，王弼未弱冠往见之。晏闻弼名，因条向者胜理语弼曰："此理仆以为极，可得复难不？"弼便作难，一坐人便以为屈，于是弼自为客主数番，皆一坐所不及。

7. 何平叔注《老子》，始成，诣王辅嗣。见王《注》精奇，乃神伏曰："若斯人，可与论天人之际矣！"因以所注为《道德二论》。

8. 王辅嗣弱冠诣裴徽，徽问曰："夫无者，诚万物之所资，圣人莫肯致言，而老子申之无已，何邪？"弼曰："圣人体无，无又不可以训，故言必及有；老、庄未免于有，恒训其所不足。"

9. 傅嘏善言虚胜，荀粲谈尚玄远。每至共语，有争而不相喻。裴冀州释二家之义，通彼我之怀，常使两情皆得，彼此俱畅。

10. 何晏注《老子》未毕，见王弼自说注《老子》旨。何意多所短，不复得作声，但应诺诺，遂不复注，因作《道德论》。

11. 中朝时，有怀道之流，有诣王夷甫咨疑者。值王昨已语多，小极，不复相酬答，乃谓客曰："身今少恶，裴逸民亦近在此，君可往问。"

12. 裴成公作《崇有论》，时人攻难之，莫能折。唯王夷甫来，如小屈。时人即以王理难裴，理还复申。

13. 诸葛厷年少不肯学问。始与王夷甫谈，便已超诣。王叹曰："卿天才卓出，若复小加研寻，一无所愧。"厷后看《庄》、《老》，更与王语，便足相抗衡。

14. 卫玠总角时问乐令"梦"，乐云"是想"。卫曰："形神所不接而梦，岂是想邪？"乐云："因也。未尝梦乘车入鼠穴，捣齑啖铁杵，皆无想无因故也。"卫思"因"，经日不得，遂成病。乐闻，故命驾为剖析之。卫既小差。乐叹曰："此儿胸中当必无膏肓之疾！"

15. 庾子嵩读《庄子》，开卷一尺许便放去，曰："了不异人意。"

16. 客问乐令"旨不至"者，乐亦不复剖析文句，直以麈尾柄确几曰："至不？"客曰："至！"乐因又举麈尾曰："若至者，那得去？"于是客乃悟服。乐辞约而旨达,皆此类。

17. 初,注《庄子》者数十家,莫能究其旨要。向秀于旧注外为解义,妙析奇致,大畅玄风。唯《秋水》、《至乐》二篇未竟而秀卒。秀子幼,义遂零落,然犹有别本。郭象者,为人薄行,有俊才。见秀义不传于世,遂窃以为己注。乃自注《秋水》、《至乐》二篇,又易《马蹄》一篇,其余众篇,或定点文句而已。后秀义别本出,故今有向、郭二《庄》,其义一也。

18. 阮宣子有令闻,太尉王夷甫见而问曰:"老、庄与圣教同异?"对曰:"将无同?"太尉善其言,辟之为掾。世谓"三语掾"。卫玠嘲之曰:"一言可辟,何假于三?"宣子曰:"苟是天下人望,亦可无言而辟,复何假一?"遂相与为友。

19. 裴散骑娶王太尉女。婚后三日,诸婿大会,当时名士,王、裴子弟悉集。郭子玄在坐,挑与裴谈。子玄才甚丰赡,始数交未快。郭陈张甚盛,裴徐理前语,理致甚微,四坐咨嗟称快。王亦以为奇,谓诸人曰:"君辈勿为尔,将受困寡人女婿!"

20. 卫玠始度江,见王大将军。因夜坐,大将军命谢幼舆。玠见谢,甚说之,都不复顾王,遂达旦微言。王永夕不得豫。玠体素羸,恒为母所禁。尔夕忽极,于此病笃,遂不起。

21. 旧云:王丞相过江左,止道"声无哀乐"、"养生"、"言尽意"三理而已。然宛转关生,无所不入。

22. 殷中军为庾公长史,下都,王丞相为之集,桓公、王长史、王蓝田、谢镇西并在。丞相自起解帐带麈尾,语殷曰:"身今日当与君共谈析理。"既共清言,遂达三更。丞相与殷共相往反,其余诸贤,略无所关。既彼我相尽,丞相乃叹曰:"向来语,乃竟未知理源所归,至于辞喻不相负。正始之音,正当尔耳!"明旦,桓宣武语人曰:"昨夜听殷、王清言甚佳,仁祖亦不寂寞,我亦时复造心,顾看两王掾,辄翣如生母狗馨。"

23. 殷中军见佛经云:"理亦应阿堵上。"

24. 谢安年少时,请阮光禄道《白马论》。为论以示谢,于时谢不即解阮语,重相咨尽。阮乃叹曰:"非但能言人不可得,正索解人亦不可得!"

25. 褚季野语孙安国云:"北人学问,渊综广博。"孙答曰:"南人学问,清通简要。"支道林闻之曰:"圣贤固所忘言。自中人以还,北人看书,如显处视月;南人学问,如牖中窥日。"

26. 刘真长与殷渊源谈,刘理如小屈,殷曰:"恶卿不欲作将善云梯仰攻?"

27. 殷中军云:"康伯未得我牙后慧。"

28. 谢镇西少时,闻殷浩能清言,故往造之。殷未过有所通,为谢标榜诸义,作数百语。既有佳致,兼辞条丰蔚,甚足以动心骇听。谢注神倾意,不觉流汗交面。殷徐语左右:"取手巾与谢郎拭面。"

29. 宣武集诸名胜讲《易》,日说一卦。简文欲听,闻此便还。曰:"义自当有难易,其以一卦为限邪?"

30. 有北来道人好才理,与林公相遇于瓦官寺,讲《小品》。于时竺法深、孙兴公悉共听。此道人语,屡设疑难,林公辩答清析,辞气俱爽。此道人每辄摧屈。孙问深公:"上人当是逆风家,向来何以都不言?"深公笑而不答。林公曰:"白旃檀非不馥,焉能逆风?"深公得此义,夷然不屑。

31. 孙安国往殷中军许共论,往反精苦,客主无间。左右进食,冷而复暖者数四。彼我奋掷麈尾,悉脱落,满餐饭中。宾主遂至莫忘食。殷乃语孙曰:"卿莫作强口马,我当穿卿鼻。"孙曰:"卿不见决鼻牛,人当穿卿颊。"

32.《庄子·逍遥篇》,旧是难处,诸名贤所可钻味,而不能拔理于郭、向之外。支道林在白马寺中,将冯太常共语,因及《逍遥》。支卓然标新理于二家之表,立异义于众贤之外,皆是诸名贤寻味之所不得。后遂用支理。

33. 殷中军尝至刘尹所清言。良久,殷理小屈,游辞不已,刘亦不复答。殷去后,乃云:"田舍儿,强学人作尔馨语。"

34. 殷中军虽思虑通长,然于《才性》偏精。忽言及《四本》,便苦汤池铁城,无可攻之势。

35. 支道林造《即色论》,论成,示王中郎,中郎都无言。支曰:"默而识之乎?"王曰:"既无文殊,谁能见赏?"

36. 王逸少作会稽,初至,支道林在焉。孙兴公谓王曰:"支道林拔新领异,胸怀所及乃自佳,卿欲见不?"王本自有一往隽气,殊自轻之。后孙与支共载往王许,王都领域,不与交言。须臾支退,后正值王当行,车已在门。支语王曰:"君未可去,贫道与君小语。"因论《庄子·逍遥游》。支作数千言,才藻新奇,花烂映发。王遂披襟解带,留连不能已。

37. 三乘佛家滞义,支道林分判,使三乘炳然。诸人在下坐听,皆云可通。支下坐,自共说,正当得两,入三便乱。今义弟子虽传,犹不尽得。

38. 许掾年少时,人以比王苟子,许大不平。时诸人士及於法师并在会稽西寺讲,王亦在焉。许意甚忿,便往西寺与王论理,共决优劣。苦相折挫,王遂大屈。许复执王理,王执许理,更相覆疏,王复屈。许谓支法师曰:"弟子向语何似?"支从容曰:"君语佳则佳矣,何至相苦邪? 岂是求理中之谈哉!"

39. 林道人诣谢公,东阳时始总角,新病起,体未堪劳。与林公讲论,遂至相苦。母王夫人在壁后听之,再遣信令还,而太傅留之。王夫人因自出云:"新妇少遭家难,一生所寄,唯在此儿。"因流涕抱儿以归。谢公语同坐曰:"家嫂辞情慷慨,致可传述,恨不使朝士见。"

40. 支道林、许掾诸人共在会稽王斋头。支为法师,许为都讲。支通一义,四坐莫不厌心。许送一难,众人莫不抃舞。但共嗟咏二家之美,不辩其理之所在。

41. 谢车骑在安西艰中,林道人往就语,将夕乃退。有人道上见者,问云:"公何处来?"答云:"今日与谢孝剧谈一出来。"

42. 支道林初从东出,住东安寺中。王长史宿构精理,并撰其才藻,往与支语,不大当对。王叙致作数百语,自谓是名理奇藻。支徐徐谓曰:"身与君别多年,君义言了不长进。"王大惭而退。

43. 殷中军读《小品》,下二百签,皆是精微,世之幽滞。尝欲与支道林辩之,竟不得。今《小品》犹存。

44. 佛经以为祛练神明,则圣人可致。简文云:"不知便可登峰造极不? 然陶练之功,尚不可诬。"

45. 于法开始与支公争名,后精渐归支,意甚不忿,遂遁迹剡下。遣弟子出都,语使过会稽。于时支公正讲《小品》。开戒弟子:"道林讲,比汝至,当在某品中。"因示语攻难数十番,云:"旧此中不可复通。"弟子如言诣支公。正值讲,因谨述开意。往反多时,林公遂屈。厉声曰:"君何足复受人寄载!"

46．殷中军问："自然无心于禀受,何以正善人少,恶人多?"诸人莫有言者。刘尹答曰："譬如写水著地,正自纵横流漫,略无正方圆者。"一时绝叹,以为名通。

47．康僧渊初过江,未有知者,恒周旋市肆,乞索以自营。忽往殷渊源许,值盛有宾客,殷使坐,粗与寒温,遂及义理。语言辞旨,曾无愧色。领略粗举,一往参诣。由是知之。

48．殷、谢诸人共集。谢因问殷："眼往属万形,万形来入眼不?"

49．人有问殷中军："何以将得位而梦棺器,将得财而梦矢秽?"殷曰："官本是臭腐,所以将得而梦棺尸;财本是粪土,所以将得而梦秽污。"时人以为名通。

50．殷中军被废东阳,始看佛经。初视《维摩诘》,疑"般若波罗密"太多,后见《小品》,恨此语少。

51．支道林、殷渊源俱在相王许。相王谓二人："可试一交言。而《才性》殆是渊源崤、函之固,君其慎焉!"支初作,改辙远之,数四交,不觉入其玄中。相王抚肩笑曰："此自是其胜场,安可争锋!"

52．谢公因子弟集聚,问《毛诗》何句最佳?遏称曰："昔我往矣,杨柳依依;今我来思,雨雪霏霏。"公曰："讦谟定命,远猷辰告。"谓此句偏有雅人深致。

53．张凭举孝廉出都,负其才气,谓必参时彦。欲诣刘尹,乡里及同举者共笑之。张遂诣刘。刘洗濯料事,处之下坐,唯通寒暑,神意不接。张欲自发无端。顷之,长史诸贤来清言。客主有不通处,张乃遥于末坐判之,言约旨远,足畅彼我之怀,一坐皆惊。真长延之上坐,清言弥日,因留宿至晓。张退,刘曰："卿且去,正当取卿共诣抚军。"张还船,同侣问何处宿?张笑而不答。须臾,真长遣传教觅张孝廉船,同侣惋愕。即同载诣抚军。至门,刘前进谓抚军曰："下官今日为公得一人常博上妙选!"既前,抚军与之话言,咨嗟称善曰："张凭勃窣为理窟。"即用为太常博士。

54．汰法师云："六通、三明同归,正异名耳。"

55．支道林、许、谢盛德,共集王家。谢顾谓诸人："今日可谓彦会,时既不可留,此集固亦难常。当共言咏,以写其怀。"许便问主人有《庄子》不?正得《渔父》一篇。谢看题，便各使四坐通。支道林先通，作七百许语，叙致精丽，才藻奇拔，众咸称善。于是四坐各言怀毕。谢问曰："卿等尽不？"皆曰："今日之言，少不自竭。"谢后粗难，因自叙其意，作万余语，才峰秀逸。既自难干，加意气拟托，萧然自得，四坐莫不厌心。支谓谢曰："君一往奔诣，故复自佳耳。"

56. 殷中军、孙安国、王、谢能言诸贤，悉在会稽王许。殷与孙共论《易》象，妙于见形。孙语道合，意气干云。一坐咸不安孙理，而辞不能屈。会稽王慨然叹曰："使真长来，故应有以制彼。"既迎真长，孙意已不如。真长既至，先令孙自叙本理。孙粗说己语，亦觉殊不及向。刘便作二百许语，辞难简切，孙理遂屈。一坐同时拊掌而笑，称美良久。

57. 僧意在瓦官寺中，王苟子来，与共语，便使其唱理。意谓王曰："圣人有情不？"王曰："无。"重问曰："圣人如柱邪？"王曰："如筹算，虽无情，运之者有情。"僧意云："谁运圣人邪？"苟子不得答而去。

58. 司马太傅问谢车骑："惠子其书五车，何以无一言入玄？"谢曰："故当是其妙处不传。"

59. 殷中军被废，徙东阳，大读佛经，皆精解。唯至"事数"处不解。遇见一道人，问所签，便释然。

60. 殷仲堪精核玄论，人谓莫不研究。殷乃叹曰："使我解《四本》，谈不翅尔。"

61. 殷荆州曾问远公："《易》以何为体？"答曰："《易》以感为体。"殷曰："铜山西崩，灵钟东应，便是《易》耶？"远公笑而不答。

62. 羊孚弟娶王永言女。及王家见婿，孚送弟俱往。时永言父东阳尚在，殷仲堪是东阳女婿，亦在坐。孚雅善理义，乃与仲堪道《齐物》。殷难之，羊云："君四番后，当得见同。"殷笑曰："乃可得尽，何必相同？"乃至四番后一通。殷咨嗟曰："仆便无以相异。"叹为新拔者久之。

63. 殷仲堪云："三日不读《道德经》，便觉舌本间强。"

64. 提婆初至，为东亭第讲《阿毗昙》。始发讲，坐裁半，僧弥便云："都已晓。"即于坐分数四有意道人，更就余屋自讲。提婆讲竟，东亭问法冈道人曰："弟子都未解，阿弥那得已解？所得云何？"曰："大略全是，故当小未精核耳。"

65. 桓南郡与殷荆州共谈,每相攻难。年余后,但一两番。桓自叹才思转退。殷云:"此乃是君转解。"

66. 文帝尝令东阿王七步中作诗,不成者行大法。应声便为诗曰:"煮豆持作羹,漉菽以为汁。其在釜下然,豆在釜中泣。本自同根生,相煎何太急?"帝深有惭色。

67. 魏朝封晋文王为公,备礼九锡,文王固让不受。公卿将校当诣府敦喻。司空郑冲驰遣信就阮籍求文。籍时在袁孝尼家,宿醉扶起,书札为之,无所点定,乃写付使。时人以为神笔。

68. 左太冲作《三都赋》初成,时人互有讥訾,思意不惬。后示张公。张曰:"此《二京》可三,然君文未重于世,宜以经高名之士。"思乃询求于皇甫谧。谧见之嗟叹,遂为作《叙》。于是先相非贰者,莫不敛衽赞述焉。

69. 刘伶著《酒德颂》,意气所寄。

70. 乐令善于清言,而不长于手笔。将让河南尹,请潘岳为表。潘云:"可作耳。要当得君意。"乐为述己所以为让,标位二百许语。潘直取错综,便成名笔。时人咸云:"若乐不假潘之文,潘不取乐之旨,则无以成斯矣。"

71. 夏侯湛作《周诗》成,示潘安仁。安仁曰:"此非徒温雅,乃别见孝悌之性。"潘因此遂作《家风诗》。

72. 孙子荆除妇服,作诗以示王武子。王曰:"未知文生于情,情生于义。览之凄然,增伉俪之重。"

73. 太叔广甚辩给,而挚仲治长于翰墨,俱为列卿。每至公坐,广谈,仲治不能对。退著笔难广,广又不能答。

74. 江左殷太常父子并能言理,亦有辩讷之异。扬州口谈至剧,太常辄云:"汝更思吾论。"

75. 庾子嵩作《意赋》成,从子文康见,问曰:"若有意邪,非赋之所尽;若无意邪,复何所赋?"答曰:"正在有意无意之间。"

76. 郭景纯诗云:"林无静树,川无停流。"阮孚云:"泓峥萧瑟,实不可言。每读此文,辄觉神超形越。"

77. 庾阐始作《扬都赋》,道温、庾云:"温挺义之标,庾作民之望。方响则金声，比德则玉亮。"庾公闻赋成，求看，兼赠贶之。阐更改"望"为"俊"，以"亮"为"润"云。

78．孙兴公作《庾公诔》。袁羊曰："见此张缓。"于时以为名赏。

79．庾仲初作《扬都赋》成，以呈庾亮。亮以亲族之怀，大为其名价云："可三《二京》、四《三都》。"于此人人竞写，都下纸为之贵。谢太傅云："不得尔。此是屋下架屋耳，事事拟学，而不免俭狭。"

80．习凿齿史才不常，宣武甚器之，未三十，便用为荆州治中。凿齿谢笺亦云："不遇明公，荆州老从事耳！"后至都见简文，返命，宣武问："见相王何如？"答云："一生不曾见此人！"从此忤旨，出为衡阳郡，性理遂错。于病中犹作《汉晋春秋》，品评卓逸。

81．孙兴公云："《三都》、《二京》，五经鼓吹。"

82．谢太傅问主簿陆退："张凭何以作母诔，而不作父诔？"退答曰："故当是丈夫之德，表于事行；妇人之美，非诔不显。"

83．王敬仁年十三，作《贤人论》。长史送示真长，真长答云："见敬仁所作论，便足参微言。"

84．孙兴公云："潘文烂若披锦，无处不善；陆文若排沙简金，往往见宝。"

85．简文称许掾云："玄度五言诗，可谓妙绝时人。"

86．孙兴公作《天台赋》成，以示范荣期，云："卿试掷地，要作金石声。"范曰："恐子之金石，非宫商中声！"然每至佳句，辄云："应是我辈语。"

87．桓公见谢安石作简文谥议，看竟，掷与坐上诸客曰："此是安石碎金。"

88．袁虎少贫，尝为人佣载运租。谢镇西经船行，其夜清风朗月，闻江渚间估客船上有咏诗声，甚有情致。所诵五言，又其所未尝闻，叹美不能已。即遣委曲讯问，乃是袁自咏其所作《咏史诗》。因此相要，大相赏得。

89．孙兴公云："潘文浅而净，陆文深而芜。"

90．裴郎作《语林》，始出，大为远近所传。时流年少，无不传写，各有一通。载王东亭作《经王公酒垆下赋》，甚有才情。

91．谢万作《八贤论》，与孙兴公往反，小有利钝。谢后出以示顾君齐，顾曰："我亦作,知卿当无所名。"

92. 桓宣武命袁彦伯作《北征赋》,既成,公与时贤共看,咸嗟叹之。时王珣在坐云："恨少一句,得'写'字足韵,当佳。"袁即于坐揽笔益云："感不绝于余心,溯流风而独写。"公谓王曰："当今不得不以此事推袁。"

93. 孙兴公道曹辅佐才如白地明光锦,裁为负版绔,非无文采,酷无裁制。

94. 袁彦伯作《名士传》成,见谢公。公笑曰："我尝与诸人道江北事,特作狡狯耳! 彦伯遂以箸书。"

95. 王东亭到桓公吏,既伏阁下,桓令人窃取其白事。东亭即于阁下更作,无复向一字。

96. 桓宣武北征,袁虎时从,被责免官。会须露布文,唤袁倚马前令作。手不辍笔,俄得七纸,殊可观。东亭在侧,极叹其才。袁虎云："当今齿舌间得利。"

97. 袁宏始作《东征赋》,都不道陶公。胡奴诱之狭室中,临以白刃,曰："先公勋业如是! 君作《东征赋》,云何相忽略?"宏窘蹙无计,便答："我大道公,何以云无?"因诵曰："精金百炼,在割能断。功则治人,职思靖乱。长沙之勋,为史所赞。"

98. 或问顾长康："君《筝赋》何如嵇康《琴赋》?"顾曰："不赏者,作后出相遗。深识者,亦以高奇见贵。"

99. 殷仲文天才宏赡,而读书不甚广,博亮叹曰："若使殷仲文读书半袁豹,才不减班固。"

100. 羊孚作《雪赞》云："资清以化,乘气以霏。遇象能鲜,即洁成辉。"桓胤遂以书扇。

101. 王孝伯在京行散,至其弟王睹户前,问："古诗中何句为最?"睹思未答。孝伯咏"'所遇无故物,焉得不速老!'此句为佳。"

102. 桓玄尝登江陵城南楼云："我今欲为王孝伯作诔。"因吟啸良久,随而下笔。一坐之间,诔以之成。

103. 桓玄初并西夏,领荆、江二州,二府一国。于时始雪,五处俱贺,五版并入。玄在听事上,版至即答版后,皆粲然成章,不相揉杂。

104. 桓玄下都,羊孚时为兖州别驾,从京来诣门,笺云:"自顷世故睽离,心事沦蕴。明公启晨光于积晦,澄百流以一源。"桓见笺,驰唤前,云:"子道,子道,来何迟?"即用为记室参军。孟昶为刘牢之主簿,诣门谢,见云:"羊侯,羊侯,百口赖卿!"

世说新语卷中之上

方 正 第 五

1. 陈太丘与友期行，期日中。过中不至，太丘舍去，去后乃至。元方时年七岁，门外戏。客问元方："尊君在不？"答曰："待君久不至，已去。"友人便怒曰："非人哉！与人期行，相委而去。"元方曰："君与家君期日中。日中不至，则是无信；对子骂父，则是无礼。"友人惭，下车引之。元方入门不顾。

2. 南阳宗世林，魏武同时，而甚薄其为人，不与之交。及魏武作司空，总朝政，从容问宗曰："可以交未？"答曰："松柏之志犹存。"世林既以忤旨见疏，位不配德。文帝兄弟每造其门，皆独拜床下，其见礼如此。

3. 魏文帝受禅，陈群有慼容。帝问曰："朕应天受命，卿何以不乐？"群曰："臣与华歆，服膺先朝，今虽欣圣化，犹义形于色。"

4. 郭淮作关中都督，甚得民情，亦屡有战庸。淮妻，太尉王凌之妹，坐凌事当并诛。使者征摄甚急，淮使戒装，克日当发。州府文武及百姓劝淮举兵，淮不许。至期，遣妻，百姓号泣追呼者数万人。行数十里，淮乃命左右追夫人还，于是文武奔驰，如徇身首之急。既至，淮与宣帝书曰："五子哀恋，思念其母，其母既亡，则无五子。五子若殒，亦复无淮。"宣帝乃表，特原淮妻。

5. 诸葛亮之次渭滨，关中震动。魏明帝深惧晋宣王战，乃遣辛毗为军司马。宣王既与亮对渭而陈，亮设诱谲万方。宣王果大忿，将欲应之以重兵。亮遣间谍觇之，还曰："有一老夫，毅然仗黄钺，当军门立，军不得出。"亮曰："此必辛佐治也。"

6. 夏侯玄既被桎梏，时钟毓为廷尉，钟会先不与玄相知，因便狎之。玄曰："虽复刑余之人，未敢闻命！"考掠初无一言，临刑东市，颜色不异。

7. 夏侯泰初与广陵陈本善。本与玄在本母前宴饮，本弟骞行还，径入，至堂户。泰初因起曰："可得同，不可得而杂。"

8. 高贵乡公薨，内外喧哗。司马文王问侍中陈泰曰："何以静之？"泰云："唯杀贾充，以谢天下。"文王曰："可复下此不？"对曰："但见其上，未见其下。"

9. 和峤为武帝所亲重,语峤曰:"东宫顷似更成进,卿试往看。"还问:"何如?"答云:"皇太子圣质如初。"

10. 诸葛靓后入晋,除大司马,召不起。以与晋室有仇,常背洛水而坐。与武帝有旧,帝欲见之而无由,乃请诸葛妃呼靓。既来,帝就太妃间相见。礼毕,酒酣,帝曰:"卿故复忆竹马之好不?"靓曰:"臣不能吞炭漆身,今日复睹圣颜。"因涕泗百行。帝于是惭悔而出。

11. 武帝语和峤曰:"我欲先痛骂王武子,然后爵之。"峤曰:"武子俊爽,恐不可屈。"帝遂召武子,苦责之,因曰:"知愧不?"武子曰:"'尺布斗粟'之谣,常为陛下耻之!它人能令疏亲,臣不能使亲疏,以此愧陛下。"

12. 杜预之荆州,顿七里桥,朝士悉祖。预少贱,好豪侠,不为物所许。杨济既名氏,雄俊不堪,不坐而去。须臾,和长舆来,问:"杨右卫何在?"客曰:"向来,不坐而去。"长舆曰:"必大夏门下盘马。"往大夏门,果大阅骑,长舆抱内车,共载归,坐如初。

13. 杜预拜镇南将军,朝士悉至,皆在连榻坐。时亦有裴叔则。羊稚舒后至,曰:"杜元凯乃复连榻坐客!"不坐便去。杜请裴追之,羊去数里住马,既而俱还杜许。

14. 晋武帝时,荀勖为中书监,和峤为令。故事,监、令由来共车,峤性雅正,常疾勖谄谀。后公车来,峤便登,正向前坐,不复容勖。勖方更觅车,然后得去。监、令各给车自此始。

15. 山公大儿著短帢,车中倚。武帝欲见之,山公不敢辞,问儿,儿不肯行。时论乃云胜山公。

16. 向雄为河内主簿,有公事不及雄,而太守刘淮横怒,遂与杖遣之。雄后为黄门郎,刘为侍中,初不交言。武帝闻之,敕雄复君臣之好,雄不得已,诣刘,再拜曰:"向受诏而来,而君臣之义绝,何如?"于是即去。武帝闻尚不和,乃怒问雄曰:"我令卿复君臣之好,何以犹绝?"雄曰:"古之君子,进人以礼,退人以礼;今之君子,进人若将加诸膝,退人若将坠诸渊。臣于刘河内,不为戎首,亦已幸甚,安复为君臣之好?"武帝从之。

17. 齐王冏为大司马辅政,嵇绍为侍中,诣冏咨事。冏设宰会,召葛旟董艾等共论时宜。旟等白冏:"嵇侍中善于丝竹,公可令操之。"遂送乐器。绍推却不受。冏曰:"今日共为欢,卿何却邪?"绍曰:"公协辅皇室,令作事可法。绍虽官卑,职备常伯。操丝比竹,盖乐官之事,不可以先王法服,为伶人之业。今逼高命,不敢苟辞,当释冠冕,袭私服,此绍之心也。"胐等不自得而退。

18. 卢志于众坐问陆士衡:"陆逊、陆抗,是君何物?"答曰:"如卿于卢毓、卢珽。"士龙失色。既出户,谓兄曰:"何至如此,彼容不相知也?"士衡正色曰:"我父祖名播海内,宁有不知,鬼子敢尔!"议者疑二陆优劣,谢公以此定之。

19. 羊忱性甚贞烈。赵王伦为相国,忱为太傅长史,乃版以参相国军事。使者卒至,忱深惧豫祸,不暇被马,于是帖骑而避。使者追之,忱善射,矢左右发,使者不敢进,遂得免。

20. 王太尉不与庾子嵩交,庾卿之不置。王曰:"君不得为尔。"庾曰:"卿自君我,我自卿卿。我自用我法,卿自用卿法。"

21. 阮宣子伐社树,有人止之。宣子曰:"社而为树,伐树则社亡;树而为社,伐树则社移矣。"

22. 阮宣子论鬼神有无者,或以人死有鬼,宣子独以为无,曰:"今见鬼者云,箸生时衣服,若人死有鬼,衣服复有鬼邪?"

23. 元皇帝既登阼,以郑后之宠,欲舍明帝而立简文。时议者咸谓:"舍长立少,既于理非伦,且明帝以聪亮英断,益宜为储副。"周、王诸公,并苦争恳切。唯刁玄亮独欲奉少主,以阿帝旨。元帝便欲施行,虑诸公不奉诏。于是先唤周侯、丞相入,然后欲出诏付刁。周、王既入,始至阶头,帝逆遣传诏,遏使就东厢。周侯未悟,即却略下阶。丞相披拨传诏,径至御床前曰:"不审陛下何以见臣。"帝默然无言,乃探怀中黄纸诏裂掷之。由此皇储始定。周侯方慨然愧叹曰:"我常自言胜茂弘,今始知不如也!"

24. 土丞相初在江左,欲结援吴人,请婚陆太尉。对曰:"培塿无松柏,薰莸不同器。玩虽不才,义不为乱伦之始。"

25. 诸葛恢大女适太尉庾亮儿,次女适徐州刺史羊忱儿。亮子被苏峻害,改适江虨。恢儿娶邓攸女。于时谢尚书求其小女婚。恢乃云:"羊、邓是世婚,江家我顾伊,庾家伊顾我,不能复与谢裒儿婚。"及恢亡,遂婚。于是王右军往谢家看新妇,犹有恢之遗法,威仪端详,容服光整。王叹曰:"我在遣女裁得尔耳!"

26. 周叔治作晋陵太守,周侯、仲智往别。叔治以将别,涕泗不止。仲智恚之曰:"斯人乃妇女,与人别唯啼泣!"便舍去。周侯独留,与饮酒言话,临别流涕,抚其背曰:"奴好自爱。"

27. 周伯仁为吏部尚书,在省内夜疾危急。时刁玄亮为尚书令,营救备亲好之至,良久小损。明旦,报仲智,仲智狼狈来。始入户,刁下床对之大泣,说伯仁昨危急之状。仲智手批之,刁为辟易于户侧。既前,都不问病,直云:"君在中朝,与和长舆齐名,那与佞人刁协有情?"径便出。

28. 王含作庐江郡,贪浊狼籍。王敦护其兄,故于众坐称:"家兄在郡定佳,庐江人士咸称之!"时何充为敦主簿,在坐,正色曰:"充即庐江人,所闻异于此!"敦默然。旁人为之反侧,充晏然,神意自若。

29. 顾孟著尝以酒劝周伯仁,伯仁不受。顾因移劝柱,而语柱曰:"讵可便作栋梁自遇。"周得之欣然,遂为衿契。

30. 明帝在西堂,会诸公饮酒,未大醉,帝问:"今名臣共集,何如尧、舜时?"周伯仁为仆射,因厉声曰:"今虽同人主,复那得等于圣治!"帝大怒,还内,作手诏满一黄纸,遂付廷尉令收,因欲杀之。后数日,诏出周,群臣往省之。周曰:"近知当不死,罪不足至此。"

31. 王大将军当下,时咸谓无缘尔。伯仁曰:"今主非尧、舜,何能无过?且人臣安得称兵以向朝廷?处仲狼抗刚愎,王平子何在?"

32. 王敦既下,住船石头,欲有废明帝意。宾客盈坐,敦知帝聪明,欲以不孝废之。每言帝不孝之状,而皆云"温太真所说。温尝为东宫率,后为吾司马,甚悉之"。须臾,温来,敦便奋其威容,问温曰:"皇太子作人何似?"温曰:"小人无以测君子。"敦声色并厉,欲以威力使从己,乃重问温:"太子何以称佳?"温曰:"钩深致远,盖非浅识所测。然以礼侍亲,可称为孝。"

33. 王大将军既反,至石头,周伯仁往见之。谓周曰:"卿何以相负?"对曰:"公戎车犯正,下官忝率六军,而王师不振,以此负公。"

34. 苏峻既至石头,百僚奔散,唯侍中钟雅独在帝侧。或谓钟曰:"见可而进,知难而退,古之道也。君性亮直,必不容于寇仇,何不用随时之宜、而坐待其弊邪?"钟曰:"国乱不能匡,君危不能济,而各逊遁以求免,吾惧董狐将执简而进矣!"

35. 庾公临去,顾语钟后事,深以相委。钟曰:"栋折榱崩,谁之责邪?"庾曰:"今日之事,不容复言,卿当期克复之效耳!"钟曰:"想足下不愧荀林父耳。"

36. 苏峻时,孔群在横塘为匡术所逼。王丞相保存术,因众坐戏语,令术劝酒,以释横塘之憾。群答曰:"德非孔子,厄同匡人。虽阳和布气,鹰化为鸠,至于识者,犹憎其眼。"

37. 苏子高事平,王、庾诸公欲用孔廷尉为丹阳。乱离之后,百姓凋弊,孔慨然曰:"昔肃祖临崩,诸君亲升御床,并蒙眷识,共奉遗诏。孔坦疏贱,不在顾命之列。既有艰难,则以微臣为先,今犹俎上腐肉,任人脍截耳!"于是拂衣而去,诸公亦止。

38. 孔车骑与中丞共行,在御道逢匡术,宾从甚盛,因往与车骑共语。中丞初不视,直云:"鹰化为鸠,众鸟犹恶其眼。"术大怒,便欲刃之。车骑下车,抱术曰:"族弟发狂,卿为我宥之!"始得全首领。

39. 梅颐尝有惠于陶公。后为豫章太守,有事,王丞相遣收之。侃曰:"天子富于春秋,万机自诸侯出,王公既得录,陶公何为不可放?"乃遣人于江口夺之。颐见陶公,拜,陶公止之。颐曰:"梅仲真膝,明日岂可复屈邪?"

40. 王丞相作女伎,施设床席。蔡公先在坐,不说而去,王亦不留。

41. 何次道、庾季坚二人并为元辅。成帝初崩,于时嗣君未定,何欲立嗣子,庾及朝议以外寇方强,嗣子冲幼,乃立康帝。康帝登阼,会群臣,谓何曰:"朕今所以承大业,为谁之议?"何答曰:"陛下龙飞,此是庾冰之功,非臣之力。于时用微臣之议,今不睹盛明之世。"帝有惭色。

42. 江仆射年少,王丞相呼与共棋。王手尝不如两道许,而欲敌道戏,试以观之。江不即下。王曰:"君何以不行?"江曰:"恐不得尔。"傍有客曰:"此年少戏乃不恶。"王徐举首曰:"此年少非唯围棋见胜。"

43. 孔君平疾笃,庾司空为会稽,省之,相问讯甚至,为之流涕。庾既下床,孔慨然曰:"大丈夫将终,不问安国宁家之术,乃作儿女子相问!"庾闻,回谢之,请其话言。

44. 桓大司马诣刘尹，卧不起。桓弯弹弹刘枕，丸迸碎床褥间。刘作色而起曰："使君如馨地，宁可斗战求胜？"桓甚有恨容。

45. 后来年少多有道深公者。深公谓曰："黄吻年少，勿为评论宿士。昔尝与元明二帝、王庾二公周旋。"

46. 王中郎年少时，江虨为仆射领选，欲拟之为尚书郎。有语王者，王曰："自过江来，尚书郎正用第二人，何得拟我？"江闻而止。

47. 王述转尚书令，事行便拜。文度曰："故应让杜许。"蓝田云："汝谓我堪此不？"文度曰："何为不堪！但克让自是美事，恐不可阙。"蓝田慨然曰："既云堪，何为复让？人言汝胜我，定不如我。"

48. 孙兴公作《庾公诔》，文多托寄之辞。既成，示庾道恩。庾见，慨然送还之，曰："先君与君，自不至于此。"

49. 王长史求东阳，抚军不用。后疾笃，临终，抚军哀叹曰："吾将负仲祖于此！"命用之。长史曰："人言会稽王痴，真痴。"

50. 刘简作桓宣武别驾，后为东曹参军，颇以刚直见疏。尝听记，简都无言。宣武问："刘东曹何以不下意？"答曰："会不能用。"宣武亦无怪色。

51. 刘真长、王仲祖共行，日旰未食。有相识小人贻其餐，肴案甚盛，真长辞焉。仲祖曰："聊以充虚，何苦辞？"真长曰："小人都不可与作缘。"

52. 王修龄尝在东山，甚贫乏。陶胡奴为乌程令，送一船米遗之，却不肯取。直答语："王修龄若饥，自当就谢仁祖索食，不须陶胡奴米。"

53. 阮光禄赴山陵，至都，不往殷、刘许，过事便还。诸人相与追之，阮亦知时流必当逐己，乃遄疾而去，至方山不相及。刘尹时为会稽，乃叹曰："我入，当泊安石渚下耳，不敢复近思旷傍。伊便能捉杖打人，不易。"

54. 王、刘与桓公共至覆舟山看。酒酣后，刘牵脚加桓公颈。桓公甚不堪，举手拨去。既还，王长史语刘曰："伊讵可以形色加人不？"

55. 桓公问桓子野："谢安石料万石必败，何以不谏？"子野答曰："故当出于难犯耳！"桓作色曰："万石挠弱凡才，有何严颜难犯？"

56. 罗君章曾在人家，主人令与坐上客共语。答曰："相识已多，不烦复尔。"

57. 韩康伯病，拄杖前庭消摇。见诸谢皆富贵，轰隐交路，叹曰："此复何异王莽时?"

58. 王文度为桓公长史时,桓为儿求王女,王许咨蓝田。既还,蓝田爱念文度,虽长大犹抱著膝上。文度因言桓求己女婚。蓝田大怒,排文度下膝,曰:"恶见文度已复痴,畏桓温面? 兵,那可嫁女与之!"文度还报云:"下官家中先得婚处。"桓公曰:"吾知矣,此尊府君不肯耳。"后桓女遂嫁文度儿。

59. 王子敬数岁时,尝看诸门生樗蒲。见有胜负,因曰:"南风不竞。"门生辈轻其小儿,乃曰:"此郎亦管中窥豹,时见一斑。"子敬瞋目曰:"远惭荀奉倩,近愧刘真长!"遂拂衣而去。

60. 谢公闻羊绥佳,致意令来,终不肯诣。后绥为太学博士,因事见谢公,公即取以为主簿。

61. 王右军与谢公诣阮公,至门语谢:"故当共推主人。"谢曰:"推人正自难。"

62. 太极殿始成,王子敬时为谢公长史,谢送版,使王题之。王有不平色,语信云:"可掷箸门外。"谢后见王曰:"题之上殿何若? 昔魏朝韦诞诸人,亦自为也。"王曰:"魏阼所以不长。"谢以为名言。

63. 王恭欲请江卢奴为长史,晨往诣江,江犹在帐中。王坐,不敢即言,良久乃得及。江不应,直唤人取酒,自饮一碗,又不与王。王且笑且言:"那得独饮?"江云:"卿亦复须邪?"更使酌与王。王饮酒毕,因得自解去。未出户,江叹曰:"人自量,固为难。"

64. 孝武问王爽:"卿何如卿兄?"王答曰:"风流秀出,臣不如恭,忠孝亦何可以假人!"

65. 王爽与司马太傅饮酒。太傅醉,呼王为"小子"。王曰:"亡祖长史,与简文皇帝为布衣之交。亡姑、亡姊,伉俪二宫。何小子之有?"

66. 张玄与王建武先不相识,后遇于范豫章许,范令二人共语。张因正坐敛衽,王孰视良久,不对。张大失望,便去。范苦譬留之,遂不肯住。范是王之舅,乃让王曰:"张玄,吴士之秀,亦见遇于时,而使至于此,深不可解。"王笑曰:"张祖希若欲相识,自应见诣。"范驰报张,张便束带造之。遂举觞对语,宾主无愧色。

雅 量 第 六

1. 豫章太守顾邵,是雍之子。邵在郡卒,雍盛集僚属,自围棋。外启信至,而无儿书,虽神气不变,而心了其故。以爪掐掌,血流沾褥。宾客既散,方叹曰:"已无延陵之高,岂可有丧明之责?"于是豁情散哀,颜色自若。

2. 嵇中散临刑东市,神气不变。索琴弹之,奏《广陵散》。曲终曰:"袁孝尼尝请学此散,吾靳固不与,《广陵散》于今绝矣!"太学生三千人上书,请以为师,不许。文王亦寻悔焉。

3. 夏侯太初尝倚柱作书。时大雨,霹雳破所倚柱,衣服焦然,神色无变,书亦如故。宾客左右,皆跌荡不得住。

4. 王戎七岁,尝与诸小儿游。看道边李树多子折枝。诸儿竞走取之,唯戎不动。人问之,答曰:"树在道边而多子,此必苦李。"取之,信然。

5. 魏明帝于宣武场上断虎爪牙,纵百姓观之。王戎七岁,亦往看。虎承间攀栏而吼,其声震地,观者无不辟易颠仆。戎湛然不动,了无恐色。

6. 王戎为侍中,南郡太守刘肇遗筒中笺布五端,戎虽不受,厚报其书。

7. 裴叔则被收,神气无变,举止自若。求纸笔作书。书成,救者多,乃得免。后位仪同三司。

8. 王夷甫尝属族人事,经时未行,遇于一处饮燕,因语之曰:"近属尊事,那得不行?"族人大怒,便举樏掷其面。夷甫都无言,盥洗毕,牵王丞相臂,与共载去。在车中照镜语丞相曰:"汝看我眼光,乃出牛背上。"

9. 裴遐在周馥所,馥设主人。遐与人围棋,馥司马行酒。遐正戏,不时为饮。司马恚,因曳遐坠地。遐还坐,举止如常,颜色不变,复戏如故。王夷甫问遐:"当时何得颜色不异?"答曰:"直是闇当故耳。"

10. 刘庆孙在太傅府,于时人士,多为所构。唯庾子嵩纵心事外,无迹可间。后以其性俭家富,说太傅令换千万,冀其有吝,于此可乘。太傅于众坐中问庾,庾时颓然已醉,帻坠几上,以头就穿取,徐答云:"下官家故可有两娑千万,随公所取。"于是乃服。后有人向庾道此,庾曰:"可谓以小人之虑,度君子之心。"

11. 王夷甫与裴景声志好不同。景声恶欲取之,卒不能回。乃故诣王,肆言极骂,要王答己,欲以分谤。王不为动色,徐曰:"白眼儿遂作。"

12. 王夷甫长裴成公四岁,不与相知。时共集一处,皆当时名士,谓王曰:"裴令令望何足计!"王便卿裴。裴曰:"自可全君雅志。"

13. 有往来者云:庾公有东下意。或谓王公:"可潜稍严,以备不虞。"王公曰:"我与元规虽俱王臣,本怀布衣之好。若其欲来,吾角巾径还乌衣,何所稍严。"

14. 王丞相主簿欲检校帐下。公语主簿:"欲与主簿周旋,无为知人几案间事。"

15. 祖士少好财,阮遥集好屐,并恒自经营。同是一累,而未判其得失。人有诣祖,见料视财物。客至,屏当未尽,余两小簏,箸背后,倾身障之,意未能平。或有诣阮,见自吹火蜡屐,因叹曰:"未知一生当箸几量屐?"神色闲畅。于是胜负始分。

16. 许侍中、顾司空俱作丞相从事,尔时已被遇,游宴集聚,略无不同。尝夜至丞相许戏,二人欢极,丞相便命使入己帐眠。顾至晓回转,不得快孰。许上床便咍台大鼾。丞相顾诸客曰:"此中亦难得眠处。"

17. 庾太尉风仪伟长,不轻举止,时人皆以为假。亮有大儿数岁,雅重之质,便自如此,人知是天性。温太真尝隐幔怛之,此儿神色恬然,乃徐跪曰:"君侯何以为此?"论者谓不减亮。苏峻时遇害。或云:"见阿恭,知元规非假。"

18. 褚公于章安令迁太尉记室参军,名字已显而位微,人未多识。公东出,乘估客船,送故吏数人投钱唐亭住。尔时吴兴沈充为县令,当送客过浙江,客出,亭吏驱公移牛屋下。潮水至,沈令起彷徨,问:"牛屋下是何物?"吏云:"昨有一伧父来寄亭中,有尊贵客,权移之。"令有酒色,因遥问:"伧父欲食饼不?姓何等?可共语。"褚因举手答曰:"河南褚季野。"远近久承公名,令于是大遽,不敢移公,便于牛屋下修刺诣公。更宰杀为馔,具于公前。鞭挞亭吏,欲以谢惭。公与之酌宴,言色无异,状如不觉。令送公至界。

19. 郗太傅在京口,遣门生与王丞相书,求女婿。丞相语郗信:"君往东厢,任意选之。"门生归,白郗曰:"王家诸郎,亦皆可嘉,闻来觅婿,咸自矜持。

唯有一郎,在床上坦腹卧,如不闻。"郗公云:"正此好!"访之,乃是逸少,因嫁女与焉。

20. 过江初,拜官,舆饰供馔。羊曼拜丹阳尹,客来蚤者,并得佳设。日晏渐罄,不复及精,随客早晚,不问贵贱。羊固拜临海,竟日皆美供。虽晚至,亦获盛馔。时论以固之丰华,不如曼之真率。

21. 周仲智饮酒醉,瞋目还面谓伯仁曰:"君才不如弟,而横得重名!"须臾,举蜡烛火掷伯仁。伯仁笑曰:"阿奴火攻,固出下策耳!"

22. 顾和始为扬州从事。月旦当朝,未入顷,停车州门外。周侯诣丞相,历和车边。和觅虱,夷然不动。周既过,反还,指顾心曰:"此中何所有?"顾搏虱如故,徐应曰:"此中最是难测地。"周侯既入,语丞相曰:"卿州吏中有一令仆才。"

23. 庾太尉与苏峻战,败,率左右十余人,乘小船西奔。乱兵相剥掠,射误中柂工,应弦而倒。举船上咸失色分散,亮不动容,徐曰:"此手那可使箸贼!"众乃安。

24. 庾小征西尝出未还。妇母阮是刘万安妻,与女上安陵城楼上。俄顷翼归,策良马,盛舆卫。阮语女:"闻庾郎能骑,我何由得见?"妇告翼,翼便为于道开卤簿盘马,始两转,坠马堕地,意色自若。

25. 宣武与简文、太宰共载,密令人在舆前后鸣鼓大叫。卤簿中惊扰,太宰惶怖求下舆。顾看简文,穆然清恬。宣武语人曰:"朝廷间故复有此贤。"

26. 王劭、王荟共诣宣武,正值收庾希家。荟不自安,逡巡欲去;劭坚坐不动,待收信还,得不定乃出。论者以劭为优。

27. 桓宣武与郗超议芟夷朝臣,条牒既定,其夜同宿。明晨起,呼谢安、王坦之入,掷疏示之,郗犹在帐内。谢都无言,王直掷还,云:多!宣武取笔欲除,郗不觉窃从帐中与宣武言。谢含笑曰:"郗生可谓入幕宾也。"

28. 谢太傅盘桓东山时,与孙兴公诸人泛海戏。风起浪涌,孙、王诸人色并遽,便唱使还。太傅神情方王,吟啸不言。舟人以公貌闲意说,犹去不止。既风转急,浪猛,诸人皆喧动不坐。公徐云:"如此,将无归!"众人即承响而回。于是审其量,足以镇安朝野。

29. 桓公伏甲设馔,广延朝士,因此欲诛谢安、王坦之。王甚遽,问谢曰:

“当作何计?”谢神意不变,谓文度曰:“晋阼存亡,在此一行。”相与俱前。王之恐状,转见于色。谢之宽容,愈表于貌。望阶趋席,方作洛生咏,讽“浩浩洪流”。桓惮其旷远,乃趣解兵。王、谢旧齐名,于此始判优劣。

30. 谢太傅与王文度共诣郗超,日旰未得前,王便欲去。谢曰:“不能为性命忍俄顷?”

31. 支道林还东,时贤并送于征虏亭。蔡子叔前至,坐近林公。谢万石后来,坐小远。蔡暂起,谢移就其处。蔡还,见谢在焉,因合褥举谢掷地,自复坐。谢冠帻倾脱,乃徐起振衣就席,神意甚平,不觉瞋沮。坐定,谓蔡曰:“卿奇人,殆坏我面。”蔡答曰:“我本不为卿面作计。”其后,二人俱不介意。

32. 郗嘉宾钦崇释道安德问,饷米千斛,修书累纸,意寄殷勤。道安答直云:“损米。”愈觉有待之为烦。

33. 谢安南免吏部尚书还东,谢太傅赴桓公司马出西,相遇破冈。既当远别,遂停三日共语。太傅欲慰其失官,安南辄引以它端。虽信宿中涂,竟不言及此事。太傅深恨在心未尽,谓同舟曰:“谢奉故是奇士。”

34. 戴公从东出,谢太傅往看之。谢本轻戴,见但与论琴书。戴既无吝色,而谈琴书愈妙。谢悠然知其量。

35. 谢公与人围棋,俄而谢玄淮上信至。看书竟,默然无言,徐向局。客问淮上利害,答曰:“小儿辈大破贼。”意色举止,不异于常。

36. 王子猷、子敬曾俱坐一室,上忽发火。子猷遽走避,不惶取屐;子敬神色恬然,徐唤左右,扶凭而出,不异平常。世以此定二王神宇。

37. 苻坚游魂近境,谢太傅谓子敬曰:“可将当轴,了其此处。”

38. 王僧弥、谢车骑共王小奴许集。僧弥举酒劝谢云:“奉使君一觞。”谢曰:“可尔。”僧弥勃然起,作色曰:“汝故是吴兴溪中钓碣耳! 何敢诪张!”谢徐抚掌而笑曰:“卫军,僧弥殊不肃省,乃侵陵上国也。”

39. 王东亭为桓宣武主簿,既承藉,有美誉,公甚欲其人地为一府之望。初,见谢失仪,而神色自若。坐上宾客即相贬笑。公曰:“不然,观其情貌,必自不凡,吾当试之。”后因月朝阁下伏,公于内走马直出突之,左右皆宕仆,而王不动。名价于是大重,咸云“是公辅器也”。

40. 太元末,长星见,孝武心甚恶之。夜,华林园中饮酒,举栖属星云:

"长星！劝尔一桮酒。自古何时有万岁天子？"

41. 殷荆州有所识，作赋，是束皙慢戏之流。殷甚以为有才，语王恭："适见新文，甚可观。"便于手巾函中出之。王读，殷笑之不自胜。王看竟，既不笑，亦不言好恶，但以如意帖之而已。殷怅然自失。

42. 羊绥第二子孚，少有俊才，与谢益寿相好，尝蚤往谢许，未食。俄而王齐、王睹来。既先不相识，王向席有不说色，欲使羊去。羊了不眄，唯脚委几上，咏瞩自若。谢与王叙寒温数语毕，还与羊谈赏，王方悟其奇，乃合共语。须臾食下，二王都不得餐，唯属羊不暇。羊不大应对之，而盛进食，食毕便退。遂苦相留，羊义不住，直云："向者不得从命，中国尚虚。"二王是孝伯两弟。

识 鉴 第 七

1. 曹公少时见乔玄，玄谓曰："天下方乱，群雄虎争，拨而理之，非君乎？然君实乱世之英雄，治世之奸贼。恨吾老矣，不见君富贵，当以子孙相累。"

2. 曹公问裴潜曰："卿昔与刘备共在荆州，卿以备才如何？"潜曰："使居中国，能乱人，不能为治。若乘边守险，足为一方之主。"

3. 何晏、邓飏、夏侯玄并求傅嘏交，而嘏终不许。诸人乃因荀粲说合之，谓嘏曰："夏侯太初一时之杰士，虚心于子，而卿意怀不可交。合则好成，不合则致隙。二贤若穆，则国之休，此蔺相如所以下廉颇也。"傅曰："夏侯太初志大心劳，能合虚誉，诚所谓利口覆国之人。何晏、邓飏有为而躁，博而寡要，外好利而内无关龠，贵同恶异，多言而妒前。多言多衅，妒前无亲。以吾观之：此三贤者，皆败德之人耳！远之犹恐罹祸，况可亲之邪？"后皆如其言。

4. 晋武帝讲武于宣武场，帝欲偃武修文，亲自临幸，悉召群臣。山公谓不宜尔，因与诸尚书言孙、吴用兵本意。遂究论，举坐无不咨嗟。皆曰："山少傅乃天下名言。"后诸王骄汰，轻遘祸难，于是寇盗处处蚁合，郡国多以无备，不能制服，遂渐炽盛，皆如公言。时人以谓山涛不学孙、吴，而暗与之理会。王夷甫亦叹云："公暗与道合。"

5. 王夷甫父乂为平北将军，有公事，使行人论不得。时夷甫在京师，命驾见仆射羊祜、尚书山涛。夷甫时总角，姿才秀异，叙致既快，事加有理，涛甚奇之。既退，看之不辍，乃叹曰："生儿不当如王夷甫邪？"羊祜曰："乱天下者，必此子也！"

6. 潘阳仲见王敦小时，谓曰："君蜂目已露，但豺声未振耳。必能食人，亦当为人所食。"

7. 石勒不知书，使人读《汉书》。闻郦食其劝立六国后，刻印将授之，大惊曰："此法当失，云何得遂有天下？"至留侯谏，乃曰："赖有此耳！"

8. 卫玠年五岁，神衿可爱。祖太保曰："此儿有异，顾吾老，不见其大耳！"

9. 刘越石云："华彦夏识能不足，强果有余。"

10. 张季鹰辟齐王东曹掾，在洛见秋风起，因思吴中菰菜羹、鲈鱼脍，曰："人生贵得适意尔，何能羁宦数千里以要名爵！"遂命驾便归。俄而齐王败，时人皆谓为见机。

11. 诸葛道明初过江左，自名道明，名亚王、庾之下。先为临沂令，丞相谓曰："明府当为黑头公。"

12. 王平子素不知眉子，曰："志大其量，终当死坞壁间。"

13. 王大将军始下，杨朗苦谏不从，遂为王致力，乘"中鸣云露车"径前曰："听下官鼓音，一进而捷。"王先把其手曰："事克，当相用为荆州。"既而忘之，以为南郡。王败后，明帝收朗，欲杀之。帝寻崩，得免。后兼三公，署数十人为官属。此诸人当时并无名，后皆被知遇。于时称其知人。

14. 周伯仁母冬至举酒赐三子曰："吾本谓度江托足无所。尔家有相，尔等并罗列吾前，复何忧？"周嵩起，长跪而泣曰："不如阿母言。伯仁为人志大而才短，名重而识暗，好乘人之弊，此非自全之道。嵩性狼抗，亦不容于世。唯阿奴碌碌，当在阿母目下耳！"

15. 王大将军既亡，王应欲投世儒，世儒为江州。王含欲投王舒，舒为荆州。含语应曰："大将军平素与江州云何，而汝欲归之？"应曰："此乃所以宜往也。江州当人强盛时，能抗同异，此非常人所行。及睹衰危，必兴愍恻。荆州守文，岂能作意表行事？"含不从，遂共投舒。舒果沉含父子于江。彬闻应当来，密具船以待之，竟不得来，深以为恨。

16. 武昌孟嘉作庾太尉州从事，已知名。褚太傅有知人鉴，罢豫章还，过武昌，问庾曰："闻孟从事佳，今在此不?"庾曰："卿自求之。"褚眄睐良久，指嘉曰："此君小异，得无是乎?"庾大笑曰："然!"于时既叹褚之默识，又欣嘉之见赏。

17. 戴安道年十余岁，在瓦官寺画。王长史见之曰："此童非徒能画，亦终当致名。恨吾老，不见其盛时耳!"

18. 王仲祖、谢仁祖、刘真长俱至丹阳墓所省殷扬州，殊有确然之志。既反，王、谢相谓曰："渊源不起，当如苍生何?"深为忧叹。刘曰："卿诸人真忧渊源不起邪?"

19. 小庾临终，自表以子园客为代。朝廷虑其不从命，未知所遣，乃共议用桓温。刘尹曰："使伊去，必能克定西楚，然恐不可复制。"

20. 桓公将伐蜀，在事诸贤咸以李势在蜀既久，承藉累叶，且形据上流，三峡未易可克。唯刘尹云："伊必能克蜀。观其蒲博，不必得，则不为。"

21. 谢公在东山畜妓，简文曰："安石必出。既与人同乐，亦不得不与人同忧。"

22. 郗超与谢玄不善。苻坚将问晋鼎，既已狼噬梁、岐，又虎视淮阴矣。于时朝议遣玄北讨，人间颇有异同之论。唯超曰："是必济事。吾昔尝与共在桓宣武府，见使才皆尽，虽履屐之间，亦得其任。以此推之，容必能立勋。"元功既举，时人咸叹超之先觉，又重其不以爱憎匿善。

23. 韩康伯与谢玄亦无深好。玄北征后，巷议疑其不振。康伯曰："此人好名，必能战。"玄闻之甚忿，常于众中厉色曰："丈夫提千兵，入死地，以事君亲，故发，不得复云为名。"

24. 褚期生少时，谢公甚知之，恒云："褚期生若不佳者，仆不复相士。"

25. 郗超与傅瑗周旋。瑗见其二子，并总发。超观之良久，谓瑗曰："小者才名皆胜，然保卿家，终当在兄。"即傅亮兄弟也。

26. 王恭随父在会稽，王大自都来拜墓，恭暂往墓下看之。二人素善，遂十余日方还。父问恭："何故多日?"对曰："与阿大语，蝉连不得归。"因语之曰："恐阿大非尔之友，终乖爱好。"果如其言。

27. 车胤父作南平郡功曹，太守王胡之避司马无忌之难，置郡于酃阴。

是时胤十余岁,胡之每出,尝于篱中见而异焉。谓胤父曰:"此儿当致高名。"后游集,恒命之。胤长,又为桓宣武所知。清通于多士之世,官至选曹尚书。

28. 王忱死,西镇未定,朝贵人人有望。时殷仲堪在门下,虽居机要,资名轻小,人情未以方岳相许。晋孝武欲拔亲近腹心,遂以殷为荆州。事定,诏未出。王珣问殷曰:"陕西何故未有处分?"殷曰:"已有人。"王历问公卿,咸云"非"。王自计才地必应在己,复问:"非我邪?"殷曰:"亦似非。"其夜诏出用殷。王语所亲曰:"岂有黄门郎而受如此任!仲堪此举乃是国之亡征。"

世说新语卷中之下

赏　誉　第　八_上

1. 陈仲举尝叹曰:"若周子居者,真治国之器。譬诸宝剑,则世之干将。"

2. 世目李元礼:"谡谡如劲松下风。"

3. 谢子微见许子将兄弟,曰:"平舆之渊,有二龙焉。"见许子政弱冠之时,叹曰:"若许子政者,有干国之器。正色忠謇,则陈仲举之匹;伐恶退不肖,范孟博之风。"

4. 公孙度目邴原:"所谓云中白鹤,非燕雀之网所能罗也。"

5. 钟士季目王安丰"阿戎了了解人意"。谓"裴公之谈,经日不竭"。吏部郎阙,文帝问其人于钟会,会曰:"裴楷清通,王戎简要,皆其选也。"于是用裴。

6. 王濬冲、裴叔则二人,总角诣钟士季。须臾去后,客问钟曰:"向二童何如?"钟曰:"裴楷清通,王戎简要。后二十年,此二贤当为吏部尚书,冀尔时天下无滞才。"

7. 谚曰:"后来领袖有裴秀。"

8. 裴令公目夏侯太初:"肃肃如入廊庙中,不修敬而人自敬。"一曰:"如入宗庙,琅琅但见礼乐器。见钟士季,如观武库,但睹矛戟。见傅兰硕,江廧靡所不有。见山巨源,如登山临下,幽然深远。"

9. 羊公还洛,郭奕为野王令。羊至界,遣人要之,郭便自往。既见,叹曰:"羊叔子何必减郭太业!"复往羊许,小悉还,又叹曰:"羊叔子去人远矣!"羊既去,郭送之弥日,一举数百里,遂以出境免官。复叹曰:"羊叔子何必减颜子!"

10. 王戎目山巨源:"如璞玉浑金,人皆钦其宝,莫知名其器。"

11. 羊长和父繇,与太傅祜同堂相善,仕至车骑掾。蚤卒。长和兄弟五人,幼孤。祜来哭,见长和哀容举止,宛若成人,乃叹曰:"从兄不亡矣!"

12. 山公举阮咸为吏部郎,目曰:"清真寡欲,万物不能移也。"

13. 王戎目阮文业:"清伦有鉴识,汉元以来,未有此人。"

14. 武元夏目裴、王曰:"戎尚约,楷清通。"

15. 庾子嵩目和峤:"森森如千丈松,虽磊砢有节目,施之大厦,有栋梁之用。"

16. 王戎云:"太尉神姿高彻,如瑶林琼树,自然是风尘外物。"

17. 王汝南既除所生服,遂停墓所。兄子济每来拜墓,略不过叔,叔亦不候。济脱时过,止寒温而已。后聊试问近事,答对甚有音辞,出济意外,济极惋愕。仍与语,转造清微。济先略无子侄之敬,既闻其言,不觉懔然,心形俱肃。遂留共语,弥日累夜。济虽俊爽,自视缺然,乃喟然叹曰:"家有名士,三十年而不知!"济去,叔送至门。济从骑有一马绝难乘,少能骑者。济聊问叔:"好骑乘不?"曰:"亦好尔。"济又使骑难乘马,叔姿形既妙,回策如萦,名骑无以过之。济益叹其难测非复一事。既还,浑问济:"何以暂行累日?"济曰:"始得一叔。"浑问其故,济具叹述如此。浑曰:"何如我?"济曰:"济以上人。"武帝每见济,辄以湛调之曰:"卿家痴叔死未?"济常无以答。既而得叔,后武帝又问如前,济曰:"臣叔不痴。"称其实美。帝曰:"谁比?"济曰:"山涛以下,魏舒以上。"于是显名。年二十八,始宦。

18. 裴仆射,时人谓为"言谈之林薮"。

19. 张华见褚陶,语陆平原曰:"君兄弟龙跃云津,顾彦先凤鸣朝阳,谓东南之宝已尽,不意复见褚生。"陆曰:"公未睹不鸣不跃者耳!"

20. 有问秀才:"吴旧姓何如?"答曰:"吴府君圣王之老成,明时之俊义。朱永长理物之至德,清选之高望。严仲弼九皋之鸣鹤,空谷之白驹。顾彦先八音之琴瑟,五色之龙章。张威伯岁寒之茂松,幽夜之逸光。陆士衡、士龙鸿鹄之裴回,悬鼓之待槌。凡此诸君:以洪笔为钼耒,以纸札为良田。以玄默为稼穑,以义理为丰年。以谈论为英华,以忠恕为珍宝。著文章为锦绣,蕴五经为缯帛。坐谦虚为席荐,张义让为帷幕。行仁义为室宇,修道德为广宅。"

21. 人问王夷甫:"山巨源义理何如? 是谁辈?"王曰:"此人初不肯以谈自居,然不读《老》、《庄》,时闻其咏,往往与其旨合。"

22. 洛中雅雅有三嘏:刘粹字纯嘏,宏字终嘏,漠字冲嘏,是亲兄弟,王安丰甥,并是王安丰女婿。宏,真长祖也。洛中铮铮冯惠卿,名荪,是播子。荪与邢乔俱司徒李胤外孙,及胤子顺并知名。时称:"冯才清,李才明,纯粹邢。"

23. 卫伯玉为尚书令,见乐广与中朝名士谈议,奇之曰:"自昔诸人没已来,常恐微言将绝,今乃复闻斯言于君矣!"命子弟造之曰:"此人,人之水镜也,见之若披云雾睹青天。"

24. 王太尉曰:"见裴令公精明朗然,笼盖人上,非凡识也。若死而可作,当与之同归。"或云王戎语。

25. 王夷甫自叹:"我与乐令谈,未尝不觉我言为烦。"

26. 郭子玄有俊才,能言《老》、《庄》。庾敳尝称之,每曰:"郭子玄何必减庾子嵩!"

27. 王平子目太尉:"阿兄形似道,而神锋太俊。"太尉答曰:"诚不如卿落落穆穆。"

28. 太傅有三才:刘庆孙长才,潘阳仲大才,裴景声清才。

赏　誉　第　八下

29. 林下诸贤,各有俊才子。籍子浑,器量弘旷。康子绍,清远雅正。涛子简,疏通高素。咸子瞻,虚夷有远志。瞻弟孚,爽朗多所遗。秀子纯、悌,并令淑有清流。戎子万子,有大成之风,苗而不秀。唯伶子无闻。凡此诸子,唯瞻为冠,绍、简亦见重当世。

30．庾子躬有废疾，甚知名。家在城西，号曰城西公府。

31．王夷甫语乐令："名士无多人，故当容平子知。"

32．王太尉云："郭子玄语议如悬河写水，注而不竭。"

33．司马太傅府多名士，一时俊异。庾文康云："见子嵩在其中，常自神王。"

34．太傅东海王镇许昌，以王安期为记室参军，雅相知重。敕世子毗曰："夫学之所益者浅，体之所安者深。闲习礼度，不如式瞻仪形。讽味遗言，不如亲承音旨。王参军人伦之表，汝其师之！"或曰："王、赵、邓三参军，人伦之表，汝其师之。"谓安期、邓伯道、赵穆也。袁宏作《名士传》直云王参军。或云："赵家先犹有此本。"

35．庾太尉少为王眉子所知。庾过江，叹王曰："庇其宇下，使人忘寒暑。"

36．谢幼舆曰："友人王眉子清通简畅，嵇延祖弘雅劭长，董仲道卓荦有致度。"

37．王公目太尉："岩岩清峙，壁立千仞。"

38．庾太尉在洛下，问讯中郎。中郎留之云："诸人当来。"寻温元甫、刘王乔、裴叔则俱至，酬酢终日。庾公犹忆刘、裴之才俊，元甫之清中。

39．蔡司徒在洛，见陆机兄弟住参佐廨中，三间瓦屋，士龙住东头，士衡住西头。士龙为人，文弱可爱。士衡长七尺余，声作钟声，言多慷慨。

40．王长史是庾子躬外孙，丞相目子躬云："入理泓然，我已上人。"

41．庾太尉目庾中郎：家从谈谈之许。

42．庾公目中郎："神气融散，差如得上。"

43．刘琨称祖车骑为朗诣，曰："少为王敦所叹。"

44．时人目庾中郎："善于托大，长于自藏。"

45．王平子迈世有俊才，少所推服。每闻卫玠言，辄叹息绝倒。

46．王大将军与元皇《表》云："舒风概简正，允作雅人，自多于遂。最是臣少所知拔。中间夷甫、澄见语：'卿知处明、茂弘。茂弘已有令名，真副卿清论；处明亲疏无知之者，吾常以卿言为意，殊未有得，恐已悔之。'臣慨然曰：'君以此试，顷来始乃有称之者。'言常人正自患知之使过，不知使负实。"

47．周侯于荆州败绩还，未得用。王丞相与人书曰："雅流弘器，何可得遗？"

48．时人欲题目高坐而未能，桓廷尉以问周侯，周侯曰："可谓卓朗。"桓公曰："精神渊箸。"

49．王大将军称其儿云："其神候似欲可。"

50．卞令目叔向："朗朗如百间屋。"

51．王敦为大将军，镇豫章。卫玠避乱，从洛投敦，相见欣然，谈话弥日。于时谢鲲为长史，敦谓鲲曰："不意永嘉之中，复闻正始之音。阿平若在，当复绝倒。"

52．王平子与人书，称其儿"风气日上，足散人怀"。

53．胡毋彦国吐佳言如屑，后进领袖。

54．王丞相云："刁玄亮之察察，戴若思之岩岩，卞望之之峰距。"

55．大将军语右军："汝是我佳子弟，当不减阮主簿。"

56．世目周侯"嶷如断山"。

57．王丞相招祖约夜语，至晓不眠。明旦有客，公头鬓未理，亦小倦。客曰："公昨如是，似失眠。"公曰："昨与士少语，遂使人忘疲。"

58．王大将军与丞相书，称杨朗曰："世彦识器理致，才隐明断，既为国器，且是杨侯淮之子。位望殊为陵迟，卿亦足与之处。"

59．何次道往丞相许，丞相以麈尾指坐，呼何共坐曰："来！来！此是君坐。"

60．丞相治扬州廨舍，按行而言曰："我正为次道治此尔！"何少为王公所重，故屡发此叹。

61．王丞相拜司徒而叹曰："刘王乔若过江，我不独拜公。"

62．王蓝田为人晚成，时人乃谓之痴。王丞相以其东海子，辟为掾。常集聚，王公每发言，众人竞赞之。述于末坐曰："主非尧、舜，何得事事皆是！"丞相甚相叹赏。

63．世目杨朗"沉审经断"。蔡司徒云："若使中朝不乱，杨氏作公方未已。"谢公云："朗是大才。"

64．刘万安即道真从子。庾公所谓"灼然玉举"。又云："千人亦见，百人亦见。"

65. 庾公为护军,属桓廷尉觅一佳吏,乃经年。桓后遇见徐宁而知之,遂致于庾公曰:"人所应有,其不必有;人所应无,己不必无。真海岱清士。"

66. 桓茂伦云:"褚季野皮里阳秋。"谓其裁中也。

67. 何次道尝送东人,瞻望见贾宁在后轮中,曰:"此人不死,终为诸侯上客。"

68. 杜弘治墓崩,哀容不称。庾公顾谓诸客曰:"弘治至羸,不可以致哀。"又曰:"弘治哭不可哀。"

69. 世称"庾文康为丰年玉,稚恭为荒年谷。"庾家论云是文康称"恭为荒年谷,庾长仁为丰年玉"。

70. 世目"杜弘治标鲜,季野穆少"。

71. 有人目杜弘治"标鲜清令,盛德之风,可乐咏也"。

72. 庾公云:"逸少国举。"故庾倪为碑文云:"拔萃国举。"

73. 庾稚恭与桓温书,称"刘道生日夕在事,大小殊快。义怀通乐既佳,且足作友,正实良器,推此与君,同济艰不者也"。

74. 王蓝田拜扬州,主簿请讳,教云:"亡祖、先君,名播海内,远近所知。内讳不出于外,余无所讳。"

75. 萧中郎,孙丞公妇父。刘尹在抚军坐,时拟为太常,刘尹云:"萧祖周不知便可作三公不? 自此以还,无所不堪。"

76. 谢太傅未冠,始出西,诣王长史,清言良久。去后,苟子问曰:"向客何如尊?"长史曰:"向客亹亹,为来逼人。"

77. 王右军语刘尹:"故当共推安石。"刘尹曰:"若安石东山志立,当与天下共推之。"

78. 谢公称蓝田:"掇皮皆真。"

79. 桓温行经王敦墓边过,望之云:"可儿! 可儿!"

80. 殷中军道王右军云:"逸少清贵人。吾于之甚至,一时无所后。"

81. 王仲祖称殷渊源"非以长胜人,处长亦胜人"。

82. 王司州与殷中军语,叹云:"己之府奥,蚤已倾写而见;殷陈势浩汗,众源未可得测。"

83. 王长史谓林公："真长可谓金玉满堂。"林公曰："金玉满堂,复何为简选?"王曰："非为简选,直致言处自寡耳。"

84. 王长史道江道群："人可应有,乃不必有;人可应无,己必无。"

85. 会稽孔沈、魏颛、虞球、虞存、谢奉,并是四族之俊,于时之桀。孙兴公目之曰："沈为孔家金,颢为魏家玉,虞为长、琳宗,谢为弘道伏。"

86 王仲祖、刘真长造殷中军谈,谈竟,俱载去。刘谓王曰："渊源真可。"王曰："卿故堕其云雾中。"

87. 刘尹每称王长史云："性至通,而自然有节。"

88. 王右军道谢万石"在林泽中,为自道上"。叹林公"器朗神俊"。道祖士少"风领毛骨,恐没世不复见如此人"。道刘真长"标云柯而不扶疏"。

89. 简文目庾赤玉："省率治除。"谢仁祖云："庾赤玉胸中无宿物。"

90. 殷中军道韩太常曰："康伯少自标置,居然是出群器。及其发言遣辞,往往有情致。"

91. 简文道王怀祖："才既不长,于荣利又不淡;直以真率少许,便足对人多多许。"

92. 林公谓王右军云："长史作数百语,无非德音,如恨不苦。"王曰："长史自不欲苦物。"

93. 殷中军与人书,道谢万"文理转道,成殊不易"。

94. 王长史云;"江思悛思怀所通,不翅儒域。"

95. 许玄度送母,始出都,人问刘尹："玄度定称所闻不?"刘曰："才情过于所闻。"

96. 阮光禄云："王家有三年少:右军、安期、长豫。"

97. 谢公道豫章："若遇七贤,必自把臂入林。"

98. 王长史叹林公："寻微之功,不减辅嗣。"

99. 殷渊源在墓所几十年。于时朝野以拟管、葛,起不起,以卜江左兴亡。

100. 殷中军道右军"清鉴贵要"。

101. 谢太傅为桓公司马,桓诣谢,值谢梳头,遽取衣帻,桓公云："何烦此!"因下共语至暝。既去,谓左右曰："颇曾见如此人不?"

102. 谢公作宣武司马,属门生数十人于田曹中郎赵悦子。悦子以告宣武,宣武云:"且为用半。"赵俄而悉用之,曰:"昔安石在东山,缙绅敦逼,恐不豫人事;况今自乡选,反违之邪?"

103. 桓宣武《表》云:"谢尚神怀挺率,少致民誉。"

104. 世目谢尚为"令达"。阮遥集云:"清畅似达。"或云:"尚自然令上。"

105. 桓大司马病。谢公往省病,从东门入。桓公遥望,叹曰:"吾门中久不见如此人!"

106. 简文目敬豫为"朗豫"。

107. 孙兴公为庾公参军,共游白石山。卫君长在坐,孙曰:"此子神情都不关山水,而能作文。"庾公曰:"卫风韵虽不及卿诸人,倾倒处亦不近。"孙遂沐浴此言。

108. 王右军目陈玄伯"垒块有正骨"。

109. 王长史云:"刘尹知我,胜我自知。"

110. 王、刘听林公讲,王语刘曰:"向高坐者,故是凶物。"复东听,王又曰:"自是钵釪后王、何人也。"

111. 许玄度言:"《琴赋》所谓'非至精者,不能与之析理',刘尹其人;'非渊静者,不能与之闲止',简文其人。"

112. 魏隐兄弟,少有学义,总角诣谢奉。奉与语,大说之,曰:"大宗虽衰,魏氏已复有人。"

113. 简文云:"渊源语不超诣简至,然经纶思寻处,故有局陈。"

114. 初,法汰北来未知名,王领军供养之。每与周旋,行来往名胜许,辄与俱。不得汰,便停车不行。因此名遂重。

115. 王长史与大司马书,道渊源"识致安处,足副时谈"。

116. 谢公云:"刘尹语审细。"

117. 桓公语嘉宾:"阿源有德有言,向使作令仆,足以仪刑百揆。朝廷用违其才耳。"

118. 简文语嘉宾:"刘尹语末后亦小异,回复其言,亦乃无过。"

119. 孙兴公、许玄度共在白楼亭,共商略先往名达。林公既非所关,听讫云："二贤故自有才情。"

120．王右军道东阳"我家阿林，章清太出"。

121．王长史与刘尹书，道渊源"触事长易"。

122．谢中郎云："王修载乐托之性，出自门风。"

123．林公云："王敬仁是超悟人。"

124．刘尹先推谢镇西，谢后雅重刘，曰："昔尝北面。"

125．谢太傅称王修龄曰："司州可与林泽游。"

126．谚曰："扬州独步王文度，后来出人郗嘉宾。"

127．人问王长史江虨兄弟群从，王答曰："诸江皆复足自生活。"

128．谢太傅道安北："见之乃不使人厌，然出户去，不复使人思。"

129．谢公云："司州造胜遍决。"

130．刘尹云："见何次道饮酒，使人欲倾家酿。"

131．谢太傅语真长："阿龄于此事，故欲太厉。"刘曰："亦名士之高操者。"

132．王子猷说："世目士少为朗，我家亦以为彻朗。"

133．谢公云："长史语甚不多，可谓有令音。"

134．谢镇西道敬仁"文学镞镞，无能不新"。

135．刘尹道江道群"不能言而能不言"。

136．林公云："见司州警悟交至，使人不得住，亦终日忘疲。"

137．世称"荀子秀出，阿兴清和"。

138．简文云："刘尹茗柯有实理。"

139．谢胡儿作著作郎，尝作《王堪传》。不谙堪是何似人，咨谢公。谢公答曰："世胄亦被遇。堪，烈之子，阮千里姨兄弟，潘安仁中外。安仁诗所谓'子亲伊姑，我父唯舅'。是许允婿。"

140．谢太傅重邓仆射，常言"天地无知，使伯道无儿"。

141．谢公与王右军书曰："敬和栖托好佳。"

142．吴四姓旧目云：张文、朱武、陆忠、顾厚。

143．谢公语王孝伯："君家蓝田，举体无常人事。"

144．许掾尝诣简文，尔夜风恬月朗，乃共作曲室中语。襟怀之咏，偏是许之所长。辞寄清婉,有逾平日。简文虽契素,此遇尤相咨嗟,不觉造膝,共又手语,达于将旦。既而曰:"玄度才情,故未易多有许。"

145. 殷允出西,郗超与袁虎书云:"子思求良朋,托好足下,勿以开美求之。"世目袁为"开美",故子敬诗曰:"袁生开美度。"

146. 谢车骑问谢公:"真长性至峭,何足乃重?"答曰:"是不见耳!阿见子敬,尚使人不能已。"

147. 谢公领中书监,王东亭有事应同上省,王后至,坐促,王、谢虽不通,太傅犹敛膝容之。王神意闲畅,谢公倾目。还谓刘夫人曰:"向见阿瓜,故自未易有。虽不相关,正是使人不能已已。"

148. 王子敬语谢公:"公故萧洒。"谢曰:"身不萧洒。君道身最得,身正自调畅。"

149. 谢车骑初见王文度曰:"见文度虽萧洒相遇,其复惜惜竟夕。"

150. 范豫章谓王荆州:"卿风流俊望,真后来之秀。"王曰:"不有此舅,焉有此甥!"

151. 子敬与子猷书,道"兄伯萧索寡会,遇酒则酣畅忘反,乃自可矜"。

152. 张天锡世雄凉州,以力弱诣京师,虽远方殊类,亦边人之桀也。闻皇京多才,钦羡弥至。犹在渚住,司马著作往诣之。言容鄙陋,无可观听。天锡心甚悔来,以遐外可以自固。王弥有俊才,美誉当时,闻而造焉。既至,天锡见其风神清令,言话如流,陈说古今,无不贯悉。又谙人物氏族中来,皆有证据。天锡讶服。

153. 王恭始与王建武甚有情,后遇袁悦之间,遂致疑隙。然每至兴会,故有相思时。恭尝行散至京口谢堂,于时清露晨流,新桐初引。恭目之曰:"王大故自濯濯。"

154. 司马太傅为二王目曰:"孝伯亭亭直上,阿大罗罗清疏。"

155. 王恭有清辞简旨,能叙说,而读书少,颇有重出。有人道孝伯"常有新意,不觉为烦"。

156. 殷仲堪丧后,桓玄问仲文:"卿家仲堪,定是何似人?"仲文曰:"虽不能休明一世,足以映彻九泉。"

品 藻 第 九

1. 汝南陈仲举,颍川李元礼二人,共论其功德,不能定先后。蔡伯喈评之曰:"陈仲举强于犯上,李元礼严于摄下。犯上难,摄下易。"仲举遂在三君之下,元礼居八俊之上。

2. 庞士元至吴,吴人并友之。见陆绩、顾劭、全琮而为之目曰:"陆子所谓驽马有逸足之用,顾子所谓驽牛可以负重致远。"或问:"如所目,陆为胜邪?"曰:"驽马虽精速,能致一人耳。驽牛一日行百里,所致岂一人哉?"吴人无以难。"全子好声名,似汝南樊子昭。"

3. 顾劭尝与庞士元宿语,问曰:"闻子名知人,吾与足下孰愈?"曰:"陶冶世俗,与时浮沉,吾不如子;论王霸之余策,览倚仗之要害,吾似有一日之长。"劭亦安其言。

4. 诸葛瑾、弟亮及从弟诞,并有盛名,各在一国。于时以为"蜀得其龙,吴得其虎,魏得其狗"。诞在魏与夏侯玄齐名;瑾在吴,吴朝服其弘量。

5. 司马文王问武陔:"陈玄伯何如其父司空?"陔曰:"通雅博畅,能以天下声教为己任者,不如也。明练简至,立功立事,过之。"

6. 正始中,人士比论,以五荀方五陈:荀淑方陈寔,荀靖方陈谌,荀爽方陈纪,荀彧方陈群,荀觊方陈泰。又以八裴方八王:裴徽方王祥,裴楷方王夷甫,裴康方王绥,裴绰方王澄,裴瓒方王敦,裴遐方王导,裴頠方王戎,裴邈方王玄。

7. 冀州刺史杨淮二子乔与髦,俱总角为成器。淮与裴頠、乐广友善,遣见之。頠性弘方,爱乔之有高韵,谓淮曰:"乔当及卿,髦小减也。"广性清淳,爱髦之有神检,谓淮曰:"乔自及卿,然髦尤精出。"淮笑曰:"我二儿之优劣,乃裴、乐之优劣。"论者评之,以为乔虽高韵,而检不匝,乐言为得,然并为后出之俊。

8. 刘令言始入洛,见诸名士而叹曰:"王夷甫太解明,乐彦辅我所敬,张茂先我所不解,周弘武巧于用短,杜方叔拙于用长。"

9. 王夷甫云:"闾丘冲,优于满奋、郝隆。此三人并是高才,冲最先达。"

10. 王夷甫以王东海比乐令,故王中郎作《碑》云:"当时标榜,为乐广之俪。"

11. 庾中郎与王平子雁行。

12. 王大将军在西朝时,见周侯辄扇障面不得住。后度江左,不能复尔。王叹曰:"不知我进,伯仁退?"

13. 会稽虞騑,元皇时与桓宣武同侠,其人有才理胜望。王丞相尝谓騑曰:"孔愉有公才而无公望,丁潭有公望而无公才,兼之者其在卿乎?"騑未达而丧。

14. 明帝问周伯仁:"卿自谓何如郗鉴?"周曰:"鉴方臣,如有功夫。"复问郗。郗曰:"周觊比臣,有国士门风。"

15. 王大将军下,庾公问:"卿有四友,何者是?"答曰:"君家中郎,我家太尉,阿平,胡毋彦国。阿平故当最劣。"庾曰:"似未肯劣。"庾又问:"何者居其右?"王曰:"自有人。"又问:"何者是?"王曰:"噫!其自有公论。"左右蹑公,公乃止。

16. 人问丞相:"周侯何如和峤?"答曰:"长舆嵯嵲。"

17. 明帝问谢鲲:"君自谓何如庾亮?"答曰:"端委庙堂,使百僚准则,臣不如亮。一丘一壑,自谓过之。"

18. 王丞相二弟不过江,曰颖,曰敞。时论以颖比邓伯道,敞比温忠武。议郎、祭酒者也。

19. 明帝问周侯:"论者以卿比郗鉴,云何?"周曰:"陛下不须牵颣比。"

20. 王丞相云:"顷下论以我比安期、千里。亦推此二人。唯共推太尉,此君特秀。"

21. 宋祎曾为王大将军妾,后属谢镇西。镇西问祎:"我何如王?"答曰:"王比使君,田舍、贵人耳!"镇西妖冶故也。

22. 明帝问周伯仁:"卿自谓何如庾元规?"对曰:"萧条方外,亮不如臣;从容廊庙,臣不如亮。"

23. 王丞相辟王蓝田为掾,庾公问丞相:"蓝田何似?"王曰:"真独简贵,不减父祖;然旷澹处故当不如尔。"

24. 卞望之云郗公:"体中有三反:方于事上,好下佞己,一反。治身清贞,大修计校,二反。自好读书,憎人学问,三反。"

25．世论温太真,是过江第二流之高者。时名辈共说人物,第一将尽之间,温常失色。

26．王丞相云:"见谢仁祖恒令人得上。"与何次道语,唯举手指地曰:"正自尔馨!"

27．何次道为宰相,人有讥其信任不得其人。阮思旷慨然曰:"次道自不至此。但布衣超居宰相之位,可恨唯此一条而已!"

28．王右军少时,丞相云:"逸少何缘复减万安邪?"

29．郗司空家有伧奴,知及文章,事事有意。王右军向刘尹称之。刘问:"何如方回?"王曰:"此正小人有意向耳! 何得便比方回?"刘曰:"若不如方回,故是常奴耳!"

30．时人道阮思旷:"骨气不及右军,简秀不如真长,韶润不如仲祖,思致不如渊源,而兼有诸人之美。"

31．简文云:"何平叔巧累于理,嵇叔夜俊伤其道。"

32．时人共论晋武帝出齐王之与立惠帝,其失孰多? 多谓立惠帝为重。桓温曰:"不然,使子继父业,弟承家祀,有何不可?"

33．人问殷渊源:"当世王公以卿比裴叔道,云何?"殷曰:"故当以识通暗处。"

34．抚军问殷浩:"卿定何如裴逸民?"良久答曰:"故当胜耳。"

35．桓公少于殷侯齐名,常有竞心。桓问殷:"卿何如我?"殷云:"我与我周旋久,宁作我。"

36．抚军问孙兴公:"刘真长何如?"曰:"清蔚简令。""王仲祖何如?"曰:"温润恬和。""桓温何如?"曰:"高爽迈出。""谢仁祖何如?"曰:"清易令达。""阮思旷何如?"曰:"弘润通长。""袁羊何如?"曰:"洮洮清便。""殷洪远何如?"曰:"远有致思。""卿自谓何如?"曰:"下官才能所经,悉不如诸贤;至于斟酌时宜,笼罩当世,亦多所不及。然以不才,时复托怀玄胜,远咏《老》、《庄》,萧条高寄,不与时务经怀,自谓此心无所与让也。"

37．桓大司马下都,问真长曰:"闻会稽王语奇进,尔邪?"刘曰:"极进,然故是第二流中人耳!"桓曰:"第一流复是谁?"刘曰:"正是我辈耳!"

38. 殷侯既废,桓公语诸人曰:"少时与渊源共骑竹马,我弃去,已辄取之,故当出我下。"

39. 人问抚军:"殷浩谈竟何如?"答曰:"不能胜人,差可献酬群心。"

40. 简文云:"谢安南清令不如其弟,学义不及孔岩,居然自胜。"

41. 未废海西公时,王元琳问桓元子:"箕子、比干,迹异心同,不审明公孰是孰非?"曰:"仁称不异,宁为管仲。"

42. 刘丹阳、王长史在瓦官寺集,桓护军亦在坐,共商略西朝及江左人物。或问:"杜弘治何如卫虎?"桓答曰:"弘治肤清,卫虎奕奕神令。"王、刘善其言。

43. 刘尹抚王长史背曰:"阿奴比丞相,但有都长。"

44. 刘尹、王长史同坐,长史酒酣起舞。刘尹曰:"阿奴今日不复减向子期。"

45. 桓公问孔西阳:"安石何如仲文?"孔思未对,反问公曰:"何如?"答曰:"安石居然不可陵践,其处故乃胜也。"

46. 谢公与时贤共赏说,遏、胡儿并在坐。公问李弘度曰:"卿家平阳,何如乐令?"于是李潸然流涕曰:"赵王篡逆,乐令亲授玺绶。亡伯雅正,耻处乱朝,遂至仰药。恐难以相比!此自显于事实,非私亲之言。"谢公语胡儿曰:"有识者果不异人意。"

47. 王修龄问王长史:"我家临川,何如卿家宛陵?"长史未答,修龄曰:"临川誉贵。"长史曰:"宛陵未为不贵。"

48. 刘尹至王长史许清言,时苟子年十三,倚床边听。既去,问父曰:"刘尹语何如尊?"长史曰:"韶音令辞,不如我;往辄破的,胜我。"

49. 谢万寿春败后,简文问郗超:"万自可败,那得乃尔失士卒情?"超曰:"伊以率任之性,欲区别智勇。"

50. 刘尹谓谢仁祖曰:"自吾有四友,门人加亲。"谓许玄度曰:"自吾有由,恶言不及于耳。"二人皆受而不恨。

51. 世目殷中军:"思纬淹通,比羊叔子。"

52. 有人问谢安石、王坦之优劣于桓公。桓公停欲言,中悔,曰:"卿喜传人语,不能复语卿。"

53. 王中郎尝问刘长沙曰："我何如荀子?"刘答曰："卿才乃当不胜荀子,然会名处多。"王笑曰："痴!"

54. 支道林问孙兴公："君何如许掾?"孙曰："高情远致,弟子蚤已服膺;一吟一咏,许将北面。"

55. 王右军问许玄度:"卿自言何如安石?"许未答,王因曰:"安石故相为雄,阿万当裂眼争邪?"

56. 刘尹云:"人言江虨田舍,江乃自田宅屯。"

57. 谢公云:"金谷中苏绍最胜。"绍是石崇姊夫,苏则孙,愉子也。

58. 刘尹目庾中郎:"虽言不愔愔似道,突兀差可以拟道。"

59. 孙承公云:"谢公清于无奕,润于林道。"

60. 或问林公:"司州何如二谢?"林公曰:"故当攀安提万。"

61. 孙兴公、许玄度皆一时名流。或重许高情,则鄙孙秽行;或爱孙才藻,而无取于许。

62. 郗嘉宾道谢公:"造膝虽不深彻,而缠绵纶至。"又曰:"右军诣嘉宾。"嘉宾闻之云:"不得称诣,政得谓之朋耳!"谢公以嘉宾言为得。

63. 庾道季云:"思理伦和,吾愧康伯;志力强正,吾愧文度。自此以还,吾皆百之。"

64. 王僧恩轻林公,蓝田曰:"勿学汝兄,汝兄自不如伊。"

65. 简文问孙兴公:"袁羊何似?"答曰:"不知者不负其才;知之者无取其体。"

66. 蔡叔子云:"韩康伯虽无骨干,然亦肤立。"

67. 郗嘉宾问谢太傅曰:"林公谈何如嵇公?"谢云:"嵇公勤著脚,裁可得去耳。"又问:"殷何如支?"谢曰:"正尔有超拔,支乃过殷。然𩅞𩅞论辩,恐□欲制支。"

68. 庾道季云:"廉颇、蔺相如虽千载上死人,懔懔恒如有生气。曹蜍、李志虽见在,厌厌如九泉下人。人皆如此,便可结绳而治,但恐狐狸貒貉啖尽。"

69. 卫君长是萧祖周妇兄,谢公问孙僧奴:"君家道卫君长云何?"孙曰:"云是世业人。"谢曰:"殊不尔,卫自是理义人。"于时以比殷洪远。

70. 王子敬问谢公："林公何如庾公?"谢殊不受,答曰:"先辈初无论,庾公自足没林公。"

71. 谢遏诸人共道竹林优劣,谢公云:"先辈初不臧贬七贤。"

72. 有人以王中郎比车骑,车骑闻之曰:"伊窟窟成就。"

73. 谢太傅谓王孝伯:"刘尹亦奇自知,然不言胜长史。"

74. 王黄门兄弟三人俱诣谢公,子猷、子重多说俗事,子敬寒温而已。既出,坐客问谢公:"向三贤孰愈?"谢公曰:"小者最胜。"客曰:"何以知之?"谢公曰:"吉人之辞寡,躁人之辞多,推此知之。"

75. 谢公问王子敬:"君书何如君家尊?"答曰:"固当不同。"公曰:"外人论殊不尔。"王曰:"外人那得知?"

76. 王孝伯问谢太傅:"林公何如长史?"太傅曰:"长史韶兴。"问:"何如刘尹?"谢曰:"噫!刘尹秀。"王曰:"若如公言,并不如此二人邪?"谢云:"身意正尔也。"

77. 人有问太傅:"子敬可是先辈谁比?"谢曰:"阿敬近撮王、刘之标。"

78. 谢公语孝伯:"君祖比刘尹,故为得逮。"孝伯云:"刘尹非不能逮,直不逮。"

79. 袁彦伯为吏部郎,子敬与郗嘉宾书曰:"彦伯已入,殊足顿兴往之气。故知捶挞自难为人,冀小却,当复差耳。"

80. 王子猷、子敬兄弟共赏《高士传》人及《赞》。子敬赏"井丹高洁",子猷云:"未若长卿慢世。"

81. 有人问袁侍中曰:"殷仲堪何如韩康伯?"答曰:"理义所得,优劣乃复未辨;然门庭萧寂,居然有名士风流,殷不及韩。"故殷作诔云:"荆门昼掩,闲庭晏然。"

82. 王子敬问谢公:"嘉宾何如道季?"答曰:"道季诚复钞撮清悟,嘉宾故自上。"

83. 王珣疾,临困,问王武冈曰:"世论以我家领军比谁?"武冈曰:"世以比王北中郎。"东亭转卧向壁,叹曰:"人固不可以无年!"

84. 王孝伯道谢公"浓至"。又曰:"长史虚,刘尹秀,谢公融。"

85. 王孝伯问谢公:"林公何如右军?"谢曰:"右军胜林公,林公在司州前亦贵彻。”

86．桓玄为太傅，大会，朝臣毕集。坐裁竟，问王桢之曰：“我何如卿第七叔？”于时宾客为之咽气。王徐徐答曰：“亡叔是一时之标，公是千载之英。”一坐欢然。

87．桓玄问刘太常曰：“我何如谢太傅？”刘答曰：“公高，太傅深。”又曰：“何如贤舅子敬？”答曰：“楂、梨、橘、柚，各有其美。”

88．旧以桓谦比殷仲文。桓玄时，仲文入，桓于庭中望见之，谓同坐曰：“我家中军，那得及此也！”

规　箴　第　十

1．汉武帝乳母尝于外犯事，帝欲申宪，乳母求救东方朔。朔曰：“此非唇舌所争，尔必望济者，将去时但当屡顾帝，慎勿言！ 此或可万一冀耳。”乳母既至，朔亦侍侧，因谓曰：“汝痴耳！ 帝岂复忆汝乳哺时恩邪？”帝虽才雄心忍，亦深有情恋，乃凄然愍之，即敕免罪。

2．京房与汉元帝共论，因问帝：“幽、厉之君何以亡？ 所任何人？”答曰：“其任人不忠。”房曰：“知不忠而任之，何邪？”曰：“亡国之君，各贤其臣，岂知不忠而任之？”房稽首曰：“将恐今之视古，亦犹后之视今也。”

3．陈元方遭父丧，哭泣哀恸，躯体骨立。其母愍之，窃以锦被蒙上。郭林宗吊而见之，谓曰：“卿海内之俊才，四方是则，如何当丧，锦被蒙上？ 孔子曰：‘衣夫锦也，食夫稻也，于汝安乎？’吾不取也！”奋衣而去。自后宾客绝百所日。

4．孙休好射雉，至其时则晨去夕反。群臣莫不止谏：“此为小物，何足甚耽？”休曰：“虽为小物，耿介过人，朕所以好之。”

5．孙皓问丞相陆凯曰：“卿一宗在朝有几人？”陆曰：“二相、五侯、将军十余人。”皓曰：“盛哉！”陆曰：“君贤臣忠，国之盛也。父慈子孝，家之盛也。今政荒民弊，覆亡是惧，臣何敢言盛！”

6．何晏、邓飏令管辂作卦，云：“不知位至三公不？”卦成，辂称引古义，深以戒之。飏曰：“此老生之常谈。”晏曰：“知几其神乎！ 古人以为难。交疏吐诚,今人以为难。今君一面尽二难之道,可谓'明德惟馨'。《诗》不云乎:'中心藏之,何日忘之!'"

7. 晋武帝既不悟太子之愚,必有传后意。诸名臣亦多献直言。帝尝在陵云台上坐,卫瓘在侧,欲申其怀,因如醉跪帝前,以手抚床曰:"此坐可惜。"帝虽悟,因笑曰:"公醉邪?"

8. 王夷甫妇郭泰宁女,才拙而性刚,聚敛无厌,干豫人事。夷甫患之而不能禁。时其乡人幽州刺史李阳,京都大侠,犹汉之楼护,郭氏惮之。夷甫骤谏之,乃曰:"非但我言卿不可,李阳亦谓卿不可。"郭氏小为之损。

9. 王夷甫雅尚玄远,常嫉其妇贪浊,口未尝言"钱"字。妇欲试之,令婢以钱绕床,不得行。夷甫晨起,见钱阂行,呼婢曰:"举却阿堵物!"

10. 王平子年十四五,见王夷甫妻郭氏贪欲,令婢路上儋粪。平子谏之,并言不可。郭大怒,谓平子曰:"昔夫人临终,以小郎嘱新妇,不以新妇嘱小郎!"急捉衣裾,将与杖。平子饶力,争得脱,逾窗而走。

11. 元帝过江犹好酒,王茂弘与帝有旧,常流涕谏。帝许之,命酌酒一酣,从是遂断。

12. 谢鲲为豫章太守,从大将军下至石头。敦谓鲲曰:"余不得复为盛德之事矣。"鲲曰:"何为其然?但使自今已后,日亡日去耳!"敦又称疾不朝,鲲谕敦曰:"近者,明公之举,虽欲大存社稷,然四海之内,实怀未达。若能朝天子,使群臣释然,万物之心于是乃服。仗民望以从众怀,尽冲退以奉主上,如斯,则勋侔一匡,名垂千载。"时人以为名言。

13. 元皇帝时,廷尉张闿在小市居,私作都门,早闭晚开,群小患之。诣州府诉,不得理,遂至桁登闻鼓,犹不被判。闻贺司空出至破冈,连名诣贺诉。贺曰:"身被征作礼官,不关此事。"群小叩头曰:"若府君复不见治,便无所诉。"贺未语,令且去,见张廷尉当为及之。张闻,即毁门,自至方山迎贺。贺出见辞之曰:"此不必见关,但与君门情,相为惜之。"张愧谢曰:"小人有如此,始不即知,早已毁坏。"

14. 郗太尉晚节好谈,既雅非所经,而甚矜之。后朝觐,以王丞相末年多可恨,每见,必欲苦相规诫。王公知其意,每引作它言。临还镇,故命驾诣丞相。丞相翘须厉色,上坐便言:"方当乖别,必欲言其所见。"意满口重,辞殊不流。王公摄其次曰："后面未期,亦欲尽所怀,愿公勿复谈。"郗遂大瞋,冰衿而出,不得一言。

15. 王丞相为扬州,遣八部从事之职。顾和时为下传还,同时俱见。诸从事各奏二千石官长得失,至和独无言。王问顾曰："卿何所闻?"答曰："明公作辅,宁使网漏吞舟,何缘采听风闻,以为察察之政?"丞相咨嗟称佳,诸从事自视缺然也。

16. 苏峻东征沈充,请吏部郎陆迈与俱。将至吴,密敕左右,令入阊门放火以示威。陆知其意,谓峻曰："吴治平未久,必将有乱。若为乱阶,请从我家始。"峻遂止。

17. 陆玩拜司空,有人诣之,索美酒,得,便自起,泻箸梁柱间地,祝曰:"当今乏才,以尔为柱石之用,莫倾人栋梁。"玩笑曰:"戢卿良箴。"

18. 小庾在荆州,公朝大会,问诸僚佐曰:"我欲为汉高、魏武何如?"一坐莫答,长史江虨曰:"愿明公为桓、文之事,不愿作汉高、魏武也。"

19. 罗君章为桓宣武从事,谢镇西作江夏,往检校之。罗既至,初不问郡事,径就谢数日,饮酒而还。桓公问有何事,君章云:"不审公谓谢尚何似人。"桓公曰:"仁祖是胜我许人。"君章云:"岂有胜公人而行非者,故一无所问。"桓公奇其意而不责也。

20. 王右军与王敬仁、许玄度并善。二人亡后,右军为论议更克。孔岩诚之曰:"明府昔与王、许周旋有情,及逝没之后,无慎终之好,民所不取。"右军甚愧。

21. 谢中郎在寿春败,临奔走,犹求玉帖镫。太傅在军,前后初无损益之言。尔日犹云:"当今岂须烦此?"

22. 王大语东亭:"卿乃复论成不恶,那得与僧弥戏!"

23. 殷觊病困,看人政见半面。殷荆州兴晋阳之甲,往与觊别,涕零,属以消息所患。觊答曰:"我病自当差,正忧汝患耳!"

24. 远公在庐山中,虽老,讲论不辍。弟子中或有堕者,远公曰:"桑榆之光,理无远照;但愿朝阳之晖,与时并明耳。"执经登坐,讽诵朗畅,词色甚苦。高足之徒,皆肃然增敬。

25. 桓南郡好猎,每田狩,车骑甚盛。五六十里中,旌旗蔽隰。骋良马,驰击若飞,双甄所指,不避陵壑。或行陈不整,麏兔腾逸,参佐无不被系束。桓道恭,玄之族也,时为贼曹参军,颇敢直言。常自带绛绵绳箸腰中,玄问:"此何为?"答曰:"公猎,好缚人士,会当被缚,手不能堪芒也。"玄自此小差。

26. 王绪、王国宝相为唇齿,并上下权要。王大不平其如此,乃谓绪曰:"汝为此欻欻,曾不虑狱吏之为贵乎?"

27. 桓玄欲以谢太傅宅为营,谢混曰:"召伯之仁,犹惠及甘棠;文靖之德,更不保五亩之宅。"玄惭而止。

捷 悟 第 十 一

1. 杨德祖为魏武主簿,时作相国门,始构榱桷,魏武自出看,使人题门作"活"字,便去。杨见,即令坏之。既竟,曰:"门中'活','阔'字。王正嫌门大也。"

2. 人饷魏武一桮酪,魏武啖少许,盖头上题"合"字以示众。众莫能解。次至杨修,修便啖,曰:"公教人啖一口也,复何疑?"

3. 魏武尝过曹娥碑下,杨修从,碑背上见题作"黄绢幼妇,外孙齑臼"八字。魏武谓修曰:"解不?"答曰:"解。"魏武曰:"卿未可言,待我思之。"行三十里,魏武乃曰:"吾已得。"令修别记所知。修曰:"黄绢,色丝也,于字为绝。幼妇,少女也,于字为妙。外孙,女子也,于字为好。齑臼,受辛也,于字为辞。所谓'绝妙好辞'也。"魏武亦记之,与修同,乃叹曰:"我才不及卿,乃觉三十里。"

4. 魏武征袁本初,治装,余有数十斛竹片,咸长数寸,众云并不堪用,正令烧除。太祖思所以用之,谓可为竹椑楯,而未显其言。驰使问主簿杨德祖。应声答之,与帝心同。众伏其辩悟。

5. 王敦引军垂至大桁,明帝自出中堂。温峤为丹阳尹,帝令断大桁,故未断,帝大怒,瞋目,左右莫不悚惧。召诸公来。峤至不谢,但求酒炙。王导须臾至,徒跣下地,谢曰:"天威在颜,遂使温峤不容得谢。"峤于是下谢,帝乃释然。诸公共叹王机悟名言。

6. 郗司空在北府,桓宣武恶其居兵权。郗于事机素暗,遣笺诣桓:"方欲共奖王室,修复园陵。"世子嘉宾出行,于道上闻信至,急取笺,视竟,寸寸毁裂,便回。还更作笺,自陈老病,不堪人间,欲乞闲地自养。宣武得笺大喜,即诏转公督五郡,会稽太守。

7. 王东亭作宣武主簿,尝春月与石头兄弟乘马出郊。时彦同游者,连镳俱进。唯东亭一人常在前,觉数十步,诸人莫之解。石头等既疲倦,俄而乘舆回,诸人皆似从官,唯东亭奕奕在前。其悟捷如此。

夙 惠 第 十 二

1. 宾客诣陈太丘宿,太丘使元方、季方炊。客与太丘论议,二人进火,俱委而窃听。炊忘箸箪,饭落釜中。太丘问:"炊何不馏?"元方、季方长跪曰:"大人与客语,乃俱窃听,炊忘箸箪,饭今成糜。"太丘曰:"尔颇有所识不?"对曰:"仿佛志之。"二子俱说,更相易夺,言无遗失。太丘曰:"如此,但糜自可,何必饭也?"

2. 何晏七岁,明惠若神,魏武奇爱之。因晏在宫内,欲以为子。晏乃画地令方,自处其中。人问其故,答曰:"何氏之庐也。"魏武知之,即遣还。

3. 晋明帝数岁,坐元帝膝上。有人从长安来,元帝问洛下消息,潜然流涕。明帝问何以致泣?具以东渡意告之。因问明帝:"汝意谓长安何如日远?"答曰:"日远。不闻人从日边来,居然可知。"元帝异之。明日集群臣宴会,告以此意,更重问之。乃答口:"日近。"元帝失色,曰:"尔何故异昨日之言邪?"答曰:"举目见日,不见长安。"

4. 司空顾和与时贤共清言,张玄之、顾敷是中外孙,年并七岁,在床边戏。于时闻语,神情如不相属。瞑于灯下,二儿共叙客主之言,都无遗失。顾公越席而提其耳曰:"不意衰宗复生此宝。"

5. 韩康伯数岁,家酷贫,至大寒,止得襦。母殷夫人自成之,令康伯捉熨斗,谓康伯曰:"且箸襦,寻作复裈。"儿云:"已足,不须复裈也。"母问其故,答曰:"火在熨斗中而柄热,今既箸襦,下亦当暖,故不须耳。"母甚异之,知为国器。

6. 晋孝武年十二,时冬天,昼日不箸复衣,但箸单练衫五六重,夜则累茵褥。谢公谏曰："圣体宜令有常。陛下昼过冷,夜过热,恐非摄养之术。"帝曰："昼动夜静。"谢公出叹曰："上理不减先帝。"

7. 桓宣武薨,桓南郡年五岁,服始除,桓车骑与送故文武别,因指与南郡："此皆汝家故吏佐。"玄应声恸哭,酸感傍人。车骑每自目己坐曰："灵宝成人,当以此坐还之。"

豪 爽 第 十 三

1. 王大将军年少时,旧有田舍名,语音亦楚。武帝唤时贤共言伎艺事。人皆多有所知,唯王都无所关,意色殊恶,自言知打鼓吹。帝令取鼓与之,于坐振袖而起,扬槌奋击,音节谐捷,神气豪上,傍若无人。举坐叹其雄爽。

2. 王处仲世许高尚之目,尝荒恣于色,体为之敝。左右谏之,处仲曰:"吾乃不觉尔。如此者,甚易耳!"乃开后阁,驱诸婢妾数十人出路,任其所之,时人叹焉。

3. 王大将军自目"高朗疏率,学通《左氏》"。

4. 王处仲每酒后辄咏"老骥伏枥,志在千里。烈士暮年,壮心不已"。以如意打唾壶,壶口尽缺。

5. 晋明帝欲起池台,元帝不许。帝时为太子,好养武士。一夕中作池,比晓便成。今太子西池是也。

6. 王大将军始欲下都处分树置,先遣参军告朝廷,讽旨时贤。祖车骑尚未镇寿春,瞋目厉声语使人曰:"卿语阿黑:何敢不逊! 催摄面去,须臾不尔,我将三千兵槊脚令上!"王闻之而止。

7. 庾稚恭既常有中原之志,文康时,权重未在己。及季坚作相,忌兵畏祸,与稚恭历同异者久之,乃果行。倾荆、汉之力,穷舟车之势,师次于襄阳,大会参佐,陈其旌甲,亲授弧矢曰:"我之此行,若此射矣!"遂三起三叠,徒众属目,其气十倍。

8. 桓宣武平蜀,集参僚置酒于李势殿,巴、蜀缙绅,莫不来萃。桓既素有雄情爽气,加尔日音调英发,叙古今成败由人,存亡系才,其状磊落,一坐叹赏。既散,诸人追味余言。于时寻阳周馥曰:"恨卿辈不见王大将军。"

9. 桓公读《高士传》，至於陵仲子，便掷去曰："谁能作此溪刻自处！"

10. 桓石虔，司空豁之长庶也。小字镇恶，年十七八未被举，而童隶已呼为镇恶郎。尝住宣武斋头。从征枋头，车骑冲没陈，左右莫能先救。宣武谓曰："汝叔落贼，汝知不？"石虔闻之，气甚奋。命朱辟为副，策马于数万众中，莫有抗者，径致冲还，三军叹服。河朔后以其名断疟。

11. 陈林道在西岸，都下诸人共要至牛渚会。陈理既佳，人欲共言折。陈以如意拄颊，望鸡笼山叹曰："孙伯符志业不遂！"于是竟坐不得谈。

12. 王司州在谢公坐，咏"入不言兮出不辞，乘回风兮载云旗"。语人云："当尔时，觉一坐无人。"

13. 桓玄西下，入石头。外白"司马梁王奔叛"。玄时事形已济，在平乘上笳鼓并作，直高咏云："箫管有遗音，梁王安在哉？"

世说新语卷下之上

容　止　第　十　四

1. 魏武将见匈奴使，自以形陋，不足雄远国，使崔季珪代，帝自捉刀立床头。既毕，令间谍问曰："魏王何如？"匈奴使答曰："魏王雅望非常，然床头捉刀人，此乃英雄也。"魏武闻之，追杀此使。

2. 何平叔美姿仪，面至白；魏明帝疑其傅粉。正夏月，与热汤饼。既啖，大汗出，以朱衣自拭，色转皎然。

3. 魏明帝使后弟毛曾与夏侯玄共坐，时人谓"蒹葭倚玉树"。

4. 时人目"夏侯太初朗朗如日月之入怀，李安国颓唐如玉山之将崩"。

5. 嵇康身长七尺八寸，风姿特秀。见者叹曰："萧萧肃肃，爽朗清举。"或云："肃肃如松下风，高而徐引。"山公曰："嵇叔夜之为人也，岩岩若孤松之独立；其醉也，傀俄若玉山之将崩。"

6. 裴令公目王安丰"眼烂烂如岩下电"。

7. 潘岳妙有姿容，好神情。少时挟弹出洛阳道，妇人遇者，莫不连手共萦之。左太冲绝丑，亦复效岳游遨，于是群妪齐共乱唾之，委顿而返。

8. 王夷甫容貌整丽,妙于谈玄,恒捉白玉柄麈尾,与手都无分别。

9. 潘安仁、夏侯湛并有美容,喜同行,时人谓之"连璧"。

10. 裴令公有俊容姿,一旦有疾至困,惠帝使王夷甫往看,裴方向壁卧,闻王使至,强回视之。王出语人曰:"双目闪闪,若岩下电,精神挺动,体中故小恶。"

11. 有人语王戎曰:"嵇延祖卓卓如野鹤之在鸡群。"答曰:"君未见其父耳!"

12. 裴令公有俊容仪,脱冠冕,粗服乱头皆好。时人以为"玉人"。见者曰:"见裴叔则如玉山上行,光映照人。"

13. 刘伶身长六尺,貌甚丑顇,而悠悠忽忽,土木形骸。

14. 骠骑王武子是卫玠之舅,俊爽有风姿,见玠辄叹曰:"珠玉在侧,觉我形秽!"

15. 有人诣王太尉,遇安丰、大将军、丞相在坐;往别屋见季胤、平子。还,语人曰:"今日之行,触目见琳琅珠玉。"

16. 王丞相见卫洗马,曰:"居然有羸形,虽复终日调畅,若不堪罗绮。"

17. 王大将军称太尉"处众人中,似珠玉在瓦石间"。

18. 庾子嵩长不满七尺,腰带十围,颓然自放。

19. 卫玠从豫章至下都,人久闻其名,观者如堵墙。玠先有羸疾,体不堪劳,遂成病而死。时人谓"看杀卫玠"。

20. 周伯仁道桓茂伦"嵚崎历落,可笑人"。或云谢幼舆言。

21. 周侯说王长史父"形貌既伟,雅怀有概,保而用之,可作诸许物也"。

22. 祖士少见卫君长云:"此人有旄仗下形。"

23. 石头事故,朝廷倾覆。温忠武与庾文康投陶公求救,陶公云:"肃祖顾命不见及,且苏峻作乱,衅由诸庾,诛其兄弟,不足以谢天下。"于时庾在温船后闻之,忧怖无计。别日,温劝庾见陶,庾犹豫未能往,温曰:"溪狗我所悉,卿但见之,必无忧也!"庾风姿神貌,陶一见便改观。谈宴竟日,爱重顿至。

24. 庾太尉在武昌,秋夜气佳景清,使吏殷浩、王胡之之徒登南楼理咏。音调始遒,闻函道中有屐声甚厉,定是庾公。俄而率左右十许人步来,诸贤欲起避之。公徐云:"诸君少住,老子于此处兴复不浅!"因便据胡床,与诸人咏谑,竟坐甚得任乐。后王逸少下,与丞相言及此事。丞相曰:"元规尔时风范,不得不小颓。"右军答曰:"唯丘壑独存。"

25. 王敬豫有美形,问讯王公。王公抚其肩曰:"阿奴,恨才不称!"又云:"敬豫事事似王公。"

26. 王右军见杜弘治,叹曰:"面如凝脂,眼如点漆,此神仙中人。"时人有称王长史形者,蔡公曰:"恨诸人不见杜弘治耳!"

27. 刘尹道桓公:鬓如反猬皮,眉如紫石棱,自是孙仲谋、司马宣王一流人。

28. 王敬伦风姿似父。作侍中,加授桓公公服,从大门入。桓公望之曰:"大奴固自有凤毛。"

29. 林公道王长史:"敛衿作一来,何其轩轩韶举!"

30. 时人目王右军"飘如游云,矫若惊龙"。

31. 王长史尝病,亲疏不通。林公来,守门人遽启之曰:"一异人在门,不敢不启。"王笑曰:"此必林公。"

32. 或以方谢仁祖不乃重者。桓大司马曰:"诸君莫轻道,仁祖企脚北窗下弹琵琶,故自有天际真人想。"

33. 王长史为中书郎,往敬和许。尔时积雪,长史从门外下车,步入尚书,著公服。敬和遥望,叹曰:"此不复似世中人!"

34. 简文作相王时,与谢公共诣桓宣武。王珣先在内,桓语王:"卿尝欲见相王,可住帐里。"二客既去,桓谓王曰:"定何如?"王曰:"相王作辅,自然湛若神君,公亦万夫之望。不然,仆射何得自没?"

35. 海西时,诸公每朝,朝堂犹暗;唯会稽王来,轩轩如朝霞举。

36. 谢车骑道谢公"游肆复无乃高唱,但恭坐捻鼻顾睐,便自有寝处山泽间仪"。

37. 谢公云:"见林公双眼黯黯明黑。"孙兴公"见林公棱棱露其爽"。

38. 庾长仁与诸弟入吴,欲住亭中宿。诸弟先上,见群小满屋,都无相避意。长仁曰:"我试观之。"乃策杖将一小儿,始入门,诸客望其神姿,一时退匿。

39. 有人叹王恭形茂者,云:"濯濯如春月柳。"

自 新 第 十 五

1. 周处年少时,凶强侠气,为乡里所患。又义兴水中有蛟,山中有邅迹虎,并皆暴犯百姓,义兴人谓为三横,而处尤剧。或说处杀虎斩蛟,实冀三横唯余其一。处即刺杀虎,又入水击蛟,蛟或浮或没,行数十里,处与之俱。经三日三夜,乡里皆谓已死,更相庆,竟杀蛟而出。闻里人相庆,始知为人情所患,有自改意。乃自吴寻二陆,平原不在,正见清河,具以情告,并云:"欲自修改,而年已蹉跎,终无所成。"清河曰:"古人贵朝闻夕死,况君前途尚可。且人患志之不立,亦何忧令名不彰邪?"处遂改励,终为忠臣孝子。

2. 戴渊少时,游侠不治行检,尝在江、淮间攻掠商旅。陆机赴假还洛,辎重甚盛。渊使少年掠劫,渊在岸上,据胡床,指麾左右,皆得其宜。渊既神姿峰颖,虽处鄙事,神气犹异。机于船屋上遥谓之曰:"卿才如此,亦复作劫邪?"渊便泣涕,投剑归机,辞厉非常。机弥重之,定交,作笔荐焉。过江,仕至征西将军。

企 羡 第 十 六

1. 王丞相拜司空,桓廷尉作两髻、葛裙、策杖,路边窥之,叹曰:"人言阿龙超,阿龙故自超!"不觉至台门。

2. 王丞相过江,自说昔在洛水边,数与裴成公、阮千里诸贤共谈道。羊曼曰:"人久以此许卿,何须复尔?"王曰:"亦不言我须此,但欲尔时不可得耳!"

3. 王右军得人以《兰亭集序》方《金谷诗序》,又以己敌石崇,甚有欣色。

4. 王司州先为庾公记室参军,后取殷浩为长史。始到,庾公欲遣王使下都,王自启求住曰:"下官希见盛德,渊源始至,犹贪与少日周旋。"

5. 郗嘉宾得人以己比符坚,大喜。

6. 孟昶未达时,家在京口。尝见王恭乘高舆,被鹤氅裘。于时微雪,昶于篱间窥之,叹曰:"此真神仙中人!"

伤 逝 第 十 七

1. 王仲宣好驴鸣。既葬,文帝临其丧,顾语同游曰:"王好驴鸣,可各作一声以送之。"赴客皆一作驴鸣。

2. 王濬冲为尚书令,著公服,乘轺车,经黄公酒垆下过,顾谓后车客:"吾昔与嵇叔夜、阮嗣宗共酣饮于此垆,竹林之游,亦预其末。自嵇生夭、阮公亡以来,便为时所羁绁。今日视此虽近,邈若山河。"

3. 孙子荆以有才,少所推服,唯雅敬王武子。武子丧时,名士无不至者。子荆后来,临尸恸哭,宾客莫不垂涕。哭毕,向灵床曰:"卿常好我作驴鸣,今我为卿作。"体似真声,宾客皆笑。孙举头曰:"使君辈存,令此人死!"

4. 王戎丧儿万子,山简往省之,王悲不自胜。简曰:"孩抱中物,何至于此?"王曰:"圣人忘情,最下不及情;情之所钟,正在我辈。"简服其言,更为之恸。

5. 有人哭和长舆曰:"峨峨若千丈松崩。"

6. 卫洗马以永嘉六年丧,谢鲲哭之,感动路人。咸和中,丞相王公教曰:"卫洗马当改葬。此君风流名士,海内所瞻,可修薄祭,以敦旧好。"

7. 顾彦先平生好琴,及丧,家人常以琴置灵床上。张季鹰往哭之,不胜其恸,遂径上床,鼓琴,作数曲竟,抚琴曰:"顾彦先颇复赏此不?"因又大恸,遂不执孝子手而出。

8. 庾亮儿遭苏峻难遇害。诸葛道明女为庾儿妇,既寡,将改适,与亮书及之。亮答曰:"贤女尚少,故其宜也。感念亡儿,若在初没。"

9. 庾文康亡,何扬州临葬云:"埋玉树箸土中,使人情何能已已!"

10. 王长史病笃,寝卧镫下,转麈尾视之,叹曰:"如此人,曾不得四十!"及亡,刘尹临殡,以犀柄麈尾箸柩中,因恸绝。

11. 支道林丧法虔之后,精神霣丧,风味转坠。常谓人曰:"昔匠石废斤于郢人,牙生辍弦于钟子,推己外求,良不虚也!冥契既逝,发言莫赏,中心蕴结,余其亡矣!"却后一年,支遂殒。

12. 郗嘉宾丧,左右白郗公"郎丧",既闻,不悲,因语左右:"殡时可道。"公往临殡,一恸几绝。

13. 戴公见林法师墓,曰:"德音未远,而拱木已积。冀神理绵绵,不与气运俱尽耳!"

14. 王子敬与羊绥善。绥清淳简贵,为中书郎,少亡。王深相痛悼,语东亭云:"是国家可惜人!"

15. 王东亭与谢公交恶。王在东闻谢丧,便出都诣子敬,道欲哭谢公。子敬始卧,闻其言,便惊起曰:"所望于法护。"王于是往哭。督帅刁约不听前,曰:"官平生在时,不见此客。"王亦不与语,直前,哭甚恸,不执末婢手而退。

16. 王子猷、子敬俱病笃,而子敬先亡。子猷问左右:"何以都不闻消息?此已丧矣!"语时了不悲。便索舆来奔丧,都不哭。子敬素好琴,便径入坐灵床上,取子敬琴弹,弦既不调,掷地云:"子敬!子敬!人琴俱亡。"因恸绝良久,月余亦卒。

17. 孝武山陵夕,王孝伯入临,告其诸弟曰:"虽榱桷惟新,便自有《黍离》之哀!"

18. 羊孚年三十一卒,桓玄与羊欣书曰:"贤从情所信寄,暴疾而殒,祝予之叹,如何可言!"

19. 桓玄当篡位,语卞鞠云:"昔羊子道恒禁吾此意。今腹心丧羊孚,爪牙失索元,而匆匆作此诋突,讵允天心?"

栖 逸 第 十 八

1. 阮步兵啸,闻数百步。苏门山中,忽有真人,樵伐者咸共传说。阮籍往观,见其人拥膝岩侧。籍登岭就之,箕踞相对。籍商略终古,上陈黄、农玄寂之道,下考三代盛德之美,以问之,仡然不应。复叙有为之教,栖神导气之术以观之,彼犹如前,凝瞩不转。籍因对之长啸。良久,乃笑曰:"可更作。"籍复啸。意尽,退,还半岭许,闻上唔然有声,如数部鼓吹,林谷传响。顾看,乃向人啸也。

2. 嵇康游于汲郡山中，遇道士孙登，遂与之游。康临去，登曰："君才则高矣，保身之道不足。"

3. 山公将去选曹，欲举嵇康；康与书告绝。

4. 李廞是茂曾第五子，清贞有远操，而少羸病，不肯婚宦。居在临海，住兄侍中墓下。既有高名，王丞相欲招礼之，故辟为府掾。廞得笺命，笑曰："茂弘乃复以一爵假人！"

5. 何骠骑弟以高情避世，而骠骑劝之令仕。答曰："予第五之名，何必减骠骑？"

6. 阮光禄在东山，萧然无事，常内足于怀。有人以问王右军，右军曰："此君近不惊宠辱，虽古之沉冥，何以过此？"

7. 孔车骑少有嘉遁意，年四十余，始应安东命。未仕宦时，常独寝，歌吹自箴诲，自称孔郎，游散名山。百姓谓有道术，为生立庙。今犹有孔郎庙。

8. 南阳刘驎之，高率善史传，隐于阳岐。于时苻坚临江，荆州刺史桓冲将尽讦谟之益，征为长史，遣人船往迎，赠赆甚厚。驎之闻命，便升舟，悉不受所饷，缘道以乞穷乏，比至上明亦尽。一见冲，因陈无用，翛然而退。居阳岐积年，衣食有无常与村人共。值己匮乏，村人亦如之。甚厚为乡闾所安。

9. 南阳翟道渊与汝南周子南少相友，共隐于寻阳。庾太尉说周以当世之务，周遂仕，翟秉志弥固。其后周诣翟，翟不与语。

10. 孟万年及弟少孤，居武昌阳新县。万年游宦，有盛名当世，少孤未尝出，京邑人士思欲见之，乃遣信报少孤，云"兄病笃"。狼狈至都。时贤见之者，莫不嗟重，因相谓曰："少孤如此，万年可死。"

11. 康僧渊在豫章，去郭数十里，立精舍。旁连岭，带长川，芳林列于轩庭，清流激于堂宇。乃闲居研讲，希心理味，庾公诸人多往看之。观其运用吐纳，风流转佳。加已处之怡然，亦有以自得，声名乃兴。后不堪，遂出。

12. 戴安道既厉操东山，而其兄欲建式遏之功。谢太傅曰："卿兄弟志业，何其太殊？"戴曰："下官'不堪其忧'，家弟'不改其乐'。"

13. 许玄度隐在永兴南幽穴中，每致四方诸侯之遗。或谓许曰："尝闻箕山人似不尔耳！"许曰："筐篚苞苴，故当轻于天下之宝耳！"

14. 范宣未尝入公门，韩康伯与同载，遂诱俱入郡，范便于车后趋下。

15. 郗超每闻欲高尚隐退者,辄为办百万资,并为造立居宇。在剡为戴公起宅,甚精整。戴始往旧居,与所亲书曰:"近至剡,如官舍。"郗为傅约亦办百万资,傅隐事差互,故不果遗。

16. 许掾好游山水,而体便登陟。时人云:"许非徒有胜情,实有济胜之具。"

17. 郗尚书与谢居士善,常称"谢庆绪识见虽不绝人,可以累心处都尽。"

贤 媛 第 十 九

1. 陈婴者,东阳人。少修德行,箸称乡党。秦末大乱,东阳人欲奉婴为主,母曰:"不可! 自我为汝家妇,少见贫贱,一旦富贵,不祥! 不如以兵属人。事成,少受其利;不成,祸有所归。"

2. 汉元帝宫人既多,乃令画工图之,欲有呼者,辄披图召之。其中常者,皆行货赂。王明君姿容甚丽,志不苟求,工遂毁为其状。后匈奴来和,求美女于汉帝,帝以明君充行。既召见而惜之。但名字已去,不欲中改,于是遂行。

3. 汉成帝幸赵飞燕,飞燕谗班婕妤祝诅,于是考问。辞曰:"妾闻死生有命,富贵在天。修善尚不蒙福,为邪欲以何望? 若鬼神有知,不受邪佞之诉;若其无知,诉之何益? 故不为也。"

4. 魏武帝崩,文帝悉取武帝宫人自侍。及帝病困,卞后出看疾。太后入户,见直侍并是昔日所爱幸者。太后问:"何时来邪?"云:"正伏魄时过。"因不复前而叹曰:"狗鼠不食汝余,死故应尔!"至山陵,亦竟不临。

5. 赵母嫁女,女临去,敕之曰:"慎勿为好!"女曰:"不为好,可为恶邪?"母曰:"好尚不可为,其况恶乎?"

6. 许允妇是阮卫尉女,德如妹,奇丑。交礼竟,允无复入理,家人深以为忧。会允有客至,妇令婢视之,还,答曰:"是桓郎。"桓郎者,桓范也。妇云:"无忧,桓必劝入。"桓果语许云:"阮家既嫁丑女与卿,故当有意,卿宜察之。"许便回入内。既见妇,即欲出。妇料其此出,无复入理,便捉裾停之。许因谓曰:"妇有四德,卿有其几?"妇曰:"新妇所乏唯容尔。然士有百行,君有几?"许云:"皆备。"妇曰:"夫百行以德为首,君好色不好德,何谓皆备?"允有惭色,遂相敬重。

7. 许允为吏部郎,多用其乡里,魏明帝遣虎贲收之。其妇出诫允曰:"明主可以理夺,难以情求。"既至,帝核问之。允对曰:"'举尔所知。'臣之乡人,臣所知也。陛下检校为称职与不? 若不称职,臣受其罪。"既检校,皆官得其人,于是乃释。允衣服败坏,诏赐新衣。初,允被收,举家号哭。阮新妇自若云:"勿忧,寻还。"作粟粥待,顷之允至。

8. 许允为晋景王所诛,门生走入告其妇。妇正在机中,神色不变,曰:"蚤知尔耳!"门人欲藏其儿,妇曰:"无豫诸儿事。"后徙居墓所,景王遣钟会看之,若才流及父,当收。儿以咨母。母曰:"汝等虽佳,才具不多,率胸怀与语,便无所忧。不须极哀,会止便止。又可少问朝事。"儿从之。会反以状对,卒免。

9. 王公渊娶诸葛诞女。入室,言语始交,王谓妇曰:"新妇神色卑下,殊不似公休!"妇曰:"大丈夫不能仿佛彦云,而令妇人比踪英杰!"

10. 王经少贫苦,仕至二千石,母语之曰:"汝本寒家子,仕至二千石,此可以止乎!"经不能用。为尚书,助魏,不忠于晋,被收。涕泣辞母曰:"不从母敕,以至今日!"母都无慽容,语之曰:"为子则孝,为臣则忠。有孝有忠,何负吾邪?"

11. 山公与嵇、阮一面,契若金兰。山妻韩氏,觉公与二人异于常交,问公,公曰:"我当年可以为友者,唯此二生耳!"妻曰:"负羁之妻亦亲观狐、赵,意欲窥之,可乎?"他日,二人来,妻劝公止之宿,具酒肉。夜穿墉以视之,达旦忘反。公入曰:"二人何如?"妻曰:"君才致殊不如,正当以识度相友耳。"公曰:"伊辈亦常以我度为胜。"

12. 王浑妻钟氏生女令淑,武子为妹求简美对而未得。有兵家子,有俊才,欲以妹妻之,乃白母,曰:"诚是才者,其地可遗,然要令我见。"武子乃令兵儿与群小杂处,使母帷中察之。既而,母谓武子曰:"如此衣形者,是汝所拟者非邪?"武子曰:"是也。"母曰:"此才足以拔萃,然地寒,不有长年,不得申其才用。观其形骨,必不寿,不可与婚。"武子从之。兵儿数年果亡。

13. 贾充前妇,是李丰女。丰被诛,离婚徙边。后遇赦得还,充先已取郭配女。武帝特听置左右夫人。李氏别住外,不肯还充舍。郭氏语充:"欲就省李。"充曰:"彼刚介有才气,卿往不如不去。"郭氏于是盛威仪,多将侍婢。既至,入户,李氏起迎,郭不觉脚自屈,因跪再拜。既反,语充,充曰:"语卿道何物?"

14. 贾充妻李氏作《女训》,行于世。李氏女,齐献王妃;郭氏女,惠帝后。充卒,李、郭女各欲令其母合葬,经年不决。贾后废,李氏乃祔葬,遂定。

15. 王汝南少无婚,自求郝普女。司空以其痴,会无婚处,任其意,便许之。既婚,果有令姿淑德。生东海,遂为王氏母仪。或问汝南何以知之?曰:"尝见井上取水,举动容止不失常,未尝忤观。以此知之。"

16. 王司徒妇,钟氏女,太傅曾孙,亦有俊才女德。钟、郝为娣姒,雅相亲重。钟不以贵陵郝,郝亦不以贱下钟。东海家内,则郝夫人之法。京陵家内,范钟夫人之礼。

17. 李平阳,秦州子,中夏名士,于时以比王夷甫。孙秀初欲立威权,咸云:"乐令民望不可杀,减李重者又不足杀。"遂逼重自裁。初,重在家,有人走从门入,出髻中疏示重,重看之色动。入内示其女,女直叫"绝"。了其意,出则自裁。此女甚高明,重每咨焉。

18. 周浚作安东时,行猎,值暴雨,过汝南李氏。李氏富足,而男子不在。有女名络秀,闻外有贵人,与一婢于内宰猪羊,作数十人饮食,事事精办,不闻有人声。密觇之,独见一女子,状貌非常,浚因求为妾。父兄不许。络秀曰:"门户殄瘁,何惜一女?若连姻贵族,将来或大益。"父兄从之。遂生伯仁兄弟。络秀语伯仁等:"我所以屈节为汝家作妾,门户计耳!汝若不与吾家作亲亲者,吾亦不惜余年!"伯仁等悉从命。由此李氏在世,得方幅齿遇。

19. 陶公少有大志,家酷贫,与母湛氏同居。同郡范逵素知名,举孝廉,投侃宿。于时冰雪积日,侃室如悬磬,而逵马仆甚多。侃母湛氏语侃曰:"汝但出外留客,吾自为计。"湛头发委地,下为二髲,卖得数斛米,斫诸屋柱,悉割半为薪,剉诸荐以为马草。日夕,遂设精食,从者皆无所乏。逵既叹其才辩,又深愧其厚意。明旦去,侃追送不已,且百里许。逵曰:"路已远,君宜还。"侃犹不返,逵曰:"卿可去矣!至洛阳,当相为美谈。"侃乃返。逵及洛,遂称之于羊晫、顾荣诸人,大获美誉。

20. 陶公少时,作鱼梁吏,尝以坩鲊饷母。母封鲊付使,反书责侃曰:"汝为吏,以官物见饷,非唯不益,乃增吾忧也。"

21. 桓宣武平蜀,以李势妹为妾,甚有宠,常著斋后。主始不知,既闻,与数十婢拔白刃袭之。正值李梳头,发委藉地,肤色玉曜,不为动容。徐曰:"国破家亡,无心至此。今日若能见杀,乃是本怀。"主惭而退。

22. 庾玉台,希之弟也。希诛,将戮玉台。玉台子妇,宣武弟桓豁女也。徒跣求进,阍禁不内。女厉声曰:"是何小人?我伯父门,不听我前!"因突入,号泣请曰:"庾玉台常因人,脚短三寸,当复能作贼不?"宣武笑曰:"婿故自急。"遂原玉台一门。

23. 谢公夫人帏诸婢,使在前作伎,使太傅暂见,便下帏。太傅索更开,夫人云:"恐伤盛德。"

24. 桓车骑不好箸新衣。浴后,妇故送新衣与。车骑大怒,催使持去。妇更持还,传语云:"衣不经新,何由而故?"桓公大笑,箸之。

25. 王右军郗夫人谓二弟司空、中郎曰:"王家见二谢,倾筐倒庋;见汝辈来,平平尔。汝可无烦复往。"

26. 王凝之谢夫人既往王氏,大薄凝之。既还谢家,意大不说。太傅慰释之曰:"王郎,逸少之子,人材亦不恶,汝何以恨乃尔?"答曰:"一门叔父,则有阿大、中郎。群从兄弟,则有封、胡、遏、末。不意天壤之中,乃有王郎!"

27. 韩康伯母,隐古几毁坏,卞鞠见几恶,欲易之。答曰:"我若不隐此,汝何以得见古物?"

28. 王江州夫人语谢遏曰:"汝何以都不复进,为是尘务经心,天分有限?"

29. 郗嘉宾丧,妇兄弟欲迎妹还,终不肯归。曰:"生纵不得与郗郎同室,死宁不同穴!"

30. 谢遏绝重其姊,张玄常称其妹,欲以敌之。有济尼者,并游张、谢二家。人问其优劣,答曰:"王夫人神情散朗,故有林下风气。顾家妇清心玉映,自是闺房之秀。"

31. 王尚书惠尝看王右军夫人,问:"眼耳未觉恶不?"答曰:"发白齿落,属乎形骸;至于眼耳,关于神明,那可便与人隔!"

32. 韩康伯母殷,随孙绘之之衡阳,于阖庐洲中逢桓南郡。卞鞠是其外孙,时来问讯。谓鞠曰:"我不死,见此竖二世作贼!"在衡阳数年,绘之遇桓景真之难也,殷抚尸哭曰:"汝父昔罢豫章,征书朝至夕发。汝去郡邑数年,为物不得动,遂及于难,夫复何言?"

术 解 第 二 十

1. 荀勖善解音声,时论谓之"暗解"。遂调律吕,正雅乐。每至正会,殿庭作乐,自调宫商,无不谐韵。阮咸妙赏,时谓"神解"。每公会作乐,而心谓之不调。既无一言直勖,意忌之,遂出阮为始平太守。后有一田父耕于野,得周时玉尺,便是天下正尺。荀试以校己所治钟鼓、金石、丝竹,皆觉短一黍,于是伏阮神识。

2. 荀勖尝在晋武帝坐上食笋进饭,谓在坐人曰:"此是劳薪炊也。"坐者未之信,密遣问之,实用故车脚。

3. 人有相羊祜父墓,后应出受命君。祜恶其言,遂掘断墓后,以坏其势。相者立视之曰:"犹应出折臂三公。"俄而祜坠马折臂,位 果至公。

4. 王武子善解马性。尝乘一马,箸连钱障泥。前有水,终日不肯渡。王云:"此必是惜障泥。"使人解去,便径渡。

5. 陈述为大将军掾,甚见爱重。及亡,郭璞往哭之,甚哀,乃呼曰:"嗣祖,焉知非福!"俄而大将军作乱,如其所言。

6. 晋明帝解占冢宅,闻郭璞为人葬,帝微服往看。因问主人:"何以葬龙角? 此法当灭族!"主人曰:"郭云:'此葬龙耳,不出三年,当致天子。'"帝问:"为是出天子邪?"答曰:"非出天子,能致天子问耳。"

7. 郭景纯过江,居于暨阳,墓去水不盈百步,时人以为近水。景纯曰:"将当为陆。"今沙涨,去墓数十里皆为桑田。其诗曰:"北阜烈烈,巨海混混;垒垒三坟,唯母与昆。"

8. 王丞相令郭璞试作一卦,卦成,郭意色甚恶,云:"公有震厄!"王问:"有可消伏理不?"郭曰:"命驾西出数里,得一柏树,截断如公长,置床上常寝处,灾可消矣。"王从其语,数日中,果震柏粉碎,子弟皆称庆。大将军云:"君乃复委罪于树木。"

9. 桓公有主簿善别酒,有酒辄令先尝。好者谓"青州从事",恶者谓"平原督邮"。青州有齐郡,平原有鬲县。"从事"言到脐,"督邮"言在鬲上住。

10. 郗愔信道甚精勤,常患腹内恶,诸医不可疗。闻于法开有名,往迎之。既来,便脉云:"君侯所患,正是精进太过所致耳。"合一剂汤与之。一服,即大下,去数段许纸如拳大;剖看,乃先所服符也。

11. 殷中军妙解经脉,中年都废。有常所给使,忽叩头流血。浩问其故,云:"有死事,终不可说。"诘问良久,乃云:"小人母年垂百岁,抱疾来久,若蒙官一脉,便有活理。讫就屠戮无恨。"浩感其至性,遂令舁来,为诊脉处方。始服一剂汤,便愈。于是悉焚经方。

巧艺第二十一

1. 弹棋始自魏宫内,用妆奁戏。文帝于此戏特妙,用手巾角拂之,无不中。有客自云能,帝使为之。客箸葛巾角,低头拂棋,妙逾于帝。

2. 陵云台楼观精巧,先称平众木轻重,然后造构,乃无锱铢相负揭。台虽高峻,常随风摇动,而终无倾倒之理。魏明帝登台,惧其势危,别以大材扶持之,楼即颓坏。论者谓轻重力偏故也。

3. 韦仲将能书。魏明帝起殿,欲安榜,使仲将登梯题之。既下,头鬓皓然,因敕儿孙:"勿复学书。"

4. 钟会是荀济北从舅,二人情好不协。荀有宝剑,可直百万,常在母钟夫人许。会善书,学荀手迹,作书与母取剑,仍窃去不还。荀勖知是钟而无由得也,思所以报之。后钟兄弟以千万起一宅,始成,甚精丽,未得移住。荀极善画,乃潜往画钟门堂,作太傅形象,衣冠状貌如平生。二钟入门,便大感恸,宅遂空废。

5. 羊长和博学工书,能骑射,善围棋。诸羊后多知书,而射、奕余艺莫逮。

6. 戴安道就范宣学,视范所为:范读书亦读书,范钞书亦钞书。唯独好画,范以为无用,不宜劳思于此。戴乃画《南都赋》图;范看毕咨嗟,甚以为有益,始重画。

7. 谢太傅云:"顾长康画,有苍生来所无。"

8. 戴安道中年画行像甚精妙。庾道季看之,语戴云:"神明太俗,由卿世情未尽。"戴云:"唯务光当免卿此语耳。"

9. 顾长康画裴叔则,颊上益三毛。人问其故,顾曰:"裴楷俊朗有识具,正此是其识具。"看画者寻之,定觉益三毛如有神明,殊胜未安时。

10. 王中郎以围棋是坐隐,支公以围棋为手谈。

11. 顾长康好写起人形。欲图殷荆州,殷曰:"我形恶,不烦耳。"顾曰:"明府正为眼尔。但明点童子,飞白拂其上,使如轻云之蔽日。"

12. 顾长康画谢幼舆在岩石里。人问其所以,顾曰:"谢云:'一丘一壑,自谓过之。'此子宜置丘壑中。"

13. 顾长康画人,或数年不点目精。人问其故,顾曰:"四体妍蚩,本无关于妙处;传神写照,正在阿堵中。"

14. 顾长康道画:"手挥五弦易,目送归鸿难。"

宠礼第二十二

1. 元帝正会,引王丞相登御床,王公固辞,中宗引之弥苦。王公曰:"使太阳与万物同晖,臣下何以瞻仰?"

2. 桓宣武尝请参佐入宿,袁宏、伏滔相次而至。莅名,府中复有袁参军,彦伯疑焉,令传教更质。传教曰:"参军是袁、伏之袁,复何所疑?"

3. 王珣、郗超并有奇才,为大司马所眷拔。珣为主簿,超为记室参军。超为人多须,珣状短小。于时荆州为之语曰:"髯参军,短主簿,能令公喜,能令公怒。"

4. 许玄度停都一月,刘尹无日不往,乃叹曰:"卿复少时不去,我成轻薄京尹!"

5. 孝武在西堂会,伏滔预坐。还,下车呼其儿,语之曰:"百人高会,临坐未得他语,先问'伏滔何在? 在此不?'此故未易得。为人作父如此,何如?"

6.卞范之为丹阳尹,羊孚南州暂还,往卞许,云:"下官疾动不堪坐。"卞便开帐拂褥,羊径上大床,入被须枕。卞回坐倾睐,移晨达莫。羊去,卞语曰:"我以第一理期卿,卿莫负我。"

任诞第二十三

1.陈留阮籍,谯国嵇康,河内山涛,三人年皆相比,康年少亚之。预此契者:沛国刘伶,陈留阮咸,河内向秀,琅邪王戎。七人常集于竹林之下,肆意酣畅,故世谓"竹林七贤"。

2.阮籍遭母丧,在晋文王坐进酒肉。司隶何曾亦在坐,曰:"明公方以孝治天下,而阮籍以重丧,显于公坐饮酒食肉,宜流之海外,以正风教。"文王曰:"嗣宗毁顿如此,君不能共忧之,何谓?且有疾而饮酒食肉,固丧礼也!"籍饮啖不辍,神色自若。

3.刘伶病酒,渴甚,从妇求酒。妇捐酒毁器,涕泣谏曰:"君饮太过,非摄生之道,必宜断之!"伶曰:"甚善。我不能自禁,唯当祝鬼神,自誓断之耳!便可具酒肉。"妇曰:"敬闻命。"供酒肉于神前,请伶祝誓。伶跪而祝曰:"天生刘伶,以酒为名,一饮一斛,五斗解酲。妇人之言,慎不可听。"便引酒进肉,隗然已醉矣。

4.刘公荣与人饮酒,杂秽非类,人或讥之。答曰:"胜公荣者,不可不与饮;不如公荣者,亦不可不与饮;是公荣辈者,又不可不与饮。"故终日共饮而醉。

5.步兵校尉缺,厨中有贮酒数百斛,阮籍乃求为步兵校尉。

6.刘伶恒纵酒放达,或脱衣裸形在屋中,人见讥之。伶曰:"我以天地为栋宇,屋室为裈衣,诸君何为入我裈中?"

7.阮籍嫂尝还家,籍见与别。或讥之,籍曰:"礼岂为我辈设也?"

8.阮公邻家妇有美色,当垆酤酒。阮与王安丰常从妇饮酒,阮醉,便眠其妇侧。夫始殊疑之,伺察,终无他意。

9.阮籍当葬母,蒸一肥豚,饮酒二斗,然后临诀,直言"穷矣"!都得一号,因吐血,废顿良久。

10．阮仲容、步兵居道南，诸阮居道北。北阮皆富，南阮贫。七月七日，北阮盛晒衣，皆纱罗锦绮。仲容以竿挂大布犊鼻裈于中庭。人或怪之，答曰："未能免俗，聊复尔耳！"

11．阮步兵丧母，裴令公往吊之。阮方醉，散发坐床，箕踞不哭。裴至，下席于地，哭吊喭毕，便去。或问裴："凡吊，主人哭，客乃为礼。阮既不哭，君何为哭？"裴曰："阮方外之人，故不崇礼制；我辈俗中人，故以仪轨自居。"时人叹为两得其中。

12．诸阮皆能饮酒，仲容至宗人间共集，不复用常杯斟酌，以大瓮盛酒，围坐，相向大酌。时有群猪来饮，直接去上，便共饮之。

13．阮浑长成，风气韵度似父，亦欲作达。步兵曰："仲容已预之，卿不得复尔。"

14．裴成公妇，王戎女。王戎晨往裴许，不通径前。裴从床南下，女从北下，相对作宾主，了无异色。

15．阮仲容先幸姑家鲜卑婢。及居母丧，姑当远移，初云当留婢，既发，定将去。仲容借客驴箸重服自追之，累骑而返。曰："人种不可失！"即遥集之母也。

16．任恺既失权势，不复自检括。或谓和峤曰："卿何以坐视元裒败而不救？"和曰："元裒如北夏门，拉㧚自欲坏，非一木所能支。"

17．刘道真少时，常渔草泽，善歌啸，闻者莫不留连。有一老姥，识其非常人，甚乐其歌啸，乃杀豚进之。道真食豚尽，了不谢。姥见不饱，又进一豚，食半余半，乃还之。后为吏部郎，姥儿为小令史，道真超用之。不知所由，问母，母告之。于是赍牛酒诣道真，道真曰："去！去！无可复用相报。"

18．阮宣子常步行，以百钱挂杖头，至酒店，便独酣畅。虽当世贵盛，不肯诣也。

19．山季伦为荆州，时出酣畅。人为之歌曰："山公时一醉，径造高阳池。日莫倒载归，茗芋无所知。复能乘骏马，倒箸白接篱。举手问葛强，何如并州儿？"高阳池在襄阳。强是其爱将，并州人也。

20．张季鹰纵任不拘，时人号为"江东步兵"。或谓之曰："卿乃可纵适一时，独不为身后名邪？"答曰："使我有身后名，不如即时一杯酒！"

21. 毕茂世云："一手持蟹螯,一手持酒杯,拍浮酒池中,便足了一生。"

22. 贺司空入洛赴命,为太孙舍人。经吴阊门,在船中弹琴。张季鹰本不相识,先在金阊亭,闻弦甚清,下船就贺,因共语。便大相知说。问贺："卿欲何之?"贺曰："入洛赴命,正尔进路。"张曰："吾亦有事北京。"因路寄载,便与贺同发。初不告家,家追问乃知。

23. 祖车骑过江时,公私俭薄,无好服玩。王、庾诸公共就祖,忽见裘袍重叠,珍饰盈列,诸公怪问之。祖曰："昨夜复南塘一出。"祖于时恒自使健儿鼓行劫钞,在事之人,亦容而不问。

24. 鸿胪卿孔群好饮酒。王丞相语云："卿何为恒饮酒? 不见酒家覆瓿布,日月糜烂?"群曰："不尔,不见糟肉,乃更堪久。"群尝书与亲旧："今年田得七百斛秫米,不了麹蘖事。"

25. 有人讥周仆射与亲友言戏,秽杂无检节。周曰："吾若万里长江,何能不千里一曲。"

26. 温太真位未高时,屡与扬州、淮中估安樗蒱,与辄不竞。尝一过,大输物,戏屈,无因得反。与庾亮善,于舫中大唤亮曰："卿可赎我!"庾即送值,然后得还。经此数四。

27. 温公喜慢语,卞令礼法自居。至庾公许,大相剖击。温发口鄙秽,庾公徐曰："太真终日无鄙言。"

28. 周伯仁风德雅重,深达危乱。过江积年,恒大饮酒。尝经三日不醒,时人谓之"三日仆射"。

29. 卫君长为温公长史,温公甚善之。每率尔提酒脯就卫,箕踞相对弥日。卫往温许亦尔。

30. 苏峻乱,诸庾逃散。庾冰时为吴郡,单身奔亡,民吏皆去,唯郡卒独以小船载冰出钱塘口,蒲簟覆之。时峻赏募觅冰,属所在搜检甚急。卒舍船市渚,因饮酒醉还,舞棹向船曰："何处觅庾吴郡? 此中便是。"冰大惶怖,然不敢动。监司见船小装狭,谓卒狂醉,都不复疑。自送过浙江,寄山阴魏家,得免。后事平,冰欲报卒,适其所愿。卒曰："出自厮下,不愿名器。少苦执鞭,恒患不得快饮酒;使其酒足余年毕矣,无所复须。"冰为起大舍,市奴婢,使门内有百斛酒,终其身。时谓此卒非唯有智,且亦达生。

31．殷洪乔作豫章郡，临去，都下人因附百许函书。既至石头，悉掷水中，因祝曰："沉者自沉，浮者自浮，殷洪乔不能作致书邮。"

32．王长史、谢仁祖同为王公掾。长史云："谢掾能作异舞。"谢便起舞，神意甚暇。王公熟视，谓客曰："使人思安丰。"

33．王、刘共在杭南，酣宴于桓子野家。谢镇西往尚书墓还，葬后三日反哭。诸人欲要之，初遣一信，犹未许，然已停车。重要，便回驾。诸人门外迎之，把臂便下，裁得脱帻，箸帽酣宴。半坐，乃觉未脱衰。

34．桓宣武少家贫，戏大输，债主敦求甚切，思自振之方，莫知所出。陈郡袁耽，俊迈多能。宣武欲求救于耽，耽时居艰，恐致疑，试以告焉。应声便许，略无慊吝。遂变服怀布帽随温去，与债主戏。耽素有艺名，债主就局，曰："汝故当不办作袁彦道邪？"遂共戏。十万一掷，直上百万数。投马绝叫，傍若无人，探布帽掷对人曰："汝竟识袁彦道不？"

35．王光禄云："酒，正使人人自远。"

36．刘尹云："孙承公狂士，每至一处，赏玩累日，或回至半路却返。"

37．袁彦道有二妹：一适殷渊源，一适谢仁祖。语桓宣武云："恨不更有一人配卿。"

38．桓车骑在荆州，张玄为侍中，使至江陵，路经阳岐村，俄见一人，持半小笼生鱼，径来造船云："有鱼，欲寄作脍。"张乃维舟而纳之。问其姓字，称是刘遗民。张素闻其名，大相忻待。刘既知张衔命，问："谢安、王文度并佳不？"张甚欲话言，刘了无停意。既进脍，便去，云："向得此鱼，观君船上当有脍具，是故来耳。"于是便去。张乃追至刘家，为设酒，殊不清旨。张高其人，不得已而饮之。方共对饮，刘便先起，云："今正伐荻，不宜久废。"张亦无以留之。

39．王子猷诣郗雍州，雍州在内。见有氍毹，云："阿乞那得此物？"令左右送还家。郗出见之，王曰："向有大力者负之而趋。"郗无忤色。

40．谢安始出西戏，失车牛，便杖策步归。道逢刘尹，语曰："安石将无伤？"谢乃同载而归。

41．襄阳罗友有大韵，少时多谓之痴。尝伺人祠，欲乞食，往太蚤，门未开。主人迎神出见，问以非时，何得在此，答曰："闻卿祠，欲乞一顿食耳。"遂隐门侧。至晓,得食便退,了无怍容。为人有记功,从桓宣武平蜀,按行蜀城阙观宇,内外道陌广狭,植种果竹多少,皆默记之。后宣武漂洲与简文集,友亦预焉。共道蜀中事,亦有所遗忘,友皆名列,曾无错漏。宣武验以蜀城阙簿,皆如其言。坐者叹服。谢公云:"罗友讵减魏阳元!"后为广州刺史,当之镇,刺史桓豁语令莫来宿。答曰:"民已有前期。主人贫,或有酒馔之费,见与甚有旧,请别日奉命。"征西密遣人察之。至日,乃往荆州门下书佐家,处之怡然,不异胜达。在益州语儿云:"我有五百人食器。"家中大惊。其由来清,而忽有此物,定是二百五十沓乌樏。

42. 桓子野每闻清歌,辄唤"奈何!"谢公闻之曰:"子野可谓一往有深情。"

43. 张湛好于斋前种松柏。时袁山松出游,每好令左右作挽歌。时人谓:"张屋下陈尸,袁道上行殡。"

44. 罗友作荆州从事,桓宣武为王车骑集别。友进,坐良久,辞出,宣武曰:"卿向欲咨事,何以便去?"答曰:"友闻白羊肉美,一生未曾得吃,故冒求前耳,无事可咨。今已饱,不复须驻。"了无惭色。

45. 张骏酒后挽歌甚凄苦。桓车骑曰:"卿非田横门人,何乃顿尔至致?"

46. 王子猷尝暂寄人空宅住,便令种竹。或问:"暂住何烦尔?"王啸咏良久,直指竹曰:"何可一日无此君?"

47. 王子猷居山阴,夜大雪,眠觉,开室,命酌酒,四望皎然。因起仿偟,咏左思《招隐诗》。忽忆戴安道。时戴在剡,即便夜乘小船就之。经宿方至,造门不前而返。人问其故,王曰:"吾本乘兴而行,兴尽而返,何必见戴?"

48. 王卫军云:"酒正自引人箸胜地。"

49. 王子猷出都,尚在渚下。旧闻桓子野善吹笛,而不相识。遇桓于岸上过,王在船中,客有识之者,云是桓子野。王便令人与相闻云:"闻君善吹笛,试为我一奏。"桓时已贵显,素闻王名,即便回下车,踞胡床,为作三调。弄毕,便上车去。客主不交一言。

50. 桓南郡被召作太子洗马,船泊荻渚。王大服散后已小醉,往看桓。桓为设酒,不能冷饮,频语左右:"令温酒来!"桓乃流涕呜咽,王便欲去。桓以手巾掩泪，因谓王曰："犯我家讳，何预卿事？"王叹曰："灵宝故自达。"

51．王孝伯问王大："阮籍何如司马相如？"王大曰："阮籍胸中垒块，故须酒浇之。"

52．王佛大叹言："三日不饮酒，觉形神不复相亲。"

53．王孝伯言："名士不必须奇才，但使常得无事，痛饮酒，熟读《离骚》，便可称名士。"

54．王长史登茅山，大恸哭曰："琅邪王伯兴，终当为情死。"

简傲第二十四

1．晋文王功德盛大，坐席严敬，拟于王者，唯阮籍在坐，箕踞啸歌，酣放自若。

2．王戎弱冠诣阮籍，时刘公荣在坐。阮谓王曰："偶有二斗美酒，当与君共饮，彼公荣者，无预焉。"二人交觞酬酢，公荣遂不得一桮，而言语谈戏，三人无异。或有问之者，阮答曰："胜公荣者，不得不与饮酒；不如公荣者，不可不与饮酒；唯公荣，可不与饮酒。"

3．钟士季精有才理，先不识嵇康。钟要于时贤俊之士，俱往寻康。康方大树下锻，向子期为佐鼓排。康扬槌不辍，傍若无人，移时不交一言。钟起去，康曰："何所闻而来？何所见而去？"钟曰："闻所闻而来，见所见而去。"

4．嵇康与吕安善，每一相思，千里命驾。安后来，值康不在，喜出户延之，不入，题门上作"鳯"字而去。喜不觉，犹以为欣故作。"鳯"字，凡鸟也。

5．陆士衡初入洛，咨张公所宜诣，刘道真是其一。陆既往，刘尚在哀制中。性嗜酒，礼毕，初无他言，唯问："东吴有长柄壶卢，卿得种来不？"陆兄弟殊失望，乃悔往。

6．王平子出为荆州，王太尉及时贤送者倾路。时庭中有大树，上有鹊巢。平子脱衣巾，径上树取鹊子。凉衣拘阂树枝，便复脱去。得鹊子还，下弄，神色自若，傍若无人。

7．高坐道人于丞相坐，恒偃卧其侧。见卞令，肃然改容云："彼是礼法人。"

8. 桓宣武作徐州,时谢奕为晋陵。先粗经虚怀,而乃无异常。及桓还荆州,将西之间,意气甚笃,奕弗之疑。唯谢虎子妇王悟其旨。每曰:"桓荆州用意殊异,必与晋陵俱西矣!"俄而引奕为司马。奕既上,犹推布衣交。在温坐,岸帻啸咏,无异常日。宣武每曰:"我方外司马。"遂因酒,转无朝夕礼。桓舍入内,奕辄复随去。后至奕醉,温往主许避之。主曰:"君无狂司马,我何由得相见?"

9. 谢万在兄前,欲起索便器。于时阮思旷在坐曰:"新出门户,笃而无礼。"

10. 谢中郎是王蓝田女婿,尝箸白纶巾,肩舆径至扬州听事见王,直言曰:"人言君侯痴,君侯信自痴。"蓝田曰:"非无此论,但晚令耳。"

11. 王子猷作桓车骑骑兵参军,桓问曰:"卿何署?"答曰:"不知何署,时见牵马来,似是马曹。"桓又问:"官有几马?"答曰:"不问马,何由知其数?"又问:"马比死多少?"答曰:"未知生,焉知死?"

12. 谢公尝与谢万共出西,过吴郡。阿万欲相与共萃王恬许,太傅云:"恐伊不必酬汝意,不足尔!"万犹苦要,太傅坚不回,万乃独往。坐少时,王便入门内,谢殊有欣色,以为厚待己。良久,乃沐头散发而出,亦不坐,仍据胡床,在中庭晒头,神气傲迈,了无相酬对意。谢于是乃还。未至船,逆呼太傅。安曰:"阿螭不作尔!"

13. 王子猷作桓车骑参军。桓谓王曰:"卿在府久,比当相料理。"初不答,直高视,以手版拄颊云:"西山朝来,致有爽气。"

14. 谢万北征,常以啸咏自高,未尝抚慰众士。谢公甚器爱万,而审其必败,乃俱行,从容谓万曰:"汝为元帅,宜数唤诸将宴会,以说众心。"万从之。因召集诸将,都无所说,直以如意指四坐云:"诸君皆是劲卒。"诸将甚忿恨之。谢公欲深箸恩信,自队主将帅以下,无不身造,厚相逊谢。及万事败,军中因欲除之。复云:"当为隐士。"故幸而得免。

15. 王子敬兄弟见郗公,蹑履问讯,甚修外生礼。及嘉宾死,皆箸高屐,仪容轻慢。命坐,皆云"有事,不暇坐"。既去,郗公慨然曰:"使嘉宾不死,鼠辈敢尔!"

16. 王子猷尝行过吴中,见一士大夫家极有好竹。主已知子猷当往,乃洒埽施设,在听事坐相待。王肩舆径造竹下,讽啸良久。主已失望,犹冀还当通,遂直欲出门。主人大不堪,便令左右闭门不听出。王更以此赏主人,乃留坐,尽欢而去。

17. 王子敬自会稽经吴,闻顾辟疆有名园。先不识主人,径往其家,值顾方集宾友酣燕。而王游历既毕,指麾好恶,傍若无人。顾勃然不堪曰:"傲主人,非礼也;以贵骄人,非道也。失此二者,不足齿人,伧耳!"便驱其左右出门。王独在舆上,回转顾望,左右移时不至,然后令送箸门外,怡然不屑。

世说新语卷下之下

排调第二十五

1. 诸葛瑾为豫州,遣别驾到台,语云:"小儿知谈,卿可与语。"连往诣恪,恪不与相见。后于张辅吴坐中相遇,别驾唤恪:"咄咄郎君。"恪因嘲之曰:"豫州乱矣,何咄咄之有?"答曰:"君明臣贤,未闻其乱。"恪曰:"昔唐尧在上,四凶在下。"答曰:"非唯四凶,亦有丹朱。"于是一坐大笑。

2. 晋文帝与二陈共车,过唤钟会同载,即驶车委去。比出,已远。既至,因嘲之曰:"与人期行,何以迟迟? 望卿遥遥不至。"会答曰:"矫然懿实,何必同群?"帝复问会:"皋繇何如人?"答曰:"上不及尧、舜,下不逮周、孔,亦一时之懿士。"

3. 钟毓为黄门郎,有机警,在景王坐燕饮。时陈群子玄伯、武周子元夏同在坐,共嘲毓。景王曰:"皋繇何如人?"对曰:"古之懿士。"顾谓玄伯、元夏曰:"君子周而不比,群而不党。"

4. 嵇、阮、山、刘在竹林酣饮,王戎后往。步兵曰:"俗物已复来败人意!"王笑曰:"卿辈意,亦复可败邪?"

5. 晋武帝问孙皓:"闻南人好作《尔汝歌》,颇能为不?"皓正饮酒,因举觞劝帝而言曰:"昔与汝为邻,今与汝为臣。上汝一杯酒,令汝寿万春。"帝悔之。

6. 孙子荆年少时欲隐,语王武子"当枕石漱流",误曰"漱石枕流"。王曰："流可枕,石可漱乎?"孙曰："所以枕流,欲洗其耳;所以漱石,欲砺其齿。"

7. 头责秦子羽云："子曾不如太原温颙、颍川荀寓、范阳张华、士卿刘许、义阳邹湛、河南郑诩?此数子者,或謇吃无宫商,或尪陋希言语,或淹伊多姿态,或谨哗少智谞,或口如含胶饴,或头如巾虀杵,而犹以文采可观,意思详序,攀龙附凤,并登天府。"

8. 王浑与妇钟氏共坐,见武子从庭过,浑欣然谓妇曰："生儿如此,足慰人意。"妇笑曰："若使新妇得配参军,生儿故可不啻如此!"

9. 荀鸣鹤、陆士龙二人未相识,俱会张茂先坐。张令共语。以其并有大才,可勿作常语。陆举手曰："云间陆士龙。"荀答曰："日下荀鸣鹤。"陆曰："既开青云睹白雉,何不张尔弓,布尔矢?"荀答曰："本谓云龙骙骙,定是山鹿野麋。兽弱弩强,是以发迟。"张乃抚掌大笑。

10. 陆太尉诣王丞相,王公食以酪。陆还遂病。明日与王笺云："昨食酪小过,通夜委顿。民虽吴人,几为伧鬼。"

11. 元帝皇子生,普赐群臣。殷洪乔谢曰："皇子诞育,普天同庆。臣无勋焉,而猥颁厚赉。"中宗笑曰："此事岂可使卿有勋邪?"

12. 诸葛令、王丞相共争姓族先后,王曰："何不言葛、王,而云王、葛?"令曰："譬言驴马,不言马驴,驴宁胜马邪?"

13. 刘真长始见王丞相,时盛暑之月,丞相以腹熨弹棋局,曰："何乃渹!"刘既出,人问见工公云何,刘曰："未见他异,唯闻作吴语耳。"

14. 王公与朝士共饮酒,举琉璃碗谓伯仁曰："此碗腹殊空,谓之宝器,何邪?"答曰："此碗英英,诚为清彻,所以为宝耳!"

15. 谢幼舆谓周侯曰："卿类社树,远望之,峨峨拂青天;就而视之,其根则群狐所托,下聚溷而已!"答曰："枝条拂青天,不以为高;群狐乱其下,不以为浊。聚溷之秽,卿之所保,何足自称!"

16. 王长豫幼便和令,丞相爱恋甚笃。每共围棋,丞相欲举行,长豫按指不听。丞相笑曰："讵得尔?相与似有瓜葛。"

17. 明帝问周伯仁："真长何如人?"答曰："故是千斤犗特。"王公笑其言。伯仁曰："不如卷角牸,有盘辟之好。"

18. 王丞相枕周伯仁膝,指其腹曰:"卿此中何所有?"答曰:"此中空洞无物,然容卿辈数百人。"

19. 干宝向刘真长叙其《搜神记》,刘曰:"卿可谓鬼之董狐。"

20. 许文思往顾和许,顾先在帐中眠。许至,便径就床角枕共语。既而唤顾共行,顾乃命左右取枕上新衣,易己体上所著。许笑曰:"卿乃复有行来衣乎?"

21. 康僧渊目深而鼻高,王丞相每调之。僧渊曰:"鼻者面之山,目者面之渊。山不高则不灵,渊不深则不清。"

22. 何次道往瓦官寺礼拜甚勤。阮思旷语之曰:"卿志大宇宙,勇迈终古。"何曰:"卿今日何故忽见推?"阮曰:"我图数千户郡,尚不能得;卿乃图作佛,不亦大乎!"

23. 庾征西大举征胡,既成行,止镇襄阳。殷豫章与书,送一折角如意以调之。庾答书曰:"得所致,虽是败物,犹欲理而用之。"

24. 桓大司马乘雪欲猎,先过王、刘诸人许。真长见其装束单急,问:"老贼欲持此何作?"桓曰:"我若不为此,卿辈亦那得坐谈?"

25. 褚季野问孙盛:"卿国史何当成?"孙云:"久应竟,在公无暇,故至今日。"褚曰:"古人'述而不作',何必在蚕室中!"

26. 谢公在东山,朝命屡降而不动。后出为桓宣武司马,将发新亭,朝士咸出瞻送。高灵时为中丞,亦往相祖。先时,多少饮酒,因倚如醉,戏曰:"卿屡违朝旨,高卧东山,诸人每相与言:'安石不肯出,将如苍生何?'今亦苍生将如卿何?"谢笑而不答。

27. 初,谢安在东山居,布衣,时兄弟已有富贵者,翕集家门,倾动人物。刘夫人戏谓安曰:"大丈夫不当如此乎?"谢乃捉鼻曰:"但恐不免耳!"

28. 支道林因人就深公买印山,深公答曰:"未闻巢、由买山而隐。"

29. 王、刘每不重蔡公。二人尝诣蔡,语良久,乃问蔡曰:"公自言何如夷甫?"答曰:"身不如夷甫。"王、刘相目而笑曰:"公何处不如?"答曰:"夷甫无君辈客!"

30. 张吴兴年八岁,亏齿,先达知其不常,故戏之曰:"君口中何为开狗窦?"张应声答曰:"正使君辈从此中出入!"

31. 郝隆七月七日出日中仰卧。人问其故,答曰:"我晒书。"

32. 谢公始有东山之志,后严命屡臻,势不获已,始就桓公司马。于时人有饷桓公药草,中有"远志"。公取以问谢:"此药又名'小草',何一物而有二称?"谢未即答。时郝隆在坐,应声答曰:"此甚易解:处则为远志,出则为小草。"谢甚有愧色。桓公目谢而笑曰:"郝参军此过乃不恶,亦极有会。"

33. 庾园客诣孙监,值行,见齐庄在外,尚幼,而有神意。庾试之曰:"孙安国何在?"即答曰:"庾稚恭家。"庾大笑曰:"诸孙大盛,有儿如此!"又答曰:"未若诸庾之翼翼。"还,语人曰:"我故胜,得重唤奴父名。"

34. 范玄平在简文坐,谈欲屈,引王长史曰:"卿助我。"王曰:"此非拔山力所能助!"

35. 郝隆为桓公南蛮参军,三月三日会,作诗。不能者,罚酒三升。隆初以不能受罚,既饮,揽笔便作一句云:"娵隅跃清池。"桓问:"娵隅是何物?"答曰:"蛮名鱼为娵隅。"桓公曰:"作诗何以作蛮语?"隆曰:"千里投公,始得蛮府参军,那得不作蛮语也!"

36. 袁羊尝诣刘恢,恢在内眠未起。袁因作诗调之曰:"角枕粲文茵,锦衾烂长筵。"刘尚晋明帝女,主见诗,不平曰:"袁羊,古之遗狂!"

37. 殷洪远答孙兴公诗云:"聊复放一曲。"刘真长笑其语拙,问曰:"君欲云那放?"殷曰:"榻腊亦放,何必其枪铃邪?"

38. 桓公既废海西,立简文,侍中谢公见桓公拜。桓惊笑曰:"安石,卿何事至尔?"谢曰:"未有君拜于前,臣立于后!"

39. 郗重熙与谢公书,道:"王敬仁闻一年少怀问鼎。不知桓公德衰,为复后生可畏?"

40. 张苍梧是张凭之祖,尝语凭父曰:"我不如汝。"凭父未解所以。苍梧曰:"汝有佳儿。"凭时年数岁,敛手曰:"阿翁,讵宜以子戏父?"

41. 习凿齿、孙兴公未相识,同在桓公坐。桓语孙:"可与习参军共语。"孙云:"'蠢尔蛮荆',敢与大邦为仇?"习云:"'薄伐猃狁',至于太原。"

42. 桓豹奴是王丹阳外生,形似其舅,桓甚讳之。宣武云:"不恒相似,时似耳!恒似是形,时似是神。"桓逾不说。

43. 王子猷诣谢万,林公先在坐,瞻瞩甚高。王曰:"若林公须发并全,神情当复胜此不?"谢曰:"唇齿相须,不可以偏亡。须发何关于神明!"林公意甚恶,曰:"七尺之躯,今日委君二贤。"

44. 郗司空拜北府,王黄门诣郗门拜,云:"应变将略,非其所长。"骤咏之不已。郗仓谓嘉宾曰:"公今日拜,子猷言语殊不逊,深不可容!"嘉宾曰:"此是陈寿作诸葛评。人以汝家比武侯,复何所言?"

45. 王子猷诣谢公,谢曰:"云何七言诗?"子猷承问,答曰:"昂昂若千里之驹,泛泛若水中之凫。"

46. 王文度、范荣期俱为简文所要。范年大而位小,王年小而位大。将前,更相推在前。既移久,王遂在范后。王因谓曰:"簸之扬之,糠秕在前。"范曰:"洮之汰之,沙砾在后。"

47. 刘遵祖少为殷中军所知,称之于庾公。庾公甚忻然,便取为佐。既见,坐之独榻上与语。刘尔日殊不称,庾小失望,遂名之为"羊公鹤"。昔羊叔子有鹤善舞,尝向客称之。客试使驱来,氃氋而不肯舞。故称比之。

48. 魏长齐雅有体量,而才学非所经。初宦当出,虞存嘲之曰:"与卿约法三章:谈者死,文笔者刑,商略抵罪。"魏怡然而笑,无忤于色。

49. 郗嘉宾书与袁虎,道戴安道、谢居士云:"恒任之风,当有所弘耳。"以袁无恒,故以此激之。

50. 范启与郗嘉宾书曰:"子敬举体无饶纵,掇皮无余润。"郗答曰:"举体无余润,何如举体非真者?"范性矜假多烦,故嘲之。

51. 二郗奉道,二何奉佛,皆以财贿。谢中郎云:"二郗谄于道,二何佞于佛。"

52. 王文度在西州,与林法师讲,韩、孙诸人并在坐。林公理每欲小屈,孙兴公曰:"法师今日如著弊絮在荆棘中,触地挂阁。"

53. 范荣期见郗超俗情不淡,戏之曰:"夷、齐、巢、许,一诣垂名,何必劳神苦形,支策据梧邪?"郗未答。韩康伯曰:"何不使游刃皆虚?"

54. 简文在殿上行,右军与孙兴公在后。右军指简文语孙曰:"此啖名客!"简文顾曰:"天下自有利齿儿。"后王光禄作会稽,谢车骑出曲阿祖之,王孝伯罢秘书丞在坐,谢言及此事,因视孝伯曰:"王丞齿似不钝。"王曰:"不钝,颇亦验。"

55. 谢遏夏月尝仰卧,谢公清晨卒来,不暇著衣,跣出屋外,方蹑履问讯。公曰:"汝可谓前倨而后恭。"

56. 顾长康作殷荆州佐,请假还东。尔时例不给布驸,顾苦求之,乃得。发至破冢,遭风大败。作笺与殷云:"地名破冢,真破冢而出。行人安稳,布驸无恙。"

57. 符朗初过江,王咨议大好事,问中国人物及风土所生,终无极已,朗大患之。次复问奴婢贵贱,朗云:"谨厚有识中者乃至十万,无意为奴婢问者止数千耳。"

58. 东府客馆是版屋。谢景重诣太傅,时宾客满中,初不交言,直仰视云:"王乃复西戎其屋。"

59. 顾长康啖甘蔗,先食尾。问所以,云:"渐至佳境。"

60. 孝武属王珣求女婿,曰:"王敦、桓温,磊砢之流,既不可复得,且小如意,亦好豫人家事,酷非所须。正如真长、子敬比,最佳。"珣举谢混。后袁山松欲拟谢婚,王曰:"卿莫近禁脔。"

61. 桓南郡与殷荆州语次,因共作了语。顾恺之曰:"火烧平原无遗燎。"桓曰:"白布缠棺竖旒旐。"殷曰:"投鱼深渊放飞鸟。"次复作危语。桓曰:"矛头淅米剑头炊。"殷曰:"百岁老翁攀枯枝。"顾曰:"井上辘轳卧婴儿。"殷有一参军在坐,云:"盲人骑瞎马,夜半临深池。"殷曰:"咄咄逼人!"仲堪眇目故也。

62. 桓玄出射,有一刘参军与周参军朋赌,垂成,唯少一破。刘谓周曰:"卿此起不破,我当挞卿。"周曰:"何至受卿挞?"刘曰:"伯禽之贵,尚不免挞,而况于卿!"周殊无忤色。桓语庾伯鸾:"刘参军宜停读书,周参军且勤学问。"

63. 桓南郡与道曜讲《老子》,王侍中为主簿在坐。桓曰:"王主簿,可顾名思义。"王未答,且大笑。桓曰:"王思道能作大家儿笑。"

64. 祖广行恒缩头。诣桓南郡,始下车,桓曰:"天甚晴朗,祖参军如从屋漏中来。"

65. 桓玄素轻桓崖,崖在京下有好桃,玄连就求之,遂不得佳者。玄与殷仲文书,以为嗤笑曰:"德之休明,肃慎贡其楛矢;如其不尔,篱壁间物亦不可得也。"

轻诋第二十六

1. 王太尉问眉子："汝叔名士，何以不相推重？"眉子曰："何有名士终日妄语？"

2. 庾元规语周伯仁："诸人皆以君方乐。"周曰："何乐？谓乐毅邪？"庾曰："不尔，乐令耳！"周曰："何乃刻画无盐，以唐突西子也。"

3. 深公云："人谓庾元规名士，胸中柴棘三斗许。"

4. 庾公权重，足倾王公。庾在石头，王在冶城坐，大风扬尘，王以扇拂尘曰："元规尘污人！"

5. 王右军少时甚涩讷，在大将军许，王、庾二公后来，右军便起欲去。大将军留之曰："尔家司空、元规，复可所难？"

6. 王丞相轻蔡公，曰："我与安期、千里共游洛水边，何处闻有蔡充儿？"

7. 褚太傅初渡江，尝入东，至金昌亭。吴中豪右，燕集亭中。褚公虽素有重名，于时造次不相识别。敕左右多与茗汁，少箸粽，汁尽辄益，使终不得食。褚公饮讫，徐举手共语云："褚季野！"于是四座惊散，无不狼狈。

8. 王右军在南，丞相与书，每叹子侄不令。云："虎独、虎犊，还其所如。"

9. 褚太傅南下，孙长乐于船中视之。言次，及刘真长死，孙流涕，因讽咏曰："人之云亡，邦国殄瘁。"褚大怒曰："真长平生，何尝相比数，而卿今日作此面向人！"孙回泣向褚曰："卿当念我！"时咸笑其才而性鄙。

10. 谢镇西书与殷扬州，为真长求会稽。殷答曰："真长标同伐异，侠之大者。常谓使君降阶为甚，乃复为之驱驰邪？"

11. 桓公入洛，过淮、泗，践北境，与诸僚属登平乘楼，眺瞩中原，慨然曰："遂使神州陆沉，百年丘墟，王夷甫诸人，不得不任其责！"袁虎率而对曰："运自有废兴，岂必诸人之过？"桓公懔然作色，顾谓四座曰："诸君颇闻刘景升不？有大牛重千斤，啖刍豆十倍于常牛，负重致远，曾不若一羸牸。魏武入荆州，烹以飨士卒，于时莫不称快。"意以况袁。四座既骇，袁亦失色。

12. 袁虎、伏滔同在桓公府，桓公每游燕，辄命袁、伏，袁甚耻之，恒叹曰：

"公之厚意，未足以荣国士，与伏滔比肩，亦何辱如之！"

13．高柔在东，甚为谢仁祖所重。既出，不为王、刘所知。仁祖曰："近见高柔，大自敷奏，然未有所得。"真长云："故不可在偏地居，轻在角䚤中，为人作议论。"高柔闻之，云："我就伊无所求。"人有向真长学此言者，真长曰："我寔亦无可与伊者。"然游燕犹与诸人书："可要安固。"安固者，高柔也。

14．刘尹、江虨、王叔虎、孙兴公同坐，江、王有相轻色。虨以手歃叔虎云："酷吏！"词色甚强。刘尹顾谓："此是瞋邪？非特是丑言声，拙视瞻。"

15．孙绰作《列仙商丘子赞》曰："所牧何物？殆非真猪。倘遇风云，为我龙摅。"时人多以为能。王蓝田语人云："近见孙家儿作文，道何物真猪也。"

16．桓公欲迁都，以张拓定之业。孙长乐上表谏此议甚有理。桓见表心服，而忿其为异，令人致意孙云："君何不寻《遂初赋》，而强知人家国事！"

17．孙长乐兄弟就谢公宿，言至款杂。刘夫人在壁后听之，具闻其语。谢公明日还，问："昨客何似？"刘对曰："亡兄门，未有如此宾客！"谢深有愧色。

18．简文与许玄度共语，许云："举君、亲以为难。"简文便不复答。许去后而言曰："玄度故可不至于此！"

19．谢万寿春败后还，书与王右军云："惭负宿顾。"右军推书曰："此禹、汤之戒。"

20．蔡伯喈睹睐笛椽，孙兴公听妓，振且摆折。王右军闻，大嗔曰："三祖寿乐器，虺瓦吊孙家儿打折。"

21．王中郎与林公绝不相得。王谓林公诡辩，林公道王云："箸腻颜帢，绗布单衣，挟《左传》，逐郑康成车后，问是何物尘垢囊？"

22．孙长乐作王长史《诔》云："余与夫子，交非势利，心犹澄水，同此玄味。"王孝伯见曰："才士不逊，亡祖何至与此人周旋！"

23．谢太傅谓子侄曰："中郎始是独有千载！"车骑曰："中郎衿抱未虚，复那得独有？"

24．庾道季诧谢公曰："裴郎云：'谢安谓裴郎乃可不恶，何得为复饮酒？'裴郎又云：'谢安目支道林，如九方皋之相马，略其玄黄，取其俊逸。'"谢公云："都无此二语,裴自为此辞耳!"庾意甚不以为好,因陈东亭《经酒垆下赋》。读毕,都不下赏裁,直云："君乃复作裴氏学!"于此《语林》遂废。今时有者,皆是先写,无复谢语。

25. 王北中郎不为林公所知,乃著论《沙门不得为高士论》。大略云:"高士必在于纵心调畅,沙门虽云俗外,反更束于教,非情性自得之谓也。"

26. 人问顾长康:"何以不作洛生咏?"答曰:"何至作老婢声!"

27. 殷觊、庾恒并是谢镇西外孙。殷少而率悟,庾每不推。尝俱诣谢公,谢公熟视殷曰:"阿巢故似镇西。"于是庾下声语曰:"定何似?"谢公续复云:"巢颊似镇西。"庾复云:"颊似,足作健不?"

28. 旧目韩康伯:将肘无风骨。

29. 苻宏叛来归国,谢太傅每加接引,宏自以有才,多好上人,坐上无折之者。适王子猷来,太傅使共语。子猷直孰视良久,回语太傅云:"亦复竟不异人!"宏大惭而退。

30. 支道林入东,见王子猷兄弟。还,人问:"见诸王何如?"答曰:"见一群白颈乌,但闻唤哑哑声。"

31. 王中郎举许玄度为吏部郎。郗重熙曰:"相王好事,不可使阿讷在坐。"

32. 王兴道谓"谢望蔡霍霍如失鹰师"。

33. 桓南郡每见人不快,辄嗔云:"君得哀家梨,当复不蒸食不?"

假谲第二十七

1. 魏武少时,尝与袁绍好为游侠,观人新婚,因潜入主人园中,夜叫呼云:"有偷儿贼!"青庐中人皆出观,魏武乃入,抽刃劫新妇与绍还出。失道,坠枳棘中,绍不能得动。复大叫云:"偷儿在此!"绍遑迫自掷出,遂以俱免。

2. 魏武行役,失汲道,军皆渴,乃令曰:"前有大梅林,饶子,甘酸,可以解渴。"士卒闻之,口皆出水,乘此得及前源。

3. 魏武常言:"人欲危己,己辄心动。"因语所亲小人曰:"汝怀刃密来我侧,我必说心动,执汝使行刑,汝但勿言其使,无他,当厚相报!"执者信焉,不以为惧。遂斩之。此人至死不知也。左右以为实，谋逆者挫气矣。

4. 魏武常云："我眠中不可妄近，近便斫人，亦不自觉，左右宜深慎此！"后阳眠，所幸一人窃以被覆之，因便斫杀。自尔每眠，左右莫敢近者。

5. 袁绍年少时，曾遣人夜以剑掷魏武，少下，不箸。魏武揆之，其后来必高，因帖卧床上，剑至果高。

6. 王大将军既为逆，顿军姑孰。晋明帝以英武之才，犹相猜惮，乃箸戎服，骑巴贲马，赍一金马鞭，阴察军形势。未至十余里，有一客姥，居店卖食，帝过愒之，谓姥曰："王敦举兵图逆，猜害忠良，朝廷骇惧，社稷是忧。故勤劳晨夕，用相觇察。恐形迹危露，或致狼狈。追迫之日，姥其匿之。"便与客姥马鞭而去。行敦营匝而出，军士觉，曰："此非常人也！"敦卧心动，曰："此必黄须鲜卑奴来！"命骑追之，已觉多许里，追士因问向姥："不见一黄须人骑马度此邪？"姥曰："去已久矣，不可复及。"于是骑人息意而反。

7. 王右军年减十岁时，大将军甚爱之，恒置帐中眠。大将军尝先出，右军犹未起。须臾，钱凤入，屏人论事，都忘右军在帐中，便言逆节之谋。右军觉，既闻所论，知无活理，乃剔吐污头面被褥，诈孰眠。敦论事造半，方意右军未起，相与大惊曰："不得不除之！"及开帐，乃见吐唾从横，信其实孰眠，于是得全。于时称其有智。

8. 陶公自上流来，赴苏峻之难，令诛庾公。谓必戮庾，可以谢峻。庾欲奔窜，则不可；欲会，恐见执，进退无计。温公劝庾诣陶，曰："卿但遥拜，必无它，我为卿保之。"庾从温言诣陶，至便拜。陶自起止之，曰："庾元规何缘拜陶士行？"毕，又降就下坐，陶又自要起同坐。坐定，庾乃引咎责躬，深相逊谢，陶不觉释然。

9. 温公丧妇，从姑刘氏，家值乱离散，唯有一女，甚有姿慧，姑以属公觅婚。公密有自婚意，答云："佳婿难得，但如峤比云何？"姑云："丧败之余，乞粗存活，便足慰吾余年，何敢希汝比！"却后少日，公报姑云："已觅得婚处，门地粗可，婿身名宦，尽不减峤。"因下玉镜台一枚。姑大喜。既婚，交礼，女以手披纱扇，抚掌大笑曰："我固疑是老奴，果如所卜！"玉镜台，是公为刘越石长史，北征刘聪所得。

10. 诸葛令女，庾氏妇，既寡，誓云"不复重出"。此女性甚正强，无有登车理。恢既许江思玄婚,乃移家近之。初,诳女云:"宜徙于是。"家人一时去,独留女在后。比其觉,已不复得出。江郎莫来,女哭詈弥甚,积日渐歇。江彪暝入宿,恒在对床上。后观其意转帖,彪乃诈厌,良久不悟,声气转急。女乃呼婢云:"唤江郎觉!"江于是跃来就之曰:"我自是天下男子,厌,何预卿事而见唤邪?既尔相关,不得不与人语。"女默然而惭,情义遂笃。

11. 愍度道人始欲过江,与一伧道人为侣。谋曰:"用旧义在江东,恐不办得食。"便共立"心无义"。既而此道人不成渡,愍度果讲义积年。后有伧人来,先道人寄语云:"为我致意愍度,无义那可立?治此计,权救饥尔,无为遂负如来也!"

12. 王文度弟阿智,恶乃不翅,当年长而无人与婚。孙兴公有一女,亦僻错,又无嫁娶理。因诣文度,求见阿智。既见,便阳言:"此定可,殊不如人所传,那得至今未有婚处!我有一女,乃不恶,但吾寒士,不宜与卿计,欲令阿智娶之。"文度欣然而启蓝田云:"兴公向来,忽言欲与阿智婚。"蓝田惊喜。既成婚,女之顽嚚,欲过阿智。方知兴公之诈。

13. 范玄平为人,好用智数,而有时以多数失会。尝失官居东阳,桓大司马在南州,故往投之。桓时方欲招起屈滞,以倾朝廷;且玄平在京,素亦有誉,桓谓远来投己,喜跃非常。比入至庭,倾身引望,语笑欢甚。顾谓袁虎曰:"范公且可作太常卿。"范裁坐,桓便谢其远来意。范虽实投桓,而恐以趋时损名,乃曰:"虽怀朝宗,会有亡儿瘗在此,故来省视。"桓怅然失望,向之虚伫,一时都尽。

14. 谢遏年少时,好箸紫罗香囊,垂覆手。太傅患之,而不欲伤其意,乃谲与赌,得即烧之。

黜免第二十八

1. 诸葛玄在西朝,少有清誉,为王夷甫所重,时论亦以拟王。后为继母族党所谗,诬之为狂逆。将远徙,友人王夷甫之徒,诣槛车与别。玄问:"朝廷何以徙我?"王曰:"言卿狂逆。"玄曰:"逆则应杀,狂何所徙!"

2. 桓公入蜀,至三峡中,部伍中有得猿子者。其母缘岸哀号,行百余里不去,遂跳上船,至便即绝。破视其腹中,肠皆寸寸断。公闻之,怒,命黜其人。

3. 殷中军被废,在信安,终日恒书空作字。扬州吏民寻义逐之,窃视,唯作"咄咄怪事"四字而已。

4. 桓公坐有参军椅烝薤不时解,共食者又不助,而椅终不放,举坐皆笑。桓公曰:"同盘尚不相助,况复危难乎?"敕令免官。

5. 殷中军废后,恨简文曰:"上人箸百尺楼上,儋梯将去。"

6. 邓竟陵免官后赴山陵,过见大司马桓公,公问之曰:"卿何以更瘦?"邓曰:"有愧于叔达,不能不恨于破甑!"

7. 桓宣武既废太宰父子,仍上表曰:"应割近情,以存远计。若除太宰父子,可无后忧。"简文手答表曰:"所不忍言,况过于言!"宣武又重表,辞转苦切。简文更答曰:"若晋室灵长,明公便宜奉行此诏;如大运去矣,请避贤路!"桓公读诏,手战流汗,于此乃止。太宰父子,远徙新安。

8. 桓玄败后,殷仲文还为大司马咨议,意似二三,非复往日。大司马府听前有一老槐,甚扶疏。殷因月朔,与众在听,视槐良久,叹曰:"槐树婆娑,无复生意!"

9. 殷仲文既素有名望,自谓必当阿衡朝政。忽作东阳太守,意甚不平。及之郡,至富阳,慨然叹曰:"看此山川形势,当复出一孙伯符!"

俭啬第二十九

1. 和峤性至俭,家有好李,王武子求之,与不过数十。王武子因其上直,率将少年能食之者,持斧诣园,饱共啖毕,伐之,送一车枝与和公,问曰:"何如君李?"和既得,唯笑而已。

2. 王戎俭吝,其从子婚,与一单衣,后更责之。

3. 司徒王戎,既贵且富,区宅僮牧,膏田水碓之属,洛下无比。契疏鞅掌,每与夫人烛下散筹算计。

4. 王戎有好李,卖之,恐人得其种,恒钻其核。

5. 王戎女适裴頠,贷钱数万。女归,戎色不说。女遽还钱,乃释然。

6. 卫江州在寻阳,有知旧人投之,都不料理,唯饷"王不留行"一斤。此人得饷,便命驾。李弘范闻之曰:"家舅刻薄,乃复驱使草木。"

7. 王丞相俭节,帐下甘果,盈溢不散。涉春烂败,都督白之,公令舍去,曰:"慎不可令大郎知。"

8. 苏峻之乱,庾太尉南奔见陶公。陶公雅相赏重。陶性俭吝,及食,啖薤,庾因留白。陶问:"用此何为?"庾云:"故可种。"于是大叹庾非唯风流,兼有治实。

9. 郗公大聚敛,有钱数千万,嘉宾意甚不同。常朝旦问讯,郗家法,子弟不坐,因倚语移时,遂及财货事。郗公曰:"汝正当欲得吾钱耳!"乃开库一日,令任意用。郗公始正谓损数百万许,嘉宾遂一日乞与亲友,周旋略尽。郗公闻之,惊怪不能已已。

汰 侈 第 三 十

1. 石崇每要客燕集,常令美人行酒,客饮酒不尽者,使黄门交斩美人。王丞相与大将军尝共诣崇,丞相素不能饮,辄自勉强,至于沉醉。每至大将军,固不饮,以观其变。已斩三人,颜色如故,尚不肯饮。丞相让之,大将军曰:"自杀伊家人,何预卿事!"

2. 石崇厕,常有十余婢侍列,皆丽服藻饰。置甲煎粉、沉香汁之属,无不毕备。又与新衣箸令出,客多羞不能如厕。王大将军往,脱故衣,箸新衣,神色傲然。群婢相谓曰:"此客必能作贼。"

3. 武帝尝降王武子家,武子供馔,并用琉璃器。婢子百余人,皆绫罗绔裓,以手擎饮食。烝肫肥美,异于常味。帝怪而问之,答曰:"以人乳饮肫。"帝甚不平,食未毕,便去。王、石所未知作。

4. 王君夫以粉糒澳釜,石季伦用蜡烛作炊。君夫作紫丝布步障碧绫里四十里,石崇作锦步障五十里以敌之。石以椒为泥,王以赤石脂泥壁。

5. 石崇为客作豆粥,咄嗟便办。恒冬天得韭蓱虀。又牛形状气力不胜王恺牛,而与恺出游,极晚发,争入洛城,崇牛数十步后,迅若飞禽,恺牛绝走不能及。每以此三事为搤腕。乃密货崇帐下都督及御车人,问所以。都督曰："豆至难煮，唯豫作熟末，客至，作白粥以投之。韭蓱虀是捣韭根，杂以麦苗尔。"复问驭人牛所以驶。驭人云："牛本不迟，由将车人不及制之尔。急时听偏辕，则驶矣。"恺悉从之，遂争长。石崇后闻，皆杀告者。

6. 王君夫有牛，名"八百里驳"，常莹其蹄角。王武子语君夫："我射不如卿，今指赌卿牛，以千万对之。"君夫既恃手快，且谓骏物无有杀理，便相然可。令武子先射。武子一起便破的，却据胡床，叱左右："速探牛心来！"须臾，炙至，一脔便去。

7. 王君夫尝责一人无服余衵，因直内箸曲阁重闺里，不听人将出。遂饥经日，迷不知何处去。后因缘相为，垂死，乃得出。

8. 石崇与王恺争豪，并穷绮丽，以饰舆服。武帝，恺之甥也，每助恺。尝以一珊瑚树，高二尺许赐恺。枝柯扶疏，世罕其比。恺以示崇。崇视讫，以铁如意击之，应手而碎。恺既惋惜，又以为疾己之宝，声色甚厉。崇曰："不足恨，今还卿。"乃命左右悉取珊瑚树，有三尺四尺，条干绝世，光彩溢目者六七枚，如恺许比甚众。恺惘然自失。

9. 王武子被责，移第北邙下。于时人多地贵，济好马射，买地作埒，编钱匝地竟埒。时人号曰"金沟"。

10. 石崇每与王敦入学戏，见颜、原象而叹曰："若与同升孔堂，去人何必有间！"王曰："不知余人云何，子贡去卿差近。"石正色云："士当令身名俱泰，何至以瓮牖语人！"

11. 彭城王有快牛，至爱惜之。王太尉与射，赌得之。彭城王曰："君欲自乘则不论；若欲噉者，当以二十肥者代之。既不废噉，又存所爱。"王遂杀噉。

12. 王右军少时，在周侯末坐。割牛心噉之，于此改观。

忿狷第三十一

1. 魏武有一妓，声最清高，而情性酷恶。欲杀则爱才，欲置则不堪。于是选百人一时俱教。少时，还有一人声及之，便杀恶性者。

2. 王蓝田性急。尝食鸡子，以箸刺之，不得，便大怒，举以掷地。鸡子于地圆转未止,仍下地以屐齿碾之,又不得,瞋甚,复于地取内口中,啮破即吐之。王右军闻而大笑曰:"使安期有此性,犹当无一豪可论,况蓝田邪?"

3. 王司州尝乘雪往王螭许。司州言气少有悟逆于螭,便作色不夷。司州觉恶,便舆床就之,持其臂曰:"汝讵复足与老兄计?"螭拨其手曰:"冷如鬼手馨,强来捉人臂!"

4. 桓宣武与袁彦道樗蒱,袁彦道齿不合,遂厉色掷去五木。温太真云:"见袁生迁怒,知颜子为贵。"

5. 谢无奕性粗强。以事不相得,自往数王蓝田,肆言极骂。王正色面壁不敢动,半日。谢去良久,转头问左右小吏曰:"去未?"答云:"已去。"然后复坐。时人叹其性急而能有所容。

6. 王令诣谢公,值习凿齿已在坐,当与并榻。王徙倚不坐,公引之与对榻。去后,语胡儿曰:"子敬实自清立,但人为尔多矜咳,殊足损其自然。"

7. 王大、王恭尝俱在何仆射坐。恭时为丹阳尹,大始拜荆州。讫将乖之际,大劝恭酒,恭不为饮,大逼强之,转苦,便各以裙带绕手。恭府近千人,悉呼入斋,大左右虽少,亦命前,意便欲相杀。何仆射无计,因起排坐二人之间,方得分散。所谓势利之交,古人羞之。

8. 桓南郡小儿时,与诸从兄弟各养鹅共斗。南郡鹅每不如,甚以为忿。乃夜往鹅栏间,取诸兄弟鹅悉杀之。既晓,家人咸以惊骇,云是变怪,以白车骑。车骑曰:"无所致怪,当是南郡戏耳!"问,果如之。

谗险第三十二

1. 王平子形甚散朗,内实劲侠。

2. 袁悦有口才,能短长说,亦有精理。始作谢玄参军,颇被礼遇。后丁艰,服除还都,唯赍《战国策》而已。语人曰:"少年时读《论语》、《老子》,又看《庄》、《易》,此皆是病痛事,当何所益邪? 天下要物,正有《战国策》。"既下,说司马孝文王,大见亲待,几乱机轴,俄而见诛。

3. 孝武甚亲敬王国宝、王雅。雅荐王珣于帝,帝欲见之。尝夜与国宝、雅相对,帝微有酒色,令唤珣,垂至,已闻卒传声。国宝自知才出珣下,恐倾夺要宠,因曰:"王珣当今名流,陛下不宜有酒色见之,自可别诏也。"帝然其言,心以为忠,遂不见珣。

4. 王绪数谗殷荆州于王国宝,殷甚患之,求术于王东亭。曰:"卿但数诣王绪,往辄屏人,因论它事,如此,则二王之好离矣。"殷从之。国宝见王绪问曰:"比与仲堪屏人何所道?"绪云:"故是常往来,无它所论。"国宝谓绪于己有隐,果情好日疏,谗言以息。

尤悔第三十三

1. 魏文帝忌弟任城王骁壮,因在卞太后阁共围棋,并啖枣。文帝以毒置诸枣蒂中,自选可食者而进,王弗悟,遂杂进之。既中毒,太后索水救之。帝预敕左右毁瓶罐,太后徒跣趋井,无以汲。须臾,遂卒。复欲害东阿,太后曰:"汝已杀我任城,不得复杀我东阿。"

2. 王浑后妻,琅邪颜氏女。王时为徐州刺史,交礼拜讫,王将答拜,观者咸曰:"王侯州将,新妇州民,恐无由答拜。"王乃止。武子以其父不答拜,不成礼,恐非夫妇,不为之拜,谓为颜妾。颜氏耻之。以其门贵,终不敢离。

3. 陆平原河桥败,为卢志所谗,被诛。临刑叹曰:"欲闻华亭鹤唳,可复得乎!"

4. 刘琨善能招延,而拙于抚御。一日虽有数千人归投,其逃散而去亦复如此。所以卒无所建。

5. 王平子始下,丞相语大将军:"不可复使羌人东行。"平子面似羌。

6. 王大将军起事,丞相兄弟诣阙谢。周侯深忧诸王,始入,甚有忧色。丞相呼周侯曰:"百口委卿!"周直过不应。既入,苦相存救。既释,周大说,饮酒。及出,诸王故在门。周曰:"今年杀诸贼奴,当取金印如斗大系肘后。"大将军至石头,问丞相曰:"周侯可为三公不?"丞相不答。又问:"可为尚书令不?"又不应。因云:"如此,唯当杀之耳!"复默然。逮周侯被害,丞相后知周侯救己,叹曰:"我不杀周侯,周侯由我而死。幽冥中负此人!"

7. 王导、温峤俱见明帝,帝问温前世所以得天下之由。温未答。顷,王曰:"温峤年少未谙,臣为陛下陈之。"王乃具叙宣王创业之始,诛夷名族,宠树同己。及文王之末,高贵乡公事。明帝闻之,覆面箸床曰:"若如公言,祚安得长!"

8. 王大将军于众坐中曰:"诸周由来未有作三公者。"有人答曰:"唯周侯邑五马领头而不克。"大将军曰:"我与周,洛下相遇,一面顿尽。值世纷纭,遂至于此!"因为流涕。

9. 温公初受刘司空使劝进,母崔氏固驻之,峤绝裾而去。迄于崇贵,乡品犹不过也。每爵皆发诏。

10. 庾公欲起周子南,子南执辞愈固。庾每诣周,庾从南门入,周从后门出。庾尝一往奄至,周不及去,相对终日。庾从周索食,周出蔬食,庾亦强饭,极欢;并语世故,约相推引,同佐世之任。既仕,至将军二千石,而不称意。中宵慨然曰:"大丈夫乃为庾元规所卖!"一叹,遂发背而卒。

11. 阮思旷奉大法,敬信甚至。大儿年未弱冠,忽被笃疾。儿既是偏所爱重,为之祈请三宝,昼夜不懈。谓至诚有感者,必当蒙祐。而儿遂不济。于是结恨释氏,宿命都除。

12. 桓宣武对简文帝,不甚得语。废海西后,宜自申叙,乃豫撰数百语,陈废立之意。既见简文,简文便泣下数十行。宣武矜愧,不得一言。

13. 桓公卧语曰:"作此寂寂,将为文、景所笑!"既而屈起坐曰:"既不能流芳后世,亦不足复遗臭万载邪?"

14. 谢太傅于东船行,小人引船,或迟或速,或停或待,又放船从横,撞人触岸。公初不呵谴,人谓公常无嗔喜。曾送兄征西葬还,日莫雨,驶小人皆醉,不可处分。公乃于车中,手取车柱撞驭人,声色甚厉。夫以水性沉柔,入隘奔激。方之人情,固知迫隘之地,无得保其夷粹。

15. 简文见田稻不识,问是何草,左右答是稻。简文还,三日不出,云:"宁有赖其末,而不识其本!"

16. 桓车骑在上明畋猎。东信至,传淮上大捷。语左右云:"群谢年少,大破贼。"因发病薨。谈者以为此死,贤于让扬之荆。

17. 桓公初报破殷荆州,曾讲《论语》,至"富与贵,是人之所欲,不以其道得之不处",玄意色甚恶。

纰漏第三十四

1. 王敦初尚主，如厕，见漆箱盛干枣，本以塞鼻，王谓厕上亦下果，食遂至尽。既还，婢擎金澡盘盛水，琉璃碗盛澡豆，因倒箸水中而饮之，谓是干饭。群婢莫不掩口而笑之。

2. 元皇初见贺司空，言及吴时事，问："孙皓烧锯截一贺头，是谁?"司空未得言，元皇自忆曰："是贺劭。"司空流涕曰："臣父遭遇无道，创巨痛深，无以仰答明诏。"元皇愧惭，三日不出。

3. 蔡司徒渡江，见彭蜞，大喜曰："蟹有八足，加以二螯。"令烹之。既食，吐下委顿，方知非蟹。后向谢仁祖说此事，谢曰："卿读《尔雅》不熟，几为《劝学》死。"

4. 任育长年少时，甚有令名。武帝崩，选百二十挽郎，一时之秀彦，育长亦在其中。王安丰选女婿，从挽郎搜其胜者，且择取四人，任犹在其中。童少时神明可爱，时人谓育长影亦好。自过江，便失志。王丞相请先度时贤共至石头迎之，犹作畴日相待，一见便觉有异。坐席竟，下饮，便问人云："此为茶，为茗?"觉有异色，乃自申明云："向问饮为热，为冷耳。"尝行从棺邸下度，流涕悲哀。王丞相闻之曰："此是有情痴。"

5. 谢虎子尝上屋熏鼠。胡儿既无由知父为此事，闻人道"痴人有作此者"，戏笑之。时道此非复一过。太傅既了己之不知，因其言次，语胡儿曰："世人以此谤中郎，亦言我共作此。"胡儿懊热，·月日闭斋不出。太傅虚托引己之过，以相开悟，可谓德教。

6. 殷仲堪父病虚悸，闻床下蚁动，谓是牛斗。孝武不知是殷公，问仲堪："有一殷，病如此不?"仲堪流涕而起曰："臣进退唯谷。"

7. 虞啸父为孝武侍中，帝从容问曰："卿在门下，初不闻有所献替。"虞家富春，近海，谓帝望其意气，对曰："天时尚暖，蟹鱼虾鲙未可致，寻当有所上献。"帝抚掌大笑。

8. 王大丧后，朝论或云"国宝应作荆州"。国宝主簿夜函白事，云："荆州事已行。"国宝大喜，而夜开阁，唤纲纪，话势虽不及作荆州，而意色甚恬。

晓遣参问,都无此事。即唤主簿数之曰:"卿何以误人事邪?"

惑溺第三十五

1. 魏甄后惠而有色,先为袁熙妻,甚获宠。曹公之屠邺也,令疾召甄,左右白:"五官中郎已将去。"公曰:"今年破贼正为奴。"

2. 荀奉倩与妇至笃,冬月妇病热,乃出中庭自取冷,还以身熨之。妇亡,奉倩后少时亦卒。以是获讥于世。奉倩曰:"妇人德不足称,当以色为主。"裴令闻之曰:"此乃是兴到之事,非盛德言,冀后人未昧此语。"

3. 贾公闾后妻郭氏酷妒,有男儿名黎民,生载周,充自外还,乳母抱儿在中庭,儿见充喜踊,充就乳母手中呜之。郭遥望见,谓充爱乳母,即杀之。儿悲思啼泣,不饮它乳,遂死。郭后终无子。

4. 孙秀降晋,晋武帝厚存宠之,妻以姨妹蒯氏,室家甚笃。妻尝妒,乃骂秀为"貉子"。秀大不平,遂不复入。蒯氏大自悔责,请救于帝。时大赦,群臣咸见。既出,帝独留秀,从容谓曰:"天下旷荡,蒯夫人可得从其例不?"秀免冠而谢,遂为夫妇如初。

5. 韩寿美姿容,贾充辟以为掾。充每聚会,贾女于青璅中看,见寿,说之。恒怀存想,发于吟咏。后婢往寿家,具述如此,并言女光丽。寿闻之心动,遂请婢潜修音问。及期往宿。寿蹻捷绝人,逾墙而入,家中莫知。自是充觉女盛自拂拭,说畅有异于常。后会诸吏,闻寿有奇香之气,是外国所贡,一箸人,则历月不歇。充计武帝唯赐己及陈骞,余家无此香,疑寿与女通,而垣墙重密,门阁急峻,何由得尔?乃托言有盗,令人修墙。使反曰:"其余无异,唯东北角如有人迹。而墙高,非人所逾。"充乃取女左右婢考问,即以状对。充秘之,以女妻寿。

6. 王安丰妇常卿安丰。安丰曰:"妇人卿婿,于礼为不敬,后勿复尔。"妇曰:"亲卿爱卿,是以卿卿;我不卿卿,谁当卿卿?"遂恒听之。

7. 王丞相有幸妾姓雷,颇预政事纳货。蔡公谓之"雷尚书"。

仇隙第三十六

1. 孙秀既恨石崇不与绿珠，又憾潘岳昔遇之不以礼。后秀为中书令，岳省内见之，因唤曰："孙令，忆畴昔周旋不？"秀曰："中心藏之，何日忘之？"岳于是始知必不免。后收石崇、欧阳坚石，同日收岳。石先送市，亦不相知。潘后至，石谓潘曰："安仁，卿亦复尔邪？"潘曰："可谓'白首同所归'。"潘《金谷集诗》云："投分寄石友，白首同所归。"乃成其谶。

2. 刘玙兄弟少时为王恺所憎，尝召二人宿，欲默除之。令作阬，阬毕，垂加害矣。石崇素与玙、琨善，闻就恺宿，知当有变，便夜往诣恺，问二刘所在。恺卒迫不得讳，答云："在后斋中眠。"石便径入，自牵出，同车而去。语曰："少年，何以轻就人宿？"

3. 王大将军执司马愍王，夜遣世将载王于车而杀之，当时不尽知也。虽愍王家，亦未之皆悉，而无忌兄弟皆稚。王胡之与无忌，长甚相昵，胡之尝共游，无忌入告母，请为馔。母流涕曰："王敦昔肆酷汝父，假手世将。吾所以积年不告汝者，王氏门强，汝兄弟尚幼，不欲使此声著，盖以避祸耳！"无忌惊号，抽刃而出，胡之去已远。

4. 应镇南作荆州，王修载、谯王子无忌同至新亭与别，坐上宾甚多，不悟二人俱到。有一客道："谯王丞致祸，非大将军意，正是平南所为耳。"无忌因夺直兵参军刀，便欲斫。修载走投水，舸上人接取，得免。

5. 王右军素轻蓝田，蓝田晚节论誉转重，右军尤不平。蓝田于会稽丁艰，停山阴治丧。右军代为郡，屡言出吊，连日不果。后诣门自通，主人既哭，不前而去，以陵辱之。于是彼此嫌隙大构。后蓝田临扬州，右军尚在郡。初得消息，遣一参军诣朝廷，求分会稽为越州，使人受意失旨，大为时贤所笑。蓝田密令从事数其郡诸不法，以先有隙，令自为其宜。右军遂称疾去郡，以愤慨致终。

6. 王东亭与孝伯语，后渐异。孝伯谓东亭曰："卿便不可复测！"答曰："王陵廷争，陈平从默，但问克终云何耳。"

7. 王孝伯死，县其首于大桁。司马太傅命驾出至标所，孰视首，曰："卿何故趣欲杀我邪?"

8. 桓玄将篡,桓修欲因玄在修母许袭之。庾夫人云:"汝等近过我余年,我养之,不忍见行此事。"

图书在版编目（CIP）数据

世说新语精读/骆玉明著. —2 版. —上海：复旦大学出版社，2016.8（2024.10 重印）
（汉语言文学原典精读系列）
ISBN 978-7-309-12368-5

Ⅰ. 世… Ⅱ. 骆… Ⅲ.①笔记小说-中国-南朝时代②《世说新语》-文学研究　　Ⅳ. I207.419

中国版本图书馆 CIP 数据核字（2016）第 141083 号

世说新语精读
骆玉明　著
责任编辑/宋文涛

复旦大学出版社有限公司出版发行
上海市国权路 579 号　邮编：200433
网址：fupnet@ fudanpress. com　http：//www. fudanpress. com
门市零售：86-21-65102580　　团体订购：86-21-65104505
出版部电话：86-21-65642845
上海崇明裕安印刷厂

开本 787 毫米×1092 毫米　1/16　印张 21.25　字数 300 千字
2016 年 8 月第 2 版
2024 年 10 月第 2 版第 7 次印刷

ISBN 978-7-309-12368-5/I·1006
定价：68.00 元